从未走远

我在你身边

梁子 著

山西出版传媒集团　北岳文艺出版社
·太原·

图书在版编目(CIP)数据

我在你身边从未走远 / 梁子著. -- 太原：北岳文艺出版社，2024.5
　　ISBN 978-7-5378-6859-4

Ⅰ.①我… Ⅱ.①梁… Ⅲ.①长篇小说－中国－当代 Ⅳ.①I247.5

中国国家版本馆CIP数据核字(2024)第085600号

我在你身边从未走远　　梁子/著

出 品 人：郭文礼	出版发行：山西出版传媒集团·北岳文艺出版社
总 策 划：汪恒江	地址：山西省太原市并州南路57号
策划编辑：董江波	邮编：030012
责任编辑：张　丽	电话：0351-5628696(发行部)　0351-5628688(总编室)
助理编辑：宿文韬	传真：0351-5628680
复　　审：席香妮	印刷装订：山西万佳印业有限公司
终　　审：刘文飞	开本：890 mm×1240mm　1/16
宣传运营：刘思华	字数：295千
董江波	印张：20.25
印装监制：郭　勇	版次：2024年5月第1版
装帧设计：装帧設計	印次：2024年5月山西第1次印刷
Mobile:17600068864	书号：ISBN 978-7-5378-6859-4
	定价：68.00元

本书版权为本社独家所有，未经本社同意不得转载、摘编或复制

目录

序曲：夜色阑珊 …………………………………………… 001

第一章　美好初恋 …………………………………… 001
第二章　遭遇阻碍 …………………………………… 031
第三章　青春飞扬 …………………………………… 049
第四章　有幸遇见 …………………………………… 084
第五章　日久生情 …………………………………… 105
第六章　渐行渐远 …………………………………… 135
第七章　进入热恋 …………………………………… 153
第八章　突生变故 …………………………………… 186
第九章　闯荡四方 …………………………………… 207
第十章　疯狂寻找 …………………………………… 248
第十一章　惊天秘密 ………………………………… 270
第十二章　春暖花开 ………………………………… 289
尾声　情深意绵 ……………………………………… 311

序曲：夜色阑珊

今夜，雨雾弥漫。一如内心的思绪，充满着天空、城市的街道，充满这世界上所有的空间。苍桑站在十字路口的环形过街天桥上，望着脚下，车水马龙，川流不息。

鳞次栉比的高楼、万家灯火，每个窗户里都透出一种宁静的温馨。夜总会的霓虹灯不停地闪烁，似乎向人们发出一种诱惑。医院的广告牌在雨夜中更加显眼，在那里，每天都有新的生命诞生，每天都有人逝去。

苍桑打着一把伞，独自走在这城市的夜色里。熟悉的街道，熟悉的城市，有着太多太多的回忆。每一个地方，一条街、一座桥、一家商店、一条小巷、一座不知名的建筑物，甚至一棵树、街边花园的一条石凳、一个小摊、一处公交车站，都会让他想起玲珑，想起易芬，想起她们青涩的模样，甜甜的微笑、淡淡的忧伤、温柔的话语。想起那些和她们在一起的点点滴滴。

那曾经的温暖，永远抹不掉的记忆长久铭刻于心，让人情何以堪啊，情何以堪！

路过一家快餐厅，苍桑不由自主地走了进去。大概因为是雨天，餐厅里顾客极少，只有稀稀拉拉的几位，整个餐厅显得空空荡荡。他只要了一杯饮料，坐在靠窗的位置，一边看着街上的行人，一边默默地想着心事。

苍桑想起与玲珑的第一次见面。她一袭白裙，明眸皓齿，顾盼生辉，不时地用手拢一下垂下的发丝，显得楚楚动人。特别是她的嫣然一笑，那青春的样子，让苍桑终生难忘。

"你等着我,我会来的。"玲珑的声音仍在苍桑的耳边回响。

然而今天,他已经等不到那个时刻了。

苍桑把喝干的饮料纸杯与吸管一起放进餐桌旁边的垃圾桶内,拿起雨伞,走出快餐厅。在餐厅门口,他撑起伞,站在雨中望着来来往往的车流和行人,若有所思。片刻之后,他收起伞继续前行,细雨打湿了他的头发、面颊、衣服。

这雨雾让苍桑沉浸在回忆中,易芬的形象又鲜明地出现在他的脑海里。易芬把一只手放在他的胸口,让手在他赤裸的身体上轻轻游走,既温柔又有些胆怯。当他抚摸易芬的时候,易芬竟用眼睛直直地看着他,而后温柔一笑,妩媚动人。他读不懂易芬的眼里是渴望,还是拒绝,与易芬在一起的时候,他不得不小心翼翼,谨慎行事。

前面是车站。他们曾有很多次在这里分手,在这里相见。而现在呢,还能回来吗?那些青春岁月,那些懵懂年少、不谙世事的生活,那些快乐和不舍。如果还能回来,我愿意站在雨中等待一百年。如果已经等不来,我用什么装载我的思念、我的痛苦、我的爱恋寄送给她们?苍桑这样想着。

街上行人稀少,显得冷冷清清。路边住宅楼上的窗口透出柔和而温暖的光。苍桑一个人在雨中游荡,伞在手中却不打开。偶尔有人走过,回头把目光投在他身上,也只是多看一眼。这个世界上,似乎没有多少人太在意他。

雨渐渐下大了,苍桑又撑起伞,雨点把伞面打得啪啪作响。他想到那天晚上他们一起听雨,一起朗诵那首"少年听雨歌楼上,红烛昏罗帐。壮年听雨客舟中,江阔云低、断雁叫西风。"而今听雨僧庐下,鬓已星星也。悲欢离合总无情,一任阶前、点滴到天明"。

多少年了?都是多少年前的事了。此时此刻,苍桑的内心五味杂陈。有些后悔吗?后悔当初不够勇敢?理智战胜了情感,快乐也败给了痛苦。回忆总是伴随着甜蜜和忧伤,现实又总是在无奈中给人希望。

人们常常问那个老掉牙的问题：如果人生能够重来，那些不舍、后悔，是否就会不存在？可是人生不能重来，这是个没有意义的问题。

有一个音乐术语叫终止式，它表示在音乐的结尾处，用一种固定的模式，由不稳定音进行到稳定音，由不协和和弦进行到协和和弦，由紧张的情绪进行到松弛的情绪，使音乐有一种结束感。世界上的每一首音乐，每一首音乐的每一个乐段，每一个乐段的每一个乐句，结尾处都会有一个终止式。有了终止式，音乐便会流畅自如、层次分明、段落有序，使人感到和谐自然。没有终止式的音乐，会给人以无序、没头没尾、纠缠不清的感觉，没有人会欣赏这种音乐。终止式不是音乐家有意制造出来的，它是声音的一种物理性质，是自然规律，是人们一种本能的欣赏习惯，音乐家要刻意地使用它。

人生其实很像一部音乐剧，它的每个阶段就像音乐剧的每个乐章、乐段、乐句，每个阶段都有平缓和高潮，也都需要一个终止式。比如，学业结束时的毕业典礼，拍毕业照；临分别时的饯行、拥抱、互赠礼物，说那些平时不会说的话；去世时的葬礼，亲朋好友的号啕痛哭，……这都是人生的一种终止式，标志着一个阶段的结束。

苍桑默默地走着，思绪万千。他想到自己曾经看过的一部外国电影：讲的是"二战"时期一个被占领国的女青年，在战争期间为德军收集情报。战争结束后，她的祖国要把她绞刑示众，行刑时，她的父亲兄弟都站在她对面的台下，默默地为她祈祷。这个电影给了苍桑极大的震撼。当与亲人生死离别之际，即便你哭天抢地、痛不欲生也不可能使局势逆转的时候，或许默默地为他们祈祷，才是最好的人生终止式。

记得有一部国产电影：讲的是一个中年男人得了绝症，在他弥留之际，召集亲朋好友开了一个追思会，他想看看这些人在他死后如何纪念他。开完追思会，他与所有人都做了告别后，在一艘游轮的甲板上，他自己转动着轮椅冲进了海里。在面对无法改变的宿命的时候，提前做好准备，给自己保留一些尊严，也是一种较好的人生终止方式。

除了生死大事，人生的每个阶段都需要一个完美的终止式。譬如一次邂逅、一段感情。当一段恋情已经注定无法再发展下去的时候，与其纠缠、固执地等待，让自己陷入无边无际的痛苦之中，倒不如用一个完美的终止式，及早结束这种等也无望、悔又无益、无所适从、只能自己苦了自己的状态。

爱情是一种交换，你付出爱，也希望得到对方的爱，但却不能把得到和付出放在一起来衡量。如果你是爱对方的，你的所有付出都会让你感到愉快和幸福。如果对方并不需要你的痴情付出，爱就失衡了，最好还是找一个终止式，结束这段感情。转身的一方无论是男是女，如果有足够的修养让他（她）变得绅士或淑女一些，哪怕只是一起吃顿饭，来一个深情的拥抱，在拥挤的人群中牵一下手，在火车开动的一刹那站在窗外的凝目注视，都足以温暖对方许多年或者一生，直到对方心中又出现了新的"蓝天白云"，开始了下一个人生乐章。

人们常说：拿得起，放得下。拿起好说，放下谈何容易。如何放下，必须要找一个合适的终止式，可以举行一种形式，让你有一种仪式感，这种仪式感或多或少会对你有一种心理暗示——结束了。就像剧院的灯光一亮就知道是散场了，毕业典礼一过就要背着行囊走人了，卷闸拉下就是商场要打烊了，演奏者一鞠躬那就是谢幕了。

苍桑想起他们大学同学聚会，所有老师和同学，不分男女，见面和分别时都会来一个深情的拥抱。这不是出于礼貌，也不是聚会时的胡闹，而是表达感情的一种方式。

他去车站送客时，总是等到车子发动，望着它驶远，直到消失得无影无踪，仍然会站在原地静静地待一会儿，有时会待很长一段时间，然后再回到自己的生活之中。车子已经走了，目送并不是想把客人留住，而是表达感情的一种方式。或许客人并不知道你在目送他，只不过是你自己想把这种感情表达出来。如果没有感情，也就不会去车站送别。就像葬礼上活着的人们呼天抢地地哀号，并不是想把逝去的人再叫回来一样，只不过是表达感情的一种方式。

　　人生需要终止式。十年过去了，苍桑仍然放不下这段感情。再过十年呢？再过两个十年呢？还有谁会记得这段感情，还有谁记得曾经在自己生命中的那些过客？趁着自己还没有完全淡忘，他决定把这些故事记录下来，以此纪念那些人，那些事。

　　为了不给当事人添麻烦，名字他都做了改动。但他实在不想把原来人物的名字都改得面目全非，就把故事中所有的人名，都保留了原来人物名字中的一个字，以此纪念，让自己的心里得到些许安慰。

　　今夜，雨雾弥漫。苍桑一个人走在这熟悉而又陌生的城市里。

　　他拿出随身听，把耳机戴上，他最喜欢的那首黑豹乐队演唱的《夜色》在耳畔流淌：

> 夜色正阑珊，
> 微微荧光闪闪。
> 一遍又一遍，
> 轻轻把你呼唤。
> 阵阵风声好像对我在叮咛，
> 真情怎能忘记。
> 你可记得对你许下的诺言，
> 爱你情深意绵。
> ……

第一章　美好初恋

1

十九岁那年，苍桑青春正好，风华正茂。高中一毕业，苍桑就考入淮海大学音乐学院。开学报到那天，他带着对未来的无限憧憬来到学校。就是在那时候，他见到了阮玲珑，并且对她一见钟情。

那是开学报到之后大概第三天吧，是新生入学教育的时间。那天下午没有课程安排，老师就让同学们自由活动。苍桑一个人跑到排练厅去弹那台三角钢琴。出于对新环境的好奇心，弹了一会儿，他就开始四处张望起来。

苍桑站在排练厅二楼的窗口，看到院子里来了一辆越野车，停在办公楼门前。车上下来一个女孩。女孩身材高挑，皮肤白净，眉清目秀，一头长发披在身后。她穿着一件白色连衣裙，带皱褶的裙摆，停留在膝盖以上，露着两条修长的小腿；脚上穿着一双黑色亮面皮鞋、白色长筒袜；一身经典女学生的打扮。苍桑对女子的身高没有具体概念，但这女孩给他一种亭亭玉立的印象。

与女孩一起下车的还有两个男人，看起来像女孩的家人，后来才知道，一个是她父亲，一个是她亲戚，看起来都是很体面的人。他们向音乐学院的办公室走去。苍桑盯着女孩的背影，久久没有离去。

过了一会儿，苍桑走到钢琴旁边，他无意练琴，偌大的排练厅显得空空荡荡。女孩的形象仍然在他大脑中萦绕。就在他胡思乱想时，那个女孩出现在了他的面前。她前面有音乐学院的老师领着，后面跟着她的父亲和那个亲戚。

那个老师问了一下苍桑是哪个班的，苍桑回答是音乐表演一班的。那个老师又简单地告诉苍桑，你们班又来了一个新同学。然后，那个老师转身告诉女孩的父亲："让她在这儿等着就行了，一会儿老师回来跟她说学习上的安排，没什么事情你们就可以回去了。"

女孩的父亲握着那个老师的手，一再地鞠躬，并说了许多感谢的话：什么"孩子到这里上学，以后不少给您添麻烦"，什么"女孩子，年龄小，又没有出过门，请您多关照"，等等。

苍桑和女孩站在窗口，目送她的亲人离开。女孩转过身来，站在那里。苍桑看到她圆润的大臂，匀称的小腿，唇红齿白，美目流盼。他们的目光碰到一起，就像射出的电流在空中交汇，让苍桑感到自己和女孩不经意地触碰了一下。就在这时，女孩对苍桑微微一笑，那迷人的一笑，让苍桑怦然心动、失魂落魄，让他心中积聚起一种强大的力量，类似于火山爆发之前的沉默。那种感觉如此美丽，如此迷人，让人向往，让人留恋。

这是苍桑十九年的人生从未有过的感觉。难道，这就是一见钟情？

那个下午，青砖墙上爬满青藤的排练厅二楼窗边，一个女孩默默地站在那里，对他微笑。多年以后，苍桑每每回想起那个画面，心中都充满了无限的温馨。

窗外是明亮的阳光，光线通过窗口透进室内。女孩背对着光线，如此安宁，如此典雅，如此美丽，像一个天使，从空中降落。难道，这就是传说中那高贵的公主？

不知道这样对视了多长时间，他们才回过神来，同时躲避着对方的目光。苍桑不知道自己那时有没有脸红，他看到女孩的脸上出现了迷人的红晕。

不知过了多长时间，他们走到钢琴旁边坐下。女孩伸手，习惯性地试了试琴，弹出几个和弦的琶音。

"你也是学钢琴的？"苍桑一眼就看出女孩的钢琴水平在自己之上。

"是的，我们是同行啊。"女孩微笑着说。

"我们是一个班的呢。"

"啊，真是太好了。从今往后，我们就是同学了。"

"怎么今天才来报到？"

"啊，是我爸爸出差了，妈妈的身体又有些不好，需要我陪着她，这样就耽误了两天。"女孩说话很热情，又很礼貌，"倒是给老师打电话了，算是请假吧。所以，推迟了两天来报到。"

"这两天就是入学教育，老师讲的都是人生理想啊，人身安全啊，大学生活啊，还有防诈骗啊之类的，也没有什么专业上的内容。"

"啊，那就好。不过，听听也很好。"

"明天还有一天吧，讲大学学习生活与未来的职业方向，就是人生规划或职业规划之类的。"

"从现在开始，对以后的生活，我们自己都应该有个规划喽？"女孩睁着两只大眼睛说，一脸的纯真。

"不是说，有规划的人生才容易成功吗？"

"可是，我们的人生从小都是被父母规划好了的啊！"

"我不喜欢那种循规蹈矩的生活，世界如此之大，我喜欢海阔天空，任我遨游的感觉。"

"我也是，总感觉自己在高中以前，是父母关在笼子里喂养的小宠物，还要计算着营养，定期放风，放出来遛遛。上了大学，就像从笼子里放出来了一样。"

女孩一副不谙世事的样子，拨动了苍桑的心弦。聊了一会儿，两人便熟悉了，也许因为都是学音乐的，他们很有共同语言。

回想起自己的学琴之路，苍桑感到非常欣慰。苍桑的父亲在当地的矿务局工作，曾担任过一个不小的官职。后来因为工作上的失误被降职，做了机电维修部门的一个小小部门负责人。母亲在食品公司做售货员，在物质短缺的年代，这也算一个很好的工作。所以，苍桑的家境还是很殷实的。

　　在苍桑小的时候，学艺术的孩子不多，学习钢琴的就更少。对于一般家庭来说，吃饭穿衣是最大的事情，学钢琴是极其奢侈的。在他六岁的时候，母亲曾经每个月都领着他坐几个小时的火车去省城，跟着歌舞剧院的一位老师学芭蕾舞，前后学了两年多。那时候小孩身体发育极快，九岁左右就长到了与成人差不多的身高，并且五大三粗的。一天，芭蕾舞老师对他母亲说："芭蕾舞演员对身高和体重都有严格要求，看这个孩子现在的身体发育情况，将来定会长得人高马大，不适合跳芭蕾舞，你们还是改学其他的吧。"

　　于是，苍桑就开始跟着歌舞团的宁老师学钢琴。歌舞团有一台外国古董钢琴，是从一个教堂里弄来的。宁老师在歌舞团当乐队队长，经常锁着钢琴，谁也不让弹。苍桑成了他的学生之后，他就让苍桑弹。再后来，苍桑的父母狠狠心花了一万五千元，给苍桑买了一台"施特劳斯"牌钢琴。那个时候，几万块钱可以买一套房子。

　　学钢琴是极"烧钱"的，从小学开始学，初中接着学，到了高中还要学，上了大学仍然学。台上一分钟，台下十年功。艺考时，苍桑以一曲肖邦的《革命练习曲》，顺利通过专业课考试，考上了自己向往的大学。

　　自从接到录取通知书，便有许多亲朋好友向苍桑道贺，也有父母的朋友给他红包。碍于情面，他们家在一家体面的饭店里摆了两桌酒席，招待那些前来祝贺的人。考上大学，犹如一种成人礼，让苍桑感到自己不再是一个孩子了，已经进入成年人的行列。特别是他们这些艺术生，考上音乐学院，让自己有一种巨大的成就感，似乎鲜花和掌声很快就会到来。

　　"你叫什么名字？"玲珑仍然微笑着问苍桑。

　　"梁苍桑。"他收回了思绪，双眼注视着玲珑。

　　"为什么起这个名字？有点奇怪。"

　　"我父母说，我出生的时候难产，差点母子丧命，费尽周折才来到这个世界上。出生后我一脸沮丧地哇哇大哭，好像极不情愿地来到这个世界。我的祖母说，人生来都是有罪的，来到这个世界上就是通过受苦受难来赎罪的。所以，给我起名叫苍桑。"

听苍桑说完这席话，玲珑吃吃地笑了，笑得胸部也跟着颤动。她不知道为什么世界上会有人起这种古怪的名字，听起来有些别扭，倒是一下就让她记住了，能给人留下深刻的印象。

"人来到这个世界上很不容易，一出生就开始受苦受难。"苍桑一本正经地说道。

"我倒是没看出来你有多么苍（沧）桑。"玲珑说完，仍然面带微笑地注视着他。

"浅薄的人都会起一个有厚重感的名字，故弄玄虚，给人以深刻感。"

"你是在说反话吧。"

苍桑的调侃，拉近了他们的距离。

"你叫什么名字？"

"阮玲珑。"

"这个名字好听，富有诗意，并且给人一种很精致的感觉。"苍桑露出满脸的钦羡。

玲珑听着苍桑的夸赞，有点不好意思，她把眼睛望向窗外，并不说话，只是会心地微笑。

"你会弹阮吗？"

"不会啊。"

"听了你的名字，就感觉你与这种乐器有某种联系。你是不是要学会这种乐器啊，就像人们一听到阮咸这个名字，就知道是弹阮的。"

"为什么啊？我姓阮，就要会弹阮。你姓梁，难道就是一根木头吗？就要当木匠吗？"玲珑说完，似乎感到有些不礼貌，遂微笑着柔声对苍桑说："我是跟你开玩笑的哈。"

"没事，我不介意。"

"那就好。"玲珑柔声说道。

"如果你穿件旗袍,抱着一只阮,给你拍张照片,都可以上电影海报了。"

"这么会联想啊!"

"不是我会联想,是你长得确实漂亮。"苍桑停顿了一下,好像豁然开朗似的继续说道,"之所以把你的名字和乐器联系起来,是因为你这个人和阮这件乐器都非常精致。"

对于苍桑的夸赞,玲珑没有一点难堪,苍桑也没有一点不好意思。那时,玲珑刚刚十八岁,苍桑十九岁,他们都是少男少女,心地纯洁得如同蓝天白云,没有一丝污染。

很短的时间里,他们就有一种似曾相识的感觉。

2

三天的入学教育之后,是三周的军事训练。对于每一个刚入校的大学生来说,军训生活都是前所未有的磨炼。特别是对音乐学院的女生,简直就是身处"炼狱"。漂亮的衣服不能穿,再美的发型也要全藏在帽子里,化妆更是不允许。清一色的迷彩服,常常让人分不清张三李四。这些都不说,单是一天在太阳下的八小时训练,每个班就会有几个晕倒的。

按照惯例,军训结束时,每个学院都会搞一个迎新晚会,欢迎新同学。军训开始之前,学生会提前下了通知,让新生上报节目,没想到第二天竟然报上来四五十个。

第一天,根据节目的形式和水平,做了初步筛选,只保留了十来个。幸运的是,苍桑和玲珑的节目都被保留了下来。

第二天,负责晚会活动的老师告诉他们:"你们两个的钢琴独奏,必须合成一个四手联弹。"

玲珑和苍桑都不明白为什么要这样做。老师看他们有些疑惑,便解释说:"我们这一台节目,老生占一半,新生占一半。现在报上来的节目太多,为了让更多的人参与,节目大部分为合奏、合唱的形式。"

"这一台演出就只有一个钢琴节目吗?"苍桑嗫嚅道,"我是说,钢琴作为我们音乐学科最主要的一件乐器,在一台节目中出现两次也不为多啊。"

"已经有一个钢琴独奏了,是个三年级的同学演奏。"那个老师解释道,"老生吗,已经学了这几年,又有演出经验,我们都比较了解。新生吧,刚入校,水平都不是很高,又没有演出经验。所以,一般都不会把独奏或独唱这样的节目放给新生,新生就是重在参与。"

"哦,谢谢老师!"苍桑说道,"那……曲目呢?"

"曲目你们自己挑。过两周还要再审查,再筛选一遍,不好的仍然会被淘汰。明白吗?"

"重新练一首新曲子,时间很紧张呢!"苍桑谨慎地说。

"凡是被选上的同学,可以不参加军训,全力以赴准备节目就行了。"那个老师想尽快处理完这件事,不置可否地说道。

从演播厅出来,苍桑和玲珑都很兴奋。除了不用参加军训,还能登台给同学们演出,在其他同学面前展露才艺,这简直太让人开心了。但是,选什么曲目呢?难度太大不行,时间有限,太小又不足以显示水平。毕竟是在音乐学院,这里人才济济,都是行家。

"要不咱们分头找,最好明天定下来。"苍桑对玲珑说。

"行,明天必须定下来,时间太紧了。"玲珑回应着,"我今天回去就赶紧找谱子。你也找几首,我们两个人分头行动。"

"行,确实比较紧。"苍桑兴奋地说着。

第三天,玲珑拿着一沓谱子,问苍桑哪个比较好。问话的语气里,还包含着"哪一首你能尽快弹下来"的意思。

"我认为要找一首难度不太大的,最好一周能够弹奏下来,再用一周练熟,这样还能有一周的余地。"苍桑看着玲珑说道。

"我应该没问题。"玲珑说,"这些曲子三四天就能拿下来吧,一周肯定能练熟。"

看着玲珑胸有成竹的样子,苍桑有些钦佩。他们从十几份总谱中,最后遴选出两份：一份是舒伯特的《军队进行曲》，一份是中国民歌《采茶扑蝶》。

面对两份总谱，他们又为难起来。究竟是选一首中国乐曲，还是选一首外国乐曲呢？这两首都是著名乐曲，《军队进行曲》为西方经典，气势磅礴，雄壮威武；《采茶扑蝶》是中国风格，比较欢快，给人愉悦的感觉。

"其实这两首我都喜欢，难分好坏。"玲珑说。

他们走到钢琴旁，试了试，犹豫再三，还是不能决定。

苍桑说："如果二者必须选一，我还是选《军队进行曲》。"

玲珑说："如果二选一，我还是想保留《采茶扑蝶》。"

他们两个的意见相左，不能统一。但是，只能选一首乐曲这个大前提是定下来的，那怎么办呢？

苍桑说："钢琴是西洋乐器，选一首西洋乐曲是合情合理的。"

玲珑说："钢琴虽然是西洋乐器，但是选一首中国乐曲更能给人耳目一新的亲切感。"

"要不我们来个中西合璧，把两首乐曲融合一起？"苍桑好像用了头脑风暴法，有了新的创意。

"怎么融合？"

"就是两首乐曲都用上。"

"你的意思是？"玲珑不明就里，有些迟疑。

"把两首乐曲修改一下，以主题旋律为主，按照回旋曲的曲式（指A-B-A-B-A-B模式）进行组合，让中国音乐和西洋音乐交替出现，给人耳目一新的感觉。"苍桑胸有成竹地说。

"这可是两首不同风格的乐曲！"

"就因为是不同风格，才给人以新鲜感。"苍桑对玲珑说道，"《军队进行曲》由我弹旋律，你弹伴奏，以表现宏大的场面和军人的阳刚之气。《采茶扑蝶》由你弹旋律，我弹伴奏，以表现东方采茶女子欢快愉悦的阴柔之美。这两个主题交替出现，我认为会有非常好的效果。"

"这样可以吗?"玲珑的脸上既兴奋又犹疑。

"我们可以试试啊。"

"行,那总谱你来改?"

"可以,我今天晚上就改。"

"好吧。"玲珑似乎怀着一种期待。

自由的思想,是创新的基础。苍桑用了半天思考,用了整整一晚上把总谱写好。为了过渡、衔接和便于演奏,许多地方都是重新配器。次日早上,当苍桑红着眼睛把几大张总谱递给玲珑时,玲珑的眼神里现出了许多温柔。苍桑和玲珑就坐在排练厅的三角钢琴旁边,开始练习了。

在练琴的间隙,苍桑和玲珑会坐在钢琴前聊天。他们谈到的其他内容很少,主要谈论的还是音乐。

"这一首乐曲需要耗费我们如此多的精力和时间。"苍桑感叹道。

"为什么要学习钢琴?为什么要学习音乐呢?"玲珑问这个问题的时候,一脸天真,好像不食人间烟火似的。

"最主要的还是喜爱吧。"

"但是,那些大量枯燥的练习,似乎已经远远超出了喜爱。"

"你想拥有鲜花和掌声,就要忍受孤独和枯燥,就能忍受,就愿意忍受。"

"有些人并不喜爱,却依然坚持。"

"我们现在学习音乐,最大的目的就是拥有一份轻松而又体面的工作,获得稳定而又可观的收入,过上一种好的生活,有尊严地活着。"苍桑说,"抱着这种目的学琴的人也占了很大一部分。"

"这样说,是不是太功利了?"

"作为普通人,如何过上更好的生活,这是每天都要想的事情。"苍桑一边说着一边想,玲珑是不需要把音乐当作生存工具的。

"无论哪一行,只要能做出一些成绩,或者是处在这个行业的前列,都会被别人承认的吧。"

"当然，如果能出人头地成了明星，那是最好不过了。"

"如果不用这种功利的思想去对待呢？"

"当然也有这种人，他们都是人类的精英。"苍桑说，"也不能说他们一点功利思想都没有。"

"我们这行是不是太冷了？"

"不是啊，如果列一个名单的话：孔子是音乐家，不仅对音乐有精辟的论述，弹琴的水平也非常高，有一种形制的琴就叫仲尼式；爱因斯坦是小提琴演奏家，是奥地利皇家乐团的首席；美国总统克林顿更是吹萨克斯管出身；俄罗斯总统普京在北京开会期间还没有忘了"秀一秀"他的钢琴技巧……如果说下去会没完没了。这些古今中外的名人、政要，他们的演奏水平可不是初级的。"

玲珑好奇地看着苍桑，她想不到苍桑的脑袋里还有这么多东西，于是继续追问："音乐是不是无关紧要、可有可无的？它究竟对我们有什么用？"

苍桑站起来，望着窗外，似乎是在思考。然后他转过身来，身体伏在钢琴上，对玲珑说："小时候看电视新闻，说欧美的家庭钢琴很是普及，人人都会弹琴。后来知道日韩也已普及了钢琴。就连我国台湾省也规定每个中小学生必须学一样国乐。我就老是想不通，为什么他们天天弹琴、度假，而我们天天累死累活，他们却比我们还富有，还发达。后来我渐渐明白，发达的地方，无论是科技、文化还是社会机制都发达，不发达的地方，都不发达。

"德国是出音乐家的地方，他们有贝多芬、巴赫、勃拉姆斯、舒曼、亨德尔、门德尔松等等；当然，德国还出歌德这样的文学家，黑格尔、叔本华、康德这样的哲学家；代表西方工业文明的典范是钢琴，世界最顶端的施坦威钢琴就出自德国；德国还产'奔驰'车和'宝马'车、西门子电器，据说他们造的一个水龙头都能用五十年。"

苍桑一气说完。玲珑仍然紧追不舍："是不是他们有这种条件，比如经济必须达到一定程度？"

苍桑想了想，对着玲珑说：

"前段时间看了一个资料，说'二战'时期的德国，青壮年男人都入伍去外地打仗，老年男人去工厂里做工，剩下的女孩子们却仍然坐在教室里，优雅地弹琴、唱歌，上着这些艺术课。'奔驰'汽车的当代女掌门人，上大学时学的是钢琴；我国台湾省新首富、HTC（指宏达电）女总裁王雪红在德国留学时，学的也是钢琴专业。我们很难想象，这两个执掌着庞大商业帝国的传奇式女性人物，居然都是学钢琴的。

"由此说，人文艺术与科学技术不仅是并行不悖，而且可以相得益彰。出音乐家的地方能造出顶尖的工业产品，不出音乐家的地方也造不出顶尖的工业产品。一个民族的强盛源于这个民族的素质，一个民族的素质又源于这个民族的女性，女性的素质又源于音乐等人文艺术的教育。世界上那些穷兵黩武、把女人和孩子都撵到战场上去修战壕的民族，即使赢得了战争，也不能赢得自己。我们过去也说女性能顶半边天，让她们到极恶劣的环境中与男性一样从事繁重的体力劳动，实际上很不妥。应该让女孩子在一个优雅的环境中弹琴、跳舞、写字，学习这些艺术。因为她们不仅是女孩，将来还是妻子、是母亲。她们的素质决定了一个民族的未来。

"如果反过来说，假如人类没有音乐，会是什么样子呢？我们假设从来没有钢琴、吉他、小提琴、笛子、古筝，不知道贝多芬、莫扎特、阿炳、邓丽君，从来没有听过《二泉映月》《月亮代表我的心》《献给爱丽丝》《梁祝》，甚至不要文学、绘画、戏曲，我们也不读唐诗、宋词。我想人类也一定不会灭亡，就像那荒原上的动物一样，靠着自然的本能繁殖、繁衍。如果是这样，人类还是人类吗？"

苍桑滔滔不绝，口若悬河，在玲珑面前纵横捭阖、一泻千里地讲述着。除了想满足他自己的表现欲，在玲珑面前展示平时看书得来的那点知识外，更重要的是想博得玲珑的好感。

"看来，艺术氛围很重要。一个鞋匠，能用一个月的收入去听一场音乐会，这才叫有艺术的基因。"玲珑感叹着，她想不到，苍桑对许多问题还是做过思考的。

苍桑从交谈中得知，玲珑四岁学琴，六岁就登台演出，参加过很多比赛，获得过许多荣誉。她每天练琴都在三个小时以上。单从速度、难度等演奏技巧方面来说，玲珑远在自己之上。

"你刚才说的，都是从人类、社会、国家等大的方面着眼。作为个体，我们要花费大量的时间来学习它。我在想，音乐对我们个人生活究竟有什么作用呢？"

玲珑用期待的目光看着苍桑说，她好像对这些问题产生了兴趣，也可能是对苍桑这个人产生了兴趣。

苍桑走到窗口，看着远方，略作沉思。然后，回到钢琴旁坐下，看着玲珑侃侃而谈：

"大家都知道的说法是，音乐能够陶冶情操、净化灵魂、开发智力。教科书上说，音乐有认识作用、教育作用和审美作用。我认为，最主要的应该是审美作用，音乐通过审美作用来达到认识和教育的目的。音乐最大的作用是创造美、演绎美，在这种创造和演绎中追求着完美。音乐的美除了给他人以陶醉之外，还有自我欣赏、自我陶醉的功能。无论是演奏还是欣赏，都处在一个追求完美的状态。这种追求完美的过程、努力、习惯，对人会产生深远的影响，使其在其他方面也同样保持着追求完美的习惯。

"人是一个由精神和物质构成的高级生命体。我们也常常把它说成动物属性和社会属性，或者是叫精神生命和物质生命。音乐所对应的当然是精神生命。人的心智技能又分为感性和理性，与之对应的是艺术和科学。科学能够提高我们的物质生活品质，而艺术则改变我们的精神生活品质。艺术对精神生活的改变不是政治说教，而是寓教于乐的、潜移默化的、润物细无声的。音乐之神，至圣至美，她的光辉照耀着我们，能驱散往日的愁云，使受伤的心灵重新得到抚慰。没有受过审美教育的人是浅薄的、卑俗的，没有受过审美教育的民族是愚昧的、可悲的，不会欣赏音乐的脑袋永远是粗俗的。理解音乐的人更容易理解幸福的源泉不是在身外，而是在内心的哲理。在音乐中摆脱尘世对灵魂的羁绊，让幻想插上翅膀，在蓝天之上翱翔，得到一种纯粹的自由。让音乐之神引领我们摆脱愚昧，走向完美，通往幸福的人生之路。"

苍桑说完，看着玲珑，他看到玲珑的脸上升起一种崇敬之意。

"有些佩服你了。"玲珑这样说着。

阳光从窗口照进室内。窗外那棵高大的杨树上，有两只小鸟在跳来跳去。真是一个美好的下午。

"我给你朗诵一首诗吧。"苍桑好像心血来潮似的对玲珑说。

"好啊，我太想听了。"玲珑非常愉快地说。

苍桑便开始朗诵那首关于音乐的诗：

> 我有一支芦笛，
> 拿法国大元帅的节杖我也不换。
> 高兴的时候，
> 吹起一支欢快的曲子；
> 悲伤的时候，
> 吹起一支忧郁的曲子。
> ……

3

迎新晚会在音乐学院演播厅里如期举行。苍桑和玲珑的钢琴四手联弹《走过茶园的军乐队》（名字是苍桑给起的）大获成功。演出那天，主持人在刚刚报出曲目名称的时候，下面出现了一点小小的骚动。当《军队进行曲》和《采茶扑蝶》的旋律交替出现时，下面的人才恍然大悟。这两首世界名曲音乐学院的人肯定都听过，不过，把两首中西风格完全不同的乐曲串在一起演奏，恐怕还很少有人做。或许是感到新奇，很多人竟然目不斜视，跟着节奏拍起手掌，脸上洋溢着微笑。

由于是两个人交替演奏旋律，每当右边的人演奏完一段旋律之后，就会在钢琴上向左移动到中低音区，向下一段旋律的伴奏过渡。而左边的人就像被挤掉了一样，从琴凳上站起来，绕到钢琴的右边，然后坐下演奏新的旋律。苍桑和玲珑二人都循环往复了三次，不仅仅是钢琴演奏，还给人以表演的感觉。两个人起起落落，转来绕去，这给台下的同学多了一些看帅哥美女的机会，他们的表演深深地吸引着台下观众的眼球。

　　那天的玲珑一袭黑色无袖长裙，穿着高跟鞋，露出她那白嫩的肩膀和手臂，一改往日小女生的形象。她举止高雅，神色泰然自若，显然是见过大世面的人。再加上她姣好的面容，苗条的身材，在聚光灯下，给人一种华美、高贵的感觉。以至下面的男生开始议论，"校花"要换人了，看来是非玲珑莫属。

　　那天的苍桑身着黑西裤、白衬衫，系着黑色蝴蝶结，脚蹬黑皮鞋，显得十分帅气，显然也是经过了一番精心打扮。虽然苍桑也显得绅士般优雅，但是在玲珑面前还是给人一种服务生的感觉，而玲珑则给人一种高贵公主的感觉。

　　那天的演出还出了一个小小的"插曲"，不知道是话筒支架坏了，还是工作人员没有将其固定到位，在演奏第二段变奏的时候，放在钢琴上方的两个话筒，其中一个开始慢慢向下滑落。放两个话筒本来就是为了更好地采集声音，一个放在高音区，一个放在低音区，以保持高低音的平衡。由于一个话筒向下滑落，声音开始出现不平衡。这时苍桑便站起身来想去阻止那只滑落的话筒，他伸出一只手托住那只话筒，但是一放手那只话筒仍然继续向下滑落，而苍桑又腾不出另一只手来调节固定话筒架，便只好侧着身子，一只手托着话筒架，一只手继续弹琴。下面的人都在为台上的人感到紧张，甚至起了一点小小的骚动，直到负责音响的工作人员跑过去把话筒固定好，才又恢复了正常。本来是出了一个小事故，反而让更多人记住了这个节目，记住了苍桑和玲珑。那天演出之后，当苍桑和玲珑走在校园里的时候，就有许多陌生的同学跟他们打招呼。苍桑同宿舍的舍友对他说过，这是一奏成名，学院谁人不识君。

迎新晚会之后，苍桑和玲珑就进入了正常的学习生活。大学的学习生活并不紧张，一般是上午集体上课，下午自由练习。上午的课有集体大课，有单独小课，也不是所有时间都排得很满，下午的练习时间对于学生来说则完全处于一种自由状态。对于音乐表演专业的学生来说，保证一定量的练琴时间，才是专业进步最有力的保障。许多人自制能力较差，并不能把大量的时间都用在专业的练习上。

年轻就是财富！人们嘴里常常这样说，心里却不以为然。之所以不以为然，大概是因为年轻总是与贫困相联系。大多数人在年轻时期，总是过着相对困顿的生活，或者说经济不独立。而且，许多年轻人肆意地挥霍着自己的青春。闲逛、瞎聊、打扑克、玩游戏，这些虽然是一种消遣方式，但沉迷在里面不能自拔，便消耗了大量的时间。大概是为了占领年轻人的思想领地，或者是让学生的生活更加充实，学校喊出了"高雅艺术进校园""我的青春不迷茫"等口号，并建立了许多文艺社团，开展大量文化活动。

迎新晚会之后的第三周，学校举办学生社团纳新活动。连续两个下午，近百个社团在学校的树人广场上撑起遮阳篷，摆出摊位，针对新生，吸收新成员，被同学们称为"百团相争"。

那天是苍桑和玲珑一起逛的。他们看到有正青春诗社、荷花文学社、第一旋律吉他社、六弦吉他社、峄阳孤桐古琴社、流浪艺人萨克斯社、龙飞凤舞书法社、张牙舞爪舞蹈社，还有旧瓶装新酒汉服社、旱地飞翔轮滑社、孔老夫子读书社、胡思乱想哲学讨论社、踏破铁鞋驴友社、伶牙俐齿演讲社、雅俗共赏曲艺社，等等，想到的，想不到的，应有尽有，令人眼花缭乱。

各个社团都使出浑身解数吸引同学们的眼球，诗社把成员作品做成展示牌摆在门口，并在现场声情并茂地配乐朗诵；吉他社当然都是支上乐器，架起音箱，现场弹唱演奏；书法社的成员是一字排开，轮流上阵，在现场龙飞凤舞地书写；轮滑社成员则摆好阵势，全副武装地做特技表演；曲艺社的人在那里说相声，极其卖力地讨好观众；舞蹈社的女生穿着超短裙热舞，展示她们修长的"筷子"腿；最惹眼的就是那些汉服社的小女生，她们穿着各色汉服，像仙女一样，满场地地"飘"来"飘"去。

广场上人头攒动，青春飞扬，有点赶集或逛庙会的感觉。年轻人在一起，总是让人心潮澎湃。有人说社团的纳新活动，为学哥撩学妹、学姐撩学弟提供了机会，为没有女朋友的男同学和没有男朋友的女同学提供了机会。

"你想加入哪一个？"在逛了一圈之后，玲珑问苍桑。

"都想参加呢。"

"总要有个重点吧，参加好几个你也忙不过来呀。"

"如果排个序的话，第一是吉他社，第二是诗社，第三是读书社，第四个吗，是汉服社……"

"哼，你要去的都是女生比较多的地方吧。"玲珑故意摆出一副嗔怪的样子。

"不是啊。"苍桑赶紧解释，"我想加入的社团，首先是喜欢，其次让自己在某些方面能够有所提高。"

"那个汉服社你能提高啥？"

"是想体验一种不一样的生活。比如，穿上宽大的服装、布鞋，戴上草帽，行走在天地间，会不会让人有种自由自在、无拘无束的感觉，会不会让人产生一种田园诗的意境。"

"你的心里还藏着另一种浪漫吗？"

"古人穿着宽袍大袖，游走在山水之间，吟诗作赋。现代人在拥挤的人群中，跟着摇滚节奏，声嘶力竭地呐喊宣泄。两种活法偶尔切换一下，也是对自己生命的丰富和滋养。"

玲珑看着苍桑，沉默了一会儿，似乎要从他脸上寻找什么。

"不是我往女生多的地方跑，有你这样一个漂亮、温柔、才貌双全的女生与我形影不离,我已经非常满足了。"

"人家就是给你开个玩笑嘛。"

玲珑脸上泛起微微的红润,苍桑也察觉自己刚才说漏了嘴。开学以来,苍桑和玲珑确实天天在一起,但他们从来没有向对方有过任何表示,连"我们是好朋友""我们是好同学"这样的话都没有说过。

"我们去'第一旋律'吉他社吧,我看介绍,社长是刘阿洪。"苍桑想打破有点尴尬的氛围。

"是迎新晚会上敲架子鼓的那个吗?"

"是他,据说他专业是打鼓的,吉他也弹得很好。"

"哇,他那天可是帅呆了,迷倒了一片小女生。我知道过后很多天,女生宿舍里熄灯前的话题,都是在谈论他。"

"他就是我们器乐系的,好像是大三了。"

"那更好啊,支持我们系的学长。"

苍桑和玲珑到了第一旋律吉他社摊位前,一个女生正抱着一把吉他弹唱梁静茹的《可惜不是你》。刘阿洪背着一个非洲鼓,还有一个男生也背着一把吉他,一起为那个女生伴奏。音乐停下来的时候,苍桑和玲珑挤到了前面。

"是我们系的学妹学弟啊。"刘阿洪主动跟他们打招呼。

"很想加入学长的队伍。"

"非常非常欢迎!"阿洪已经认识他们,"迎新晚会上,你们的钢琴四手联弹很好。"阿洪说着,伸出一个大拇指,表示赞许。

"学长领衔的电声乐队才是全场最轰动的节目。"

"你们的那个改编很有创意,把两首钢琴曲融合在一起,确实效果不错。"阿洪说。看来,苍桑和玲珑的四手联弹确实给阿洪留下了深刻的印象。

"学长的演出,作为女生宿舍熄灯前的必谈话题,一直保持到现在。"

"你们还挺会恭维人的啊。既然喜欢,就加入我们第一旋律吉他社吧!"阿洪不失时机地推销。

"现在就可以吗?"苍桑问道。

"当然可以。"

"你还看看我们的水平吗?我过去弹过一段时间古典吉他,最高水平弹过《阿尔罕布拉宫的回忆》。不过,现在轮指已经弹不到这么快了,谱子也忘了。"苍桑对阿洪说。

"已经很好了。先参加我们的吉他社,再参加我们的电声乐队,在乐队中弹吉他或弹贝斯都行。电声乐队中的和声编配与钢琴相似,你稍稍熟悉一下,一点问题都没有。"

"那太好了。"苍桑有些激动地说。没想到刘阿洪是个如此热情爽快的人。

"那没有任何基础的也能参加吗?"玲珑问刘阿洪。

"你要参加的话,就不要学吉他了,可以弹电子琴。我们学校有一台'罗兰'肩背式合成器,就是电视上'羽泉'(中国内地音乐组合)用的那种,你可以弹那个。你有钢琴基础,熟悉一下很快就能掌握。"刘阿洪一边说着,一边做了一个演奏的动作。

"啊?你不是骗我吧,学长。我怎么感觉像做梦。"玲珑一惊一乍地说。

"不瞒你说。"阿洪停顿一下说,"咱们这个乐队的成员基本都是大三的同学,在校时间往多了说还有一年,大四我们就要离校去实习了。现在正是青黄不接的时候,急需招募新队员,补充新生力量。"

"我们会成为这个乐队的主要力量。"苍桑笑道。

"当然,很快就会交给你们的。说实在的,吉他社的同学很多,但是真正能够参加咱们这个乐队的不多。其他系里根本找不出来,人才都在我们系呢。"

就这样,苍桑和玲珑同时加入了吉他社,成了电声乐队的队员。从那时候起,他俩也正式结识了刘阿洪。

4

苍桑曾一直认为,自己是世间最刻苦、最认真练琴的人了,没想到玲珑练琴也是蛮用功的。虽然没有老师点名考勤之类的督促,但他俩好像有了约定似的,每天都准时到排练厅。如果某天有一个人有事晚到一会儿,另一个人就会心神不安地处在等待之中。

苍桑练琴时,玲珑通常坐在旁边静静地聆听,有时也会在苍桑弹完一曲时告诉他,某某地方是不是弹错了。苍桑仔细地对照乐谱一看,果然是弹错了。他常常感叹玲珑敏锐的听力。

玲珑弹琴时,苍桑喜欢站在她的背后,欣赏她弹琴时的背影,这样既能看到她的背部,又能看到她的手。苍桑常常看着她那双修长而美丽的手指在钢琴键盘上跳跃,也常常看着她颈部背面那一块洁白的皮肤发呆,那时他的心里会涌起一种莫名的激动。

而玲珑似乎知道苍桑的所思所想,乐曲结束后并不转身与苍桑说话,而是继续盯着钢琴一句话都不说,有时候会沉默好长时间,才能从乐曲的情绪中走出来。

时间一长,他们便能从琴声中判断出对方的心情是好是坏,是安静还是激动,是喜悦还是悲伤。那天,玲珑刚弹完一曲,沉默了一会儿,然后慢慢转头问苍桑:"什么样的人,才能称得上知音?"

苍桑想了想,于是给她讲了伯牙和子期高山流水遇知音的故事。伯牙善于弹琴,子期善于听琴。每次弹琴,当伯牙表达自己志在高山时,子期就在旁边说"巍巍乎若泰山";当伯牙表达自己志在流水时,子期就说"洋洋兮若江河"。后来,子期死了,知音已经不在了,伯牙破琴绝弦,终身不再弹琴。

"这真是流传千古的动人故事了。"玲珑听完,感叹地说。

"你知道吗,我曾跑到武汉的古琴台去凭吊伯牙和子期,又在离古琴台不远的琴台音乐厅听了一场古琴音乐会。"

"真的是很迷恋音乐啊！"玲珑直直地看着苍桑，"你可真够痴心的啊！"

"当时三层的音乐厅座无虚席，挤满了来自全国各地的观众。我想，这些人可以说都是为寻找知音而来的吗？"

"现实中的知音会很少吧？"

苏轼说："七条弦上五音寒，此艺知音自古难。"李白也说："知音安在哉？"知音怎么会存在呢？或许伯牙遇到子期仅是千古一例，才能让他们流传千古。在现实之中我们是找不到知音的，每个人都是孤独的赶路者，只是有些人能够制造一种成群结队有说有笑的热闹。想到这里，苍桑如实告诉玲珑："知音难觅。"

玲珑望着窗外，沉思了一会儿。然后又转过头看着苍桑，慢慢地说："我是不是你的知音？"

苍桑听到玲珑如此问话，一时不知道如何回答。当一个女生问一个男生我是不是你的知音时，一定是话里有话，还有其他的意思。想到这里，苍桑只能匆匆忙忙地说道："差不多吧。"

"你是不是我的知音？"

"也应该是。"

"那就是我们还不能完全理解对方。"玲珑说完，想了想，"我是说，我们弹完一首曲子，对方还不能完全理解演奏者的所思所想，以及乐曲所表达的内容，不是心有灵犀的那一种。"

"从音乐欣赏的角度来说，音乐是不可以解读的，人们只可以去感受它。欣赏同样一段音乐，不同的人、不同的时间、不同的地点，会有不同的感受、不同的理解。过去西方的音乐很多都是无标题的，那些无标题音乐，也说明了这个现象。既然一千个人会有一千种理解，那我们又如何能寻得到知音呢？"苍桑向玲珑解释道。在谈到音乐这一话题时，苍桑总是滔滔不绝。

"或者，你不能用这么专业的视角来解释知音这个词？"玲珑继续追问。

苍桑想了想，对着玲珑说："我从学琴开始，就参加过很多次演出，每当我演奏完毕,鞠完躬走下舞台时,我都在思考一个问题,今天可以遇到知音吗?虽然在谢幕时,也会收获满场的掌声,但这掌声里会有几种成分:一种人是真正地出于喜欢、欣赏,而鼓掌;一种人是出于礼貌而鼓掌;另一种人是虽没听懂但附庸风雅而鼓掌;还有一种人是看到别人鼓掌自己也鼓掌,否则有种边缘化的感觉。我并不喜欢这种世俗的没有心灵交流的表面上的热闹,但如果连这种热闹也没有,我又感到更寂寞。虽然我在家中自弹自赏时会让自己的心灵更加震撼,但我们毕竟生活在一个世俗的社会里,为了逃避寂寞,才不辞千辛万苦去寻找那终生都不一定能遇到的知音。当我们寻寻觅觅找不到知音的时候便会感到寂寞孤独,当人们无法忍受这种寂寞孤独时便会感到痛苦,当你想摆脱这种痛苦而优柔寡断时你发现已经改变了自己。不乱于心,不困于情,其实是很难做到的。只有像弘一大师那样遁入空门,才是对'乱于心,困于情'的一种逃脱。"

玲珑听完,沉默了一会儿,好像被苍桑的话触动了,她静静地看着苍桑说:"你说的每一句都很入我的心,但是,别说得这么沉重好吗,我不喜欢悲伤的。"

"那我给你讲个轻松点的。"苍桑看着玲珑,脸上一扫刚才那凝重的神色,然后说,"人生路上,我们总是在追寻着千年才能一遇的知音时,有种高处不胜寒的感觉。一天,我带着我的琴到一个牧场上去对一群牛弹琴,而那群牛好像视而不见、听而不闻,仍然贪婪地吃草,快活地追逐奔跑,它们根本就不听我的演奏。我对着牛儿大声说:'牛啊,求求你们安静一会儿,我可是未来的艺术家啊,现在来教化你们,你们为什么不听呢?'我发现痛苦的是我,做个俗物,便不会有痛苦。回到家里,我就准备把琴摔烂,把书烧了生火,从此做个俗人。"

玲珑听完,吃吃地笑着,笑得花枝乱颤。

"你真会编啊!"

"我再给你说一件我亲身经历的事。"看到玲珑高兴的样子,苍桑忽然来了兴致,"那是在高考的时候,我们艺考不是要考声乐吗,考试前,我们高中学校的老师给我辅导声乐。那个声乐老师是个年轻的女老师,刚毕业几年,大概没有什么经验。一天上课,她说我唱歌时的气息不足,需要练习气息。于是她给我讲了几种掌握气息的方法,比如受到惊吓啊,比如打哈欠啊,比如闻花香啊,等等,但是这些都不奏效,她便让我双手紧紧抓着钢琴的琴身唱歌,这样的确感到有了许多底气。她说你就找这种感觉,于是我就使劲地用手抓住那个钢琴,结果'啪'地一下,我的腰带崩断了,我赶紧捂住肚子不说话了。她说你怎么了?我没有说话,她是个年轻的女老师,我怎么好意思跟她说我的腰带断了,怕裤子滑下来。她又说你难受吗?我点了点头。她又问你要不要去厕所?我说要。她说你去吧,我就捂着肚子跑出来。我没有去厕所,而是到处想找一根绳子把裤子穿起来。她站在走廊上看到我没去厕所,当我回去的时候她大发脾气,说马上就要高考了,为了逃课居然装作肚子疼。我有口难言,只能听她发落。"

苍桑说完,玲珑哈哈大笑。两个人聊得昏天黑地,很是投机,好像忘了时间。当然,他们谈论最多的还是音乐。最后,玲珑对苍桑说:"我现在再弹一曲,看看能不能找到知音?"

"那我今天一定要做子期。"苍桑回应道。

玲珑俯身演奏,苍桑站在旁边静静地看着她,看着她优美的姿势、舒展的手臂、跳跃的手指,还有随着音乐起伏的身体。玲珑倾心专注地演奏,时而激昂,时而舒缓,令人如痴如醉,如梦似幻。一曲结束,玲珑伏在琴上,久久地陶醉其中。

过了好一会儿,她慢慢地问一句:"好听吗?"

"当然。"苍桑柔声答道。

苍桑不是恭维她,是发自内心的。那个时候,苍桑还不会恭维人。

"你知道这是一个十八岁女孩子写的曲子吗?"

玲珑刚才演奏的是《少女的祈祷》,由波兰一个叫巴达捷夫斯卡的十八岁女孩作曲,是世界名曲中最为脍炙人口的作品之一。这一首乐曲让她流传百世,弹钢琴的人都会知道。

"你知道她在二十四岁时就死了吗?"玲珑继续追问道。

"这个我还真不知道。"

"是不是很可惜啊?"

"生命无常吧。"

"人在死亡时会痛苦吗?"

"……"

"你说真的会有天堂或另一个世界吗?"

"玲珑,你没发烧吧?在说什么呢?"苍桑感觉有点儿不对劲。

玲珑慢慢转过身来,一脸迷茫的表情。苍桑瞪大眼睛看着她,有些诧异地问道:"你的脑袋里都在想什么呢?"

玲珑一句话都不说,慢慢转过身去。琴声响起,还是那首《少女的祈祷》。苍桑认为这是玲珑演奏得最好的一首乐曲。他从中听到了纯洁、神圣、美丽、虔诚,同时伴着青春气息。但他还隐隐约约地听出一丝悲伤,感到有些不安。

5

那天下午,苍桑到一楼的电声乐队室,去看刘阿洪他们排练。回到二楼时,看到玲珑一个人趴在钢琴上,一动不动。他蹑手蹑脚地走近,玲珑也没有反应。

他看到玲珑一手捂着肚子,一手放在钢琴上,头枕在手臂上,发丝凌乱地铺撒在黑白相间的琴键上。

远远地看,玲珑那白皙而又姣好的面容,从黑色的发丝中透了出来,简直就是一个睡美人。走近再看,苍桑看到她愁眉苦脸,满面痛苦。

"玲珑,你怎么了?"苍桑急切地问她。

玲珑没有回答,也没有睁开眼睛。苍桑心急如焚,如热锅上的蚂蚁,一时不知道怎么办才好。过了好一会儿,玲珑才抬起头,却仍然闭着眼说:"肚子疼。"

看到玲珑那痛苦的样子，苍桑心中产生了一种怜香惜玉的感情。但因为她是女孩子，苍桑也不好过多地询问原因。他想让玲珑坐得更舒服一些，但是又不知道怎么办。

"要不要去医院看看？"苍桑伸手摸摸玲珑的额头，好像也并不发烧。

"不要，没事的。"玲珑少气无力地说，说完又趴下。

苍桑站在旁边手足无措。他想，是不是让玲珑回宿舍躺下休息一会儿更好。

玲珑又抬起头来，双手捂着肚子换了个姿势，面部扭曲，不时地发出一声痛苦的呻吟，额上有微微的汗珠渗出。苍桑从未见过玲珑如此痛苦过，甚至从未见过有女孩子在自己面前有如此痛苦的样子。

"没事的，不要紧的，躺着休息休息就会好的。"玲珑又抬起头，这样告诉苍桑。她微微闭着眼睛，一副无精打采的样子。

"要不你回去休息吧？"苍桑说。

"好吧。"

玲珑说完，就扶着钢琴缓缓站起来。可是她走到楼梯口的时候，又捂着肚子蹲下来。玲珑蹲在那里，把身体缩成一团。苍桑看着玲珑那娇小的身体，不由得心疼万分。

玲珑已经疼得不能走路了，苍桑决定用自行车送她回去。过了一会儿，玲珑又站起来。他扶着玲珑下了楼，让玲珑侧身坐在自行车的后座上。玲珑双手环抱在苍桑的腰间，紧闭双眼，把头靠在苍桑的后背上。苍桑极其小心地骑着自行车，慢慢地送玲珑回住处。他感到玲珑身体的温暖，这是苍桑第一次体会异性的温柔。

连着两天没有见到玲珑，苍桑有些坐卧不安。第二天下午，苍桑决定去看玲珑。他拿出一部分自己积攒着准备买吉他的钱，买了一束鲜花，双手捧着，来到玲珑的住处。

玲珑是走读生。她的住处不是在自己家，而是寄居在她姨妈家。她的父母都在外地，具体在哪里，苍桑还真没问过。

玲珑姨妈家的房子在一个安静的大院里面,是一栋独门独院的二层小楼。外墙上长满了"爬墙虎",门前有一棵高大的苦楝树,树上结满了苦楝子。

苍桑曾经来过一次,上次送玲珑就是送到这个地方的。他到了那个小院门前,敲敲门,没动静,再敲敲门,还是没动静。

苍桑的心开始忐忑不安,他似乎能听到它在自己体内怦怦乱跳。玲珑会去哪里呢?应该没事吧?就在苍桑胡思乱想时,里面传出一个甜美而又熟悉的声音。

"谁啊?"

"……"

那一刻,苍桑居然没有回话。不知道是忘记了回话,还是激动得不知道如何回话,接着里面又传来一声问询。

"你是谁啊?"

"是我。"

里面的人似乎跟他对上了暗号一样,迅速打开大门。苍桑看到了久违的面孔。

当玲珑看到苍桑手中的那束鲜花时,激动得要扑过来给他一个拥抱。苍桑赶紧岔开话题,避免其他人看见会尴尬。

玲珑带着苍桑去了她的房间。苍桑看着房间的陈设、衣帽架上挂着的满满少女感的衣服,无不散发出一种闺房的温馨。

她让苍桑坐下,苍桑不好意思坐。她又说:"坐吧,没什么可拘束的。"

苍桑便小心坐下。

玲珑告诉苍桑,她姨妈一家人都出去了,去参加朋友儿子的婚礼,要到晚上才能回来。苍桑这才不那么拘谨了。

"肚子好了吗?"

"好了。"

"怎么疼得那么厉害。"

"是痛经,每个月来那个的时候,都会疼几天。"

苍桑听到这个的时候脸一定是红的,这是他第一次知道女人还会痛经,并且是一个女孩子亲口告诉他的。过去他只知道女人每个月都会来月经,却不知道还会这么疼。

"在家躺了两天,好多了。"玲珑说完站起身,端起桌子上的一碗红糖水,慢慢地喝下去。

也许是因为天热,也许是因为在家里,玲珑穿着一件无袖的类似于家居服的薄裙,这种裙子叫什么名字说不清楚,反正是那种女孩只有在家里才穿的那种,露着手臂、脖子、肩膀和小腿,赤脚穿着凉拖鞋。

在她慢慢喝着红糖水的时候,苍桑仔细地打量着她:身体轮廓的曲线依稀可见,纤细的脖子托着她那可爱的小脑袋,低低的领口露出她洁白如玉的皮肤,胸前有两处高高地耸起,小腿和那双美丽的脚都裸露在外面。真的是玲珑剔透,丰满而舒展,亭亭而玉立。

苍桑看到了一个平时没有发现的玲珑,他感到他们之间的距离拉近了很多。为什么要让这样一个纯洁、美丽、温柔的女孩,每个月都要承受几天这样的痛苦呢?

在苍桑这样胡思乱想的时候,玲珑要给苍桑沏茶。苍桑说,不用了吧。但玲珑还是拿了茶杯。

苍桑一边看着玲珑沏茶,一边悄悄地欣赏着玲珑的美。玲珑真是让人一见倾心的姑娘,苍桑看着看着不禁走了神。

玲珑发现苍桑在痴痴地看自己,顿时脸色绯红,低下了头。

在与玲珑的交谈中,苍桑了解到,她的家境很好,并且不是一般的有钱。她的父亲多年前就在一个企业里任管理人员,后来承包了那个企业,再后来企业改制,她的父亲与人合伙买下了那个企业。玲珑的母亲很有背景,她的父亲好像就是靠着她母亲的背景才飞黄腾达的。当然,这是苍桑根据玲珑的描述猜测到的。玲珑从来不多说到她的母亲,苍桑思忖富人们大概都比较神秘，所以自己也并不多问。

"你家就你这一个宝贝女儿，那不成了你爸爸的掌上明珠了。"

"我还有一个姐姐，但是……"玲珑有些吞吞吐吐，似乎说漏了嘴一样，有些尴尬。

"你亲姐姐吗？她不在这里吗？"苍桑继续追问。

"嗯……现在不在这里了。"

玲珑含含糊糊没有承认，也没有否认，看样子是有难言之隐，她闭口不再谈论这件事。那个时候苍桑也没有多想，或许玲珑说的只是表姐或堂姐吧，女孩子之间都是很容易亲近的。

那天下午苍桑与玲珑谈了很长时间，二人几乎无所不谈。看得出，玲珑对苍桑的到访非常开心。他们之间几乎没有秘密，除了她的家庭。他们谈人生、谈理想、谈音乐，在一起度过了一段美妙的时光。

那是不冷不热的一天，苍桑正在排练厅练琴。玲珑提着一把吉他，让苍桑试试这把吉他怎么样。

这是一把用琴盒装着的西班牙古典吉他，打眼一看就是一把高档货：面板为鱼鳞云杉单板，背板和侧板是沙比利木，琴颈是胡桃木，指板是玫瑰木，实木镶嵌花边音孔，多层镶边，全封闭旋钮。

苍桑小心翼翼地拿出来，先调弦，然后在每根弦上都试一下，是否有打品（指琴弦出现杂音）的现象。然后弹了几首曲子，听了听音色。苍桑这才对玲珑说道："这是一把很好的吉他。"

"喜欢吗？"

"当然喜欢。"苍桑一边抚摸着吉他，一边说，"一直想买一把呢，就是这种吉他太贵了。"

"那就送给你了。"玲珑说。

"我做梦都想拥有这么一把吉他，只可惜一直在做梦而已。"

"这把吉他就是送给你的。"

"不要开玩笑啊！"

"当然不开玩笑。这真是送给你的礼物。"

看到玲珑认真的样子，苍桑有点蒙了，她为什么要凭空送给自己这么贵重的礼物呢？

"今天是什么日子啊？"玲珑微笑着问苍桑。她的微笑很迷人。苍桑怔怔地想了好长一会儿，还是没有想出来是什么特殊的日子。

"今天是你的生日啊！"

"不对吧？"

"我可是看过你的身份证的哈。"

原来是玲珑看了苍桑的身份证，就记住了他的生日。为了给苍桑准备生日礼物，提前一个月，她让爸爸从上海最大的乐器店里买了这把吉他。

但是，苍桑的生日并不是这一天。具体是哪一天他自己也不知道，家里人也记不清了，身份证上的生日，是当年上户口时随意写的一个大概日期。

"就当今天是你的生日吧。"玲珑仍旧微笑着说。

"这个礼物太贵重了，我不能要。"

"可是我都准备好了呀，你怎么能拒绝一个小公主的心意呢？"

玲珑说话的样子很可爱。

"说实在的，我从来没有为自己庆祝过生日，家里人也没有过生日的习惯。确切地说，我都不知道我的生日究竟是哪一天。"

苍桑暗暗地想，只有你们这种条件优越的人家才会有过生日的习俗，一般人家吃上肉就很幸福了，哪还想着过什么生日。

"那今天我们两个给你庆祝一下生日吧，你可要请我吃饭啊。"

看着玲珑那一脸不容拒绝的表情，苍桑的心里很感动。盛情难却，他们两个当即决定，到步行街旁边的那个时尚餐厅去共进晚餐。

因为还没到吃饭的时候，苍桑就带着玲珑先去逛街。玲珑穿着裙子，坐在苍桑自行车的后座上，晃荡着她那两条修长的小腿，怀里抱着吉他。

她一手揽着吉他,一手揽在苍桑的腰间。他们有说有笑,慢悠悠地逛着,走马观花地浏览着街边的景色。也可能是怀中的吉他过于显眼,也可能是玲珑过于漂亮,总之,很多路人回头看他们。

他们串了几条大街小巷,然后才到了那个餐厅。他们挑了一个小小的包间,中间是长条餐桌,两边是沙发靠背椅。房间虽然不大,但是温馨幽静。苍桑和玲珑都很满意。

玲珑让苍桑坐着等她一会儿,她要出去一下。苍桑不知道她有什么秘密,过了一会儿,她回来时,手里提着一个小小的蛋糕,周围插着十九根蜡烛。蛋糕上还写有一句祝福语:祝未来的音乐王子十九岁生日快乐!

苍桑的心里非常感动,自己长到十九岁,这还是第一次正儿八经地过生日,并且还是一个可爱的女孩给自己过生日。

"玲珑,谢谢你!我真的很感动。"

玲珑没有说话,她只是默默地看着苍桑。苍桑感到玲珑的眼神里似乎闪烁着话语,好像想告诉他一些什么,让他的心中充满着一种从未有过的温柔。

他们要了两个菜、两个水果盘,还有两罐啤酒。在这些都端上来之后,玲珑关掉房间的灯,点着蜡烛。苍桑拿出玲珑送给他的吉他,苍桑弹吉他,玲珑开始唱那首生日快乐歌。

玲珑唱完一遍,他们俩又同唱了一遍。烛光下的玲珑顾盼生辉,真是别有一番风情。

唱过生日快乐歌之后,玲珑说:不要开灯了,也不要把蜡烛吹灭,我们进行一个烛光晚宴。然后她要苍桑对着蜡烛许一个心愿。

苍桑对着蜡烛,深吸一口气,然后慢慢呼出,屏气凝神,双手合十在胸前,闭上双眼,开始许愿:

我在此无比虔诚、无比庄严、无比神圣地祈祷:如果上苍能把美丽、纯洁、温柔、善良的,全世界唯一的阮玲珑公主许配给我,我将用我劈山的力量，填海的意志，夸父的决心，梁山伯的执着、罗密欧的决绝去爱她，让她一生幸福快乐！她是天使，是公主，神圣而不可侵犯；对她有一丝杂念，都是对上苍的亵渎；哪怕有一点对不起她的念头，都将是犯罪。我会耗尽我的生命，永远爱她！爱她！爱她！

许愿之后，苍桑沉默片刻，以平复一下自己的心情。

玲珑说她今天也要许个愿。

苍桑说："好。"

玲珑就脱掉鞋子，赤脚跪在沙发上，双手放在她的两条腿上，闭上双眼，开始许愿。

此时此刻，苍桑看到烛光里的玲珑是如此圣洁美丽。他顿时感到人生如此美好，世界如此美妙，生命如此伟大，爱情如此神圣。他感到自己和玲珑此刻拥有的就是真正的爱情。

玲珑许愿之后，苍桑说："别动，你就这样闭上眼，听我给你唱首歌。"

于是，琴声响起，苍桑唱起那首《世界多美丽》。玲珑就跪在沙发上，闭上眼静静地倾听。苍桑把最后高潮处的那两句歌词反复咏唱：

和你在一起，世界多美丽！

苍桑看到玲珑脸上有两行热泪流下。他轻轻放下琴，走到玲珑面前，伏下身体，轻轻抱住玲珑。苍桑感到她裸露的两臂上皮肤的柔软，那种触感让他终身难忘，挥之不去。苍桑不知道从哪里来的巨大勇气，他感到是一种神圣的力量在驱使着他，他把双唇轻轻印在玲珑的额头上。仅仅几秒钟，他就放开了玲珑，但他却感到已经拥有玲珑许多年。

这是苍桑与玲珑的第一次亲密接触，也是他十九岁人生中第一次与女孩亲密接触，也是与玲珑的唯一一次亲密接触。

第二章　遭遇阻碍

1

时间过得真快，转眼一个学年就过去了。在放假前的一周，刘阿洪找到了苍桑。

"苍桑，我马上就要离校实习去了。"

"啊，这么快吗？"

"就是这么快，很多人就永远离开学校了。"阿洪说话时还是有一些留恋之情。

"你要去哪里实习啊？"

"你猜猜我去哪里？"阿洪忽然来了兴致，兴奋地看着苍桑。

"我怎么能猜到？"

"去歌舞团，宁老师那里。"

"啊？定了吗？"

"已经定下来了。"

阿洪告诉苍桑，早就定下来了，并且还见到了宁老师。阿洪知道苍桑是宁老师的学生，宁老师也同他谈起苍桑。阿洪还告诉苍桑，等明年实习结束之后，他很有可能就留在歌舞团工作，因为歌舞团现在缺少一个打击乐手。

"太好了，祝贺你！"

"的确不错。"

"你是怎么找到歌舞团的？一般在我们学校还找不到去那里去实习的机会呢。"

"我自己找的，音乐表演专业去歌舞团，不是最好的方向吗？"

"是啊，的确是最对口的。"苍桑对阿洪说，"我今天要请你吃一顿，去庆祝一下。"

"不要，我还有事。我今天找你是有其他的事。"

阿洪告诉苍桑淮海大饭店需要一个兼职键盘手，问他去不去。苍桑问他是什么形式的演出，阿洪说就是在餐厅里面演奏，有歌手演唱，有乐手伴奏，有时也会弹个钢琴曲什么的。乐手也不要很多，两三个人也就够了。

苍桑想，所谓的演出其实就是伴宴，就是自己在台上弹着琴，下面的人听着音乐，喝着酒，吸着烟，聊着天，吃着饭。

"人家可是一个月给三千块钱哟，不是歌舞团的，还给不了这么高呢。暑假里按月算，暑假之后按天算。"

阿洪看苍桑迟疑，有点敲打他的意思。好像在说，这种机会也不是随时都有的。

原来这个活儿是奔着歌舞团人员去的。这几年，歌舞团的演出市场也不景气，旺季是在年前年后，往往就很忙；淡季是夏天，几乎没有什么演出。人员也是灵活管理，旺季是高工资加高奖金，淡季就只发50%的工资，谁想干什么就干什么去。所以，歌舞团的人员在演出淡季都有自己的行当，人员也不好召集。

负责业务的宁老师本想推掉这个活儿，去联系实习的阿洪知道这个事之后，就主动地揽了下来。正好酒店那边也想要年轻的歌手和乐手，宁老师就让阿洪承接了这个业务，也算是实习吧。

演出拿报酬也是劳动所得，天经地义。只是苍桑不想去那种嘈杂的餐厅酒店去演，想到即将要听自己演奏的都是一些穷得只剩下钱的暴发户，心里还是有些抵触。

"在酒吧和歌厅演出也比餐厅里好,至少那里面有些情调。"

"只要是给钱,在哪里演奏还不是一样?"

"钢琴是高雅的乐器,也需要一些高素质的听众才行。"

"谁让你只去弹钢琴了?"

"那让我干什么?"

"弹电子琴为主,钢琴为辅。"阿洪说,"主要是为歌手伴奏,中间穿插一些钢琴曲的演奏。"

"哦。"苍桑似乎明白了。

"就是弹钢琴又有什么,理查德·克莱德曼比你名气大吧,人家一开始还不是在餐厅里弹钢琴?还有邓丽君,华人歌手谁能超过她,人家也是从歌厅里唱出来的。"阿洪对苍桑的态度有些不屑一顾,"从古至今,所有的乐师,都是靠伴宴而生存,古今中外,概莫能外。巴赫、贝多芬、莫扎特,他们都是宫廷乐师,是为皇家贵族服务的。孔子、李延年,也是为贵族服务的。阿炳虽然伟大,却流落街头,靠卖艺糊口,朝不保夕。你认为音乐啊,艺术啊,是如此高雅,是如此神圣。其实音乐就像一个女人,可以是淑女,也可以变成妓女;可以是纯洁的、完美无瑕的,也可以是妖艳的、放荡不羁的。一群绅士君子发现了她的美,会拜倒在她的石榴裙下,把她尊为女神,天天供着顶礼膜拜;如果是一群无赖霸占了她,把她送到酒肆歌楼、烟花柳巷,逼着她去卖笑挣钱也未尝不可能。成为什么,都是客观与主观的综合选择,都是前因导致的后果。长江水长,人生苦短,你我都是普通人,何必纠结!"

阿洪一席话把苍桑驳得哑口无言,他一直认为自己是弹钢琴的,又读了许多书,怎么说也算个有思想有雅趣的精神贵族,可是到了阿洪那里,竟然被认为与艺人不分上下,彼此彼此。自己看社会就像看大海,感到高深莫测。阿洪看社会就像看池塘,各个角落都一目了然。或许阿洪对这个社会看得更透彻。

想到这里,苍桑对阿洪说:"阿洪,我没说不去,但我不同意你今天的观点。"

阿洪哈哈大笑，拍拍苍桑的肩膀说："你真是个天真的处男。"

苍桑火气上来了："我就是个处男，怎么了？"

阿洪把语气放委婉一些说："小伙子，这个世界水很深，你还早着呢。"

"无论这个世界怎么样，哪怕是很疯狂，即使是洪水滔滔，要吞噬一切。只要还有一张荷叶让我栖息，我就躺在上面随波逐流，任其把我冲刷到哪里。我躺在上面，仍然思考我的艺术。"

"你知不知道，危险就在你身边，随时会把你淹没。"

"即使下一秒把我淹没，上一秒我仍然优雅地研究我的音乐，做我喜欢做的事情，按照我自己的节奏去生活。"

"你才是真正的艺术家。"阿洪向苍桑伸出一个大拇指。苍桑不知道阿洪是赞扬他，还是讽刺他。

"那你是什么？"苍桑反问阿洪。

"我是艺人，我没有那么清高。"阿洪说。

阿洪是鼓手，他演奏的爵士鼓、民族鼓，都是一绝。在这个城市里，他应该是最顶尖的鼓手了。别看阿洪说话连讽带刺，其实人还是不错的。阿洪是他们学员班的"大哥大"，比苍桑大三岁还是四岁，苍桑也记不太清了。

阿洪有个女朋友，叫房菲菲，是歌舞团的流行歌手。房菲菲经常到吉他社去找阿洪，吉他班的学员们都认识她。歌舞团的人都称她菲菲，他们这些学弟学妹私下里也称她菲菲，但当着她的面的时候就称她菲菲姐。菲菲比阿洪还要大上五六岁，也有人说是大八九岁，看起来菲菲也有三十岁的样子。对于他们学员班的人来说，绝对是"大姐大"，他们私下里都说菲菲是"老牛吃嫩草"。

菲菲在早年还是小姑娘的时候，曾与一个混社会的男人同居。她爸爸妈妈知道后，扬言要打死她。她就与那个男人一起私奔了，后来还为那个男人打过两次胎。再后来，不知为什么，两人就分道扬镳了。事后有人问菲菲，是什么力量让她跟一个男人私奔？菲菲说，就是看着他帅。人们又问，现在是不是会后悔？菲菲说，没有人把刀架在你脖子上逼你。再问，为什么要找一个社会上的小混混当男朋友？菲菲说，他能给我安全感，自从别人知道我的男朋友是混社会的，周围就没有人再敢欺负我了。菲菲就是这样一个敢爱敢恨的人。

阿洪和菲菲早在一年前就已经公开同居了，歌舞团的人都知道菲菲是有"前科"的，阿洪当然也应该知道。有时谈论起来，阿洪的学弟们甚至会认为阿洪公开捡了一顶"绿帽子"戴。至于他俩能走多远，谁也不知道。

"去，还是不去？你要给我个准话。"阿洪追问道。

"现在就要定下吗？"苍桑仍迟疑着。

"当然！我可告诉你，过了这个村，就没有那个店了。过两天恐怕你就得求着我找这样的活儿干。"

苍桑想了一下，马上就放暑假了，在家闲着也是闲着，还不如利用假期做个社会实践，况且还给这么高的工资。暑假过后，如果能利用业余时间继续做这个兼职，也是再好不过了，最起码生活费不用再问家里要，还能积攒一部分资金由自己来支配。想到这里，苍桑对阿洪说："能不能让玲珑也跟我一起去？"

"你这个小子，是不是在追玲珑啊？你早说不就完了，人家那里多一个人少一个人都无所谓。让她去就是。"阿洪说，"不过，如果玲珑去，就要让她弹键盘，你弹吉他。"

"既然你这样说了，我和玲珑一起去就是。"

"不过，玲珑愿不愿意去，你要先问问她。"

"行，我觉得她会去的。我今天就跟她说。"

"那好，一言为定。我明天就去把这个事情定下来。"阿洪办事一贯雷厉风行。

离开阿洪，苍桑就去找玲珑。玲珑正在琴房里练琴。苍桑把与阿洪商定的事向她全盘说了一遍，玲珑居然很爽快地答应了。

"你很想到那里去当兼职乐手吗？"苍桑问玲珑。

"不是想不想，要看与谁一起去。"玲珑说。

苍桑知道玲珑是想与自己在一起的。

"需要与你父母商量一下吗？"

"不要，我自己的事情自己做主。"玲珑说，"如果与他们商量，肯定不同意我去。"

"如果他们知道了呢？"

"知道了再说吧。"

玲珑虽然出身于富贵人家，从小娇生惯养，但是很有主见，从来不扭扭捏捏。有主见的玲珑，更让人向往，苍桑这样想着。

"毕竟那里是公共娱乐场所，鱼龙混杂，我怕你……"

"怕我什么？怕我学坏了？"

"嗯……"苍桑有些犹犹豫豫。

"还是怕我被污染了？"玲珑显得非常强势，甚至有些勇者无畏、直面人生的样子。

"有点……担心你。"

"你就不怕吗？"

"我毕竟是个男的。"

"我也不怕，我不是还有你吗？"

"嗯，好吧。"

苍桑顿时感觉肩上有了一副担子。

2

淮海大饭店是全市最高档的酒店之一，也是全市最早建成的五星级酒店，它坐落在火车站对面，里面客房、餐厅、夜总会、保龄球厅、KTV厅、桑拿按摩间、游泳馆，吃喝玩乐，一应俱全。

二楼的餐厅很大，豪华气派，装修得富丽堂皇。大厅中间摆满了餐桌，两侧是豪华包间。正对着大厅有一个舞台，苍桑和玲珑就在那里表演。

演职人员一共就八个人，四个乐手、三个歌手、一个音响师。乐手的安排是阿洪打鼓、苍桑弹吉他、玲珑弹电子琴，还有一个贝斯手，但是贝斯手在其他地方还有工作，不能完全靠得上；三个歌手，其中一个是菲菲，另外两个是专门在社会上"走穴"的；音响师是小徐。

第一天，他们排练了整整一下午。晚上演出的时候，苍桑和玲珑还是有些紧张，好在没有出什么错误。而阿洪、菲菲他们却轻松自如。

大概因为是第一天演出，客人们情绪高涨，一曲结束，有时大家会站起来鼓掌。

那天，玲珑上身穿着一件黄色T恤衫，下身穿着牛仔短裤，脚蹬休闲运动鞋，露出她那美丽而修长的双腿，背着那架白色的罗兰合成器，身体随着音乐的节奏而微微晃动。在演奏旋律轻松的乐曲时，她和苍桑常常交换一下眼神。灯光下的玲珑浑身青春洋溢，魅力四射，一改学校里那种文静乖巧的淑女形象。

演出结束，音乐餐厅的杨经理请他们全体演职人员吃饭。由于演出成功，大家都很高兴，又经不住劝，都喝了一些酒。玲珑满脸绯红，苍桑也带着酒意。吃过饭就十点多了，苍桑骑着自行车送玲珑回家，玲珑坐在自行车的后座上，一手揽在苍桑的腰间。

"玲珑？"

"嗯。"

"今天你可是真……"

"真什么？快说。"

"真漂亮！"

"俗不俗啊？就会这一个词吗？"

"还有，不敢说。"

"有什么不敢说的？本公主准你快说。"

"你今天很性感。"

苍桑说完，正等着玲珑有什么反应。玲珑一句话也没说，苍桑听到玲珑从自行车上"扑通"一下跳了下来，然后快步走到路边，站在路灯的黑影中一动不动。

苍桑赶紧跳下自行车，却由于惯性又冲出去了十几米。他掉转车头快步跑到玲珑面前。

"怎么，生气了？"

玲珑仍然站在原地，一声不响。

"我本不想说，是你偏让我说。"

突然玲珑哈哈大笑，她感觉这样很好玩，看着苍桑不知所措的样子说道："谁生气了？"

"不生气为什么不走？"

玲珑指指前面说："你别送了，我姨妈她们会在路口等我。"

"那你在前面走，我在后面跟着你。"

"行。"

就这样，苍桑尾随着玲珑走了一段，一直把她送到家门口。他看到两个年长的人果然在门口等着玲珑。快到门口时，玲珑转身看看苍桑，向他轻轻地挥挥手。

苍桑站在路灯的黑影中看着玲珑进了家门，然后，骑车回宿舍。

几天之后，音乐餐厅的演出就轻车熟路了。苍桑每天都去接送玲珑。因为是假期，他们有大量的时间。没事的时候，他们就去看电影、逛书店、逛公园、吃冰激凌……

一天，苍桑和玲珑从电影院出来，准备到马路对面的冷饮店。在一个没有红绿灯的路口等着过马路，他们站在斑马线上等了很长时间，一辆辆的车从他们面前穿梭而过。由于车速过快，苍桑担心玲珑，一手抓住她的胳膊，一手揽在她的身后。

就在这时，一辆疾驶的汽车在经过他们身边时，似乎突然减速停顿了一下。后面被迫停下的两辆车同时按响了喇叭。那辆车无奈又疾驶而去。

玲珑无意中看到了那辆车,似乎一惊。她的目光追随着那辆车看了很久,直到那辆车消失在车流之中,然后回过神来对苍桑说:"刚才过去的那辆车,好像是我爸爸的。"

苍桑顺着马路望去,已经看不到那辆车的任何踪影。

那天晚上,玲珑回到家,她的父母已经在等着她了。看样子,已经等了很长时间。并且,他们神情很严肃,很生气的样子。玲珑很纳闷,不知道发生了什么。她跟所有人打了招呼,换上拖鞋,然后走到自己房间,脱掉外套,换了一身衣服。

她的父母跟着进了她的房间,然后一声不响地坐在玲珑对面的沙发上。玲珑刚想询问什么,她母亲先开了口。

"玲珑,你坐下。我们有话跟你说。"

"什么事啊?"玲珑说着,一屁股坐到床上,感到今天有什么重大的事情要发生。

"你谈恋爱了?"母亲直入主题。

"没有啊。"

"你要如实告诉我们,是不是有男朋友了?"

"妈妈,你说什么呢?"

"你现在回答我的话。"妈妈提高了音调。

"没有!我不是告诉你了吗?"

玲珑显出一副不耐烦的样子,用无辜的眼神看着妈妈。妈妈停顿了一下,似乎稍稍思考一下,然后缓和了一下语气,双眼盯着玲珑,关切地问:"那个男孩是谁?"

"我不知道你说的是谁?"

"还嘴硬,你爸爸今天都看到了。"

说到这里,玲珑明白了,白天与苍桑在一起时看到的那辆车就是爸爸的,不然怎么会在自己跟前突然停下呢,只是后面堵着一堆车,他才不得不匆忙开走。

"那是我同班同学梁苍桑啊，我们一起逛街，有什么不对吗？"玲珑极力地解释着，"我们都是大学生了，是成年人了，和同学一起吃饭、逛街、逛书店、看电影，这不是很正常吗？我们都有分辨能力的。"

"同学能在大街上搂着抱着吗？成何体统！"妈妈显然有些生气了。

"妈妈，你说什么呢？谁看到我们抱在一起了？"玲珑提高了声调，"只不过是过马路，车辆太多，他搂了我一下而已。一个女生过马路，男同学牵着手臂护送她，有什么不可以吗？"

玲珑说完，就不再言语。她的母亲一时也不知道说什么好。整个屋子的气氛有些紧张。

沉默了一会儿，她那一言未发的父亲开始说话："玲珑，你长大了，虽然你自己也有判断是非的能力，但是作为父母，有些话必须告诉你。我们也不是反对你谈恋爱，只是想告诉你，谈恋爱要慎重，特别是女孩子，不能看着哪个男生顺眼，就想与他谈恋爱。起码要把这个人的家庭、父母、生活环境、健康状况都要摸清，对他的世界观、人生观、价值观有所判断，对他的思维方式、生活习惯和他对社会的适应能力有所了解，对他的理想抱负、情感意志、眼界视野有所掌握，然后，才能看他对你好不好，是不是真心爱你。"

"难道，谈恋爱之前，还要先做个调查吗？"

"即使不做调查，也要了解得越多越好。过去讲究的门当户对，也是有一定道理的。"

"真想不到你脑子里，还有这些老思想。"

"在自己女儿的幸福上，没有哪个父亲会粗心大意。"

"你的这些思想，与电影里演的那些世俗的家长都差不多。"

"可是，现实中确实存在啊。我们家开着有数百员工的工厂，有数千万的资产，这些以后全是你的。你在国内读完本科，最起码要到国外再读一个工商管理之类的硕士，开阔眼界。以后，你要接管我们家的企业，没有国际视野，怎么能行？"

"爸爸，我不喜欢在企业里工作，不喜欢那些经营管理之类的，我只喜欢艺术。"

"玲珑，你还年轻，艺术只能是点缀，经济才是基础，你们老师也给你们讲过这些吧。"

"我不想过那种每天与各种各样的人谈判的生活，每天要算计着挣了多少钱，或是亏了多少钱。我想过那种安静的、没有大起大落的、有一点浪漫的生活。比如，当个钢琴老师，教教小孩钢琴啊，参加个演出啊什么的。站到舞台的灯光下，听到四周响起掌声的时候，我会有很大的成就感，也会感到非常幸福。"

"如果你向往的生活是这样，你可以找一个精明上进、懂经营管理的男朋友。以后让他经营产业，你可以做你喜欢的事情，这样也是一种很好的模式，就像我和你妈妈。"

"我也没说不行啊。"

"所以，你现在不能急着找男朋友，至少不能找一个很穷的，什么山沟里出来的'凤凰男'。"

"贫穷难道也是找男朋友的拦路虎？只要对方贫穷就一票否决吗？"

"贫穷往往意味着他的上一代就没努力，是失败的。"

"这一代不可以逆转吗？"

"可以逆转，但极少成功的，贫穷某种程度上是会遗传的！"

"我还真不知道爸爸会这样想。"

爸爸随身拿出一个笔记本，找到其中的一页，然后看着玲珑，一板一眼地说："玲珑，这是我写的一篇日记。里面的两个例子都曾经是我的员工，他们的思维方式和行为让我极其震撼。我专门找出来，要拿给你读一读。"

玲珑接过笔记本，捧在手里，看到上面写着：

贫穷会遗传吗？

当你看到这个问题时，很多人可能会说：李嘉诚、黄光裕这些首富，当年都是穷人起家；"米其林"的老板当年接手他叔父的一家轮胎店，硬生生地做成了世界最大的轮胎企业；"周大福"的老板当年也是个穷小子，入赘后在他岳父的小店当学徒，今天拥有几百个亿。这些人都是起于青蘋之末，后来都成了富豪，你说贫穷会遗传吗？

这些成功的例子还有很多，也很励志，甚至鼓励了很多人跃跃欲试去创业、去打拼。但现实中我们看到的却是：穷人的孩子更容易成为穷人，富人的孩子更容易成为富人。老师的孩子大部分都会考上一个较好的大学，农民的孩子大部分成了农民工，商人的孩子更会挣钱。

也许会有人说，风水轮流转，十年河东转河西，古语还说富不过三代呢。这些话也确实能给穷人很多安慰，但现实告诉我们：成功人士的下一代也更容易成功，贫穷确实也会遗传。

案例一：

我认识一个职业中专毕业生，家境极贫，父母都是那种老实得有些窝囊的人。当年曾借遍全村，都借不来两百块钱。毕业后，怀着要改变家庭现状的志向，他决定出去闯荡，先后干过电焊工、餐厅服务员、迪厅的服务生、足疗店的技师、渔船上的船员、装卸工等等，还给广告公司散发过广告宣传单、在夜市上摆摊卖过衣服。他闯荡了几年，换了十几份工作，可以说都失败了，最后被骗到南方某省搞传销，把父母一生积攒下的准备用来给他娶媳妇的八万块钱全部砸了进去，最后分文不剩。

案例二：

一个本科毕业生，家境一般，父母都是朴实的农民，辛辛苦苦供他上完了大学。他找了几份工作都不是很满意，连续考了八年教师编和事业编都没有考上，最后孤注一掷到了南方搞什么投资，后来还把他父亲也拉去搞投资。父子两个各投了八万块钱。后来才知道是骗局，父子俩分文不剩地回来了。

事后，我与这三个人都深谈过，问过他们一些细节：比如，把这么多钱交给一个陌生人为什么不让他给你打个收据？事前我都曾提醒过这有可能是传销骗钱，为什么你还会上当？为什么你们家里八百块钱买一套沙发都不舍得，却慷慨地把八万块钱拱手送人？如果把这八万块钱每隔一天买一只烧鸡来改善生活，那能买多少只？

他们三人的思维方式常常让我感到震撼，特别是那位父亲。

我说：你都活了大半辈子了，怎么还看不清世道人性？

他父亲说：这么多比我们有文化有地位的人都在那儿啊，有大学生、有当局长的、有医生、有教师，甚至还有一个博士，他们都不怕上当，我们还怕什么？

我说：应该让你再受几次骗，你才可能看懂人世险恶。

可怜之人往往又有可悲之处。我给他们总结了几条原因：第一，文化知识太少；第二，对这个社会了解太少；第三，思维方式固化；第四，总想一劳永逸，认为天上会掉馅饼。尽管他们也上了大学，尽管他们也活了大半辈子，他们对这个社会的认识还是肤浅的，甚至是很无知的。他们在这个社会上闯荡，就像闯进玻璃房子的鸟儿，乱飞乱撞，撞得头破血流，栽了许多跟斗，也飞不出这个房子。

我说贫穷真的会遗传，当然不是指生物学意义的遗传，而是在知识、眼界、思维方式、做事方法等方面，家庭对个人潜移默化的影响。变成天鹅的丑小鸭，他们的父母本来就是天鹅。

玲珑看完之后，没再与她的父母进行任何争论。她感到，这个世界上最爱她的，还是她的父母。那天晚上，玲珑对她的爸爸也有了更深刻的认识。

3

自从听玲珑讲了那天晚上她家里的那场辩论之后，苍桑就对玲珑有了一种感激，感谢她对自己的信任；同时也有了一种隐隐约约的不安，感到一种危机。

苍桑和玲珑的家庭条件悬殊，过去他从来没有意识到这一点。是玲珑的父母提醒了苍桑，虽然他也是从小学习艺术，但却是靠父母省吃俭用节省下来的钱供着他。

玲珑直言不讳地向苍桑讲了她父母的看法和态度，对苍桑倒是一种信任，多少能让苍桑宽心一些。

那天，苍桑仍旧去接玲珑，只是站在离玲珑家较远的地方等她。

"你是怎么想的？"苍桑还是关心玲珑的态度。

"什么怎么想的？"玲珑平心静气地反问道，好像什么也没发生一样。

"你父母好像不支持你和我交往。"

"我们是同学怎么了？没什么问题啊！"玲珑一脸的懵懂。

"大人们想的，没有这么单纯。"

"没事，反正他们也不能完全左右我。"

玲珑一边说一边走，马尾辫一左一右地摇摆。无论遇到什么事，玲珑都是一副没有什么大不了的样子。

"我每天这样接你送你，你爸妈要是知道了，会不会阻止我们这样做。"

"他们对你并不反感，只是不想让我过早地交男朋友。"玲珑语气温柔地说，"以后，你在离我们家远一点的地方等我就行了。"

玲珑说话从来都是心里怎么想，嘴上就怎么说，从不会拐弯抹角。她还告诉了苍桑，她爸爸妈妈对她在音乐餐厅当乐手的态度。

"他们对我在餐厅里当乐手一点也不赞同。"

"他们会不会阻止你啊？"苍桑有些担心地说。

"目前，他们还没有关注这件事。"

苍桑想，走到哪一步算哪一步吧，现在多想也没用。

苍桑仍然每天去接送玲珑。空闲的时候，两人一起逛书店、逛街，只是没有了以前那样的无忧无虑、开心自如。

大约隔了一周，苍桑与往常一样去接玲珑，按时到餐厅上班。大约六点半，他们还没有开始工作，苍桑与玲珑刚刚调试完乐器，小徐正在调试音响，菲菲在拿着话筒试音，阿洪也在。

玲珑的爸爸突然到音乐餐厅来找玲珑，说要带玲珑出去，有点事。

阿洪对玲珑说，最好还是跟杨经理说一声，这两天比较忙，越忙越需要人手，不跟他说的话，他知道了可能会不高兴。

于是玲珑就跑到总台去找杨经理，总台的那个值班女服务员说，杨经理今天有事不来了。

阿洪说："玲珑，你去吧，有什么事，明天我再跟杨经理解释。"

玲珑就跟着她爸爸出了酒店，苍桑跟在后面把他们送到院子里。院子里停着一辆高档轿车，苍桑说不上来是什么牌子，车旁站着玲珑的妈妈和司机。苍桑走到玲珑的妈妈跟前，恭恭敬敬地打了个招呼。玲珑也顺势向她妈妈介绍了苍桑。玲珑的妈妈看到苍桑，礼貌性地点点头，脸上没有一丝笑容。玲珑妈妈的穿戴打扮华丽高贵，给苍桑留下一种冷美人的印象。

玲珑的爸爸对苍桑说："赶快回去吧。"

苍桑就站在那里，看着玲珑一家上了车，目送那辆车冒着烟驶向远处。

第二天，苍桑去接玲珑，玲珑仍旧正常上班。

苍桑问玲珑："昨天你爸爸接你回去什么事啊？"

"就是吃饭。"玲珑解释说，"昨天我爸爸一个很好的朋友从外地赶来，爸爸要招待他一下，所以也把我喊去一起陪他吃个饭。"

听玲珑这样解释，苍桑本来有点紧张的心松弛了下来。

"为什么不在我们这儿吃?"

苍桑只是随意问了一句,没想到玲珑听完,像勾起了压在她心中的许多话题一样。

"本来是要在这里吃的,因为我在这里工作,就改到别处去了。我爸爸妈妈还是不想让他们的朋友知道我在这里工作。"

"他们对这个工作有意见?"

"也不完全是这样。"玲珑说,"他们本身也不是说完全不能接受,主要还是怕亲戚朋友啊,熟人啊,这些人会用另一种眼光看待。他们认为女孩子不能到这种地方来工作。"

"他们对你说什么了?"苍桑谨慎地问道。

"说不让我干了,让我辞掉这里的工作。"

"让你什么时候辞掉?"

"他们对我说的是越快越好。"

"那你怎么打算的?"

"我也不想马上就辞掉这个工作,先这样拖着吧。"玲珑一副无所谓的样子。

玲珑不想辞掉这份工作,或许是想与我在一起吧。苍桑这样想着。

星期五那天,音乐餐厅的生意特别好。几个歌手轮番上阵,一首接一首地唱。阿洪、玲珑和苍桑更是没有休息的时间。点完还没有唱的歌有二三十首。客人的情绪很高涨,有时会鼓掌,有时会起哄似的喊好,甚至吹口哨。晚上九点多,客人都没有离场的意思,直到十点之后才陆续离场。

在演奏最后一首乐曲的时候,苍桑发现玲珑的父亲阮石仁坐在最后面的一个角落里看着他们。苍桑又仔细地确认了一下,没错,就是玲珑的爸爸。

放下乐器,走下舞台,苍桑悄悄地告诉玲珑:"我看到你爸爸了。"

"什么?"玲珑好像没听懂。

"我看到你爸爸了,他在下面坐着呢。"苍桑又重复了一句。

玲珑很惊讶,她顺着苍桑的手势看去,惊道:"还真是,他怎么来了?"

玲珑有点不知所措,连忙向她爸爸的位置走去。走了十来步,又回头看看苍桑。苍桑也跟着她走过去。苍桑认为应该跟玲珑的爸爸打个招呼。

玲珑跟父亲打了招呼,苍桑也走到阮石仁的面前寒暄了几句。阮石仁只是礼貌性地点点头,坐在那里一动不动,一言不发。

过了一会儿,客人都走得差不多了,阮石仁把玲珑和苍桑叫到一个没有人的房间里,关上门。他给自己拿了一把椅子坐下,点了一支烟,抽了两口,沉思了一会儿,然后一脸严肃地对玲珑和苍桑说:"今天,我跟你们俩说几个事。"

阮石仁说完,停顿了几秒,似乎思考了一下。苍桑没敢看他的脸。玲珑也不说话。

"第一,今天晚上,玲珑就辞职跟我回家;第二,你们两个以后只能是普通同学关系,不能有超出一般同学关系的任何来往。"

阮石仁说完,沉默了几秒钟。

"为什么啊?",玲珑爆发了。

阮石仁盯着玲珑,面露愠色。

"你说为什么?"

"我不知道啊,我不是在问你吗?"

"为什么?我阮石仁的女儿绝不可能到这种地方来卖艺。"阮石仁拍着桌子说道。

"这是卖艺吗?这就是表演。我找的兼职工作,有什么不可以?"玲珑也不示弱。

"你们这样就是卖艺,说好听一点,就是高级一点的卖艺。"

"现在最有名的钢琴家理查德·克莱德曼,一开始就是在餐馆里弹钢琴,你不是也很喜欢听他的钢琴曲吗?邓丽君也是在歌厅里唱出来的。那些欧洲最著名的音乐学院的老师和学生,周末都到街头去表演。有什么不妥吗?"

"那是别人。别人我管不了,但是你不行。我也是有些身份的人。如果那些商业合作伙伴知道,堂堂的阮氏企业董事长的女儿在这里卖艺,你让我的脸面往哪儿放?很多人会请我到这里来吃饭,难道你让我一边看着你们演出,一边给他们介绍台上那个表演的是我女儿?"

阮石仁有些恼怒。沉默了一会儿,他缓和了一下情绪,对苍桑说:"小伙子,你是玲珑的同学,也很优秀。但是,玲珑最近就会出国留学的。以后,恐怕你们很难再见面了。也就是说,以后你们是不会在一起的。人一旦有了感情再分开,对谁都是伤害。与其这样,倒不如及早分开,这样对谁都好。以后,你们就为了自己的前程各自奋斗吧。"

"爸爸!"玲珑脸色绯红,"你说什么啊?本来我们就只是同学,什么也没有,你这样说,倒是弄得我们很尴尬。"

"我没跟你说话。"阮石仁瞪着玲珑,"你现在就立即跟我回去。"

苍桑低着头,一句话都没有说,也不知道该说什么。想了半天,他才谨慎地说道:"叔叔,我们只是在暑假里兼职,也是一种社会实践活动。"

"无论是兼职也好,社会实践活动也好,这种工作你们男孩子可以做,女孩子不行。"

"但是,那些唱歌的歌手也都是女孩子啊。"

"我的女儿不行!"阮石仁提高了嗓门,看着苍桑说。显然,他恼怒了。

"必须要辞职吗?"玲珑还是力争。

"必须辞职。"

"辞职也要提前跟人家说一下啊,人家好有个准备,好再找人啊。"

"现在就说。"阮石仁毫不动摇,"给他们造成的损失,扣你的工资就是。"

"明后天再说不行吗?"

"不行。"阮石仁寸步不让。

那天晚上,玲珑辞职之后,就跟着她爸爸回家了。

第三章　青春飞扬

1

新学年开学了，苍桑又见到了玲珑。玲珑仍然那样阳光热情，对苍桑一片坦诚。只是在他们两个人的时候，或者牵扯到两人之间的关系时，玲珑不再像过去那样自然。看来，她父母的意见对她有了影响。

新学年还有一件让苍桑高兴的事，宁老师被他们音乐学院聘为兼职教授，给他们讲授器乐排练课，还担任他们器乐社团的指导教师。宁老师是市歌舞团的乐队队长和艺术总监，在作曲配器和指挥方面造诣很深。他们学校没有这方面的老师，就聘请了宁老师来讲课。

"宁老师是你的老师？"下了排练课之后，玲珑这样问苍桑。

"我的钢琴都是跟他学的。"苍桑一边收拾谱架，一边说。

每次排练课之后，排练厅都是由苍桑和玲珑来收拾，包括断电、关灯、关门窗，并把钢琴、排鼓、低音提琴等大件的乐器都放置妥当。

"宁老师也是我的老师。"玲珑说。

"啊？我怎么从来没有听说过？"

"我只跟他学过一年，那还是刚学钢琴的时候。"玲珑说。

"哦，那后来怎么换老师了？"

"我妈妈总觉得还是省城的老师水平高，就到艺术学院里给我找了个老师。"玲珑说，"其实，对于初学者，也没有必要一开始就找一个很高水平的老师。只要这个老师是受过正规钢琴教育的，再有敬业精神也就可以了。"

"一开始就找到一个高水平的老师还是很好的。"

"当然，就是投入太高。"玲珑说。

苍桑想到玲珑家的富有。那个时候学钢琴还是很奢侈的，像玲珑这样的投入，一般人家是承受不起的。

"这么说，我们都算是宁老师的学生了。"

"对，我们是师兄妹。"

苍桑看着玲珑，他们的距离似乎又拉近了一些。

"看得出来，宁老师对你很好。"玲珑说。

"我们师生相处多年了，感情还是很深的。"苍桑一边把提琴的弓子放松，一边说。

"有些人也真是……拉完提琴，弓子也不松，一下课，扔下就跑。"玲珑有些生气地说。苍桑很少见玲珑发脾气，偶尔见她生气的样子觉得很可爱。

"大概是他们不太喜欢这种乐器吧。"苍桑解释说。

因为低音提琴体积太大，非常笨重，携带不便，并且声音低沉，一般是在乐队中作为伴奏乐器使用，极少作为独奏乐器演奏，所以没有人主动学。四个男生都是通过做工作动员来的，乐器也是由学校提供。其他那些小件乐器，比如长笛、黑管、萨克斯、小号、长号、圆号、小提琴、大提琴等等，都是学生自己买的。

"既然接受了，总要爱惜吧。"玲珑说，"不然，会把这个东西弄坏的。"

玲珑是个很有爱心的人。虽然出身巨富之家，但是从来没有那种娇小姐的怪脾气。

"是啊，不能把弦一直绷得这么紧，乐器会坏掉。人也是这样。"

"你也常常会感到很紧张吗？"玲珑望着苍桑说，"我是指正常的生活中。"

"当然会有，比如高考，比如高规格的比赛、激烈的竞争，压力特别大时，我就会紧张，甚至出现焦虑。但这种状态不会一直有，比如现在，考上大学之后，我就处在一种完全的放松状态，甚至在想，这四年大学就是要好好地玩上两年。其实我们许多同学的专业水平，在高考时是最高的，上了大学反而降低了，因为不练习就会退步。也有许多同学一直到毕业，仍维持着入校时的水平。"苍桑似乎洞悉了生活的全部哲学似的，对着玲珑侃侃而谈，"我们搞音乐的人的生活应该是很轻松的，那些长途客车司机、流水线上的工人、重要岗位上的安保人员，他们时时刻刻都要把'弦'绷得紧紧的。"

玲珑听完莞尔一笑。收拾完乐器，苍桑和玲珑就在钢琴旁坐下。

那个时候，正是大学扩招力度最大的时期，一所校园容纳了几万学生，没有固定教室，到点去上课，下课就走人。图书馆里人满为患，自习室里更是抢不上座位。基本上是半天有课，半天自由游荡。

音乐学院的学生虽然有琴房，但是，轮到每个人练琴的时间少得可怜。好在苍桑拿着排练厅的钥匙，除了排练课和社团活动时间之外，苍桑和玲珑都可以在排练厅里练琴。并且，排练厅里的还是一台三角钢琴。

"我们家是一台'珠江'牌的三角钢琴，比这台小一些。"玲珑一边说，一边张开双臂比画着。

那个时候，买得起钢琴的家庭本就不多，买得起三角钢琴的家庭更是少之又少。因为除了买得起三角钢琴之外，还要有放置三角钢琴的大房子，还要付给老师高昂的学费。其他行业不好说，在艺术教育，特别是音乐教育方面，一定是高投入才能高产出，家境不好的孩子很难达到很高的水平，富人家出来的孩子也更优秀，经济基础决定上层建筑那句话确实有道理。苍桑这样想着。

玲珑还告诉苍桑，从小，她的父母就叮嘱她，不要告诉别人她的父母是干什么的，家住哪里，实在搪塞不了，就说父亲在工厂做工，母亲没有工作。听完玲珑的话，苍桑联想到电影里的那些富人都害怕遭到绑架而不敢露富。

不练琴的时候，苍桑和玲珑也会去街上闲逛。学校旁边有一条商业街，街上鳞次栉比的小店，基本上都是面向学生开设的。苍桑与玲珑经常坐在一个小店里，要上一杯饮料，聊上一个下午，或者坐在那里看书，或望着窗外发呆。

家中没有姐妹的男生与从小和姐妹一起玩耍成长起来的男生，二者相比，后者更了解女孩子的心理。苍桑是一个独生子，从小就很少有小伙伴一起玩耍，更别说有小女孩子做玩伴。长大后苍桑就不会与女生打交道，不懂得如何取悦女孩子。不过，与玲珑相处，倒是也没有感到不自然，或者有什么障碍。他们总是很默契，有一种心有灵犀的感觉。

自从玲珑的父母阻止苍桑与玲珑交往后，苍桑原本踏实的心便悬了起来，他认识到这个世界没有这么简单，比他知道的要复杂得多。

"玲珑，你父母不让你与我交往，如果他们知道我俩天天待在一起，会不会很生气？"那天下午，苍桑问玲珑。

"这有什么，我们是同学。即使他们知道，还能把我怎么样。"玲珑不置可否地说完，喝了一口饮料。

"你爸爸和妈妈会不会讨厌我？"

"他们并不讨厌你，只是对我的期望太高。"玲珑说，"他们希望我找一个学工商管理的男朋友，以后打理我们家的产业。他们认为学艺术的男生没有太大出息。"

"郎朗、李云迪、周杰伦都是学艺术的，他们也没有出息吗？"

"那只是少数，大部分人都没有出息。我父母这样认为。"玲珑说。

"为什么他们会这样认为？"

"上次我爸爸看完我们在音乐餐厅的演出就对我说，一个男人，如果一辈子从事这种工作，即使他的水平很高，薪酬也很高，但是又能高到哪里去？上不能养老，下不能养小，一辈子也就做个艺人。"玲珑说，"他对我们在音乐餐厅的工作很不屑。"

"上次我从你爸爸的眼神和口气里也能感觉出来。"苍桑说。

"所以，他更不会让我到那里去工作。"

"你爸爸对我们这一行还是很有偏见的。"

"他认为，艺术也就是吃饱喝足了消遣消遣，指望艺术发达是不可能的。"

苍桑没有说话，他打开钢琴，"咣咣咣咣"地在琴键上砸出几个力度极强的和弦。"我就一定要靠艺术发达，一定要搞出名堂来给你们看看"，苍桑这样想着。

开学后的第二个月，学生社团举行换届选举。早在上个学期，刘阿洪就极力地向学生工作处的老师推荐，让苍桑当社团的负责人。换届那天，由老师提名，全体成员举手表决，然后鼓掌通过。就这样，苍桑当了器乐社团的负责人，也就自然而然地成为乐队的队长。

器乐社团有一百多个人，合起来就是一个中西合璧的大乐团；分开就可变成三个小乐队，分别是管弦乐队、民族乐队、电声乐队。这些乐队成员几乎都是他们音乐学院的，在许多时候是代表他们学校的最高水平。

被别人认可总是令人高兴的，刚刚当上乐队队长的苍桑就积极组织排练。

"苍桑，你怎么会演奏这么多种乐器？"换届之后，第一次排练结束，玲珑这样问苍桑。之前，玲珑都是叫他梁苍桑，直接叫苍桑，这是第一次。

"我很幸运，小学三年级就参加了学校的管乐队，并且遇到了一个很好的老师。"苍桑告诉玲珑，"一开始我在乐队中吹小号，后来，因为我长得高，老师就让我改到乐队后排吹长号；再后来，因为没有人吹大号，老师就让我兼职演奏大号。这样一来，我就学会了几乎所有的乐器。"

"哇，这么厉害啊！"玲珑露出羡慕的神情。

"当然，都是管乐器，入门比较快。像小提琴、二胡之类的弦乐器都不行，吉他倒是会一些。"

"已经很厉害了。"

"因为小学参加了管乐队,上了中学,更是被音乐老师点名拽进管乐队。"苍桑说,"我还参加过一次市里和一次省里的比赛,我们拿的都是金奖。现在回想一下,还是很欣慰的,最起码留下了一些美好的记忆。"

苍桑知道,自己的钢琴没有玲珑弹得好,就很想炫耀一下其他方面的成绩。而玲珑呢,似乎又很欣赏苍桑的这些成绩。

2

十一月中旬,学生处处长召集社团负责人和部分音乐老师开会,商讨元旦文艺晚会和第二年春季运动会的演出,乐团的声部长和玲珑都参加了。

学生处处长布置完任务,便开始与大家讨论。元旦文艺晚会是每年必不可少的活动,已经轻车熟路了。用两周的时间报节目,两周的时间选拔,再用两周的时间集中排练,基本上不会有什么压力,轻轻松松也就搞定了。

而四月中旬的运动会呢,就没有那么简单了。开幕式上,升国旗奏国歌,运动员入场要奏乐。过去这些都是用扩音器播放音乐,现在需要乐队现场演奏。

"我们一所堂堂的大学,并且还有音乐学院,居然还要放录音,实在是说不过去。"学生处处长说,"这是校领导的意思,无论如何,今年都要用乐队现场演奏。人家中小学每个周一升国旗时还用军乐队奏国歌呢,何况我们还有音乐学院,难道还不如人家中小学。"

"难度也不小,我们学校从来没有过管乐队。"一个老师说。

"不能因为没有过,就说不该有。你们可以组建吗!"处长说,"那些乐器早就买了,都放在那里睡大觉。"

"关键是我们没有会管乐的老师。"那个老师继续说。

"宁老师呢?"处长转脸看着宁老师。

"虽然我是搞乐队指挥的,但我的专业还是钢琴。我能教,但是不能示范。"宁老师有些难为情地说。

"那怎么办呢?"处长看着大家,老师们也都面面相觑。一时沉默下来。

"其实也不难,现在就是从头开始训练,也来得及。"

突然,苍桑站起来,打断了沉默。大家都有些疑惑地看着他。

"那你说说看。"处长脸上带着一丝微笑说。

"西洋管乐器在所有乐器中算是入门最快的一种乐器。短期训练就会有很好的效果。这倒不是说短期内个人能够达到多高的演奏水平,管乐队很重要的一个因素是在于配合,队员之间的相互协作。对个人的演奏水平倒不是要求很高。我从小学三年级开始参加管乐队,一直到初中,再到高中。即使是初三、高三,也没有间断过。整整十年,我会演奏五六种乐器。其实管乐器没有我们想象得那么难,很多乐器都是相通的。比如单簧管和萨克斯,小号和中音号、大号,掌握一种,其他的就会无师自通。即使是没有任何音乐基础的人,每天练两个小时,练上一个月,也能吹出两首曲子。更何况是我们音乐学院的学生?从现在到开运动会还有五个月的时间,就算寒假去掉两个月,还有三个月,也足够了。"

苍桑说完,所有人都一声不响地看着他。目光里有好奇,有疑惑,有赞赏,也有不屑一顾。只有玲珑满是仰慕地看着他。

"如果让你来负责,你能组织并完成这次任务吗?"处长看着苍桑说,"当然,我们这些同学和老师会全力配合你。"

"能完成。"

"能有多大的把握?"

"百分之九十九点九。"

"我们今天可不是随便说说。"

"愿意立下军令状。"

"好!那就由你负责。"

处长说完,全场响起了热烈的掌声。

那天散会之后,玲珑说想去吃米线。苍桑和玲珑就到了商业街,走进他们常去的那家"七彩云南"米线店。玲珑点了一份番茄米线,苍桑点了一份原味米线,又要了一份海带丝、一份土豆泥,还要了两瓶可乐。

他们到了二楼,找到一个靠窗的位置坐下。

"我今天好像发现了你的另一面。"玲珑看着苍桑说,脸上带着一种欣喜。

"什么另一面?"苍桑一副无动于衷的架势。

"我还是有些担心。"

"有什么好担心的?"苍桑仍然一副没什么大不了的样子。

"难道你没有压力?"玲珑看着苍桑说,"你怎么敢一个人揽下来这个事,你想过没有,开幕式上可是有几万双眼睛盯着,要是搞砸了怎么办?"

"为什么要搞砸?"

"你这么有把握吗?"

"没有把握,我敢这么主动应承下来。"

"看来,你还很自负。"

"那句话怎么说的来着……没有金刚钻,怎么敢揽瓷器活?"

说完,苍桑笑了,玲珑也笑了。

"毕竟时间紧迫,你为什么这么有底气?"玲珑还是紧追不舍。

苍桑告诉玲珑:"我们乐团本身就有三十人是吹管乐的,他们是中坚力量。然后把音乐学院所有吹民族管乐器的人也招来,让他们改吹西洋管乐器,比如,吹竹笛的改吹长笛,吹唢呐的改吹双簧管,吹笙的改吹长号,这样从民乐里面能够改过来二十个人。然后从非音乐专业的同学中间还能找出来十来个吹管乐的。再让我们这些演奏其他乐器的同学,比如弹钢琴的、弹古筝的、弹吉他的等等,到我们乐队来吹萨克斯,或者打大鼓、打小鼓、打大镲,从头学习那些容易掌握的乐器。这样,组织一百人不成问题。一百人的军乐队,在三万人的体育场演奏,也足够了。"

"你这样组织起来的军乐队,会不会很滑稽啊?"玲珑笑着说。

"到时候就知道了。"苍桑说,"如果真的成了滑稽表演,或许会有很好的效果呢。"

玲珑长时间地看着苍桑，似乎在他身上寻找什么。苍桑感到她的眼神里又多了一些什么。

很快，一年就过去了。元旦的前一天晚上，元旦晚会在音乐学院演播中心大礼堂举行。

元旦晚会那天，音乐学院的民族乐队和管弦乐队各演奏了两首乐曲：开场是民乐队演奏《金蛇狂舞》和《春节序曲》，结尾是管弦乐队演奏《北京喜讯到边寨》和《拉德斯基进行曲》。这几首乐曲也是他们学校元旦晚会多年的保留曲目，都是宁老师指挥。苍桑在民乐队里演奏低音提琴，在管弦乐队里吹小号。玲珑除了在管弦乐队里弹钢琴之外，还有一个钢琴独奏表演。

玲珑从更衣室里出来。苍桑看到她已经换好了裙子，外面罩着她那厚厚的羽绒服，脸上稍稍施了淡妆。

"你穿什么衣服上场？"苍桑问玲珑。

"穿这身怎么样？"

玲珑说着拉开拉链，把羽绒服褪到背后。苍桑看到玲珑穿着一身黑色的晚礼服长裙，露出肩膀和双臂，她的皮肤白皙圆润，犹如出水芙蓉一般。苍桑看到一个光鲜靓丽的玲珑，一个无比高贵的玲珑，一个印在他心中永远挥之不去的玲珑，一个让他有着刻骨铭心记忆的玲珑，一个让他甘愿跪在她的脚下顶礼膜拜的玲珑。也就是说，在那一刻，玲珑的风姿绰约彻底征服了苍桑。

"这身衣服不行，太冷了。"

苍桑回过神来，提醒玲珑。他知道外面此刻零下十几度。室内即便有暖气，人们仍然是穿着棉服看节目。苍桑甚至能看到玲珑嘴里呼出来的白气。再说，他也不希望玲珑把她的妩媚展示给别人，也不希望别人看到或者发现玲珑这种极致的美。

"难道要我穿着毛衣上场？"

"里面穿个保暖衣，外面套个白衬衫也可以啊。"

"那样太不敬业了。"玲珑笑着说，又把羽绒服的拉链拉到脖子下面。

苍桑知道晚礼服是西方女性在这种场合的经典服饰，可现在是寒冬腊月，外面还是冰天雪地啊！

"你这是为艺术献身吗？"

苍桑微笑着说完，玲珑也莞尔一笑。他和玲珑就站在舞台后面候场室的走廊上聊天。

"冷吗？手指冻僵了，一会儿可弹不了琴。"

"还行。"

玲珑说着，伸出双手在苍桑面前做了几个弹琴的动作。苍桑伸出双手，把玲珑修长的小手放在自己的手掌中间。他感到玲珑的小手温乎乎的，于是又放开。

"为什么选《菊次郎的夏天》？"苍桑问玲珑。

"一是这首曲子难度不大，可以轻松搞定；二是让人们在寒冷的冬天想象一下夏天的热情、奔放和欢快。"

苍桑看看窗外，朦胧的夜色中，似乎飘着雪花。窗子的玻璃上蒙了一层厚厚的水汽，有水珠顺着玻璃缓缓下滑，留下一道道明显的痕迹。室外冰天雪地，室内温暖如春。

"你还很有想法的啊。"苍桑说。

"你不是也很有想法的吗？"玲珑说。

"那你知道我现在想的啥？"

"在想着你负责的那宏大的乐队一出场，会有多么轰动吧。"

"除了这，还想什么？"

"不知道。"玲珑摇摇头又说，"那你知道我现在想的啥？"

"我也不知道。"苍桑嘴上应付道。他的心里却一直在想，玲珑穿着那身衣服一出场会征服多少男生，会给自己带来多少竞争对手。

"或许，我知道你想的什么，但我不告诉你。"玲珑有些吊诡地说。

"或许，我也知道你想的什么，但我也不告诉你。"苍桑说。

这个时候，负责催台的人来叫玲珑做准备。于是苍桑和玲珑一起到了舞台侧面的候场区。苍桑看看节目单，下一个节目是舞蹈，舞蹈之后就是玲珑的钢琴独奏。

当主持人报幕完毕，负责场务的几个男生已经把钢琴推到了舞台中央，音响师也安置好了话筒。玲珑脱下羽绒服递给苍桑，然后闪亮登场。在聚光灯的照耀下，玲珑像一位从欧洲王室走出来的高贵公主，先走到舞台前面，向观众深深地鞠躬，然后转身，款款地走到钢琴旁。坐好之后，静默几秒钟，然后开始倾情地演绎。琴声悠扬，悦耳流畅，热情奔放。玲珑活力四射，身姿优美，典雅高贵。

苍桑抱着玲珑的羽绒服，还能感受她的体温，体会到她的温存。他听得如痴如醉、如梦似幻，感到人生的美好，爱情的至高无上。

本来玲珑让苍桑用手机给她拍几张照片，苍桑居然因为听得太入神给忘了，一张都没有拍。

3

晚会在九点半结束。当他们卸了妆，换好衣服出来，已经十点多了。外面飘起了小雪，地上落了白白的一层。

苍桑站在门口等玲珑。过了一会儿，玲珑提着两个袋子走出来。苍桑知道那里面装着她的演出服、高跟鞋和化妆品。

"呀，下雪了啊。"玲珑很兴奋，"我可怎么回去啊？"

"我送你呗。"

"地上都白了，你那自行车还能骑吗？"

"那怎么办？"

苍桑也一时想不起来怎么办。公交车肯定是没有了，自行车没有办法骑，出租车也很难打到，即使能够打到车，这样的天气，出租车都会涨价。苍桑又不好意思向玲珑说，你打个出租车回去吧。再说，他也不想与玲珑立即就分开，毕竟今天是新年之夜。

"我想走着回去。"

"行，我陪你走回去就是。"

"要走一个多小时的。"

"两个小时又何妨？"

"好吧。"

于是，苍桑陪玲珑步行回住处。

虽然已经十点多，但是学校附近的餐馆、咖啡厅仍然宾客满席，KTV歌厅里传来激情昂扬的歌声。在酒吧门口和街道上，也有许多年轻人聚集在一起，或三五成群，或二人成双，这些人中基本上是大学生居多。元旦在成年人眼里好像无所谓，在年轻人心中还是比较看重的。

"今天是新年之夜啊！"

此时，苍桑和玲珑同时感到今天是一个不寻常的日子，之前的注意力都放在了晚会的演出上，演出终于圆满结束，他们都有一种轻松感，同时又有一种演出之后的兴奋。

"今天应该十二点之后才会散去吧。"

"也有人在KTV里唱通宵，在酒吧里待上一夜。"

"那也有点太兴奋了吧。"

"也有些人可能玩到下半夜，然后就到宾馆里开个房间住下了。"

苍桑说完，感觉有点不妥。看看玲珑，玲珑似乎也有点尴尬，没有接着苍桑的话茬继续说，只是默默地走着。

"我给你提着包。"

苍桑对玲珑说。玲珑递给苍桑一个纸袋。

"两个都给我吧。"

"今天学会绅士了。"玲珑说，"过去从来没有给我提过包。"

"因为现在是晚上。白天我从来不给女生提包。"

"看来你的大男子主义还挺厉害。"

"是不好意思。"

苍桑和玲珑一边走着，一边聊天。玲珑把两只手插在她的衣兜里。没被人踩过的地方雪就厚一些，踩在上面发出咯吱咯吱的声音。

"今天你真漂亮。"

"学会奉承人了哈。"玲珑自信地说，"我本来就漂亮嘛！"

玲珑说话时总是一副高傲的样子，但她的这种高傲并不让人讨厌，反而让人喜欢。

"你穿上晚礼服，简直就是一个高贵的公主。"

"难道我不是公主吗？"玲珑挑衅似的看着苍桑。

"当然，你本身就是。"苍桑赶紧解释，"你今天的样子还是给人一种不一样的感觉。"

"有什么不一样？"

"就是，好像成熟了。"

"为什么？"

"因为，过去你都是一个小女生的形象。今天我看到你手捧鲜花谢幕的那一刻，立马想到婚礼上的新娘。"

"你的想象力还挺丰富。"

玲珑说完就不再说话。他俩并排默默地走着。苍桑感到他们俩之间有着一种微妙的距离。

一个小时的路程，在不知不觉中就走完了。到家了，玲珑拿出钥匙打开门。

"我回去了。"苍桑说道。

"进来坐一会儿吧，家里没有人。"

玲珑挽留苍桑，这让苍桑感到很意外。过去从来没有，都是离她家还有一段距离时，苍桑就止住脚步，目送她进门。也许是今天家中没有其他人的缘故吧。

"我姨妈一家今天有事不回来了。"

看来玲珑是知道今天家中没有人的。

"把鞋换上吧。"

在玄关处,玲珑拿了一双拖鞋,放在苍桑面前。苍桑有点不好意思。他们男生平时不喜欢洗衣服刷鞋,他担心脱鞋会有异味。虽然与玲珑在一起,苍桑勤快了许多,把洗衣服的周期缩短一半,但是苍桑总是风风火火的,一天到晚不停息,难免一身汗。

苍桑跟着玲珑进到房里。玲珑打开灯,苍桑看到室内的家具摆设都是大户人家的风范。其实他来过两次,过去只是没有注意,现在才有时间仔细地看。

"坐吧,别这么拘束。"玲珑柔声地说道。于是,苍桑在沙发上坐下。玲珑到她自己的房间里换下外套,穿了一身家居服出来。玲珑打开电视,他们就坐在沙发上,一边看电视一边聊天。

房间里暖气很热,坐了一会儿,苍桑就有些出汗。玲珑让苍桑脱掉外套,帮他挂在门口的衣架上。

玲珑拿来两罐啤酒,又从冰箱里找了一些吃的。

"庆祝一下今天演出的成功。"

"今天还是跨年啊,应该庆祝一下。"

苍桑和玲珑都非常兴奋。苍桑一边喝着啤酒,一边想着今天要不要回去,什么时候回去。

"那我几点回去?"

"过了零点吧。"玲珑说完,又有些迟疑,"你今天……不回去的话,也可以。"

"那我住哪里呢?"

"你就在沙发上睡吧。"

苍桑既感到兴奋,又感到住在这里还是有些拘束。

"我还是回去吧。"

"我一个人会害怕的。"玲珑说。

苍桑听了玲珑的话既欣喜,又犹豫。一方面他很高兴玲珑主动让自己陪她,另一方面苍桑也知道,自己和玲珑还没有达到同居一室突破底线的程度。他在想着今天晚上该怎么度过,玲珑似乎也在想着同样的问题。

"今天晚上你只能睡在沙发上,明白吗,不然我就不会让你来了。"玲珑对苍桑说。

"如果我睡不着怎么办?"

"那我们就都不睡了,看一夜电视。"

"也行。"

喝完了啤酒,玲珑又从冰箱里拿出几罐饮料。苍桑和玲珑就并排坐在沙发上看电视。兴奋的时候,苍桑把手搭在玲珑的肩膀上,玲珑顺势靠在苍桑的身旁。

这时外面有人放烟花,把窗外的天空照得亮如白昼。鞭炮声此起彼伏,街上好像有许多人。

"要不我们一会儿到街上转转,零点之后再走回学校怎么样?"

"你是说,你今天晚上也到学校去住?"

"是,到女生宿舍挤一晚上。"

玲珑在学校里没有宿舍,有时候,学校有什么活动,天太晚了,她就到女生宿舍凑合挤一下。

"也行。"苍桑说。

苍桑和玲珑喝完饮料,又吃了一些东西。然后他们出门,到大街上去游逛。大概是因为新年之夜,街上灯火通明,游人络绎不绝。

他们走到文化广场,听到有人在弹吉他唱歌。那人弹得很好,唱得也不错。他们纳闷,在这飘着雪花的寒夜,还会有人在广场上弹琴唱歌。

他们循着歌声走去,远远地看到,有一个孤独的身影,坐在黑夜中的台阶上,怀里抱着一把吉他,自弹自唱。不远处有两三个听众站在那里,好像很无聊地听着。歌手唱的是《三套车》,他们听着声音有点熟悉。走近一看,竟然是阿洪。

"是你呀？"苍桑和玲珑几乎是异口同声地说。

阿洪看着他们点点头，没有平时见面时的兴奋和激动。

"你怎么半夜跑到这里来唱歌了？"

"只是想唱歌。"阿洪不动声色地说。

他们看到阿洪的神情有些恍惚，觉得肯定有什么心事，才跑到这里"发神经"来了。

"怎么了？"苍桑有些关心地问道。

"没什么。"阿洪依旧坐在那里不为所动。

"要不我们找个咖啡馆坐一下？"苍桑问阿洪。

阿洪无语，摇摇头，然后吐出一句话："你们走吧，我静一静。"

苍桑认为，阿洪肯定遇到什么事了，把阿洪扔在这里，心有不安。他对阿洪说："我们陪着你。"阿洪还是坚决地拒绝了。于是他们跟阿洪打了招呼，然后离去。当走过了一段路，歌声便从身后再次响起来。唱的是《红河谷》：

  人们说你就要离开村庄
  我们将怀念你的微笑
  你的眼睛比太阳更明亮
  照耀在我们的心上
  你可曾会想到你的故乡
  多么寂寞多么凄凉
  想一想你走后我的痛苦
  想一想留给我的悲伤
  走过来坐在我的身旁
  不要离别得这样匆忙
  要记住红河谷你的故乡
  还有那热爱你的姑娘

……

歌声渐行渐远。苍桑和玲珑的距离却感到越来越近。他们默默走了一会儿,彼此没有说话,似乎都在想着阿洪。究竟是什么让阿洪今天如此失落?

零点时分,天上的烟花此起彼伏,人们纷纷驻足观看。空气中弥漫着浓浓的味道,给寒冷的冬夜增加了一些温暖。

直到零点五十分,苍桑和玲珑才走回学校。玲珑提前给女同学打了电话,得知601宿舍有个女生回家了,有一个空床位。苍桑把玲珑送到女生宿舍门口,然后自己走回宿舍。

4

寒假之后,一开学便进入三月份了。四月中旬是运动会演出的日子,苍桑他们在紧锣密鼓地训练。管乐队的排练主要由他来负责。

那天下午,排练结束,排练厅里只剩苍桑和玲珑。

"我可能要学外语去了。以后的排练恐怕靠不住了。"

"啊?决定了吗?"

"决定了。明年要出国吧。现在先学一年语言。"

苍桑不知道说什么好,怔怔地停在那里好一会儿。

"难道这个本科也不读完了吗?"

"国内这两年到了那边是可以续接的,学分互认。"

"哦。"

苍桑的心里还是很难过,有点不知所措。那天晚上,他和玲珑一起去吃饭。他们走在学校旁边的步行街上,看着街道两侧的小店,三三两两的同学不时走过;这条非常熟悉的街道,让他有了一种说不出来的留恋、伤感。在一个餐馆的二楼,他们找了一个安静的角落坐下。

"是你父母的意思,还是你的意思?"苍桑问道。

"都有吧。"

"出去镀镀金也好，回来对事业会有用。"苍桑故作平静，不动声色地说。

"我现在不去考虑那些。主要是我爸爸对我寄予太多的期望，想让我接手我们家的产业，可是我又不喜欢做生意、经营之类的事情。我还是喜欢音乐。"

对于一般人天天在想如何找个好工作、赚大钱之类的事情，在玲珑那里是不需要去想的。这就是人与人之间的差别。这样的事情苍桑才开始意识到。

"你走了，谁陪我练琴呢。"苍桑还是有些伤感，终于没能控制住自己。

"至少还有一年呢。"玲珑安慰苍桑说，"再说，去不去，还没有定下来呢。"

"既然已经决定了，那就是迟早的事，早晚是要孔雀东南飞的。"

"孔雀东南飞，五里一徘徊。"玲珑望着窗外，嘴里念着，若有所思。

"孔雀东南飞，十里可怎奈？"苍桑看着玲珑说。

"无论飞多远，都是会回来的。"玲珑说完，看着远处，似乎也有一些迷茫。

"好在一时半会儿还不会走。"苍桑安慰自己。

"如果我真的一去不复返，你会想念我吗？"玲珑天真地看着苍桑。

苍桑不知道如何回答，他还没有想过这件事。假如玲珑真的离开，他不知道自己会怎么样。

"我们现在先不谈这些。"苍桑说。

"也好。还是先把这次演出完成。"

"是的。这次演出对我很重要。"

"今天排练的这首曲目叫什么？"

"《勇往直前进行曲》。"

"我怎么没有听过？"

"我也没有听过。"

"为什么会选这首曲目?"

"因为是我写的。"

"什么?"玲珑很惊奇。

"是我作曲。"

"你怎么不早说啊!"

"早说了,谁还去演奏啊。知道是我写的曲子,很多人会不屑一顾吧?"

"会有人这样,但也不全是。"

"所以,还请你给我保密。我想看看最后的效果。"

"没问题。"

玲珑像考古队员欣赏自己挖出来的宝贝似的看着苍桑。

四月十五日,运动会如期举行。开幕式上的演奏任务主要由管乐队来完成。除了升国旗,奏国歌,在运动员入场时,乐队在最前面,领着队伍绕场一周。运动员退场后,管乐队有三十分钟的行进编队表演。管乐队行进编队表演可以说是整场开幕式的重头戏,管乐队边演奏边变换各种图形,可谓精彩纷呈。整个表演共分四个乐章,分别是:

第一乐章:《勇往直前》。乐队队形变为三角图形,像箭头一样直指前方。乐队一边演奏,一边前进。威武雄壮,势不可挡。

第二乐章:《鲜花绽放》。乐队队形在草坪上分成四块,变成四朵鲜花,花瓣随着音乐张开、闭合、旋转。有动有静,开合自如。绿色的草坪映着乐队成员红色的衣服,犹如四朵鲜花,灿烂绽放。

第三乐章:《天圆地方》。乐队队形先变成一个大的方块,象征大地。然后队形中间变出一个空心圆,象征苍天。在空心圆的外围再变出一个更大的同心圆,两个圆随着音乐逆向运动,大气恢宏。

第四乐章:《走向辉煌》。乐队队形像画简笔画一样,先变出一条地平线,在地平线上再变成一个半圆,象征着初升的太阳,在半圆上面再变出八道太阳的光芒射线,仿佛初升的太阳从地平线上冉冉升起。

那天的管乐队表演精彩纷呈、天衣无缝、一气呵成，真可谓独领风骚，吸引了所有人的眼球。同时，这也让苍桑一举成名，认识苍桑的老师见了他都微笑着投来赞许的目光，用最夸张的语言毫不吝啬地夸赞他。学生处处长毫不掩饰地对苍桑竖起大拇指。同学们看他的眼神都充满着羡慕和崇拜。

开幕式的演出圆满成功。

演出结束，乐队里的几个骨干吵着要庆祝一下。他们便来到学校外面的小酒馆，十来个人围着坐下。因为小店没有大桌子，十几个人围在一起，显得有些拥挤。好在大家都是同学，又是年轻人，挤在一起反而显得亲切、热闹。玲珑也在，和苍桑并肩坐在一起。

席间，讨论的主要议题还是当天的演出，大家你一言，我一语，紧要处还争论得面红耳赤。说得最多的，还是行进管乐队这种演出形式。

"行进管乐队可以说是欧美最流行的吹奏乐队演奏形式了，现在可以说是要风靡世界了，可是在我国还不行，还没有普及。"首席长号侃侃而谈。

"之所以没有普及，主要还是经济原因。学校不舍得投资，个人买这么一件乐器又确实不便宜。"单簧管声部长也争着发言。

"也不能说完全是经济原因，有些人宁肯拿着这个钱去吃一顿、喝一顿，也不愿拿着这个钱去买一件乐器。"

"这么说还是思想认识的原因了？"

"即使是我们这一帮搞音乐的人，有这个思想认识，但是仍然缺乏资料，甚至没有乐谱可以演奏，你都不知道从哪里下手。"

"我们缺少作曲家为这种乐队单独写的乐曲。"

大家慷慨陈词，争论不休。当玲珑说出第一乐章和第四乐章都是苍桑写的曲子并配器时，在场的所有人都感到愕然。

"苍桑厉害！居然有两个乐章都是你写的曲子？"大号手伸出拇指，摇着头感叹道。

"苍桑,你怎么不早说呢?"长号手追问道。

"如果我早说是我谱的曲子,大家还能提起精神来演奏吗?"苍桑反问道。

"你在捉弄我们呢,我们还以为是欧洲某个不知名的作曲家的作品呢!"

"来来来,向未来的作曲家敬酒。"

于是,大家起哄似的端起酒杯,一起向苍桑敬酒。那一刻,苍桑有点大佬的感觉。

当啤酒喝到七八成时,首席长号大伟端着酒杯站起来说:"下面,我要表达一下我的心情,同时,也代表在座各位同学要说的心声,首先祝贺今天的演出圆满成功,第二个是献给苍桑和玲珑的祝福,你们二人真是金童玉女,天造地设的一双,的一对,让我们这些同学羡慕嫉妒恨,羡慕的话不多说了,祝苍桑和玲珑,执子之手,与子偕老,人生路上,永远是一对甜蜜的恋人。"

于是,大家一起端着酒杯,起哄似的说着祝福的话。

苍桑心里美滋滋的,他把目光投向玲珑,玲珑却渐渐拉长了脸,对着大家一字一句地说道:"大家不能乱说,我和苍桑就是同学关系,和大家一样。至少现在还不是你们说的恋人关系。"

玲珑说的这席话倒把大家弄得很尴尬,苍桑也很尴尬。

其实,苍桑和玲珑一起练琴,一起吃饭,一起散步,形影不离。在别人眼里,他们就是一对准恋人了。之前他们两个之间,也把对方看作是自己的恋人。过去同学之间开个玩笑,玲珑也不在意。今天是怎么了,居然一本正经地反驳。

许多女同学只要换个男朋友,就会在朋友圈里晒一晒,也没有什么不好意思。苍桑和玲珑相处快两年了,为什么今天当着同学们的面拒绝承认他们之间的关系?这让苍桑百思不得其解。

为了不让气氛冷场,那几个同学立即改换了话题,大家端着酒杯,互相交流起来。

聚餐结束,同学们在小酒馆门口分手。大部分人回了学校,还有两个去逛街。因为下午没有什么事,苍桑就送玲珑回家。他们二人一路上都默默无语。

到了一个岔路口,玲珑说,我们沿着这条河走吧。于是,他们拐到沿河的步行小道上,远离了车水马龙,远离了熙熙攘攘。河岸两边都是茂密的花草树木,异常幽静。

"生气了?"

玲珑侧着身体,盯着苍桑的脸说。

"没有。"

"没有生气,怎么不说话呢?"

玲珑看着苍桑,脸上带着微笑,又露出那调皮的样子。

苍桑仍然沉默。玲珑主动走上来,双手挽住苍桑的一只胳膊,似乎把头往苍桑身体的方向靠了靠,苍桑感到一种温馨。他想不出来为什么,玲珑当着众人的面拒绝承认他们的关系,单独在一起的时候又对他柔情似水。

到了一片开阔处,他们沿着台阶走到悬在水上的木栈道。

正是春暖花开的季节,阳光明媚,花团锦簇,处处斑驳绚烂。那些早开的花儿被风一吹,落英缤纷,漂在水面上,随波逐流。

"苍桑。"

"嗯。"

没有外人的时候,玲珑总是叫他名字的后面两个字。

"女孩子的花季,早晚也会像这些落花,随流水飘零吧。"

"……"

苍桑一时无语,不知道该怎么回答玲珑。他很少看到玲珑如此伤感。

"到了外面,那可是花花绿绿的大世界,或许你会忘掉这小桥流水的生活。"苍桑话里有话,多多少少带点讥讽的味道。

玲珑没有说话,只是把头向苍桑的肩膀上靠了靠。他们站在水边,看着河水缓缓地流去，载着落花，载着光阴。

"过去总是想着长大，长大后去看看外面的世界。现在长大了，真的要去看外面世界的时候，又有许多不舍。"玲珑说。

"逝者如斯夫，舍与不舍，都会过去。"

"你说这句话的时候，像个哲人。"玲珑转身看着苍桑说。

"说'车到山前必有路'或者'天无绝人之路'之类的话，有时，不过是对无奈的一种自我安慰罢了。"

玲珑走到一枝桃花下面，伸手抓住树枝，轻轻一摇，枝头的花瓣纷纷落下，落在肩膀上，落在草丛中，落在水面上，然后顺流而下，不知道飘向何方。

玲珑望着水面，痴痴地看了一会儿，慢慢回过头来，对苍桑说："这是我第一次看到落花会伤感。"

"不是看到落花会伤感，是落花勾起了你的心事，让你伤感。"

"我的心事，你能看出来吗？"玲珑盯着苍桑说。

"应该差不多吧。"

玲珑没有说话，轻轻地摇摇头。

那天，苍桑和玲珑在水边消磨了一个下午，直到傍晚，他才送玲珑回家。

苍桑看着玲珑进了那个小门，转过身看看时间，回学校已经吃不上饭了，他独自去了一家米线店，要了一碗米线。他的心里想着，自己和玲珑曾经一起坐在这里吃饭，她就坐在自己的对面，长发从她的肩上垂下。而现在，却是自己一个人独自享用。

苍桑磨磨蹭蹭吃了有一个多小时的时间，又在街上游荡了一会儿。街上人来人往，车水马龙。一个小店里正播放着一首叫《成都》的流行歌曲。

直到晚上九点，苍桑才上了回学校的公交车。公交车上空空荡荡，他的心里也空空荡荡。

5

运动会之后的那个周五,宁老师把苍桑和玲珑叫到他的办公室,告诉他们说:"明天,在市博物馆有个学术研讨会,是关于音乐的。你们两个也去参加。"

苍桑和玲珑听后既兴奋,又感到有点突然。就问宁老师是什么内容的?

宁老师说,是泗滨浮磬研讨会。

苍桑和玲珑还是有点纳闷,为什么要让他们两个去。宁老师看他们有点茫然,就告诉了让他俩去的初衷。

20世纪80年代,在这个城市郊区,出土了一组春秋时期的编磬。让人惊喜的是,这组编磬居然还可以演奏,音准基本正常。让人遗憾的是有两枚残碎了。为了弥补残缺,文博部门找到时任市音协主席的宁老师,问能否找到相同的石头,把那两块残缺的磬石给补上。宁老师踏遍周围的山山水水,寻访二十多年,最终还是没有找到可以做磬的片状岩石。但经过了二十多年的研究,宁老师已经是这方面的专家了。

"我都快要退休了,不想让我的人生带着遗憾。我想在我的有生之年能够找到这种石头。为了后继有人,想请你们也做些这方面的研究。"宁老师这样告诉他们。

"谢谢宁老师。"

受到宁老师的器重,苍桑和玲珑都非常激动。苍桑想,自己和玲珑都是本地人,和宁老师比较熟悉,又都是搞器乐的,音乐素养也比较高。这是宁老师比较看重我们的原因吧。能够帮老师做些研究工作,也是作为学生的荣幸,对提高专业水准,开阔学术视野,都能起到极大的推动作用。苍桑看看玲珑,玲珑大概也有同感。

"泗滨浮磬就出在我们本地,我已经锁定了几个区域。"宁老师告诉他们。

"我们一定不辜负老师的期望。"苍桑和玲珑同时说道。

于是,宁老师向他们讲述了自己这些年的研究:

《尚书》载"峄阳孤桐,泗滨浮磬",说的是最佳的琴材和最佳的磬材。说到泗滨浮磬,我们就不能不想到远古时期,挂在架上的几片石头,发出清脆悦耳的声音,如天籁之声,悠远缥缈。从古至今,有多少人都在寻找泗滨浮磬,在神乎其神地描述着它。甚至有人说,泗滨浮磬就是漂浮在泗水水面上的石头,用来做磬,所以才有神韵。泗滨浮磬究竟出在哪里?是一种什么样的石头?这还要先从泗水说起。

泗水,是中国古代典籍中记载最多的古河流之一,它的名字承载着丰富的文化内涵。发源于今天泗水县以东的泰沂山区,流经泗水、曲阜、兖州、邹城、济宁,入微山湖。但这是我们看到的今天的泗水,古泗水是沿着今天的微山湖继续向南,大体与今天的京杭大运河平行,经过徐州、邳州、宿迁等地,在今天的洪泽湖处入淮河。今天洪泽湖北岸的泗县、泗洪、泗阳等几个县,都与古泗水有关。

由此我们可以看到,在今天山东省的济宁、枣庄、临沂,江苏省的徐州、宿迁,安徽省的宿州、淮北,这些地方都属于古泗水流域。虽然白居易有诗说:"泗水流,汴水流,流到瓜洲古渡头,吴山点点愁。"这说明唐朝时候淮河下游便淤塞断流,泗水与淮水汇流后,沿今天的运河方向在扬州入长江。但习惯上人们还是把淮河以北的这一段泗水沿岸称为泗水流域。

确定了泗水流域,又如何在如此广大的地区去寻找一种能发音的石头呢?

数年前,北京的一帮人来到泗水县寻找泗滨浮磬,他们挖地三尺也没有发现泗滨浮磬的踪影,但却发现了一种医用的砭石。当然,砭石不能发声,只能医用或制作保健品。经过开采和开发,已经发展成为当地一个知名的产业。

在人文荟萃的泗水流域，还出产一种闻名天下的石头，那就是灵璧石。灵璧石出灵璧，当然指的古灵璧。其产区主要集中在今天苏皖交界的灵璧、睢宁、铜山、泗县一带。从灵璧石的质地和内部牛毛交织状的分子结构来说，完全符合做磬的条件。我曾亲自演奏过用灵璧石制作的小石琴。但是，为什么这周边乃至全国出土的编磬中没有用灵璧石制作的呢？主要是因为作为第一观赏石的灵璧石有着瘦、漏、透、丑的特点，如此玲珑怪异又毫无规则的一块石头，要想把它像切面包一样地切成片状，在当时没有动力又受生产工具制约的时代，简直难如登天。

我想，既然此地出产磬石，未必就局限于一个区域。于是，我常常在假期或周末，开着我的越野车在山中穿梭，探古访幽，钩沉巡风，寻找泗滨浮磬。我踏遍千山万水，吃尽千辛万苦，却只是找到一些零星的、很小的片石，没能找到成片的泗滨浮磬。据古人描述，它们都覆盖在山的表层，远看如鳞片，近看像瓦片，重重叠叠，虽然表面已被风化，但轮廓仍清晰可见。我感叹为什么叫泗滨浮磬。它们只要稍稍打磨，便可发出清脆悦耳之声。

宁老师深情地给他们讲述着。苍桑和玲珑坐在那里静静地聆听着。听完宁老师的讲述之后，苍桑禁不住地感叹：泗滨浮磬，大音希声！苍桑和玲珑感到受益匪浅。

那天的研讨会规格很高，省内省外的专家学者到了二十多个。宁老师作为主要的研究人员，做了主题发言。发言中还专门提到，为了后继有人，要培养自己的学生来做这方面的研究，以实现自己未竟的事业。

宁老师发言之后，还有一个环节，那就是让玲珑代表学生做表态发言。发言稿是宁老师提前写好的，在前一天给的玲珑。内容是说宁老师怎么在课余做研究啊，怎么培养学生啊，出了哪些成果啊，最后是我们立志投身这个研究啊等等，有意无意地吹捧了一下宁老师。

"宁老师拉我们来，是不是为了给他撑些面子啊，他说培养了这方面的学生，其实我们什么也不懂。"中间休息的时候，玲珑悄悄地跟苍桑说。

"我看也有点这个意思，他说要在这里搞成一个什么研究基地，其实就他一个人，他是拉我们来凑人数的。"苍桑也表达了对宁老师的不满。

"为什么学术会议都这个样儿？"

"哪个样？"

"表面文章做得好，但大都华而不实、花拳绣腿，说些不疼不痒、似是而非的话。"玲珑说。

"不过，还是让我们大开眼界的。"

"这倒也是。"

会后他们参观了博物馆。主要研讨了博物馆珍藏的编钟编磬。在编钟编磬展馆的上面，有一副匾额，上书：金声玉振。玲珑端详了一会儿，好像不太明白什么意思。苍桑很兴奋地用自己前天晚上查到的知识给玲珑做了讲解。

"在曲阜孔庙正门的前面有一道石牌坊，上面也写着'金声玉振'四个字。"

"写在那里是什么意思？"

"当然是赞美孔子的一生如宏大的乐章，开始得伟大，结束也影响深远。"

"为什么要用这四个字来形容孔子呢？金声玉振又是什么意思呢？"玲珑还是不明白。

"这还要从音乐说起。我国古代音乐的分类，是按发音材质来划分的。分为金、石、土、革、丝、木、匏、竹八种，称为八音。金主要是指以编钟、编镈为主的青铜乐器，还包括铎、钲、錞于、句鑃等乐器，后者多为单件的响铜器，无固定音高。而编钟、编镈却成组成套，按音阶排列，能够演奏音域较宽的乐曲。青铜乐器主要是以编钟为代表，金声就是指编钟的声音。"苍桑又进一步解释道："说到编钟，说到中国音乐，说到古代文化艺术，都不能不说曾侯乙编钟。当年在湖北随县出土时，让世界为之震惊。六十四枚编钟、一枚镈钟，完好无损地呈现在人们面前。上面的铭文清楚地记录着，这是楚国旁边的一个叫作曾国的小诸侯国，国君叫作乙。这么小的一个小诸侯国，居然能造出来这么一套光辉灿烂的编钟，实在让人仰望赞叹。今天，我们站在湖北博物馆里凝视着这套精美绝伦而体态硕大的曾侯乙编钟，只能增加我们对那个时代的顶礼膜拜之意。它不仅仅只是表明我国古代的铸造技术水平有多高，更重要的，它是用十二平均律制造出来的乐器。一直以来，我们总是认为，全世界已普遍使用的十二平均律是西方发现并发扬光大的，虽然明代的朱载堉也发现了十二平均律，但我们并没有完善使用它，至少缺乏证据。而曾侯乙编钟的出土，证明了在两千多年前的春秋战国时期，我们的先人已经发现并且使用十二平均律了。从编钟的唇口上可以看出当年为调音而打磨的痕迹，编钟直到今天仍然能演奏出相当准确的完整音阶。由此我们是否可以推断，先秦那个辉煌时代的音乐艺术甚至是超过了我们今天？只是汉代以后，编钟的铸造技术失传了。"

"好了，谁还没学过音乐史啊，就好像我不是学音乐的一样。"就在苍桑讲得正起劲的时候，玲珑不耐烦地打断了他，"是不是你每次与我一起出来，都已经提前备好课了啊。"

"这不是你不大明白吗，我才给你讲的啊。"苍桑有点尴尬地说。

"我只是让你讲讲金声玉振是什么意思，谁知道你一下讲了这么多，给我讲起音乐史了。"

苍桑挠着头笑了笑，继续讲道：

"上面说的是金声，什么是玉振呢？玉振就是指编磬演奏。编磬当然是用石头做的，玉石嘛！玉与石其实都是一种材质，只不过玉比普通石头硬度大一些。这是我们今天的解释，古人或许是玉、石不分的，也可能把石头称为玉是一种雅兴。编磬在我国各地也有不少出土，最知名的编磬是泗水流域的泗滨浮磬。至于为什么要把编钟和编磬放在一起说呢？这还要从音乐说起。就像当今世界音乐艺术的最高表现形式是交响乐，我国古代音乐的最高表现形式是宫廷雅乐。宫廷雅乐就类似于今天的交响乐演奏，编钟和编磬是其最主要的两种乐器，它的规模和宏大远远超过我们今天的民族管弦乐队。演奏的大曲一般是由气势恢宏的编钟开始，结束由编磬收尾，余音袅袅，绕梁不绝。孟子说，'集大成者，金石之声。'编钟和编磬的配合可谓是绝佳的配置。后来，金石之声不再仅仅针对音乐，而是形容一切盛大而宏伟的事情。所以，用金声玉振来形容孔子，可谓终极赞美。"

"小伙子讲得真不错啊！"突然，背后传来了赞美声，原来是博物馆的老师也在这里听到一番言论。在听到苍桑的讲解后，给予热情的赞扬。

苍桑讲完。玲珑盯着他，脸上浮现出崇拜之意。

"你知道得还挺多啊。"玲珑说。

"当然。我是谁啊？宁老师的得意弟子。"

"你还不谦虚哈。"

"就是比你知道得多嘛！"苍桑得意地说，"过度谦虚就是虚伪，有为者应当仁不让。"

"那你跟我比比钢琴呀。"玲珑带着挑战的口气说。

"我想到，当年项羽在广武隔洞对刘邦喊话：刘邦老儿，如果你有种，今天我们两个人单挑，一决胜负，不要再涂炭天下苍生。刘邦听后哈哈大笑说：我可以与你斗智，但不与你斗勇。"

"这么说，刘邦就是个小人。"

"刘邦是小人，但却是个成功者；项羽是贵族出身，但却是失败者。"

"你的意思是小人容易成功，英雄或贵族都容易失败？"

"无言以对。"

"这么说，你是赞同我的观点了？"

"小人不讲武德，不择手段；英雄和贵族都是君子，要按规矩来。"

苍桑没有赞同玲珑的观点，但也没有找到反驳她的理由。

他们俩继续在博物馆里逛着。这时展厅里传来一首苍凉的古琴曲。苍桑和玲珑静静地听了一会儿。

玲珑问苍桑："这是什么曲子？听着有些耳熟。"

"《关山月》。"

"对啊，我们在欣赏课上听过的。"

"围绕着《关山月》，学术界还发生过一个著名的事件。"

苍桑给玲珑讲述了《关山月》的故事：

"在清末民国时期，有一个著名的琴人叫王燕卿。他本是山东诸城派琴师，因技艺超群，被康有为推荐到南京高等师范学校任教，并在那里将古琴文化发扬光大，形成了一个新的流派——梅庵派。王燕卿另辟蹊径，独树一帜，形成了自己的风格。正是因为他的与众不同，常常遭来他人的非议和攻击。

"在王燕卿演奏的琴曲中，有一首便是《关山月》。由于王燕卿的改编和演奏，在琴人中迅速传播，成了诸城琴派的代表曲目。琴曲一出名，便有人探究出处。

"王燕卿说，琴曲源自家传半部琴谱。自己在演奏技法上做了一些修订和拓展。

"而当时的那些诸城派琴人则坚持说，是根据泰安大汶口一带的民歌，由诸城派琴人集体改编的，是集体创作。1949年之后，一些艺术学院的学者和音协的专家也坚持说是根据民歌改编的。这样，一个学术问题基本上就有了一个定论。

"逆转是在几十年之后，一位我国香港地区的琴家，委托一位在荷兰留学的我国台湾省学生，在荷兰的一个图书馆里，竟然找到了一部我国明代的琴谱，上面赫然印着《关山月》，与王燕卿所传琴谱相差不大。

"明月出天山，苍茫云海间。千古名曲《关山月》又得以流传。"

"《关山月》之争终于有了定论。我们现在要说的是：为什么当初那么多人坚持那个子虚乌有的集体改编？是根据哪首民歌改编的？原曲调还有吗？是否掺杂着因艺术见解不同而产生的排挤？因演奏水平高低而产生的忌妒？那些学者和专家也跟着说是集体创作，是为了彰显时代潮流的需要？抑或是其他？"玲珑发出一连串的疑问。

"那些说了谎话和附和谎话的人，都没有什么损失。那个说真话、做出巨大贡献的王燕卿却一生被同行排挤、被指责，至死都不被承认。这可能就是当时的悲剧吧。"苍桑回答说。

"这么说，多数人所坚持的也未必就是真理。少数人所坚持的也不一定就是谬论。"玲珑看着苍桑说。

"苏格拉底是通过集体表决被处死的。谭嗣同也是在大众的围观之下被处决的。"

"为什么会这样？"

"有时候，那个大多数就是一群乌合之众。"

那天，苍桑和玲珑在博物馆里相谈甚欢。他们探讨人生、历史、社会，对世界的认识交换了看法。同时，也拉近了他们之间的距离。

6

时光荏苒，岁月悠悠，两年的学习生活转眼就即将过去。苍桑清楚地记得，那是放假前两周一个星期五的下午，玲珑的爸爸开车把她接走了。

那天下午，苍桑正在排练厅练琴。玲珑上楼走到苍桑的身旁，告诉他自己要回家。

苍桑说："还早呢，回去干啥？"

玲珑说："我要回我家，我爸爸来接我了。"

苍桑听说后就站起来，看着玲珑说："回你家啊，有什么事吗？"

玲珑欲言又止，好像有什么难言之隐。只是淡淡地说，可能要过两天才回来。

那时候，玲珑平常寄居在她姨妈家，偶尔才回她自己的家。每次回她自己家的时候，都是她爸爸开车来接她。

玲珑的爸爸阮石仁苍桑曾见过几次，每次见面，玲珑的爸爸都是面带微笑，很温和地与苍桑打招呼。一次，他来找玲珑，当苍桑和玲珑一起出现在他面前的时候，苍桑看到他的表情有些诧异。在苍桑礼貌地向他打了招呼，向他道声"叔叔好"的时候，他的眼神里出现了许多宽慰。在苍桑的印象中，玲珑的爸爸一般都是带着司机，有时还会开不同的车来。苍桑也认不清那些车是什么牌子，只是看上去感觉价值不菲。

想到这里，苍桑对玲珑说，既然你爸爸来接你了，那就早些回去吧。

玲珑有些恋恋不舍，似乎有话要说，但是，最终却什么也没有说。

苍桑想，回家是再寻常不过的事，即使回她自己家，下周一她爸爸把她送回来时，她又会出现在自己的视线中，仍旧会坐在这架钢琴旁边弹琴的。

玲珑朝他走近一些，和苍桑面对面站着。她用眼睛把苍桑上上下下看了一遍，似乎要记在她心间，然后又用眼睛盯着苍桑的脸，久久地看着。

苍桑有点不好意思了，感觉她有点神经兮兮的。笑着问，怎么了？搞得像生离死别似的。

玲珑没有回应，脸上的表情好像更凝重了。她伸出一只手，抓住苍桑的胳膊，然后又松开。她的内心好像在做着激烈的斗争，情绪似乎非常激动。

那一刻，苍桑很想给她一个拥抱。可是，他没有。他并不知道玲珑心中想的什么，他也没有想太多，虽然很想和玲珑在一起多停留一会儿，但是，他知道玲珑的爸爸正在楼下等着玲珑。

玲珑转身向外走，苍桑紧紧地跟在她的身后。下楼梯时，苍桑感到她的脚步慢慢放缓，苍桑的脚步也跟着放缓。玲珑的眼睛看着前方，并没有回头看苍桑。苍桑的眼睛紧紧地盯着她，感到她与以往相比有些异常。

苍桑送玲珑到楼下，她爸爸和司机都已经站在车前等着了。玲珑爸爸是个很有派头的人，看到苍桑和玲珑走过来，用毫无表情的目光在苍桑身上打量了一下。苍桑走过去向他礼貌地打招呼，而她爸爸的目光在苍桑脸上静止了几秒钟，好像想起了什么，似乎"嗯"了一声，算是回应苍桑。苍桑有些紧张。玲珑似乎想说什么，她爸爸便催着她上车，然后转身把玲珑那边的车门"砰"地一声关上,那辆车随后扬长而去。苍桑看到车窗内的玲珑把脸贴在玻璃上向自己挥手,脸上露出一丝凄迷的微笑。

在原地站了很久,苍桑仍然不能回过神来。他想着玲珑欲言又止的样子,似乎有什么话要跟自己说,似乎有什么隐情,这与她往日的态度完全不一样。玲珑的爸爸也一反常态,以往苍桑见过他几次,每次都是很热情地跟苍桑打招呼,充满着长辈的关怀,而这次好像不认识了似的。苍桑想跟他打招呼,他的态度变得很冷漠,苍桑对此百思不得其解。

回到楼上,苍桑依旧心神不定。跑到窗前看看是否还能看到玲珑的身影,映入眼帘的却只有一片房顶。转身看看空空荡荡的排练厅,还有那架落寞的钢琴,上面似乎还留有玲珑的气息,带着她的体温。

苍桑和玲珑可谓一见钟情,同学两年,他俩几乎形影不离。彼此都知道自己是对方心中的那个他(她),但他们从未向对方表白过,没有说过一句"我爱你"或"我喜欢你"这样的话。那时候,他们涉世未深;那时候,他们心心相印;那时候,他们天真无邪。这一刻,苍桑突然感到一种迫不及待:他决定,再见到玲珑的第一时间,就必须向玲珑表白,他要告诉玲珑:我爱你,我喜欢你,我想和你在一起。然后一起去见双方父母,然后结婚,然后生孩子,生个男孩像我,生个女孩像你。然后我们弹琴,我们唱歌,我们去世界各地旅行。只要有了你,生活是如此美好,世界是如此美丽。只要有了你,我会有无穷的动力,就能克服所有的苦难,就能改变这个世界,只要有了彼此,一切都有意义。

苍桑决心已定,下周一玲珑回来,就向玲珑表白。

经过两天的思考和准备,星期一的早上,苍桑早早就到了排练厅。他穿着笔挺的西装、雪白的衬衣,打着一条红领带,手里拿着一束鲜艳的玫瑰花。他决定就在那架钢琴旁向玲珑表白,他要单膝下跪,双手献上玫瑰花,然后说:玲珑,我爱你,我想和你在一起!请答应我,我们永远不再分离。

可是,苍桑站在那个窗口,望眼欲穿地等了整整一天,都没有看到玲珑的身影。那天，玲珑没有回来。究竟什么原因让玲珑没有返校，苍桑不得而知。

第二天，苍桑仍然起个大早，仍然西装革履，仍然手持玫瑰花，仍然站在那个窗口望眼欲穿地等了整整一天。但是，仍然没有看到玲珑的倩影。玲珑还是没有返校。

玲珑究竟怎么了？她竟然没有回来。苍桑如热锅上的蚂蚁，心神不宁，坐卧不安，茶饭不思。他联想到那天玲珑离开时的样子，难道会有什么事情发生？再一想，玲珑有财大气粗、神通广大的父亲，即使天塌下来，也有她父亲那厚壮的肩膀给扛住。想到这里，苍桑的心又有些释然，平静了许多。

第三天，苍桑看到玫瑰花都蔫了，玲珑仍然没有来。他终于沉不住气，跑到宁老师的办公室，打探玲珑的信息。

"玲珑的爸爸给她请了一周的假。"宁老师这样说着。

"哦，我们下周就要放假了，为什么还要请假？"

"看来是有什么要紧的事吧，她父亲也没有说清楚。好像有什么难言之隐。"宁老师这样说着，又补充道，"本来要请一个月的，听说快放假了，就请了一周。"

"请这么长时间的假，能有什么事呢？"苍桑仍然很迷惑。

"玲珑最近没什么事吧？"宁老师像突然想起来似的问苍桑。

"一直很好啊，活蹦乱跳的。"

"那可能是她家里发生了什么事情吧。"

大概玲珑家里有什么重要的事情，一定要玲珑回去做，不然她爸爸也不会给她请这长时间的假。再一想，既然是她爸爸把她接回了家，就一定不会有什么事。想到这里，苍桑的心情渐渐平复下来。

黄昏，苍桑一个人在校园里散步，忽然听到布谷鸟久违的叫声。

"布谷布谷！布谷布谷！"

他驻足聆听，那声音由远到近，又由近到远，渐渐远去，渐渐消失……

又是六月了吗？又到麦收时节了吗？每当听到布谷鸟的叫声，总让苍桑想起童年时期的家乡。小时候，每到麦收时节，他总会跟着爸爸妈妈回老家，帮着爷爷奶奶收割麦子。金色的麦田，一望无际。葱绿的杨树，被风吹得哗哗作响。打场的景象，忙碌的人们，乡亲们称之为忙五月。每当这时，总能听到布谷鸟的叫声。

由此，苍桑又想到这五月的校园同样忙碌，匆匆的考试，即将毕业的同学，各种各样的面试、聚餐、告别、谈论将来的工作。这与那麦收的五月又何其相似？只不过多了一些离愁别绪。

"布谷布谷！布谷布谷！"

布谷声又起，苍桑想到布谷鸟都是独居的，叫声孤单、凄厉。难道是一种呼唤？布谷布谷！布谷布谷！不如归去！不如归去！真是叫得让人想家，让人心乱。

布谷鸟也叫杜鹃，传说它会啼血的。苍桑想，它如此彻夜不停地鸣叫，不啼血又情何以堪？它总是给人以惆怅，给人以凄婉。

苍桑曾经以为，只有在自己家乡麦田里才会有的布谷鸟的叫声，为什么会出现在六月的校园里？是毕业的季节，还是离别的季节？总是传来布谷布谷！布谷声声！

第四章　有幸遇见

1

第三学年开学，玲珑仍未返校。

苍桑跑去问宁老师，宁老师说，玲珑的父亲又来学校给玲珑请了一个学期的假。如果本学期玲珑不能到校，按照规定，下学期就应该办理休学了。

"是什么原因呢？"

"她父亲说，在办理出国留学手续。"宁老师说着，看了苍桑一眼。宁老师是他们的兼职辅导员，他应该知道的。

"一边上学，一边办理出国手续，相互也不影响啊。"苍桑看着宁老师说。

宁老师点了一支烟，抽了一口，沉思了一会儿，似乎对玲珑的事回顾了一下，然后看着苍桑说："上次玲珑的父亲来请假，学校需要一个理由证明，她父亲就拿了一张医院开的病休证明。学生处的人问了两句，她父亲就表现出极不耐烦的样子，好像无论什么原因，反正就不能来上学了。"

"玲珑请的是病假？"苍桑问道。

"也有人为了请病假，去医院找一个熟悉的大夫，开一个假的证明，这种情况也是有的。"宁老师说。

可是，玲珑应该没有必要啊！如果没有什么事情，她肯定是会来上学的。或许是其他事情，不方便告诉别人，就去医院找个熟人，开个证明，来学校请假。苍桑这样想着。

"玲珑究竟是要出国，还是真的生病了？或者是发生了其他事情呢？"苍桑问宁老师。

"这个，我也不敢说是什么原因。对于校方来说，你拿的是病假证明，学校就按病假处理，这个也不会有什么责任，学校也不会过多地去追问。"宁老师说。

苍桑连续几天给玲珑打电话她都不接，在网上留言也不回。苍桑有点失望。即使马上要出国了，不再做朋友，也总要说一声吧。或者一起吃顿饭，见个面，告别一下吧。

大三一开学，还有一个重要的变化，学校决定让苍桑他们提前一年实习。以前都是四年级才去实习，为什么挪到了三年级？苍桑不得而知。有人说是学校教学改革实验，让学生提前踏入社会实习，待有了一定的社会阅历和经验，再返回学校学习，会更有动力，学习的效果会更好；也有人说是学校扩招严重，教室和宿舍都不够用，让学生提前离校实习一年，等于整个校园内减少了一届学生，减轻了学校的运转压力，同时能为学校节省下一笔巨大的开支。总之，有点人心惶惶。

在填报实习志愿的时候，苍桑选择自主实习，他填报的单位是淮海大饭店，去了之前兼职的音乐餐厅。算是由兼职变成专职吧，一来轻车熟路，二来又能赚钱。

由于实习，同学们都分散到不同的单位。新的单位、新的人，环境的变化，让苍桑减轻了对玲珑的思念。

玲珑在音乐餐厅辞职之后，阿洪就让苍桑来弹电子琴，偶尔他也弹弹钢琴，电吉他就放到一边基本不用了。

"两个人的乐队也就可以了。"阿洪这样说着。

又过了几天，从社会上找的那两个歌手也不干了。原因是音乐餐厅的工作时间是固定的，工资也是固定的，都是"死"钱，她们也不能兼职干其他的，倒不如到社会上"走穴"来钱快，忙就多挣，不忙就少挣，时间自由，挣的钱还比这儿多。

过了几天，阿洪又从外地艺校里找来两个歌手，一个叫王小丽，一个叫陶易芬。苍桑就是那时候认识易芬的。

刚到音乐餐厅的时候，易芬并没有引起苍桑的特别注意，也可以说易芬是毫不起眼的。三个歌手中唱得最好的，当然是菲菲，她本身就是歌舞团的台柱子，又有经验；小丽也还可以，虽然没有经验，但嗓子条件比较好，虽然比菲菲差不少，但是比易芬还是明显高出来一截；条件最不好的就是易芬，除了没有舞台演唱经验不说，好像也没有受过多少音乐训练。苍桑曾经问过阿洪，为什么要跑到外地找这么两个歌手？不仅水平不高，还土里土气的。阿洪说，为了省钱啊，外地歌手工资低，本地歌手工资高。

易芬的家，好像在河西省河东县乡下一个偏僻的小村庄里。小丽的家在易芬家相邻的另一个县里。易芬和小丽是同学，她们都是在本地读的艺术职业学校，大概是个职业专科学校或者是职业中专吧。两人平时穿着也是普普通通，衣服质地廉价，显得土里土气。但是她们总会带着一件比较时髦光鲜的衣服，在开始表演之前换上。

那时候，音乐餐厅里一大半的歌曲都是由菲菲演唱的，很多时候都是客人主动点菲菲唱的歌。剩下的那些小丽又演唱了大半。易芬是最落寞的，常常是她坐在台下，一声不响地看着别人演唱。即使是不演出，大家坐在一起聊天的时候，易芬也很少说话。也可能是她唱得不好，好像就没有她说话的份。

苍桑记得，易芬最喜欢唱的歌就是《想家的时候》，其实这是一首男声独唱歌曲，苍桑想不明白易芬为什么会喜欢这首歌，她每次唱这首歌的时候，最能拨动苍桑的心弦。这首歌的前奏比较长，每次苍桑用电子琴演奏的时候，易芬都好像在酝酿感情。

有时候易芬的嗓子会不好，一搭口感觉调子起高了，演唱有些吃力，然后她会一边演唱一边向苍桑投一个眼神，然后用手示意一下，苍桑就会在她唱完一段之后，即兴来一段华彩，然后调低一个调，下面的观众也听不出来。每当这时，易芬在谢幕后总会向苍桑投来一个感激的眼神。

如果苍桑也走下舞台，她就会带点娇气地说："哎呀，你要不降调，最后那个高音我真唱不上去了。"

这个时候，苍桑就发现易芬是个天真的女孩。想到她不远千里地跑到这里来唱歌挣钱，也很不容易。在这个举目无亲的城市里，也许她真的会很想家。

音乐餐厅的工作时间是中午11点至下午2点，晚上6点至9点，最忙的时候是中午12点以后和晚上7点以后。一般是客人吃饱喝足的时候才会点歌。音乐餐厅的工作时间不是完全固定，是有很大弹性的，没有客人的时候可以提前收工的，如果客人比较多或聊着天不肯走，则会延迟收工。

新开业的大饭店生意都比较红火，但是也分淡季和旺季的时候。周末反而生意不好，因为这种饭店基本上都是公司单位的宴请招待比较多，个人很少去那里吃饭，除非有非常重要的宴请。

那天下雨，不大不小的雨下了整整一天。店里生意冷冷清清，大厅里只有两桌客人。唱了两首之后就再也没有人点歌。阿洪说，七点半还不上客人肯定就没人来了，反正没有生意，在这待着也是待着，我们就先回去了。说罢阿洪和菲菲就先走了，只剩下苍桑和易芬、小丽、小徐四个人顶着。

平时空闲的时候，小丽和易芬总是抱着录音机听歌。音响师小徐那里有一个带提手的录音机，大概是能够把人声和伴奏分开播放。空闲时她俩就抱着录音机听歌学歌。

那天是小丽在听歌，易芬趴在桌子上，用从总台找来的饭店的便笺纸抄写歌谱。苍桑也无聊，走过去随意看了两眼。苍桑发现，易芬的字写得还算工整，但乐谱抄写有些混乱，记谱法很不规范，有很多的错误。

"我的乐理学得不好。"易芬有些不好意思地说，那样子好像小学生被老师检查作业似的。

"你们老师是怎么教的，这么简单的东西都没有告诉你们吗？"苍桑半是认真半是气愤地问道。

其实，苍桑、阿洪和菲菲他们在易芬和小丽面前，还是很有优越感的。首先他们都是"童子功"，从小就开始学习音乐；其次他们都是"科班"出身，能考上音乐学院的人，条件应该都不会很差。菲菲是歌舞团的人，即使现在歌舞团不行了，毕竟还是代表本地演艺界的最高水平的。

"我那时候上学没个准，经常落下课。"易芬说。

"难道上学还能隔三岔五地去或不去？"

"是，那时候家里有事，我要经常请假。"

苍桑感到不可思议，难道现在还有辍学的学生？苍桑又仔细观察了一下易芬，见她皮肤白皙，个子高挑，眉清目秀，怎么看也不像营养不良或是在贫困线上拼命挣扎的人。

"是不是那时候不爱学习啊，我上初中的时候，逃学也是家常便饭。"苍桑说。

"不是，就是家里有事。我必须要请假回家，还曾经休学两年。"

"家里有事，你爸爸妈妈干什么呢？他们不会处理吗？"

"嗯……这个……"

易芬吞吞吐吐，似乎有什么难言之隐不便说出来。

"现在，你家里不要你回去了吧？"

"不要了。但，也不能说不要，是我不想回去了。"

"呃。"

每个人心中都有一个世界，有很多都是不为外人所了解的世界。从那时候开始，苍桑很想探询一番易芬心中的世界。

"以后还要多多向你请教乐理知识。"易芬对苍桑说。

"尽管问就行，这都是小菜一碟。"苍桑有些得意地说。

"你们都是专业的，我们这样的都是很业余了。"

"你的嗓子条件还是很好的，但是要提高一下音乐素养，比如基本乐理啊、视唱练耳啊等等。"

"我还是非常喜欢音乐的。"易芬像说悄悄话一样地告诉苍桑她内心的想法。

"那你过去为什么没有用功呢?"

"我努力了,也非常用功。唉,就是家里条件不允许。"

一听到易芬唉声叹气,苍桑的心就开始变得柔软了。从小学芭蕾舞、家里有钢琴的苍桑,怎么也不能理解一个二十岁的小姑娘心中怎么会有如此多的惆怅。

沉默了一会儿,易芬又用眼盯着苍桑道:"喂,问你个事。"

"你说。"

"听菲菲姐说,你是弹钢琴的?"

"是啊。"

"哇,很厉害呀!"

苍桑看到易芬那一惊一乍的表情,有点不以为然。

"钢琴可是很难学吧?"

"也不难学,也不能说容易。入门还是很快的,但是要弹好,还是要下很大功夫的。"

"钢琴太好听了,我做梦都想学。真的,有一次我在梦中梦见自己在弹钢琴,并且还有一台自己的钢琴。"易芬很天真地说着。

难道你们在艺校就没弹过钢琴?究竟上的什么学呢?苍桑这样想着。

"你要真想学的话,我可以教教你。"

"真的?"

"真的。"

苍桑看到易芬脸上露出一片灿烂的笑容。

2

那天中午,音乐餐厅的生意不好,下午1点半的时候就只剩下一桌客人。餐厅的杨经理说，收拾收拾下班吧，不会再有客人来了。苍桑他们就收拾好乐器，准备下班。

易芬走到苍桑跟前说："苍桑哥，你下午干啥呢？"

苍桑说："不干什么。"

易芬说："你带我到你们学校去看看好吗？"

苍桑说："好啊，反正这么一个漫长的下午，我也没事。"

苍桑就骑自行车，带着易芬向他们学校走。易芬坐在后座上，苍桑不紧不慢地骑着。虽然苍桑看不见易芬，但还是能感到她的身体有节奏地晃荡。看来易芬心情很好。

"正好也到我们音乐学院里看看。"苍桑一边走着一边说。

"去看看你们的大学，真开心啊！"

"其实，和你们的艺校也差不多。"

"哪能呢，我感到你们都是高大上的，我们的学校在你们面前都会自卑得抬不起头来。"

"没有你夸张得那么厉害，我们感觉吧，也就那个样。"

"你这个人说话怎么这个样呢？"易芬好像很认真地说，"音乐学院对于我们来说，简直就是高不可攀的音乐殿堂。你怎么说也就那个样呢？"

"你说好就好吧。"苍桑一副我不与你争辩的样子。

"你能带我来看看，我就非常非常开心了。"

"哈哈，陪着你，我也很高兴！"

一路上，他们说说笑笑，轻松愉悦。

到了学校，苍桑先带着易芬转了一圈，像导游一样给她介绍着，这是图书馆，那是文学院，那座老楼是历史文化学院，前面那个环形楼是美术学院，旁边那个独立的楼是音乐学院……

走进音乐学院，易芬一脸的虔诚，像逛古罗马的城堡一样，所到之处都让她感到新奇、神圣。当易芬看到排练厅的那架三角钢琴时，喜悦之情溢于言表。她小心翼翼地抚摸着，像欣赏一尊精致的艺术品。

"苍桑哥，这台钢琴要多少钱啊？"

"我也不知道，听说是二十几万吧。"

"啊？一台钢琴要这么贵吗？"

"就是这么贵。"

易芬好像思考了一下，然后对着苍桑说："以我们现在的工资二千二百元算，一个月的生活费要五六百元，买些生活用品再加三百多元，其他方面都不花钱的话，还剩一千多元，一年要去掉两个月不能干，最多也就能攒下一万多元。照这样攒钱，至少需要二十多年才能买这么一台钢琴啊。"

"家庭用琴不需要这么贵的，现在的立式钢琴最便宜的只要一万多块钱。"苍桑向易芬解释。

"我早晚要买一台。"

"这么喜欢钢琴？"

"梦寐以求！"易芬丝毫没有掩饰对钢琴的喜爱，"一个女孩子坐在钢琴旁，会有一种优雅和高贵的感觉。每个女孩子都会自觉或不自觉地追求这种感觉，只是有些人受条件的限制，让梦想成为了妄想，比如我。"

苍桑觉得易芬是一个既经历过苦难又十分坚强的人，并且还很乐观。于是安慰她说："面包会有的，牛奶会有的，钢琴也会有的，一切都会有的。"

"对，一切都会有的。"易芬非常兴奋地说，"我要弹弹这二十几万的钢琴。"

易芬弹了一首《一闪一闪小星星》，还弹了一首《春之歌》，苍桑问她还会什么，易芬说还会几首，但是都弹不完整。苍桑问她弹过拜厄、车尔尼、哈农、巴赫的作品吗？她竟不知道学弹钢琴还有这些教材。说实话，对于钢琴，易芬实在谈不上什么水平，就是低幼级别的。手型、触键也有许多需要改正之处。苍桑让她起来，打开琴凳，取出一本教程。

"还有能装书的钢琴凳子啊？"

"你们学校的钢琴凳难道不能装书？"

"我们学校就一台钢琴放在老师办公室里，我们都没有碰过。"

"那你们用什么练习啊？"

"我们上职业中专时，用的还是脚踏风琴呢，后来都是那种电钢琴。"

好可怜的孩子啊，苍桑心里这样想着。

苍桑从基本乐理、演奏姿势、弹奏手型开始，把初学者所需要的基本知识，可以说是倾其所有地给易芬讲了一遍。易芬也认真而又好奇地听着。

在易芬弹琴的时候，苍桑站在易芬的背后看着她。看到她白皙的后颈、肩膀圆滑的弧线、舒展的四肢、匀称的小腿，还有拖在地上的一处裙摆。苍桑心里涌起一阵莫名的激动，她的样子一如不久前坐在这里的玲珑。如葱的手指、细腻的皮肤，竟与玲珑如此相似。

苍桑走到窗前，似乎在寻找玲珑的身影。玲珑的音容笑貌、言谈举止，像电影一样又浮现在苍桑的脑海里。苍桑在默默地思索着：我从这里看着玲珑来，又从这里看着玲珑离去，这里留下了她的身影、她的气息、她的温度，还有我触到她皮肤时那美妙的感觉，让我永远不能忘记的触感。我爱玲珑，我的爱情只能给一个人，那就是玲珑。虽然我们现在不在一起，但她会等着我，我也会等着她，不久我们就会相见，就会幸福地在一起。

苍桑收回了思绪，看着眼前易芬的身影。与易芬待在一起的时间长了，虽然易芬给了自己许多慰藉，自己对她究竟是一种什么样的感情，仍然不得而知。有一点是肯定的，一定不会是爱情。或许只是一个二十岁青年的怜香惜玉之情，对一个曾经陷入困顿女孩的悲悯之心。

过了一会儿，易芬让苍桑弹一首钢琴曲给她听，苍桑问她想听什么？

易芬说："我想听的，你都会弹吗？"

苍桑说："应该差不多吧。"

易芬有点疑惑地看着苍桑说："我最喜欢听的就是《献给爱丽丝》。"

苍桑说:"为什么想听这首?"

其实,苍桑想弹肖邦的《革命练习曲》,以展示一下自己专业的演奏水平,这首曲子让人激情澎湃。但是,恐怕易芬压根不知道还有这首钢琴曲。

"我比较喜欢舒缓的能带给人愉悦的曲子,能够抚慰人的心灵,抹平心里的伤疤,至少能够暂时忘掉过去的伤害给人带来的疼痛。"

"你好像在苦大仇深的旧社会受过多少压迫似的。"苍桑笑着说。

"你难道没有烦心的事吗?"

易芬说完看着苍桑,苍桑怔怔地想了想。想到自己的童年、自己的少年时期,虽然家境不是很富裕,但吃饱穿暖还是不成问题的。每到冬天,家里都会生着外面是铁皮、里面套着一层泥的取暖炉,做饭的时候,最下面一节烟筒都会被烧红,锅里冒着升腾的热气,屋里弥漫着饭菜的香味。这些记忆总能给自己一种幸福的感受。

苍桑又想到玲珑,想到玲珑家的三角钢琴,她父亲接送她时开的豪华汽车,她穿的洁白的连衣裙,寄居在亲戚家的那栋安静的二层小楼。

苍桑懵懵懂懂地感到,玲珑、易芬和自己,好像生活在不同的"世界"里。

苍桑演奏的时候,易芬静静地坐在旁边聆听。苍桑感到她是在屏着气,仿佛生怕细小的声音或动作会打扰自己似的。

"这首乐曲是贝多芬写给他的一个女学生的。"演奏完毕,苍桑告诉易芬。

"是恋人,还是学生?"易芬追问。

"是恋人,也是学生。"

"那时候,贝多芬是不是生活得很好?"

"是很好,很有钱。虽然他并不看重钱。"

"都是演奏挣来的吗?"

"是的,他音乐会的门票都很贵,那些有钱的贵族也会资助他们。并且他们的社会地位也很高,时常出入官邸皇宫,还能见到国王。"

苍桑想了想,虽然有些书上也在描写,莫扎特等音乐家也有生活困顿的时候,但是很多音乐家的生活还是很优越的,比如巴赫、施特劳斯、柴可夫斯基等等,他们都受到那些达官贵族的追捧。

"我们现在都是百分之百的艺人。"

"我过去认为,考上艺术学院、音乐学院什么的,就成了演奏家。现在感觉是彻彻底底的艺人了。"

"演奏家和艺人又有什么区别呢?"易芬看着苍桑说。

"演奏家除了要有很高的演奏水平外,还要有思想、有独立的人格。而艺人呢,就是为了钱,每天重复着相同的工作,无论自己喜欢与否,都是为取悦于别人而工作。"

"那阿炳算不算演奏家?"

"当然。"

"那阿炳是不是艺人?"

"当然。"

"那二者有区别吗?"

苍桑一时竟无言以对,想不到平时沉默寡言的易芬说起话来还这么尖锐。

"这么说,只要我们努力,就会前途无量,你就会成为演奏家,我就会成为一个歌星之类的。当然,我只要能成个三流的歌星就可以了。"易芬说。

"我想会的。最起码,我是具备演奏家的潜质的。你嘛……"

"我不具备歌星的潜质吗?"

"歌星基本上都要往艺人方面靠。"

"管他是演唱家,还是歌星、艺人,只要出了名,那时,我就会有很多钱了?"

"还有鲜花和掌声。"

"现在可以想象一下我成功时的样子吗？我站在一个极大的舞台上，四周都是鲜花，无数的照相机对着我，台下是人山人海的观众，空中回荡着雷鸣般的掌声。"

"不过，这一切除了要付出努力之外，还需要机遇和运气。比如要有人发现你啊，还要有钱给你包装啊、制作音乐啊等等。特别是歌星出道，需要很大成本的。"

"这么说，需要很多钱了？"

"是的。"

"钱，什么都是钱！"

"你怎么对钱这么敏感？"

"你不敏感吗？"

苍桑停了几秒钟，想了想。说：“我不太敏感。”

"那是你没有经过那种极度的困顿。"

"有多困顿？"

"母亲生病了，继父借遍半个村子，都借不来两百块钱。"

沉默了好长时间，苍桑不知道说什么，也不知道该如何安慰易芬。平时听小丽说，易芬家里境况不好，但不知道会到如此境地。易芬平时并不主动提起家里的事情，看来她心中有着不为外人所知晓的隐情。

过了一会儿，易芬情绪平复过来，她怯怯地说：“不好意思，刚才有点激动。那都是过去的事了，现在好多了。”

"没事的，我确实想象不出来你说的那种窘境。"

又沉默了一会儿，易芬轻轻地对苍桑说：“一开始，家里是不想让我到这里来唱歌的，他们认为饭店里三教九流的，各种人都有，客人喝醉了酒失去理智，做出什么出格的事情也是有的。后来我给家里写信说这里是很高档的大饭店，客人也都很文明，我在这里还有几个很好的同事一起工作。家里人也就放心了。”

"我们的工作环境应该还是很好的，比当年的阿炳可好多了。"苍桑开玩笑似的说。

"你说,如果阿炳活到今天,应该很有钱了吧?"

"那还用说,应该是身价好几个亿的富翁了。"苍桑说,"你怎么又想到钱上了?"

"好了好了,不说这个了。"

"阿炳当年有一条,就是如果你不听他的音乐,给他钱他也不要。他不要别人可怜他、同情他。"

"这么说,阿炳是个很有志气的人。"

"关于阿炳的故事,我可以给你讲讲那些不为人知的内情。"

"好啊,我非常愿意听。"

那天,在排练厅的钢琴旁,苍桑给易芬讲了下面的故事:

清末民初时期,无锡有个富家子弟叫杨荫浏,自幼学习各种民间乐器。其间,他的家人曾经从道观里请了一个长他六岁的小道士,到家里教他琵琶、三弦、古琴等。后来杨家人发现那个小道士有些不拘礼仪,放荡不羁,害怕杨荫浏跟着学坏了,便解除了小道士的家庭教师之职。

后来,杨荫浏赴北平入读燕京大学,研习音乐,毕业后留校任教。后又辗转北平、重庆、南京,在几所大学和音乐学院做过教授,还曾任教育部音乐教育委员会委员等职。做学问,他可谓做到了顶端。

而当年曾经教过杨荫浏的那个小道士,幼年丧母,二十五岁又双目失明,为生活所迫,只得拉着二胡沿街卖艺为生。这个人叫华彦均,又名阿炳。

这两个人年龄相仿,且是同乡,少年时期还在一起切磋过琴艺,为什么生活给了他们截然不同的命运?

1954年,杨荫浏以中央音乐学院教授的身份担任中央音乐学院民族音乐研究所第一任所长。那个时候,国家开始整理抢救民间艺术。杨荫浏首先想到了自己少年时的伙伴兼老师,就拿着录音机到无锡找阿炳录音。此时,阿炳已经贫困潦倒,身体状况不佳。在没做任何准备的情况下,从墙上摘下已经蒙了厚厚灰尘的乐器，稍稍调试，即兴演奏了几曲。杨荫浏录了三四首，其中就有《二泉映月》。

阿炳说，还有许多乐曲都装在心里，由于长时间不拉琴，需要给我一点时间恢复一下。杨荫浏说回北京找个更好的录音机回来再录。一个月后，杨荫浏带着录音机再到无锡的时候，阿炳已经去世了。

或许，这就是人的命运吧。贫困潦倒、坎坷一生的阿炳，成了我国最著名的音乐家，给我们留下了世界名曲《二泉映月》。人生有许多的偶然性，如果没有杨荫浏，我们就不会知道还有一个叫阿炳的人，更无从听说什么《二泉映月》。

1959年，命运再次改变了杨荫浏的生活轨迹，杨荫浏被打发到一个单位的传达室里做收发员，实际就是看大门，兼收发报纸信件。即便如此，这年7月，杨荫浏仍开始用了整整三年的时间，杨荫浏完成了《中国古代音乐史稿》，奠定了他在我国音乐史上至今无人能出其右的地位。

性格和环境决定了人的命运。人们无法改变自己的性格，所以也无法改变自己的命运。当厄运降临时，有人沉沦，有人不甘。有人消极回避，一蹶不振，被命运拖着走。有人积极面对，与命运携手，结伴而行。

杨荫浏由民族音乐研究所所长被贬到看大门时，也没有怨天尤人。他一边卑微谨慎地与周边的人相处，一边紧锣密鼓地写他的鸿篇巨著。

居庙堂之高的杨荫浏和处江湖之远的阿炳，都没有向生活低头，他们扼住了命运的咽喉，做出了惊天动地的成就。这一切除了要付出努力之外，还需要与命运携手，结伴而行。

"这就是人的命运，我们无法改变自己的命运。"易芬听完，若有所思地说。

"虽然无法改变，但我们可以与命运结伴而行。"

"不同的命运就会造就不同的人生。"易芬好像深有感触地说。

"我感到我的命运还是很好的。"

"我觉得我的命运一般。"

"从哪里说?"

"嗯……这个是我的隐私,还不能告诉你。"

"好吧,等你想告诉我的时候,再告诉我。"

在排练厅墙壁的宣传栏里,易芬看到了苍桑和玲珑一起演出的照片。

那是苍桑和玲珑四手联弹之后,一起站在钢琴旁谢幕的照片。照片上,苍桑穿着白衬衣,黑西装,打着领结。玲珑一身白裙,脚着高跟鞋,梳着披肩长发。这张照片让人联想到欧洲城堡里的王子和公主。

易芬站在那里注视很久,脸上浮现出一种复杂的表情。心中似乎在剧烈地波动。

"这是我同学,我们曾经一起演出。"

苍桑主动解释。易芬只轻轻地"哦"了一声,并没有多问什么。过了很长时间,易芬一直沉默着,也没有说话。

苍桑不知道为什么,玲珑的照片会让易芬如此在意。

3

实习期间,学校的宿舍虽然还可以住,但在洗澡、开水供应等方面都会受限。楼道里的垃圾也堆得满满的,没人打扫。更让人不能接受的是,有时候还会停水。因为整个楼层没有多少人住,管理员会定时把供水的总阀门关掉。大热的天,没有热水还能接受,没有凉水实在让人懊恼。音乐餐厅离学校路途比较远,来回也不方便。

苍桑把这个情况跟阿洪说了,阿洪说,你跟我来吧。苍桑跟着阿洪到了歌舞团。虽然歌舞团放假了,但有部分人还住在团里面。资格老的演员基本上都在外面买了商品房。年轻一点的,一部分回家了,还有少部分住在歌舞团的筒子楼里。

在楼梯间的顶上,有一个半间屋的阁楼。阿洪说,因为楼层矮,又是顶楼,夏天会热,分宿舍的时候谁都不愿意住,就分给了阿洪,因为他是新人。阿洪一毕业,就与歌舞团签订了聘任合同。现在,他已经是歌舞团的正式职员了。

阿洪说,这是我的宿舍,你在这里住几年也不会有人撵你。那时候,阿洪和菲菲已经在外面租了个一室一厅的公寓同居。

正好苍桑不喜欢与人合住,就要了这间屋,单独一个人住,并起名"半间屋书斋"。当天下午,他就搬了过去。

苍桑还找宁老师要了歌舞团排练厅的钥匙。他说,这几天可能去弹弹琴。苍桑知道,歌舞团的钢琴一年也不会有几个人去弹。

那天,因为易芬要找几首歌谱,苍桑让她跟自己去宿舍拿。她跟着苍桑到宿舍楼下的时候,苍桑又有点不好意思了,大白天的领个陌生姑娘去宿舍,可能会让人说闲话。好在那时候楼上住的人并不多。

一进宿舍,易芬看到苍桑桌子上、床上放了很多书,感到有些惊奇。

"想不到你还是个爱看书的人,并且看的书各种各样。"

易芬随手翻看着。苍桑的书主要是音乐类和文学类的,也有一些历史、地理、哲学、心理学的,反正五花八门什么都有。

那时候的苍桑既不喝酒,也不抽烟,这倒不是自律,而是他的身体确实受不了,啤酒最多就一瓶,烟是闻到就会难受。除了上班和练琴,其他时间,苍桑基本上都是躲在他的那间小屋里看书、听音乐,用这些来打发青春期的寂寞和孤独。

床头摆着一套音响,那是花了三千五百块钱买的,可以播放光盘,带两个立体声的音箱,效果很好,苍桑常常用它来听音乐。

"喜欢听什么,自己找一下吧。"

苍桑指了指摆在桌上的一摞光盘对易芬说。易芬就趴在桌子上,一张一张翻看那些光碟,然后选了一张张雨生的专辑。

"就播放《大海》吧,我最喜欢这首歌了。"

把光盘放进去,找到那首歌,按下播放键,电吉他用失真效果器演奏的前奏就传了出来,然后是张雨生那牵扯人心的声音:

从那遥远海边

慢慢消失的你

本来模糊的脸

竟然渐渐清晰

想要说些什么

又不知从何说起

只有把它放在心底

茫然走在海边

看那潮来潮去

徒劳无功

想把每朵浪花记清

想要说声爱你

却被吹散在风里

猛然回头　你在那里

……

听完这首歌曲，苍桑对易芬说："要不要来一首古典音乐？"

说到古典音乐，易芬抱怨道："听不懂。"

苍桑说："你需要怎么懂？"

易芬说："听完不知道这首音乐描绘的是什么事物，表达的是什么意思。"

苍桑说："我也听不懂。"

易芬很愕然地表示，你一个专业的音乐人都听不懂？

"我说的当然是你认为的那种听不懂。"苍桑对易芬说，"其实，音乐是听不懂的，至少不能像你理解的那样听懂。比如描绘了什么事物啊，讲述了什么故事啊，表现了什么思想啊等等。因为音乐是一种听觉艺术，它不可能像绘画、小说、诗歌、戏剧一样，对现实进行一种逼真的描摹。"

"那音乐是用什么来表现它想表现的东西?"易芬兴趣盎然地追问。

"音乐的表现性主要在于激发情感与意志,它是调动人们感情的一种艺术形式。人们在欣赏音乐的同时,会根据自己不同的生活经验,联想到不同的形象或事物,音乐的内容具有情感的确定性和对象的不确定性。因此,不能说某首音乐描写了某个事物。比如歌曲《教我如何不想她》,我们听到这首歌曲肯定会勾起思念之情,但思念的对象,可能是恋人、可能是母亲、可能是祖国、可能是家乡、可能是朋友、可能是兄弟姐妹,每个人心中想象的对象是不一样的。即使我们同时在听同一首歌,同时在想着自己心中的那个恋人,但是,我心中的那个恋人,和你心中的那个恋人,也是不一样的。这也说明了一首歌为什么会让这么多人喜欢的原因。"

苍桑一口气说完,眼睛看着易芬。易芬的脸上竟有一丝红润。

刚才在听那首《大海》的时候,玲珑的形象一直浮现在苍桑的脑海里,易芬的形象也不时地在苍桑心中闪现。或许易芬不会知道,苍桑和她在一起的时候,心中竟然会想着玲珑。

易芬呢,会不会与苍桑在一起的时候,心中还会想着另外一个人?这些,苍桑不得而知。

"我们究竟该如何鉴赏音乐呢?"易芬不解地看着苍桑说。

"这需要从主观和客观两个方面来阐述。首先,从客观方面来说,音乐鉴赏是人们将听觉感知、情感体验、想象联想等心理活动融为一体的审美活动。先是声音作用于我们的耳朵,然后通过神经系统传导到我们的大脑中枢,通过一系列复杂的心理活动,然后唤起曾经的感情体验,再展开联想和想象。"苍桑停顿一下,看着易芬,"这个能明白?"

"嗯。"易芬似懂非懂地点点头。

"托尔斯泰说过,好的艺术作品应该有感染力,对没有经过任何专门训练的人也有感染力。这就是说,首先要有优美的音乐,然后要有一个优美的环境,还要有一个欣赏音乐的氛围,这是音乐鉴赏的客观条件。"

"你的意思是说,在那乱哄哄的地方,是不可能鉴赏音乐的?"

"对的,这是先决条件。"苍桑看着易芬说,"其次呢,从主观方面说,是不是有了好的音乐,人们就会受到熏陶,受到感染呢?那也未必,要不然怎么会有对牛弹琴一说呢。从欣赏者来说,还必须具备如下素质:

"一是人文修养。欣赏者必须具备较高的文化素养,包括文学、历史、地理、哲学、政治、美学等各方面的知识。很难想象一个没有任何文化的人可以理解古典音乐。

"二是对音响的感受能力。音乐是声音的艺术,欣赏者必须对音高、节奏、速度、力度等有敏锐的感受能力。如果是听而不闻,那就谈不上鉴赏音乐。虽然音乐的感受能力是可以后天培养的,但是先天的遗传因素也是不可忽略的。

"三是对音乐的情感体会。如果一个人很有文化修养,对音乐的感受能力也很强,但就是不动声色,没有感情。他听着音乐的进行,就像看着车间的流水线在运转,只是机械地观察,没有喜怒哀乐。这样也不能叫作音乐鉴赏。

"四是对音乐的联想和想象的能力。欣赏音乐时,需要联想和想象,以唤起曾经的生活经历和情感体验。没有联想和想象,就像鸟儿没有翅膀,你的思维就无法翱翔。"

苍桑一口气说完,易芬一脸虔诚地听着。看得出来,她看苍桑的眼神里,多了一些欢喜。

"是不是有了好的音乐,欣赏者也具备了以上素质,就能深刻地领会音乐了呢?"易芬微笑着,像初中的小女生在课堂上举手提问一样,怯怯地问苍桑。

"答案是否定的。"苍桑看着易芬说,"如果想对音乐做到最佳的理解,还要做以下的知识准备:一是音乐知识的准备。欣赏者必须掌握一定的音乐基础知识,并且越多越好。包括旋律、节奏、节拍、调式、调性、和声、音色、速度、力度、曲式等音乐的表现手段,也包括演奏等音乐实践方面的知识。二是音乐实践的准备。经常听音乐,或者是观看演出,或者是亲自参与演奏，这些音乐实践经验的积累，对鉴赏音乐起着积极的作用。三是对作品和作者的了解。对作品内容、风格和创作背景以及作者身世的了解，会有助于对音乐的理解。有了以上条件和准备，我们便可徜徉在音乐里，让心灵做深度的审美体验了。"

人多的时候，苍桑总是不善言辞，有些羞涩。但和一个自己喜欢的女孩单独在一起的时候，他就会口若悬河，滔滔不绝。这些音乐人必须具备的知识，为什么易芬都不知道？苍桑这样想着。

"我们开始实践一下如何欣赏古典音乐吧。"易芬看着苍桑说，脸上出现了许多崇拜的表情。

他们就这样听着音乐，一首接着一首。有时，易芬会闭着眼睛，静静地倾听。有时也会问苍桑一两个问题。易芬闭上眼睛的时候，苍桑总是偷偷地看她，欣赏她那可爱的面容。长长的睫毛，高高的鼻梁，红润而又柔软的嘴唇，垂在肩上的发丝。苍桑感到自己同时在享受着听觉艺术和视觉艺术。易芬的到来，让苍桑那间冷清的小屋里，充满了温馨和愉悦。

也不知道过了多长时间，外面突然下起大雨。雨雾笼罩着所有的建筑物、树木，窗子外面的房顶都成了白蒙蒙的一片。

苍桑和易芬站在窗前，看着外面的世界出神。

易芬望着远处说："是不是很像大海？"

"有点。"

"我很喜欢看海，只是一次都没有看过。"

"虽然这里是沿海省份，我们也不是经常去海边的。"苍桑这样告诉易芬。

"是啊，来这里工作的时候，我们以为到海边了，可以看到大海了。来了才知道，离大海还有很远呢。"

"改天，我带你去海边看海。"

"好啊，非常期待呢！"易芬满脸都是那种极容易满足的兴奋。

"今天，那就先从这里看看海吧。"苍桑望着窗外说。

"你知道吗？张雨生的那首《大海》是写给他妹妹的。他妹妹在海边不幸溺水身亡。张雨生痛不欲生，就写了那首歌。"易芬喃喃地说着。

"我还真不知道。"苍桑很诧异，"一般的人都认为那首歌是写给恋人的呢。"

"张雨生后来的死亡，可能也与他妹妹的死有关。"

"这个不好说。"

"我们再听一遍吧。"

电吉他用失真效果器演奏的前奏又传了出来，然后是张雨生那牵动人心的歌声。

他们俩就站在苍桑的小屋里，听着音乐，望着窗外看海。窗外大雨滂沱，雨水像一道道帘幕，笼罩了所有的房屋、树木、街道，笼罩了整个城市，窗外是一望无垠的雾茫茫的世界。

那就是当年二十岁的他们，站在阁楼那个小屋里看海。

第五章　日久生情

1

　　那是天气有些变凉的时候。那天下午苍桑在宿舍很无聊，就出门骑着自行车晃晃悠悠地到了饭店。那时候，饭店里没有任何的客人，阿洪、菲菲、小丽、易芬他们还没来上班。

　　苍桑故意早去是因为想趁着没人练几首新歌。倒不是那些歌曲的旋律、前奏、和声有多难，主要是想熟悉一下电子琴的自带节奏型和自动和弦伴奏。因为阿洪最近常常有事，他不到店的时候，苍桑就得一个人用电子琴伴奏，放开电子琴的自带节奏型与和弦，就好比一个人代替了整个电声乐队一样。

　　苍桑到了饭店，跟门卫打了个招呼，径直走向舞台。接通电源，打开舞台上的一个小灯，在电子琴前刚刚坐下，前台那个穿着西装的接待小姐就向苍桑走过来，告诉苍桑，有一个外地人，要找你们这里面的某某，好像是家里来的人。

　　苍桑问她，人在哪儿？

　　她说在外面大厅里等着呢。好像已经来了好长时间了。

　　苍桑就跟着她走到大厅，她拿目光扫了一圈，也没有发现人。

　　"耶？刚才还在这里呢，坐了一下午了。"

　　于是，他们走到门口，看到一个提着提包、站在花池边上抽烟的男人。

　　"就是那个人。"

"谢谢,那你回去吧。麻烦你了。"

于是,苍桑向那个男人走去。

"您好!"

苍桑冲他打了招呼之后,那人才转过身来。有点不好意思地笑笑。

"您来是找谁的?"

"我找陶易芬,我是她父亲,我从老家里来的。来到这儿问了一下你们里面的人,说她还没来上班。"

他一口气地说完,话音里带着浓浓的中原方言的味道。

"她知道您来吗?"苍桑问道。

"她不知道,我没有跟她说。"男人说道。

苍桑有些纳闷,他暗暗地打量着眼前这个男人,难道这就是易芬的父亲?来看他女儿也不提前打个招呼,餐厅的总台是有电话的,每当有电话打过来,值班的小姐都会跑过来叫人过去接电话的。或许是出差路过这里,临时停留一下,顺便过来看看。苍桑这样想着,然后对那个男人说道:"那您跟我来吧。"

苍桑领着那个男人到了工作的地方,搬了一个椅子,让他坐在台下一个不显眼的地方。然后到吧台拿来两只一次性的纸杯,把两只纸杯摞在一起,给他倒了一杯开水,里面放了一点从吧台拿的茶叶。苍桑把水杯放在他面前的时候,他欠了两下身体,连声说道:"谢谢,谢谢!"

男人穿着一件洗得褪色的夹克衫,手里拎着一个提包,提包提手的革面上有几道裂纹,脚上穿着一双黑布鞋。脸上大概几天没有刮胡子了,留着长短不齐的胡茬,一张口满嘴都是烟味,手指上有明显的因吸烟而被染黄的痕迹。

"你们这个饭店不小啊。"他一边好奇地四处张望着,一边说。

"这是星级饭店,在本地也算是高档酒店了。"

"在这儿吃一顿饭要多少钱?"男人一副随意聊聊的意思。

"一桌最低起价要一千多块钱吧,这还只是菜钱,酒水烟钱都不算。"

"好家伙，这一顿饭要吃一个月的工资。"男人感叹着。

"这里一般都是那种大单位、大公司来宴请，请上级领导或客户的；还有就是个人办事要疏通一些门路到这里来请客。个人朋友聚会或家庭聚餐，很少到这里来吃饭。即使有来的，也是非常有钱的，比如开工厂的企业主、大老板之类的，一般人是吃不起的。"苍桑给他介绍着。

"我还是第一次进这种地方，里面和宫殿似的，一个人坐在这里还真有些不自在。刚才在那大厅里坐着，闷得不行，所以我就跑到外面透透气。"男人看上去很质朴，对自己没有见过世面，丝毫不加掩饰。

"可以随便看看，不要这么拘束。"苍桑告诉他。

"我看着这里条件很好，档次很高。"

他一边说着，一边东张西望地看着。苍桑跟他交流了一会儿，他给苍桑的印象是：既有一种朴实，又隐藏着一种狡黠；既有一种没见过世面的土里土气之感，还有一种既无知又无畏，既欠思考又莽撞行事之感。

因为是易芬的父亲，他带给苍桑的心里落差还是很大的。想到易芬，想到她白皙的皮肤，姣好的面容，温柔的话语，欲言又止的矜持，以及与自己在一起那种美好温存的感觉。这样一个天生丽质、亭亭玉立的小姑娘，怎能有着一个手指焦黄，满身烟味，无知鲁莽而又土里土气的父亲？

虽然说，儿不嫌母丑，狗不嫌家贫，可苍桑的心里还是不能接受。

下午五点，易芬和小丽一起来上班。易芬在看到她父亲的时候，并没有惊喜，也没有激动，她脸上泛起一种不好意思的红晕，似乎有些尴尬。

"您怎么来了？"易芬很平静地问。

"你妈妈不放心，让我来看看你。"

"我不是跟你们说了，不要来，这里一切都挺好的。"

"看到了，我一看这里，觉得条件啥的，还真是不错。与你们这个在一起的小伙子聊了聊，感觉都很好，地方啊，人啊，一切都很好。"男人满脸堆笑地说着。

阿洪到饭店的时候，苍桑私下跟他说，虽然我们与饭店的关系是一种合作关系,我们不是饭店的人,饭店也管不到我们,我们只是到点来,然后到点走。但是易芬的爸爸来了,你就冒充一下是我们几个人的领导,我们请易芬的爸爸吃顿饭,一来让他感到温暖,二来回去的时候也让她家里人放心。

阿洪满口应承道,应该,应该。

阿洪就摆出一副部门经理的架势,走到易芬父亲跟前,以十分热情、十分关心的口吻嘘寒问暖,并邀请易芬的爸爸一起吃顿饭;并夸赞易芬工作干得挺好,又敬业,又懂事,与同事们相处得很好。

"这是我们演艺公司的刘经理,是我们的领导,负责管理演艺这一块。"苍桑一边说着,一边伸手,对着餐厅比画了一下,做了一个夸张的动作。

"谢谢你们!心意我领了,但不能让你们请我吃饭,完全没有这个必要,再说也不能耽误你们的工作。易芬在这里工作已经让你们操心了,不能再给你们添麻烦了。我们庄稼人,一碗面条子就吃饱了,到这个大饭店里来吃饭,还真不习惯。"

易芬的爸爸说了许多客气话,以不能耽误工作为由,一再推辞。易芬也对阿洪说没有必要。

阿洪就对易芬说,今天晚上你别上班了,回去陪陪你爸爸,也可以到街上转转。

易芬对着阿洪、苍桑说:那就辛苦你们了。

阿洪说,让苍桑送你们。

易芬说什么也不肯,只是说把苍桑的自行车借给她爸爸骑着就行了,这样方便些。

苍桑跑到外面,推出自己的自行车,交到易芬的爸爸手上。易芬的爸爸说了一声谢谢,易芬也看着苍桑说了一句:你也回去吧。

于是,苍桑站在酒店门口,看着他们父女两个离去,消失在城市的夜色中。

那天，音乐餐厅的生意不是很好，客人不多。在没有点歌的空闲时间里，苍桑主动找小丽攀谈起来，打探着易芬的身世。

小丽说，这个人是易芬的继父，曾经是个不学无术、好吃懒做的人，并且还有些窝囊。家里呢又穷，到了很大年龄都没有找到老婆。后来，易芬的母亲带着易芬嫁给了他。至于易芬的母亲为什么嫁给他，易芬的亲生父亲在哪里，易芬从来不说。

"你见过易芬的母亲吗？"

"没有，只是听易芬说过，她母亲的身体不好。"

"易芬还是个苦命的孩子呢。"

"反正她家是挺复杂的。"小丽说。

第二天中午，易芬正常来上班了。苍桑看到她，心里有些纳闷。自己的爸爸从几百公里之外赶来了，怎么也得领着转转吧，去几个景点看看，逛逛商场，回去的时候再买点当地的土特产带回家。但是现在，易芬却来上班了。

苍桑问易芬，你父亲呢？

易芬说，一早就回去了。

苍桑说，大老远来一趟，也不领他逛逛？

易芬说，也没啥好逛的，就是来看看。

易芬淡淡地说着，对她父亲的态度，感觉是不冷不热。

在易芬去卫生间的时候，苍桑私下问小丽："她父亲来干吗呢？"

小丽告诉苍桑："一是她母亲不放心，让她父亲来看看。二是来要钱。"

"问谁要钱？"

"问陶易芬啊！"

"陶易芬哪里来的钱？"

"工资啊。"

"那两个工资能有多少钱？"

"多少钱都是钱啊！"

苍桑有点蒙了。他感到这个世界有许多事情,与他想象的和看到的完全不一样。

2

在易芬的父亲走后十来天吧,让人意想不到的事情竟会接踵而来。

那天,苍桑正常上班。到了饭店,看到台下坐着一个小伙子,穿着一身工作服样的衣服,大概从工厂里下了班没换衣服就来了。苍桑以为是音响师小徐找来修理设备的电工。一说话才知道,小伙子一口浓浓的方言,与易芬父亲的口音完全一样。

苍桑问他:"你叫什么名字?"

"我叫侯空。"小伙子有些木讷地说着。说完就闭口坐在那里,不再多言。

苍桑问他是干什么的,他有些迟疑,用眼睛看看苍桑,没有说话。

苍桑正在纳闷时,易芬走过来说:"他是从我们家里来的。"

"来找你的?"

"是。"

"哦。"

苍桑用尽量热情的眼光看了一下那个小伙子,算是跟他友好地打了个招呼。对方却只是快速地看了苍桑一眼,就把目光转到别处,没有与人交流的意思。

"是你……"苍桑转身看着易芬问道。

"老家的同学。"易芬不带任何表情地说着,既没有羞涩,也不感到尴尬;既不兴奋,也没有厌恶;既不想遮掩,也没有想给大家介绍介绍的意思。

小丽趴在苍桑耳朵上,悄悄地,又快言快语地说:"好像是易芬的男朋友。"

"啊?"

苍桑感到有些晕，一时让他不知所措，就故意大声说："是易芬的男朋友？"

苍桑确定，他和小丽的交谈，易芬与其他人也听到了。小丽用胳膊碰了苍桑一下，示意他不要再说话。

苍桑仍然没有反应过来，这件事太突兀了，过去从来没有听易芬说过有什么男朋友，从其他人嘴里也没有听说过。就是易芬自己，无论说话做事，也从来没有看出有什么男朋友的蛛丝马迹。如果一个人有了恋人，怎么都会显现出来，即使她不告诉别人。可是，与易芬已经认识了一段时间了，不算长，也不算短，怎么就没有发现易芬有男朋友呢！难道是她隐瞒得太深？平时也看不出她会对我们隐瞒什么，再说，有必要吗？她对我们隐瞒又有什么意义？苍桑百思不得其解。

再看易芬，静静地坐在那里，听到苍桑的询问，也没有反驳，似乎没有听见什么。那个小伙子也没有说什么。显然这是一个事实。既然当着大家的面都默认了，看来，她也不存在想隐瞒的意思。究竟这是怎么回事？简直让苍桑有点蒙圈。

为了不让别人看出自己的尴尬，苍桑故作镇静，装着毫不在意地说："你们才多大啊？"

"我们都二十多岁了。"侯空倒是快人快语。

"陶易芬不是才刚刚二十一岁吗？"

"她二十三岁了。"侯空并不看着苍桑，眼睛盯着别处说。

"怎么一下子多出来两岁呢？"苍桑不解地问道。

"我们都按虚岁算，她虚两岁。"侯空说完，有些不解地看看苍桑，又补充道，"在我们老家那里，这个年龄很多都结婚了。和我们一般大的同学，很多都有小孩了。"

侯空说话时，很自以为是，好像已经掌握了所有的人生哲学。他盯着苍桑的目光里，倒是流露出许多不解，好像苍桑是一个另类。

苍桑想走开，借故说要试奏一首新乐曲，走到琴凳前坐下。

那天中午，苍桑弹琴老是不在状态，中间竟还有几处弹错了，大脑走神严重，极难集中精力。小丽唱了几首歌，苍桑的伴奏弹得一塌糊涂，有时弹得快了，有时弹得慢了；有时调子起高了，有时调子起低了；有时中间忘了弹过门了，有时又多弹了一遍。

有几次小丽一边演唱，一边转过身来给苍桑递眼神，还用手做着动作跟苍桑示意。可是苍桑就是不抬头看她，弄得小丽干着急。

在中间的空隙，两个人走下舞台的时候，小丽问苍桑，你是不是喝酒了。

苍桑说，你睁着两眼说瞎话，我一点酒气都没有，怎么喝酒了。

小丽知道，苍桑心烦意乱是因为易芬，也怪自己多嘴，怎么能把自己知道的一股脑儿都说出来。可是也不能完全怪自己，本来就是明摆着的事，侯空直截了当地就说自己是易芬的未婚夫，易芬没有承认，但也没有反驳，那不就是默认了吗。

自己和易芬是老乡，又是多年的同学，上学时还住同一个宿舍，可以说是多年的好闺蜜，两个人也可以说是无话不谈。易芬过去也说过，家里给她找了一个对象，还说自己一点也不喜欢，绝对不会同意的，平时他们两个人也几乎没有什么联系。可是现在呢，这个"对象"居然堂而皇之地找上门来了，还公然宣称，就是易芬的未婚夫。真是计划没有变化快，看易芬那个样子，也真是隐藏得够深的。这个突然的事件，可把苍桑折磨得不轻，看看他那失魂落魄的样子，简直跌到了谷底。

小丽知道苍桑喜欢易芬。可是，你们俩谁也没有表明，对方就是自己的男女朋友，只不过有些好感罢了。大家都在一块工作，生出一点感情也正常。再说，易芬和侯空是家里认可的男女朋友关系，甚至都快要谈婚论嫁了。所以，这也不能怨我多嘴。小丽想到这里，不由得又看了看苍桑。在看到苍桑那失落的样子时，还是想劝劝苍桑，安慰一下他，但是又不能把话说得过于直白。

"苍桑哥啊，今天晚上下了班，我请你喝酒去。你现在要好好弹琴，好好给我伴奏。有什么大不了的啊,你别现在还没有喝酒呢,自己就先醉了。男子汉大丈夫,怎么也比我们这些弱女子坚强吧?"小丽一边安慰苍桑,一边半开玩笑地说,"现在我要唱歌,你要好好给我伴奏,如果你琴弹不好,我演砸了怎么办?这可关系到我的饭碗。"

苍桑坐在那里,眼睛盯着乐谱,一言不发,好像没有听到小丽在跟他说话一样。

中间,有一桌客人点了易芬唱《千万次的问》,这是易芬比较喜欢的一首歌曲,客人也经常点。这也是苍桑比较喜欢的一首歌,除了喜欢它的歌词,他还喜欢演奏这首歌的前奏,由圆号引出的前奏气势磅礴。每当弹奏这一段时,苍桑都很有成就感。

这首歌音调较高,节奏复杂,为了提升音色效果,苍桑每次都是用一台电子琴来伴奏。无论是歌手演唱,还是电子琴伴奏,这首歌都有一定的难度,歌手和乐手都需要高度集中精力才行。

那天苍桑竟弹得极差,旋律与节奏错乱,中间忘了换音色。和弦竟然按错了音,出现一个小二度,声音刺耳,极不协调。更严重的是,苍桑没有了感觉,居然没有听出来这些失误。

唱歌的时候,易芬几次用目光提醒苍桑,苍桑就是不看易芬。演唱结束下台的时候,易芬似乎瞪着眼睛看了苍桑一眼,没跟苍桑说话。苍桑一直低着头,眼睛盯着琴上,也没有看易芬。

苍桑只听到刘阿洪在旁边骂他:"苍桑,你今天是不是把电子琴的电源线连接到脑袋上了,这十二伏的电压就把你的脑袋给击坏了,你也太不能抗击打了吧。"

事有凑巧,过了一会儿,另一桌的客人又点了这首歌。

易芬像往常一样,提前给苍桑报歌名,定调子。她走到苍桑旁边说:"下一首《千万次的问》,G调。"

"你用磁带伴奏吧。"苍桑的目光看着别处,低声告诉她。

那时候,已经有了卡拉OK伴奏带了,就是播放音乐的时候比较麻烦,要人工来回地试听查找，要反复地试听好多次才能找到那首伴奏音乐。忙的时候，他们都不用，除非没有办法，才使用伴奏带。伴奏带还有一个缺点，就是当时的播放器不能降调。

"怎么了？"易芬挤出一丝微笑看着苍桑。

"不舒服。"苍桑目光仍然看着别处。

"你……不会是生病了吧？"易芬仍然面带微笑看着苍桑。

"是的，生病了。"苍桑面无表情地说。

于是，易芬让音响师小徐给她准备这首歌的伴奏。

苍桑走到台下，独自坐在旁边的一把椅子上，一声不吭地听着易芬演唱这首熟悉的歌曲：

> 千万里我追寻着你
> 可是你却并不在意
> 你不像是在我梦里
> 在梦里你是我的唯一
> ……

那次，易芬演唱得特别卖力，特别投入，达到了一种忘我的境地。台下掌声如雷。这首歌虽然听过很多次，但苍桑认为这是易芬演唱得最好的一次，也是最感动他的一次，给他印象最深刻的一次。

还没到下班的时间，苍桑就跟阿洪说，昨晚用凉水洗头没吹干就睡觉了，今天感觉有点头晕，可能感冒了。

阿洪说，那你提前走吧，多喝点白开水，用被子蒙住头睡一觉就好了。

苍桑郁郁寡欢，回到宿舍也没吃饭，竟真是晕晕乎乎地睡着了。一直睡到晚上，也没去上班。

3

　　第二天上班，苍桑看到易芬一如往常。他从小丽口中得知，第二天一早，侯空就被易芬打发走了。

　　之后的许多天里，苍桑都闷闷不乐，也很少与易芬交谈。易芬倒是非常坦然，好像侯空不曾出现过，什么事都没有发生一样。对苍桑也是依然如故，不冷不热，不远不近。

　　这倒是让苍桑有些捉摸不定，不知道如何再与易芬交往。这件事对苍桑的打击，倒不是让他感到有多么大的危机，而是侯空这样一个土老帽，怎能就把易芬从自己身边抢走？

　　关于那个侯空，苍桑从小丽嘴里得知，是易芬的继父给易芬定的一门亲事。易芬的继父上次来找易芬除了要钱之外，就是催易芬回家结婚。但是被易芬拒绝了。易芬的父亲回到家后又让侯空来催易芬。易芬把他撵回去了。

　　小丽的话，苍桑也不知道是真是假，看来易芬的背后一定隐藏着一些不为人知的事情。

　　自从易芬的继父和侯空相继来找易芬后，让苍桑对易芬有了一种新的认识。苍桑认为，易芬与自己不是生活在同一个世界的人，玲珑与自己才是天造地设的一对。这让他更加怀念玲珑。可是，玲珑又在哪里呢？

　　苍桑清楚地记得，在自己心情极其低落的那天中午，阿洪和菲菲有事没有上班，小徐也请假了，音乐餐厅就苍桑、易芬与小丽三人。好在那天客人并不多，点歌也不是很忙，三个人还是能够很从容地应付的。

　　阿洪不在的时候，苍桑就一个人使用电子琴的节奏和自动和弦来伴奏。那时候，他们买了许多歌曲的伴奏音乐磁带，有时偷懒就放磁带。能用磁带伴奏的歌曲几乎有一半，那些找不到伴奏带的，或是一首新歌，往往要用电子琴伴奏。

　　快到打烊的时候，大厅里还有两桌，单间里也有一两桌的样子。一个单间的客人点了易芬去单间里唱歌。易芬唱完却并没有出来。

外面还有一桌的客人也点了易芬的一首歌,并且点完等了很长时间,易芬仍然没有上去唱。客人有些不耐烦了,跑到台下去催,我们点的那首歌呢,怎么还没唱?

苍桑便让小丽去叫易芬出来唱歌。过了一会儿,小丽回来了,说那边的客人不让走,又点了两首让易芬在里面清唱。

歌手唱完一首,客人接着再点,也是经常有的事情。先后顺序颠倒一下,客人也并不知道,不会有人去查看点歌单计较。只是那天顾客很少,等的时间又长了一些,客人有些不耐烦了。

过了一会儿,外面的客人又来催:你们还唱吗?我们快吃完饭准备要走了。

小丽赶紧解释:那边的客人不让走,又点了两首在包间里面清唱呢。

外面的客人一听有些气愤:什么事都要有个先来后到吧,你让我们等多长时间?等到晚上再来?再说是我们先点的,凭什么要先给他们唱?

看到客人发火了,苍桑立即鞠了一个躬,赔着笑脸说:"要不换个歌手给您唱?"

客人说:"不行,就让那个歌手唱。"

苍桑说:"实在不行,把钱退给您,可以吗?"

客人一拍桌子吼道:"你是看不起我!今天绝不退钱,我就在这儿等着,还必须让那个歌手唱!"

苍桑让小丽赶紧去叫易芬。小丽跑着过去,进了包间。过了一会儿,小丽又跑着回来了,一脸沮丧地说:那桌的客人好像喝醉了,非要拉着易芬在那儿陪他们喝酒呢。

苍桑听小丽说完,知道今天又遇到一桌难缠的客人,便决定自己去交涉。他稍稍整理了一下衣服,立即向那个单间走过去。

到了门口,苍桑看到房间的门虚掩着,里面传来一阵阵高谈阔论声。苍桑透过门缝,看到里面有一个五十多岁的,头发掉得光光的,肥胖得像猪的男人。这个秃头男人正怂恿着易芬与他一起喝什么交杯酒，易芬不愿意。这个秃头男人就抓住易芬的胳膊，比画着教她如何端酒杯，如何把胳膊缠绕在一起，如何看着对方一起干杯。秃头男人讲得兴致勃勃，桌子上的其他人跟着起哄。

歌手去单间唱歌也是常事，但是酒店和点歌台都不希望歌手去单间唱歌。单间装修非常豪华，在里面吃饭要收一定的房间费，在单间吃饭的往往非富即贵。这些客人在层次修养方面有些还是挺高的，也有一些是暴发户的心态，到这里来吃饭，就是为了显摆。有些客人在歌手唱完一曲之后，被歌手的声色俘获，往往会接着再点一两首。也有些客人为了能与歌手聊天、套近乎，便要歌手清唱，不播放音乐。最怕的是那些喝得晕晕乎乎、东倒西歪的客人，当酒喝到七八成的时候，往往会扯掉遮羞布，露出动物的本性。他们会邀请歌手一起吃饭、喝酒、跳舞，有的也会给歌手小费，要求歌手提供更多的服务。每每遇到这样的客人，往往是最令人头疼的。阿洪他们私下里也常常讨论，如何对付这样的客人。

苍桑在单间门口稍稍停顿，敲了两下门，然后推门进去。他面带微笑，彬彬有礼地说道："不好意思，打扰各位了，我是餐厅点歌台的负责人，现在需要我们的这位歌手出去工作。如果给您带来了不便，还请多多包涵。"

苍桑说完，向里面鞠了一躬。整个房间的人，都被这突然的打扰给叫停住了，喧嚣的场面一下静了下来，一桌的人都站在那里僵住了，端着酒杯的手停在空中。停了一会儿，他们似乎才反应过来。还是秃头男人先开了口："你是这里的负责人？"

"是的，先生！"苍桑彬彬有礼地说道。

"我怎么不认识你？"秃头男人看着苍桑，面无表情地说。

"您是客人，这么多的客人，我们也不一定都认识。"苍桑微笑着说。

"这里还有我不认识的？" 秃头男人摆出一副不屑的样子。

"就是啊，我们大哥是谁？你们这里谁不认识啊？"房间里的其他人也跟着起哄。

"我们真不认识您，先生。"苍桑仍然克制着自己。

"你们经理见了我都要点头哈腰！你为什么不认识我？"秃头男人一边说着，一边挥了一下手，"别理他，我们继续喝。"

"我们的工作是唱歌，不允许歌手陪酒。"苍桑对着秃头男人说。

"酒店不是喝酒的吗？"

"酒店当然是可以喝酒的，先生！您可以慢慢喝，但是我们不能喝。"

"你们为什么不能喝？"秃头男人也斜着眼睛看着苍桑，拖着长长的音调，阴阳怪气地说。

"我们的工作只是唱歌，工作期间不能喝酒，这是我们的工作制度，先生。"

"工作制度不是人定的吗？可以改改啊。"

"对不起先生，这是酒店定的，我们没办法改。"

看到苍桑软硬不吃，一根筋到底，秃头男人的脸由红变紫，突然恼怒起来。

"点歌，对吗？多少钱一首来着？不是几十块钱一首吗？"秃头男人说着，从口袋里掏出几张百元大钞，然后重重地摔到桌子上，"先来这些钱的，我们不要音乐，就让她一个人站在这里清唱。"

秃头说完，指了指易芬。

"先生，是外面的客人先点了歌，我们总得按先后顺序吧，让她到外面唱完，然后再回来给您唱。"

苍桑思忖着，还是不能激怒这些人，要先把易芬支出去，然后慢慢平息、化解这件事。让苍桑没想到的是，他的话音还没落，那个秃头男人又从口袋里掏出几张百元大钞，向苍桑扔过来。

"不就是钱吗？老子有的是钱！这是给你的小费，你出去吧。"秃头男人有些恼怒地说。

"先生，我们不会为了钱什么都干，我们是有尊严的。"

"什么？"秃头男人端着酒杯瞪着苍桑，像看外星人一样，沉默了有几秒钟，然后大声说，"尊严？是你要尊严？还是我要尊严？如果你不识抬举，我明天就可以让你在这里的生意做不成，你信不信？"

"难道这个世界都会被你这样的人所掌控吗？"

"理论上不是，实际上是。"秃头男人气急败坏地说，"你个黄毛还没掉干净的家伙，不知道做事的深浅。"

"那我倒要试试水到底有多深？"苍桑杠上了。

"今天，我已经给了你面子！"秃头男人用一个指头指着苍桑，穷凶极恶地说，"我拿钱扔给你是看得起你，否则，我懒得搭理你。今天我之所以忍着，不就是为了要尊严吗？"

"那要看有没有人愿意买你的帐！"

"艺人不就是卖笑吗？你们与那些走街串巷的艺人有什么区别？"

"我们只卖艺，不卖笑！请你说话放尊重些。"

"那是你看到的钱少！"

"今天你就是拿一百万扔在这里，老子都不干！"

"装什么装？你们不就是明着卖艺，暗中卖身吗？"

"你说什么？"苍桑指着秃头男人的鼻子，厉声质问，"你敢再说一遍？"

"我说十遍怎么了？你们都是婊子、婊子，明着卖艺，暗中卖身，装什么装……"

苍桑端起一个盘子，隔着桌子扣到那个秃头男人的脸上。

几只酒杯隔空向苍桑飞来。苍桑操起一把椅子，横扫桌面。又有几个盘子、杯子、椅子同时向苍桑砸来。

当苍桑跑到舞台下面，扯掉一根铁管子的时候，保安冲了进来。

4

从医院出来，阿洪对苍桑说，你回去好好休养吧，一时半会儿也没法上班。虽然是皮肉伤，毕竟是缝了七针呐，就是拆了线，也要静躺一段时间，伤口才能愈合得快些。

出了这个事，苍桑不敢回家，也没有跟家里说，他害怕家人为他担心，便决定在他住的那个宿舍小屋里养伤。

在苍桑养伤期间，都是易芬给他洗衣、做饭、收拾屋子。她每天给苍桑买好早点，午饭、晚饭都是提前给他弄好再去上班。开始时易芬还会从外面买些现成的，后来她就买了一套做饭炊具，并置办了油盐酱醋。易芬说，反正她有时间，还可以省些钱。

易芬做饭还真是很好吃，特别是她熬的八宝粥，苍桑说，简直与小时候妈妈熬的粥一个味道。熬粥的时候，易芬常常搬个小凳子坐在旁边，一边看书，一边不时地拿勺子搅一下锅。熬好之后，她总是把粥盛到碗里，放到桌上晾得不烫了才端给苍桑。有时她掌握不准温度，苍桑就说，你尝一下。她就用勺子舀一勺尝一下。

没事的时候，他们就一起听音乐。易芬喜欢的流行歌曲较多，苍桑喜欢的古典音乐较多。有时苍桑想起某首音乐，易芬就会趴到桌上，在那些磁带盒中翻找。

有时他们会看书，苍桑躺在床上，易芬坐在桌前，一人一本，各看各的，都不出声。看到精彩处，易芬也会打断苍桑，向他感叹一番。

有时，易芬会两手沾满洗衣粉的泡沫，走到苍桑跟前，让他帮她往上挽一下毛衣的袖子。苍桑就会抓住她的胳膊，使劲地往上撸。易芬会大呼小叫地嗔怪他，说苍桑手劲太大了，像钳子一样，快把胳膊给扭断了。

苍桑常常看着易芬默默地收拾东西。易芬总是穿着毛衣，袖子卷得高高的，露着两只又白又长的手臂，胸脯高高地耸起。易芬的存在，让苍桑那半间小屋里充满了温馨。

在苍桑伤口拆线的第二天早晨，易芬从外面的小摊上买了早点，两人一起吃了。就在易芬收拾碗筷的时候，阿洪推门进来。

阿洪看到易芬也在，就笑着对苍桑说："以后再进你这屋，是不是应该先敲门啊？"

苍桑说："没事，咱们不需要这么客气。"

阿洪把苍桑的宿舍看了一遍，然后说："确实有个家的味道了。"

苍桑看到易芬脸上有一丝红晕。

阿洪又转身对着易芬说："这都是易芬的功劳啊。"

易芬有些不好意思地说："反正我待着也没什么事。"

"还是有个女人好啊，打光棍的日子真的是很苦。"阿洪这样说着。

聊了一会儿，易芬说要去买菜。这些天都是易芬到歌舞团旁边的一个菜市场买菜，去晚了可能就没有好的了。

阿洪说："这就开始居家过日子了，你去就是，我跟苍桑聊一会。"

易芬听了这话觉得有些不好意思，便拿着一个篮子出了门，然后轻轻把门带上。

易芬走后，阿洪指指易芬离去的方向，对苍桑说："易芬是个好姑娘。"

"嗯。"

"你要抓紧啊！可别错过了机会。要不将来会后悔的。"

"嗯。"

阿洪看苍桑的心思有些游离，从口袋里掏出烟来，抽出一支，刚放到嘴上，又把烟盒递到苍桑面前。

"我不抽。"

"对了，你不抽烟，我都忘了。"阿洪把抽出来的那支烟又装进烟盒说，"我也不抽了。"

"你抽就是。"

阿洪还是把烟装进口袋，又沉思了几秒钟，然后说："你小子，是不是还惦记着玲珑？"

"没有。"

"你不要嘴硬，有些话我早就想跟你说了。"

"有又如何，没有又如何，有什么区别吗？"

听到苍桑反问，阿洪好像忽然来了兴致，他站起来，在屋内来回踱了两趟，然后转身对着苍桑说："你想啥，我还不知道？你小子能瞒得了我？既然玲珑已经远走高飞了，你就赶紧死了这条心吧。她已经出国留学了，并且留学之后就在国外定居了。她家里那么有钱，她爹又有本事，神通广大，能把这一个宝贝女儿嫁给你？就算玲珑愿意，曾经跟你山盟海誓。你非她不娶，她非你不嫁，谁又能保证她留学这些年没有变化？更何况玲珑跟你从来就没有过什么山盟海誓，甚至连表白都没有，你只不过是剃头挑子一头热，人家根本就没有那心思。即使是对你有些亲近，那也不过是日久生情，对你有些好感罢了。一旦离开，这种感情就会人走茶凉。

"富人家的男孩子，可能成才，也可能成为败家子。富人家的女孩子往往都是千金，都是公主。她们率性、阳光、开朗、漂亮，不谙心计。你是把玲珑对你的热情当作了爱情。再说，玲珑出国留学几年，以她的条件，身边难道没有追求者？追求者中就算去掉那些外国人，单是那些华人同学，哪一个会比你差？

"再退一万步说，就算玲珑对你产生了爱情，并且对你忠贞不渝，她留学回来就与你洞房花烛夜，或者是把你也移民海外去过生活，这一切都是真的。那在她出国之前，怎么也要跟你打个招呼告诉你一声吧？最起码跟你见一面，吃一顿饭，然后，你去给她送行，临别前有个紧紧拥抱，然后有个深情亲吻。实在不好意思，那就象征性地亲一下额头。然后，你看着她消失在机场或车站的入口……可是，这一切都没有。她连一句话，一封信，都没有。你还相信有爱情吗？"

听了阿洪的话，苍桑沉默了好长时间没有说话。阿洪的话像一场大雨形成的山洪，把河岸的泥土冲刷干净露出了植物清晰的根系。阿洪分析得似乎也有道理，让苍桑混沌不清的思维渐渐清晰起来。

又过了一会儿，阿洪说："我不是往你伤口上撒盐，我只是提醒你，尽早忘了玲珑吧。"

苍桑没有回应。阿洪又掏出烟来。苍桑说，你抽吧。阿洪就拿了一支放到嘴上。阿洪抽了一口，意味深长地说："易芬是个好姑娘。"

"嗯。"

"你要抓住机会，免得以后会后悔。"

"她不是有对象了吗？"

"你是指那个侯空吗？"

"是的。"

"你感觉那个侯空怎样？"

"不怎么样。"

"凭易芬的相貌人品，这样一个好姑娘，如果嫁给侯空，那就是鲜花插到牛粪上。"

"可要是有人愿意插到牛粪上呢？"

"易芬那边一定有我们不知道的隐情，这是一个可怜的孩子。我去招人的时候，她的老师告诉我，易芬的家庭很不幸。"

"她与那个侯空已经是公开的对象关系了。"

"你要把她夺回来。她只有嫁给你，留在这座城市里，才能够过上她想要的幸福生活。如果回到她那穷乡僻壤，嫁给那个侯空，她只会成为一个生育的工具，那就毁了她的一生。"

"可是，我听小丽说，去年春节，易芬就是在侯空家过的。"

阿洪没有说话，沉默了一会儿，把手中那支烟在脚下捻灭，又掏出一支新的放在嘴上。

"如果你还有这一道坎，那我给你说说我的事情。"

阿洪使劲地抽了一口烟，然后缓缓地吐出来烟圈，像是长长地吐了一口气，又沉默了一会儿，然后说："我比你年长几岁，经过的事情也比你多。应该说，我更有社会经验，更有人生阅历。生而为人，我们该如何活着呢？如何与这个社会打交道？

"社会是个大舞台，每个人都在这个舞台上扮演着不同的角色。一个人至少有两种身份：一个是表演给别人看的角色，一个是真实的自我。当然也有不表演的,将两个身份合成一个真实的自我。但这种人极少,且不容易生存。今天的社会,善于表现者为王,不善于表现者易被边缘化。究竟我们是与这人间世俗随波逐流,还是同世俗泾渭分明、保持自我?

"社会上总是有好人,有坏人;有光明,有黑暗;有忠诚,有欺骗。我们消灭不了坏人,逃避不了欺骗。唯有面对,并研究如何对付它,摆平它。

"岁月匆匆,待到夜深人静,我独自坐在灯下,听着窗外滴滴答答的雨声辗转难眠时,时常会思考一个问题:没日没夜地奔波忙碌,究竟是为了什么?我们究竟要在意些什么?

"还有种观点是:欲望越大,痛苦越多。躺在街边睡觉的乞丐也许会怡然自得,而躺在高级席梦思床上的人却辗转反侧,彻夜难眠。究竟我们在追求什么?究竟要过一种什么样的生活?谁能告诉我?

"去年我回老家,听说村里在一年之内竟有三人自杀。其中有一个是我远房本家的小媳妇,因为结婚几年没有生孩子,经常被婆婆骂,被丈夫冷落,结果喝了剧毒农药,寻了短见。

"还有一位老太太,有一处五间屋的老宅子。因为小城镇的发展把村子已经包裹在了里面,房屋和宅基地都非常值钱。两个儿子准备拆掉老宅建新宅,因为都想多占一间房而大打出手。老太太惶惶终日不知如何是好,竟喝下农药自尽了。

"就在几天前,与一位失业的朋友聊天,他说,他们厂这些失业职工中,每年都有几个自尽的。我说,是不是放不下原有国营大厂职工的架子?他说,不是,已经跟着私人包工头在工地上搬砖和泥了,还有什么放不下。就是干这些活,还是跟不上手,天天被包工头叱骂。

"这一切都是发生在我身边的人和事,让我久久不能释怀。曾有调查,超过三分之一的人多多少少都会有些心理问题,约有十分之一的人具有严重的心理障碍。究竟是什么力量能把一个人打倒?在刚刚足以温饱的时候不存在的人生问题,在科技越来越发达、物质越来越丰富的今天,人的心理反而变得越来越脆弱了!

"难道是人类为了自我保护而织起的这个大网,在保护人类的同时也遮挡了我们赖以生存的空气和阳光?难道是为了快捷而修筑的各类通道,缠绕在一起,成了我们走不出来的死结?

"每当我站到窗前,看着楼下的马路上人来车往,川流不息,远处的高楼大厦鳞次栉比。我们生活在一幢幢大楼里,真有点作茧自缚的味道。那究竟又是什么束缚了我们的心灵,限制了我们的思想?我想,红灯还是不能闯,道德还是要有底线,法律还是要遵守。除了这些有形的网,还有一个无形的网在罩着我们。

"韩剧在我国很火,为什么?因为它给人以温暖感。同样是一个女人,在婚前与他人不轨,还偷偷藏着一个私生子,而婚后却被把她视若珍宝的夫家发现。如果是在我国的电视剧里,她一定会成为众矢之的,一定会让她无立锥之地,且不问原因。而韩国的电视剧却非常人性化,往往是受到应有的惩罚和磨难,最后都是各方皆大欢喜。没有不能破解的死结,没有过不去的坎,所有人都能得到这个社会的包容。犯错是要受到惩罚的,但用不着走到极端里去,要让人感到温情,给人以温暖。

"我们精心地编织着社会这个大网,追求完美无缺,它保护着我们,为我们遮风挡雨。但也阻碍了我们需要的空气和赖以生存的阳光。就如有人过分地追求蛋白质的含量,往牛奶里加三聚氰胺;老是强调口感,饮料里就加了增稠剂;最近传着为了食盐不结晶,而加了容易致癌的抗结晶剂。如果我们不追求这些虚妄的完美,生活或许才是真的完美。

"在生活中,我们究竟要在意些什么?每个人都曾遇到过困惑,每个人都曾徘徊在十字路口。

"我常常去爬山,让自己极尽疲惫,然后站到山顶上,望着苍茫大地,你会感觉人很渺小,我们都是过客,没有什么要斤斤计较,心态放松;我也会约上好友去歌厅唱歌、喝啤酒、鬼哭狼嚎、释放自己,或者是背个包出门,到一个陌生的地方,不打电话,不与人联系,走累了,可以躺在石头上休息，坐在地上吃饭。

"我们在意的不是自己，在意的往往是别人在意的。既然是别人在意的，我们又何必在意！话虽是这么说，火不落到谁脚上，谁不知道疼。"

阿洪又点了一支烟，放在嘴上缓缓地抽着。然后看着苍桑继续说道："我与菲菲从认识、恋爱、同居，再到订婚已经五年了。现在我们要准备结婚了。我们俩的事，可以说沸沸扬扬，满城风雨，人人皆知。

"菲菲在我之前，有过两个男友，并且都公开同居过。与其中一个还流产两次。菲菲对此也并不避讳。在人们的眼中，菲菲是个彻头彻尾的坏女孩。

"我在认识菲菲的时候，不瞒你说，我连女孩的手都没牵过。菲菲又比我大七岁。所有人都认为是菲菲骗了我，觉得我是一个不谙世事的傻子，戴了一打绿帽子。

"我的父母知道后，要打断我的腿。我的奶奶挂着拐棍颤抖着说，难道你要我给你下跪不成？菲菲第一次去我家，我的父母没让她进门，把她带的礼物扔到了路上。

"许多人都会纳闷，或许你也会问我，究竟我对菲菲痴迷什么？是她的什么吸引了我？我可以告诉你，当一个女人用她的全部温柔对你的时候，你就投降了，你会爱上她，并且是义无反顾，不计得失。

"爱一个人就是给予，倾其所有，甚至不惜生命，让对方得到一种刻骨铭心的爱和幸福。当你真爱一个人的时候，一定不会有得到或占有对方的念头，更不会有控制对方为我服务的想法。上苍创造人时，就赋予男人和女人相爱这种权利。如此美好的事情，却被我们越来越聪明的人类赋予更多世俗的内涵。

"在我们订婚那天，菲菲对我说，允许我背叛她一次。

"一个新出炉的花瓶，即使是非常精致，也只能让人赞叹其工艺技术的高超。一个古董花瓶，即使有些残缺，也让人感到精美绝伦，无比珍贵。因为它拥有了更多的内涵。那个得到古董花瓶的人，在欣赏把玩的时候,谁又会在乎它曾经被别人拥有或是从坟墓里挖出来的历史呢?

"每个女孩子都是一朵花,都有一个世界,都有很多别人不知道的故事。无论穿得好与差,无论来自城市和农村。看着她们脸上绽放出快乐的笑容,该是多么幸福啊!

"现在的菲菲对我柔情似水,我感到我找到了爱情。"

阿洪说完,若有所思地望着窗外。苍桑看到他那瘦削的身材,仿佛那里面拥有着无穷的力量。苍桑看到了一个过去不曾认识的阿洪。自己一直认为阿洪是个只会打鼓,头脑简单的家伙,好比打击乐器在所有的乐器中是最没有内涵的一样。听完阿洪的故事,让自己认识了一个崭新的阿洪。

"洪哥,现在我要郑重地叫你一声大哥!"

5

那是在苍桑头伤完全愈合后第二周的周六。因餐厅被一个冷饮销售公司包场,举办客户答谢会,他们就放假一天。

阿洪说,我们今天出去游玩一天,大家放放风。苍桑知道阿洪也想改变一下这些天的沉闷气氛。

周六一大早,阿洪开着一辆七座的越野车,带着这一拨人,意气风发地向山里驶去。菲菲坐在副驾驶座上,小丽和音响师小徐坐在中间一排,苍桑和易芬坐在最后一排。

路上行人极少,只是偶尔能看到一两个在路边的山坡上修剪金银花的老乡。汽车的嘟嘟声在空旷的山谷里回荡。

他们打开所有的车窗,女孩子们的长发在车内随风飞扬。

"这个车真拉风。"

"我结婚的时候就买一辆。"阿洪一边开着车,一边大声地回应着。

"对,你自己开着车,去接菲菲姐。"小丽说。

"我结婚的时候也要买一辆。"音响师小徐说。

"那你想接谁?"菲菲问。

"我想接小丽。"

"哼，我才不上你的车呢？"小丽嗔怪道。

"那你想上谁的车？"小徐说。

"我上苍桑哥的也不上你的。"

"不行不行，你苍桑哥的车已经有人了。"阿洪说。

"谁啊？我怎么不知道？"

"你苍桑哥说完了，买了车就接易芬去拜堂成亲。"阿洪说。

"啊？脚踩两只船呀！那人家侯空怎么办呢？"小丽故意一惊一乍。

"什么侯空，让他等个空吧！人家易芬早就不理他了。"阿洪说。

"啊？我怎么不知道呢，这年头，真是人心易变啊。对吧，易芬？"小丽说着，还转身看了一眼易芬。

苍桑看到易芬脸上泛起一片红晕，她那飞扬的发丝，飘到苍桑的脸上，苍桑闻到一阵芬芳的气息。

一路上，大家神情激昂。既不知道走了多少里路，也不知道走了多长时间。只看到远处群山起伏，连绵不断。近处青山绿水，生机勃勃。他们一直上到一个山坡上，直到无路可走，停下车，开始登山。

"这是什么山？"易芬问。

"这叫连青山。"阿洪道。

放眼望去，雄伟的连青山就在眼前。秋天是登山最美的季节了。山体大部分仍被层层叠叠的翠绿所覆盖，这些都是常年不老的松柏，冬天落叶的那些灌木则变得一片片的金黄，间或点缀着一片片火红的枫叶，裸露的岩石都是灰质白纹。红黄灰白间或相映，绚丽而灿烂，远远望去，就是一幅西式油画。定睛一看，它又是一幅典型的中国工笔山水画。

秋天到了，天气渐渐凉了起来。树叶黄了，云彩远了，一派秋高气爽的样子。

无论山势还是自然风貌，连青山都不能算是很有特点。这里的山，高度都不算高，海拔也就是几百米的样子。确切地说，都是低山丘陵，绝没有南方的山那样挺拔峻峭。不过，山脉都是一道一道的，连绵不断；山头都是一座一座的，高低起伏；给人苍山如海的感觉。

他们沿着似有似无的小路向上攀登。易芬和小丽在前，苍桑和小徐在中间，阿洪和菲菲在最后。苍桑望着易芬俏丽的背影，心里涌起一种说不出来的感情。

大约走了一半的路程，到了一处山坡，这里漫山遍野生长着一簇簇的金银花。

金银花也叫忍冬花，冬天不落叶，生命力极强。因二花并蒂，又叫鸳鸯藤。此花含苞待放时为白色，称为银花；盛开之后变为金黄色，称为金花，因而名为金银花。

他们一口气登到了山顶。苍桑站在最高处，望着远方，思绪万千。

也不知为什么，今天苍桑很开心，并且一口气爬到顶。或许是喜欢这种登山的感受。站在山脚下时，会有一种征服的欲望。站在山顶时，会有一种居高临下望尽天涯路的成就感。即使在半路上，也会有那种意气风发不登绝顶誓不休的气概。今天苍桑的状态如此之好，情绪如此之高，一切都是因为有了易芬。苍桑也意识到，与易芬相处的这段时间，是自己人生最惬意的一段时光。犹如苍桑站在这山顶的制高点上，让自己的生命达到了一个新的高峰。

菲菲和小丽已经累得一步都不能再走了，小徐也呼呼地大喘气，易芬倒是没有说多累。他们坐在那里歇了一会儿。苍桑说，我们继续向下一个山头挺进。

菲菲等几个人都狼狈地摆手，阿洪也不想再爬了。

"走吧，我们到那个山头看看。"苍桑说。

"那边没路了，那里就到了分界线了。"阿洪说。

"我们可以穿过去，走小路。"

"你去吧，我们在这儿等你，要小心。"

"这么矮的山，还叫路啊。"苍桑一边说着，一边站起来。

苍桑对易芬说，你去不？

易芬站起来说，走。

于是，两个人沿着一条荒芜的小道继续攀登。苍桑在前，易芬在后。两边树木森森，怪石嶙峋，高高低低，蜿蜒崎岖。

"我知道我的道路是崎岖的，所以我必须有一个柔软的身子以委屈自己。"苍桑边走边开玩笑。

"你能委屈自己的身子，但能委屈自己的心吗？"易芬在后面说。

"我知道我走了好多弯路。"

"因为走了弯路而后悔过吗？"

"不，从不后悔。虽然我走了许多弯路，但我看到了更多风景。"苍桑答道。

两人走走停停。易芬一边走着，一边介绍着各种中草药植物的名字。这是连翘，那是金银花，这是杜仲，那是枸杞子，还有蒲公英、狼毒、柴胡、益母草等等。她还告诉苍桑连翘与迎春花的区别是连翘的枝条是空心的，而迎春花的枝条则是实心的；金银花冬天也是不落叶的；金银花与连翘叶泡茶喝是可以去火的；山枣核泡茶喝是可以治失眠的；狼毒是可以治脚气的等等。易芬俨然是一个中医世家出来的孩子。

苍桑一边听着一边辨认，似懂非懂。他心里最大的疑问是易芬为什么认识那么多中草药，而且还了解它们的性能。

"我们那里是药材之乡，很多人家都种植药材的。"

他们沿着可以说是没有路的小路向上攀登，一直上到一个山坡上，到了一片长满山枣与灌木的空地。

上面乱石嶙峋，灌木丛生，已经没有路。走着走着，苍桑被山枣划破了手，于是，停下来。易芬让他坐下等着，自己去找一种贴上能止血的草药。苍桑半信半疑。

过了一会儿，易芬踮着脚有些吃力地走来，手里拿着一束不知名的植物。她摘掉几片，用手揉皱，让叶子渗出汁液来，然后给苍桑贴在伤口上，真的就不流血了。易芬说，按一会儿就好了，就把苍桑的手放在她的两掌中间，轻轻地按着。望着她小心翼翼的样子，疼痛早已跑到九霄云外去了，苍桑感到一种从未有过的温暖。

"还继续上吗？"苍桑问易芬。

"继续上。"易芬说。

苍桑想不到易芬会如此坚强。他们历尽艰辛，终于爬到山顶。

站在山顶，极目远望，眼前豁然开朗。山那边竟是一片茫茫水域，烟波浩渺，波光粼粼。

"哇，快来看。"易芬在叫苍桑。

"什么呀？"

"这里还有个石碑呢。"

苍桑走近一看，是一个方形石碑，上面刻着"离恨海"三个大字。走到背面再看，背面刻着"到此为止"四个字。

"应该是前面这一片水域叫离恨海吧。"

"到此为止是什么意思呢？"

"前面已经没有路了，只能回头。"

"这里是地界吧？"

"差不多，应该是了。"

他们站在石碑旁边，感到天高云淡，神清气爽。前面是一望无际，浩浩荡荡的离恨海。身后，群山连绵不绝，大地一片苍茫。

"岁月如歌，沧桑如斯。"苍桑望着远处，像是在自言自语。

"我喜欢站在这里，被这风吹着的感觉。"易芬拢了一下长发，自顾自地说着，"这风吹了有几千几万年了吧，从古吹到今，今天吹着我们……"

苍桑从后面轻轻地拥着易芬，易芬没有任何推脱。过了一会儿，易芬亲昵地把头向后仰着，想极力地靠近苍桑的脸。

苍桑想着，如果能把时间定格在这一瞬间该多好，拥有这美景，拥有这佳人，拥有这爱情。把这瞬间变为永恒。

时光总是流逝，岁月如此匆匆。这山峦却横亘在这里千年不变。千年之后呢？这山峦仍然不变。而自己和易芬还有谁能记起呢？还有谁知道两个年轻人在这青山之上，离恨海边，拥有了爱情？自己置身于这茫茫人世中，如这山林之一叶，不随风飘摇又如何能影响这洪荒之宇宙呢？

想到此，悲从心来。苍桑把脸伏在易芬左边的颈项里，很久很久。

易芬似乎觉察到了苍桑的情绪，转过身看着他说："今天，在这青山之上，离恨海边，上有苍天可鉴，下有大地为证，让我们一起许个愿，让天地见证我们的爱情。"

苍桑和易芬紧紧地拥抱在一起。

下山时，苍桑发现易芬一瘸一拐的，问她怎么了？她说刚才被一个枯树枝磕了一下脚。

苍桑很心疼，立即让她坐在一块石头上，帮她脱掉鞋，又小心翼翼地脱掉袜子，发现脚踝处有些红肿。他托起她的脚放在自己的腿上，轻轻按了一下，问："疼吗？"

"好多了。休息一下应该没事。"

"要不要我给你按按？"

"不要。这样停一会儿就会好的。"

就这样，易芬把一只脚放在苍桑的腿上，两人坐在那里休息。周围看不到一个人影，只有一棵苦楝树孤独地耸立在那里。大山安静得没有一点声音，仿佛整个世界都停止了运转。看看高高的蓝天、白云、远处的山峦，近处的树木，花草。再看看眼前水灵灵的易芬，还有易芬这只美丽的脚。苍桑想象着山外的人们都在各自的岗位上忙忙碌碌，奔波不息。而自己此刻在这儿看着易芬汗津津地坐在自己面前，唇红齿白，眉清目秀。享受着这短暂的温馨时光，一种幸福感涌上苍桑心头。

"你怎么认识那么多中草药啊？"

"这与我的经历有关。我在上小学和初中时，常常一放学，就会背着筐子去采药草。"易芬安静地告诉苍桑，"为了卖钱，补贴家里，无论多么难爬的山,多么难走的路,都要向前走。"

"把你磨炼出来了。"苍桑看着易芬,"能说说吗?关于你的身世?"

苍桑忽然想到自己对易芬的身世了解并不太多,过去没有主动问过,不是不想了解,而是不想像查户口似的询问。易芬也没有主动说过,对易芬的过去还真是只有零零星星的了解。

"你想听吗?"

"当然。"

易芬望着远处,沉思了一会儿,又看着苍桑说:"你以为我是个什么样的人?"

"你是个开朗、阳光、上进,有爱心的人。"

"我们的生活也不是都充满了阳光,与你们比起来还是有差距的。你们就像花园里的花,有人浇水护理,生活得很滋润。我们就像这山上的野草,因土地贫瘠,旱涝不均,必须要拼命地努力才能生存。还要经历各种风吹雨打。"

"你的生活,有些是我想象不到的。"

易芬还是沉思了一会儿,然后慢慢说道:"说来话长。有些话一直想找个时间跟你说说,可是我又犹豫不定。我也不知道该不该跟你说,你可能会说,这真不是我的性格。其实,我还是比较淡定的,对什么事都淡定。从小到大,我一直都是一个比较独立的人。很多人都会认为我是一个坚强而有主见的人,但是,有时候突然感觉自己活得很累,却又不得不承受着。有时明明软弱得不行,没有那个可以依靠的人,却又让自己活得像女汉子一样。有时会一次次问自己累了为什么不停下休息?是害怕孤独?还是用累来麻痹自己?或许你觉得我言重了吧,可这就是现实。"

苍桑静静地听着,想不到易芬还有如此多不为人知的事情。

"现在,有些事情还不能告诉你。以后会告诉你的。"

"好的。"

"现在只告诉你一个事情,那就是:请你相信我!"

"谢谢你对我的信任与坦诚。"

两人静静地待了一会儿，苍桑忽然有种想把易芬拥在怀里的冲动。但是，他却并没有行动。

周围是安静的大山，看不到一个人影。旁边只有一棵苦楝树，孤独地立在那里。上面是蓝天白云，下面是苍茫的大地。只有这棵苦楝树，倾听着苍桑与这个女孩的交谈。

看看天色不早了，他们开始下山。易芬执意要走下去，走了几步，还是一瘸一拐的。苍桑有些心疼，便提出要背着易芬下山。

易芬稍稍迟疑片刻，脸上泛起一种幸福的红润，往常的那种快乐直率又洋溢在脸上。

苍桑背着易芬，边走边聊。

"是不是我今天成了你的负担啊？"易芬说。

"不会。"

苍桑一边说着一边走，走了一段，还是有些气喘吁吁。

"停，停，下来休息一下。"

于是苍桑放下易芬，易芬看着他，调皮地道："是不是这样就轻松了？"

苍桑看着易芬愉悦，自信，坦诚，举重若轻，无所畏惧的样子，忽然感到，与这样的女孩在一起，没有什么能够压垮自己。于是，他又背起易芬向山下走去。

用了洪荒之力，苍桑才把易芬背下山，终于和阿洪他们重新会合了。

阿洪说，你俩在山上搞什么秘密行动啊，把我们都扔在一边不管了。

小丽说，哼，刚才还说没有呢，现在就打得火热了。

回到市里，苍桑陪着易芬先去了医院，给易芬的腿做了一下检查和简单治疗，医生说没什么大碍，贴上膏药休息几天就好了。然后两人到了一个超市，苍桑买了一大包吃的喝的，有当早点吃的，有当晚餐吃的，有两天之内必须吃掉的，有可以放时间长一些的，苍桑跟易芬交代着。易芬看着苍桑为自己跑来跑去，目光里充满着感激。

第六章　渐行渐远

1

一天中午下班的时候，阿洪对苍桑说，他要准备结婚了，最近要把房子装修一下。今天下午就让装修公司的人先去看看，让苍桑也跟着去参谋一下，提提建议，以供他参考。

阿洪在一个高档小区里买了一套两室两厅的房子，用作婚房。房子有九十多平方米，总共一百多万元，首付三十来万，其中菲菲拿了二十万，阿洪拿了十万，交首付的钱，都是两人这几年打拼赚的。对于阿洪来说，刚毕业两年，就能依靠自己的能力买上房子，也实在是很难得了。为此，阿洪很有成就感。

苍桑对阿洪说，祝贺你们，终于修成正果了。你的新房，我怎么也要先去看看。两个人就骑着自行车，慢悠悠的，边走边聊。

阿洪说，时间过得真快，仿佛昨天还在上学，现在就要结婚了，不久之前还感觉自己是个孩子，可是一转眼，现在就快奔三十了。说完，又唏嘘感慨一番。

苍桑说，曾经同学少年，书生意气，转眼就天各一方，各奔前程了。能在一起真的是很有缘分，过去我从来不相信什么缘分，现在有点相信了。

听到苍桑这么一感慨，阿洪像突然想起什么似的说，前段时间见到阮玲珑了。

"阮玲珑？"苍桑好像被针扎了一下，立马跳下自行车，站在原地不动了。

"对啊，我见她的时候，还是一头长发披在肩上，白衬衣束在裙子里面，依旧挺拔高贵，更显得青春时尚。我感觉她比以前更漂亮了。"阿洪极尽渲染地向苍桑描述着。

"在哪里见到她？"苍桑急切地问。

"在结核病医院外面，当时我准备回老家呢，正好碰到她，我下了自行车跟她打个招呼，说了几句话。"

"她在那里干什么？"苍桑有些迷惑。

"在那里看病，好像是脑结核吧，我也没多问。"

苍桑有点五雷轰顶的感觉，就对阿洪说："脑结核是否就是脑癌？"

"这个，还真搞不清楚。"阿洪犹豫地说，"应该没那么严重吧，如果是癌症，那不就完了嘛。"

"你看她的气色怎么样？"

"挺好，不像得了什么绝症之类的。"阿洪说，"好像就是有点消瘦了。"

"脑结核这个病能完全治愈吗？"

"这个还真不敢说，不过，凭着现代这发达的医疗技术，应该能治疗。虽然不能根除，但是维持着不发病应该还是能做到的，不至于死人。"

"好像脑结核这个病如果继续发展，就会导致脑癌。这种病轻症叫脑结核，重症就变成癌症了。"

"这个我们不了解。"阿洪说。

"咱们现在去找她。"苍桑说。

"到哪里去找她？"阿洪不解地看着苍桑，"这是三个月前的事了。至少也是两个多月了。"

"你为什么不早告诉我？"苍桑火冒三丈，对阿洪一腔怒气。

"我为什么要告诉你？我每天见到的熟人多了去了，难道都要告诉你？"阿洪一脸的蒙圈。

"那我们也去看看。"苍桑一刻也不想等。

"你小子怎么了？你们不是天天在一起？她的情况你不知道？"阿洪有些不置可否。

"别管怎么样，你现在领我去找她。"

"你是不是一直在暗恋着她？"

同学们都知道苍桑在暗恋着玲珑，阿洪也是知道的。可是玲珑的不辞而别让苍桑很无语，毕竟两个人没有明确恋爱关系，这也让苍桑在许多时候对玲珑不能表现得过于关切。再加上前段时间阿洪对苍桑、玲珑和易芬三人关系的一大通分析，还有最近与易芬之间关系的进展，都让苍桑对玲珑有了一些淡忘。可是，当阿洪说到玲珑就在本地，并且是在看病时，苍桑再也不能遮掩自己的感情，他要求阿洪立刻带自己去找玲珑。

阿洪说："我去也没用，那天，我就跟她说了几句话，只知道她在那个医院就诊。仔细回想一下，当时看到她的气色是有些憔悴，没有过去好了。当时我要回父母那里办些要紧事，也没有与她多说话，我就匆匆忙忙地走了。你直接去那个医院问问就行，我要不是与装修公司提前约好了，就陪你去。"

阿洪告诉苍桑详细地址之后，他就立即去找玲珑。

结核病防治医院在市外，离市区大约有三四十里路。苍桑以最快的速度骑着自行车往医院赶，还骑了一个半小时。大概因为这是一个传染病医院吧，所以要设在远离市区的地方，苍桑一路上这样想。

这所医院，远远地看着是在一个非常荒凉的山坳里，有许多老旧的石头房子，过去应该是一个部队的营房。现在院子里面也盖起了高高的门诊大楼和住院大楼。

进了住院部的大厅，看着来来往往的患者与患者家属，苍桑在想着人为什么会生病，而且有如此多的人会生病。

医院里这么多的人，怎样才能找到玲珑呢？难道一层楼一层楼地找，或者一个房间一个房间地问。苍桑先到大厅的导医台去咨询，一个年轻的小护士很礼貌地站了起来。

"我想找个住院的病人。"

"哪个科室?"

"不知道。"

"什么病?"

"不知道。"

"那你只能一层一层地去问了,从这里上楼。"小护士用手指着,又补充道,"每个科室都有护士站或值班室,让他们给你查一下就是。"

"好的,谢谢!"

于是,苍桑爬上二楼。二楼的楼梯口就有一个护士站。他走过去,非常客气地说:"你好,我想找个病人。"

"房间号?"那个值班的护士忙得很,连头也没抬。

"不知道。"

"什么名字?"

"阮玲珑。"

"什么时候入院的?"

"也不知道。"

"你是伤者什么人?"

"我不是她的什么人?"

"那你是肇事者那边的了?"

护士说完,抬头看了苍桑一眼。

"我不明白你说的什么意思?"苍桑大声说。

"你是肇事者,你把她弄伤了,对吗?"

"哪有什么肇事者。"

"这一层都是交通事故重伤外科。"

"她可能不是受伤。对不起,走错地方了。"

苍桑说完赶紧走开。原来这一层的病号都是交通肇事所致,苍桑想不到怎么会有如此多的交通事故,怎么会有如此多的受伤者,在走廊上,站着的、坐着的、拄着拐棍的、被人搀扶着的、头上缠着绷带的、胳膊上打着石膏的、腿上装着假肢的，到处是病人。每每看到这种景象，都让人心里极不舒服。

然后，苍桑到了三楼。三楼护士站有一个年长的护士，正和一个年轻一点的护士坐在那里聊天。苍桑微笑着走向这个看着稍微年轻一点的护士。

"你好，我想找个人。"

"叫什么名字？"

"阮玲珑。"

"多大了？"

"十八岁，不，应该是十九岁。"

护士看了苍桑一眼，打开桌子上的记录本。坐在旁边的那个老护士也看了苍桑一眼，眼光里有着一种异样的、说不出来的东西。

"哪天来的？"

"我不知道。"

"她自己来的吗？"

"我也不知道，我们同学只看到了她一个人在这里。"

"这些年轻的小姑娘，也不知道爱惜自己的身体，遭了罪还不得自己来受。"护士一边翻看着记录本，一边没好气地说着。

"大夫，她没什么事吧？"苍桑怯怯地问。

"什么叫没什么事？这个事还小吗？"护士用一双冷漠的眼神看着苍桑。

"我是问，这个很严重吗？"

"你说呢？"护士极不耐烦地说，"有些人两次以后，一辈子都不能再生孩子了。"

"我，我，不知道……"

"不知道？"护士用鄙视的眼光看着苍桑说，"你怎么知道作孽呢？当时只图一时快乐了吧？现在不想负责任了。"

另一个护士在旁边说道："你知道，你这瞬间的快乐会给别人带来多大的痛苦吗？有可能让她一生都处在黑暗之中。"

"大夫，这确实不是我做的。"

"不是你做的，你跑来干啥？难道要替别人背黑锅？真是这样的话，你还是世间少有的善人呢。"

"嗯……"苍桑一时语塞。

"是流产，还是引产？"

"我，我不知道啊。"

"住了有几天了？"

"两个月之前就来住院了。"

"就是剖宫产也早该出院了！至少也要出院三次了！"

护士说完，把手中的记录簿"啪"的一声摔到桌面上。苍桑看到封皮上写着：妇产科流产登记表。

苍桑逃跑似的到了四楼，看到四楼没有护士站，也非常安静。他蹑手蹑脚地沿着走廊向里走，看到每个房间都是厚重的铁皮门，门上画着一个骷髅头，下面写着两行字：防止辐射，严禁入内。这大概是什么仪器室之类的，样子很像电影里的各种实验室，吓得苍桑赶紧转身离开。

苍桑又爬上五楼。五楼更加安静，也看不到人。他顺着走廊刚刚走了几步，就是一个转弯。转过去之后，是一个更长的走廊，走廊两边都没有窗户，全部是冰冷的白墙，上面用吸顶灯照明，大白天灯也开着，灯光冰冷。苍桑好奇地往里走，走到尽头又是一个转弯，刚转过弯去，看见一扇冰冷的大门，上面写着：太平间。

苍桑感觉头皮发麻，脚下发软，汗毛都竖了起来，扭头向外就跑。他一口气跑到六楼，看到走廊里有来来往往的人，他才停下喘了口气。苍桑平静下来之后，抬头一看，前面的大门上写着：重症加强护理病房。

到了七楼，七楼是消化科。

到了八楼，八楼是神经科。

到了九楼，九楼是呼吸科……

苍桑这样一直找到十七楼，十七楼是结核病科。苍桑在护士站报上阮玲珑的姓名、年龄，并且告诉护士，此人两个月前曾在这里住院。护士打开病人记录簿，翻看着找了一会儿，在其中一页上停住，说："这个病人在二十天前就已经转院了。"

"转到哪里去了？"

"转到省医院去了。"

"是什么病啊，严重吗？"

苍桑这一问，反而提醒护士警觉起来。

"你是她什么人？是家属吗？"

"我……不是。"

"那我不能跟你透露病人的信息，这是病人的隐私。"

"你告诉我一些病人的情况就行。"

"反正挺严重的。"

苍桑向护士表示了感谢，然后走下楼来。出了医院，他有些恍恍惚惚，骑了三个小时的自行车，一直到晚上八点半才回到市区。

第二天一早，阿洪就"砰砰砰"地敲响了苍桑的宿舍门。苍桑睁着惺忪的眼睛起来开门。

"你昨天干什么去了？晚上没去上班，也不跟我说一声。弄得杨经理很不高兴，跑去质问我。"

阿洪劈头盖脸地骂苍桑。苍桑一声不吭地穿衣服、洗脸、刷牙。等收拾好，阿洪也骂完了。苍桑说："今天我要请假。"

"什么？"阿洪一脸的不解。

"我还要去找玲珑。"

"你昨天不是去了？"

"今天是到省城去找玲珑。"

"你知道玲珑去省城了吗？"

"是的。"

"必须去吗？"

"必须去。"

阿洪看到苍桑坚定的眼神和口气，知道再多费口舌也没有用，就转身走出了苍桑的房间。苍桑听到房门"哐当"一声关上，门外的阿洪狠狠地说了一声："去吧！走火入魔了！"

那天，苍桑坐了四个小时的绿皮火车"哐当哐当"地到了省城，下了火车就已经是中午十二点半了。在火车站吃了一碗兰州拉面后，他到公交车站去看公交车经过的站点。看到乘坐公交车需要倒车，为了节省时间，他就打了一辆出租车。苍桑不知道司机绕没绕路，到了省医院问他要了四十块钱，居然比火车票还贵一倍。

有了上次去医院的经验，苍桑这次直奔住院部。一个四十岁左右的男性工作人员接待了他。在他把阮玲珑的姓名、年龄、病情一一报上之后，工作人员便帮他查找。在找到玲珑的病历那页之后，工作人员戴着眼镜仔细确认了一下，说："这个患者已经出院了。"

"啊！是治愈了吗？"

"这个不好说。从病历上看，她在这里治疗了一周，病情有点恶化。我们曾建议她去上海治疗，因为上海的技术和条件都比我们这里好。"

"就是说，她已经转到上海去治疗了？是哪一家医院呢？"

"这个就不知道了。"那个工作人员看看苍桑，有些抱歉地说，"虽然我们提了建议，但她的家人没有通过我们医院联系转院，所以我们这里只记录了这个患者办理了出院手续。"

苍桑对这位医务工作者说了好几声谢谢，然后出了医院。

站在公交车站等车的时候，苍桑望着医院的住院部大楼，想到玲珑曾经在这里住了一周，或许她就曾经站在某个窗口向外张望，或许她在这条街上走过，或许她也站在这个公交车站等过车。那时候她也许会想起过我，或许那时她曾希望能有一个人陪着她。

坐了一个多小时的公交车，中间还经过一次倒车，苍桑回到了火车站。一路上，看着省城的富庶和繁华，苍桑无心多想，竟然没有一丝留恋。

一走进火车站的售票大厅，他的心就凉了半截。满大厅都是买票的人，每个窗口前的队伍都像长龙似的。苍桑排了一个小时，才排到售票窗口。售票员告诉他，当天的坐票已全部售完，只能买站票了。他就买了晚上七点半的火车票，当天晚上，他就在火车上站了四个半小时回来了。

晚上十二点多，苍桑下了火车，步行回到宿舍。在火车站广场，看到淮海大饭店依然霓虹闪烁，苍桑想到易芬、小丽、菲菲、阿洪，他们可能刚刚从这里结束工作。苍桑的心里感到些许宽慰。

2

自从上次找玲珑未果，苍桑就有些精神恍惚，工作时常走神，日夜思念玲珑。想到她的音容笑貌，一举一动，与自己在一起的点点滴滴，都像电影一样在脑海里回放。

虽然苍桑对玲珑从未表白过，但苍桑确信，她们都把对方当作了自己的爱人。苍桑迫切地想知道玲珑的消息。

那天，苍桑想到玲珑一直在她姨妈家借住，以前自己也曾去那里找过玲珑几次，他们肯定知道玲珑的信息。苍桑决定立即再去问问。

到了玲珑的姨妈家，还是在那个安静的大院里面，还是那一栋独门独院的二层小楼。楼上覆盖着一种叫爬墙虎的藤类植物，门前有一棵高大的苦楝树，树上结满了苦楝子。

在当地有一种风俗，就是谁家的孩子结婚，男方家都要套两床新被子，并在被子的四角放上一些苦楝子。这里把苦楝树也叫楝子树，果实叫楝子，取其恋子之意，它既有祝愿爱情天长地久之意，又有期望早生贵子的意思。

苍桑一边回忆着，一边到了门前。他稍稍停顿一下，然后屏住气息，伸手敲敲门。

过了一会儿，出来一个老者，大约七十岁的样子，满头银发。后面还跟着一个老太太，也是满头白发。苍桑想，这肯定不是玲珑的姨母或姨父，因为玲珑的姨父自己见过，他曾经在开学的时候到学校送过玲珑。

苍桑恭恭敬敬地与老者打了招呼，并自我介绍一番，称自己是玲珑的同学。然后说，想了解一下玲珑现在的情况。

老者似乎知道苍桑，在问清了苍桑的来意后，亲切地对他说："玲珑还在治疗中，病情已有很大好转，请放心就是。"

"她还在上海治疗吗？"

老者听到苍桑的问话似乎一惊，然后看着苍桑说："是的。"

"那，我能去看看她吗？"

老者停顿了一下，似乎一时不知道如何回答苍桑。他好像思考了一下，然后望着苍桑说："没有必要了，小伙子，她不久就会出院了。谢谢你。"

"我很想和她联系一下。"

"住院期间，很多不便。再说我们也没有电话什么的，等有机会，我们转告给她吧，或者让她的父亲转告。"

苍桑不便再恳求，只得向老者鞠躬告辞。老者诚心诚意地请苍桑到家里坐坐，苍桑婉言谢绝了，然后转身离去。两位白发苍苍的老人站在门口，目送他远去。

回来之后，苍桑的心情多少有些释然。

一个月后的一天，苍桑在歌舞团门口碰到了宁老师，宁老师问苍桑干啥去，苍桑说没事随意转转。宁老师说你到我办公室来一下。

到了办公室，宁老师随意指了下凳子，示意苍桑坐下。他慢腾腾地点了一支烟，知道苍桑不抽烟，也从来不让苍桑。宁老师坐在椅子上，独自吞云吐雾了好一阵子，像是酝酿感情一样，直到把那根烟抽了一半，才狠下心似的，慢慢转过头来，告诉苍桑："阮玲珑退学了。"

"您说什么？"

苍桑不知道当时自己的声音和表情会有多诧异，让宁老师很吃惊地看着他。

"几天前，他的爸爸来办理了退学手续。"

"她不是有病吗？"

"这次她父亲来，是说了有病，并且一直在治疗。"

"究竟是什么病？"

"她父亲没说，看来是个疑难之症。不然，不会一直隐瞒着。"

"得病了有什么好隐瞒的呢？"

"有些病，对于女孩子来说，还是不张扬为好。"宁老师慢条斯理地说，"如果是传染病，以后还怎么嫁人呢？"

宁老师的话像一块石头扔到湖里，在苍桑的心中激荡不已。宁老师这样一说，苍桑也认为有道理。

"究竟是不是传染病？"

苍桑想到玲珑曾经在结核病医院里就诊，对外又高度保密，对所有的人都封锁病情，十有八九可能是传染病。如果真是传染病，玲珑会被隔离吗？会与外界断绝一切联系吗？如果那样，玲珑会多么孤独。但即便被隔离治疗，也没有必要与外界断绝通信联系啊？

"不好说。她父亲还说等她病好之后，就准备送她去国外留学。然后在国外定居，就不回来了。"

"那也没有必要急着退学啊？先办个休学不可以吗？"苍桑情绪激动地问道。

"谁说不是呢，我也把这个话说了好几遍，一再地提醒她父亲。可是她父亲就是执意要办退学。"

苍桑在那儿怔怔地待了半天，其他的都没听进去，只想着玲珑要出国了，要离开了，要永远地离开自己了。

"宁老师，你有玲珑家的地址和电话吗？"

"有，但是打不通。不知什么原因有点神神秘秘的。"

第六章　渐行渐远　　145

"她究竟是要治病，还是要出国呢？"

"或许两者都有。"宁老师抽了一口烟，又沉默了半天说，"过去也有学生为了出国或找一个好的工作，在没有办妥手续之前，为了给自己留一个退路，保留学籍，往往会到医院里开个证明，或者办个休学。可是玲珑完全没有必要啊，出国或找工作之类的，对于他们家来说，简直都是小事。即使是这样，为自己留个退路，办个休学，也不费什么事啊，甚至我都告诉他，我去帮着办就行了。可是，她父亲坚决地要退学。所以，玲珑的事让我也有点糊涂了。"

"退学就是一点退路都不留了，肯定是要出国了？"

"看来是这样了。"

听宁老师说完，苍桑沉默不语。

从歌舞团出来，苍桑就直接又去了玲珑的姨妈家。

远远地，苍桑就看到那个小院，那栋小楼，那个大门，还有门前那棵苦楝树。苍桑想象着玲珑曾在这里住过两年，曾无数次走过那棵树下。自己曾在那个下午，与穿着睡衣的玲珑在那栋小楼里聊天。那个赤脚穿着拖鞋，露着小腿的玲珑，在屋里走来走去。

苍桑失魂落魄地走到门口，过去敲敲门，里面很安静。他耐心地等待着。

过了一会儿，大门缓缓打开。走出的还是那个老者，还是那满头的白发的老者。

苍桑恭恭敬敬地向老者问好，老者仍旧用慈祥的目光看着他。

"我想见玲珑。"

老者似乎沉思了一瞬间，脸上没有太多的表情。

"小伙子，你喜欢她？"

"是的，我要见她。"

"她已经不在这里了。"

"请您告诉我她在哪？"

"她要到遥远的国度去读书，并且不再回来了。"

"无论她在哪里，我都去找她。"

"她已经不准备见你了。"

"我只想见她，哪怕看一眼都行。"

老者没有说话。苍桑盯着老者的眼睛，不知道沉默了多长时间。老者把手放在苍桑的肩上，轻轻拍了两下。

"孩子，忘了她吧。时间会让人淡忘所有的伤痛。"

"可是，我忘不了她。"泪水在苍桑眼眶里打转，他努力地不让它流出来。

"孩子，回去吧。"

苍桑给老者鞠躬告别，然后转身离去。即将走出视线的时候，转身回头，看到老者依然站在那里目送着自己。那满头的白发在秋风中有些凌乱。

回去的路上，苍桑又想到玲珑。想到她天真的样子，温柔的话语，想到第一次见面时，她穿着白色连衣裙的样子，想到她舒展的手指在钢琴上跳跃，想到唯一的一次自己亲吻她的额头，想到她身体的温暖，触到她皮肤时的那种柔软的感觉，还有她离开时向窗外挥手那一刻，脸上露出的凄迷微笑。

这一切都将成为回忆，自己要失去玲珑了，要永远地失去她了。

想到这里，苍桑的眼泪哗哗地流了下来。

离开玲珑的住处，苍桑不想见任何人。人在难过的时候总是不想说话，只想一个人躲在封闭的空间里，独自疗伤。

苍桑到宿舍里拿了自己的太阳帽，戴上夏天的墨镜，又买了一个口罩。他把帽檐压得极低，没有人能够认得出来。

苍桑往学校方向去。坐在公交车上，看着这熟悉的城市，望着窗外匆匆的人流。那个经常聚餐的小馆还在，那个卖烤地瓜的老太太还是笑眯眯地坐在那里，再看看天上的太阳，明天依旧还会升起。新学期开始，教室里还会坐满同学，只不过不再是今天的我们。

校园里弥漫着一种淡淡的惆怅，广播里传来那首《同桌的你》。大概是有些同学要去实习，他们拉着行李箱，背着大包小包，走出校园，站在公交车站，或翘首以待，或左顾右盼，并不匆匆赶路。再看一眼这熟悉的校园，再走一次这条走过无数次的小路，不记得在这里等过多少次车，这一切都将过去，成为一种回忆。

毕竟两年的时光，他们在这里留下了青春的笑脸、汗水和身影，留下了一段人生的足迹，留下了成长的记忆。可是现在，这里却已经人去楼空了……

其实，人生就是一个个的驿站，我们行走在驿站之间，一程一程。总是相遇、分别，相遇是缘分，离别时执手相看泪眼。玲珑，我们还可以同行吗？人生的路上我感到有些孤单。

伤感是有的，苍桑落泪了。

3

从校园出来，苍桑又到了曾经和玲珑一起走过无数次的滨河小道，回忆着和玲珑在一起的点点滴滴。走了一会儿，他发现有一只小狗跟着他。苍桑认为，它的主人肯定就在附近。但苍桑又走了一段路，那只小狗仍然在他身后跟着。苍桑停下来，它也停下来，然后看着苍桑。苍桑继续走，它又跟着继续走。看看前后左右没有一个人，苍桑想它应该是一只流浪狗。苍桑蹲下来看着它，它向苍桑摇摇尾巴。苍桑伸手抚摸了一下它的头，它居然很亲近地向苍桑摇尾巴。苍桑忽然对这只小狗有了一种感情，让他想起童年时在他们老家养过的一只小狗。

苍桑是八岁上的学，上学之前，曾经有过几年，他是跟着爷爷奶奶在村子里生活的。

那时候，村里家家都养着一条狗。那时候养狗可不像今天是作为宠物的，而是有着很大的实用价值。养狗，首先是看家护院；其次，狗是伙伴；比如打更的，下夜的；庄稼成熟时看坡的、看场的，护林的、夜里浇地的等等，这些都有狗陪着。

苍桑的爷爷家也养着一条狗，白底黑花，都叫它大花。奶奶把它抱到家里时，它还是个很小的小狗，说是刚刚断奶。只有几个月它就慢慢长大了。那时候，村里的狗和村里的人一样都长得很瘦，苍桑常常会背着大人，把自己吃的煎饼掰一块给狗吃。当时粮食是很金贵的，拿好粮食好饭喂狗，不管被谁看到，都会把给狗喂食的人大骂一顿的。苍桑常常带着他们家的狗在田野里奔跑、玩耍，无论割草还是放羊，都会带着它。他还训练大花跨栏，跨越水沟。大花成了苍桑那时候最好的伙伴。

那时候，村里养的狗几乎清一色的都是土狗，看不到今天这些品种狗。直到有一天，村里来了一条杂种狗，搅乱了村里狗的世界，也搅乱了村里孩子的世界。那是村西头的二元家，不知从哪里弄来一条狮子狗，长得又肥又壮，身量比村里这些土狗能大一倍，披着一身棕色的、细长的狗毛，又极其凶恶，样子确实像一头狮子。

二元家的狗也只有二元家才能养得起。据说这种狮子狗是狼狗杂交的串种狗，必须吃肉。那时候村里的人家一年也吃不上几次肉，更别说喂狗了。二元的爹在城里开拖拉机，是村里最有钱也最有面子的人。村子里的小孩，常常看到他穿着满身油污的黄大衣，骑着自行车从城里回来。

二元家的狗常常趴在他家那高大的门楼下，脖子上戴着一道向外伸着钢钉的项圈。狗和狗打架的时候，总是相互撕咬对方的脖子，其他的狗都无法咬到二元家的狗。自从二元家有了狮子狗，无论是村里的狗，还是村里的人，都不敢再从二元家门口通过，每次路过他家都是绕道走。

一次，苍桑从村里看见也不知是谁家的羊，跑到他们家的菜园子里在吃菜。苍桑领着他们家的花狗，急急忙忙地去赶那群羊。经过二元家门口的时候，看到了那条狮子狗正凶恶地看着他们。苍桑赶紧放慢脚步，蹑手蹑脚地绕开它而行。谁知道二元家的狮子狗，盯上了他们家的花狗，从地上一跃而起冲着花狗吼叫着奔来。花狗大概是有主人在旁边壮胆，也站住汪汪地叫了两声。苍桑顿感头皮发麻。俗话说狗怕弯腰，狼怕摸刀。苍桑赶紧弯腰装着捡石头的样子。谁知那条狮子狗并不害怕，看到苍桑弯腰，竟然直冲着苍桑奔来。就在苍桑六神无主之际，他们家的大花一下子冲了上去，与那条狮子狗撕咬在一起。可是他们家的花狗根本不是那条狮子狗的对手，很快就被狮子狗咬翻在地。苍桑拿着两块石头站在远处看着，根本不敢上前去帮助大花。也不知恶斗了有多长时间，大概是那条狮子狗也咬累了，苍桑看到他们家遍体鳞伤的花狗，爬起来夹着尾巴逃跑了。

回到家里，苍桑疯狂地找着他的大花，可是，它竟没有回家。直到三四天之后，才看到它拖着尾巴灰溜溜地回来了。回来之后，也不吃东西，苍桑去喂它，它只是看看，摇一两下尾巴，然后又闭上眼，趴在那里一动不动。大概这样过了七八天还是十几天，花狗就死了。苍桑把它埋在他们家菜园旁边的一棵柳树下，还给它堆了一个小小的坟。

长大后，每每看到有恃强凌弱的事情，都会让苍桑愤恨不已。他知道，他并不能改变这个世界，但只要能改变一点点，他也要尽力而为。

苍桑收回了思绪，目光又转到身边。

很快，苍桑与那只小狗亲近起来，他们像是好朋友，它跟着苍桑在木栈道上散步。苍桑感到小狗可怜，小狗好像知道苍桑孤单，他们彼此有种同病相怜的感觉。

就在苍桑稍稍感到安慰的时候，远处有个女人跑来。女人一边跑着，一边呼唤着苍桑听不懂的名字，看到苍桑之后就直奔过来。女人很胖，有四五十岁的样子，跑得气喘吁吁。女人看到苍桑抱着那只小狗，便用敌视的眼光看着苍桑，她大概认为苍桑要偷走她的小狗。

女人大声对苍桑说，这是我们家的狗。

苍桑想了半天，慢慢腾腾地对她说，我也没说是我们家的啊。

女人不再说话，抱着那只狗悻悻地走了。

苍桑来到临水的地方，想到去年春天的时候，与玲珑在这里看落花流水。现在已经是深秋了，或者说已经是初冬了，落光了叶子的枝丫，孤零零地挺立在空中。河水清澈见底，沉入水底的落叶像是进入了冬眠状态，渐渐地融入泥土。就像那只小狗又回到了它的主人那里一样，万物都有归宿。玲珑也去了她该去的地方，苍桑这样想着。

苍桑漫无目的地游荡着，他不知道自己要去哪里，也不知道自己想干什么，任凭两条腿走到哪里算哪里。不知不觉中，他拐到一个城中村里。

城中村里都是老房子，高高低低，错落不齐。门窗上的油漆也大多斑驳脱落，显得有些年头了。街道也是小街小巷，弯弯曲曲，宽窄不一。

街边坐着几个老人，一边晒太阳一边聊天。旁边有个小卖部，小卖部外面撑着遮阳伞，遮阳伞下面摆着一个冰柜，几个孩子围着冰柜正挑选饮料。旁边一个老人在大声斥责孩子们：天凉了，喝冷饮会拉肚子。孩子们好像丝毫不在意老人的话，一边享受着自己的美味饮料，一边叽叽喳喳地说着话，而后向旁边的空地走去。

苍桑感到有些口渴，他走到冰柜前，买了一瓶可乐，拧开瓶盖，酣畅地喝了一口。

中年女店主看他好像走了许多路，指了一下遮阳伞下面的小凳说，坐下歇会儿再走。

苍桑就坐在那个小凳上，一边休息，一边看着小街上的风景。童年生活的画面，渐渐浮现在他的脑海里。也许是触景生情，童年的生活总是给人美好的回忆，还有一件事也让苍桑难忘。

那还是住在乡下爷爷家的日子，应该是快上小学的时候。一天，苍桑和两个堂兄弟在一起玩，三个人实在经不起代销店货架上的诱惑，偷偷拿了大人的钱，买了一瓶"天府"可乐。回到家里，三个人围着餐桌，像开一个最昂贵的品酒会，每人一口，拿着瓶子轮流品尝，并且每个人都不能多喝，只能喝一小口，喝完要把瓶子放在桌子上，看看瓶子内饮料下去了有多少。他们围着桌子，一边愉快地聊着天，一边慢慢品尝，一瓶可乐整整喝了半个下午。那是他们有生以来第一次喝可乐，那也是记忆中最好喝的可乐了。

后来，苍桑喝过各种各样的可乐，但都没有小时候那次好喝，让他记忆如此深刻。之所以会这样，还是与当时的生活条件有关吧。

那个时候，苍桑的父亲在煤矿上工作，他们家在村子里也算是最富有的人家了，基本上没有挨过饿，冬天还有烧煤炭的炉子取暖。而村里的普通人家就不行了，每到春天青黄不接时，粮食就不够吃，要把地瓜秧子打成粉，和粮食掺着吃，冬天更谈不上生什么炉子了。地瓜秧子熬成粥，往往带有一点甜味，苍桑小时候就不喜欢喝自己家的白米粥，而是跑到邻居家喝地瓜秧子粥。

那时候，他们村的有钱人家，能喝一瓶可乐就算很奢侈了。记不清那时他们是怎么弄到的钱，只记得是七毛五分钱一瓶，当时还是挺贵的。

愉快的童年，美好的记忆，有时候与拥有物资的质量和数量是没有关系的，它与特定的环境有关，与具体的情景有关。犹如今天，再高档的饭店，也找不到小时候地瓜秧子粥的味道；再昂贵的饮料，也没有当年的那瓶可乐好喝。

苍桑收回思绪，把瓶中的饮料一口气喝干，站起来跟小卖部的老板娘打了个招呼，然后继续他的旅途。

苍桑一边走着，一边胡思乱想。他忽然意识到，还是这条路，还是这些风景，还是这个世界，只是因为没有玲珑，怎么就忽然萧瑟起来。

第七章　进入热恋

1

阿洪和菲菲终于要结婚了。

那天，阿洪告诉苍桑，要让易芬和小丽去当伴娘，苍桑和小徐当伴郎，他就不准备找其他人了。苍桑愉快地答应了阿洪。

阿洪还告诉苍桑，他的父母终于接受了菲菲，并且给菲菲买了一些见面礼。菲菲也很感动，还说结婚之后，领着公公婆婆出去旅游一趟。总之是团团圆圆，皆大欢喜。所以，婚礼想办得既不铺张奢侈，又隆重气派，风风光光很有面子就行。

阿洪说，婚礼的地点就在我们工作的淮海大饭店餐厅，毕竟这里是五星级的酒店，对外也有面子。餐厅方面把菜金按六折收取，基本上不赚什么钱，也就是个成本价，而且还不收场地费，仅这一项，就能节省很大一笔费用。其他的，比如车队、摄影、摄像、主持人，都是朋友们帮忙赞助，不用花什么钱，毕竟干我们这行的，认识这方面的人也多。

既然婚礼花不了多少钱，为了办得体面，就准备在喜宴上来一场演出。所谓演出，也不是平时那种规规矩矩的演出，而是办成自娱自乐的形式。到那天，来喝喜酒的人大部分都是音乐学院的同学和歌舞团的同事，这些人已经很多天没有演出了，闲得手痒痒，让他们上台表演一下，也不失为一个好主意。

婚礼那天，阿洪开着自己那辆崭新的越野车，后面跟着车队，浩浩荡荡地迎娶了新娘菲菲。歌舞团的同事们临时组建了一个铜管乐队，站在酒店门前，列队欢迎。然后进入大堂鸣炮奏乐，举行结婚典礼。之后就是婚礼的各项仪式。最后是新郎新娘入洞房。

当地的婚俗是新娘下了婚车，不能踏地，要由新郎抱着走到婚礼现场。进门的时候，夫家会有人关上大门，让新娘在众目睽睽之下焦急地等待。新娘必须放下在娘家的那种架子，变成夫家温顺听话的小媳妇姿态，然后大声请求夫家的人给开门，并拿出喜糖散发给周围的人。等到把新娘拿捏得差不多了，里面的人才把门打开。这就叫勒勒性格，就是磨一磨新娘的性格。

那天，瘦小的阿洪抱着"肥大"的菲菲，在门外焦急地等待了好长时间，苍桑真担心他会支撑不住。想不到阿洪会有如此体力。

结婚典礼的第一项是鸣炮奏乐，第二项是上拜高堂，第三项是夫妻对拜，第四项是介绍恋爱经过。在介绍恋爱经过的时候，阿洪和菲菲都有些不好意思。主持人一再追问是谁先追的谁，阿洪和菲菲竟然同时说出"是我先追的他（她）。"

主持人的思路好像被打断了，他对着观众说，我们的这位新娘不仅温柔美丽，而且还勇敢。我主持过很多场的婚礼，在问到这个环节的时候，几乎都说是新郎追的新娘。当然现实中会有女追男这种情况，并且也很普遍，但是在婚礼上，几乎所有的新娘都不会说，是我主动追的他。今天呢，我们看到我们的这位新娘的确勇敢、直率、可爱、与众不同。我提议我们把热烈的掌声送给她。

台下掌声四起。阿洪和菲菲在众人的目光里，深情地望着对方。

那天阿洪显得特别精神，菲菲也打扮得很精致。看得出来，阿洪和菲菲都非常激动。经过了几年的恋爱，两人历尽磨难，终于走到了一起。

结婚典礼的最后一项是新郎新娘入洞房。主持人宣布之后，阿洪和菲菲就要到自己的新房里去。

在结婚典礼进行完毕到中午举办酒席的这段时间里，客人比较自由和闲暇。这时候新郎新娘已经离开了婚礼现场。为了让客人们发笑，让现场气氛显得热闹，主持人往往会使出浑身的解数，利用各种手段，制造笑点。这时候往往会讲很多滑稽幽默的小故事，通常还会讲很多荤笑话，也常常会大闹伴娘。

那天，主持人宣布新郎新娘入洞房之后，就让两个伴娘和两个伴郎站到了舞台中间。

主持人问，你们谁是单身？

四个人纷纷举手说，都是单身。

主持人说，那我们做一个游戏。

主持人又问苍桑和小徐，你们俩谁的年龄大？

苍桑和小徐一合计，苍桑说，我的年龄大。

主持人说，那就是你了。然后把苍桑拽了出来。

主持人就拿着话筒对着观众说：各位亲朋好友，大家好。今天来的都是客，来到这里的，都没有外人。除了吃喜糖，喝喜酒，我们还图个热闹，沾点喜气。今天呢，刘府已经把如花似玉的新娘娶到了家里，这回可以稳稳妥妥地，把心放到肚子里了。但是，我们这里还站着四个单身的年轻人，我也知道单身的日子苦啊！今天呢，我就来做一次好事，当一回媒婆，给他们做一次牵线。大家说，好不好？

下面的观众就一起大声喊：好！

主持人又对着观众大声说：你们说台上这两位伴娘长得漂亮不漂亮？

下面的观众就一起大声喊：漂亮！

主持人就对苍桑说：年轻人，今天你可是交好运了。现在，这两位如此漂亮的姑娘就站在你的面前，我给你一次机会，如果，你对哪位姑娘产生了爱慕之情，就请你把手中的那束花献给那位姑娘。

这时，礼仪小姐已经把一束花放到苍桑的手里。

虽然苍桑与易芬和小丽都很熟悉，但在大庭广众之下，苍桑还是有些迟疑。

主持人说：你还犹豫什么？难道是对两位靓丽的小姐姐都没有感觉吗？

苍桑说：不是。

主持人说：那就是有感觉了？

苍桑一时不知如何回答，不知所措地轻轻点了点头。

主持人伸手做了个夸张的动作，大声说：对哪位有感觉？就走到她的面前。

于是，苍桑缓缓走到易芬的跟前，看着易芬，易芬也看着苍桑。苍桑看到易芬满脸绯红。

主持人：啊！已经找到了他钟情的人。他们开始放电了！需要单膝下跪，跪下，跪下！

于是，苍桑单膝下跪，双手举着花，看着易芬。易芬有些羞涩，不好意思伸手。

在主持人的极力怂恿下，易芬伸手接过了苍桑手中的花束。

台下观众掌声四起，口哨声、叫好声、响彻大厅。

主持人：好，这位美丽的姑娘已经接受了这位小伙子。下面还有最后一个环节，也是最精彩的，那就是有情人相互拥抱。

苍桑看着今天的易芬，她打扮得格外漂亮，不仅雍容华贵，而且温柔高雅，站在自己面前，就像一朵刚刚绽放的，带着露珠的荷花，娇艳芬芳，亭亭玉立。

苍桑和易芬很不好意思，他们站在原地迟疑着未动。主持人则站在旁边，拿着话筒向台下的观众极力地寻求支持。

苍桑和易芬似乎心有灵犀，同时向前走去，他们非常默契地伸开双臂，轻轻地拥抱在一起，静止了有两秒钟，然后同时松开。

主持人大呼：哇，这么含情脉脉。

台下一片欢呼声。

阿洪和菲菲婚礼的那天晚上，苍桑和易芬他们都喝了很多酒。晚上的宴席只有几桌，基本上是阿洪的本家和这些帮忙的朋友，也算是阿洪对他们表示感谢。因此大家并不拘束，心情又高兴，就狼吞虎咽地胡吃海喝起来。很快大家都酒足饭饱了，说话开始绵绵不绝，走路也飘飘欲仙起来。

阿洪说，大家都忙碌了一天，实在是很累，吃过饭就回去早点休息吧，非常感谢！

他们就开始撤场。小丽对苍桑说，易芬有些喝多了，她自己骑车回去不安全，你送她回去吧。苍桑说，好。

苍桑送易芬回去。易芬坐在自行车的后座上，双手环抱在苍桑的腰间，身体和头靠在苍桑的后背上。

路上，苍桑对易芬说，到我那里喝点水吧，醒醒酒？

易芬说，你想带我去哪就去哪。

易芬的身体一动不动，苍桑猜想，她是在闭着眼睛说话。

苍桑就带着易芬去了自己的宿舍。易芬喝得确实不少，上楼梯时，她有些跟跟跄跄，东倒西歪的，苍桑一手抓住她的胳膊，一手搂着腰，才把她弄到楼上。进屋之后，她就"扑通"一声躺到床上，一动不动了。

苍桑就烧水，烧开之后倒进杯子里，晾到不是太烫，就把易芬叫醒，让她喝水。

易芬坐起来，闭着眼睛，"咕咚咕咚"地一口气喝了半杯，然后"扑通"一声又躺下，一动不动。

过了一会儿，她忽然一下坐起来，说，热。之后她就闭着眼，双手在外衣上摸索着解扣子，然后很费周折地从身上拽下来，"扑通"一声，又躺下一动不动。

苍桑坐在床沿上看着易芬，一件薄薄的黄色毛衣，紧紧地裹住她曲线优美的身体，高高耸起的胸部随着呼吸的频率而有节奏地起伏，头发散落在枕头上，一只手放在身上，一只手伸展着。她的皮肤是那样的白皙，因为喝了许多酒的缘故，白白的皮肤微微透红。

在柔和的灯光下，苍桑望着易芬的身体，感到一种震撼。如此天生丽质，集天地之精华，汇万物之灵秀。上苍赐给的这个女子太贵重了，如何去珍惜？这是一块无瑕之美玉，无天工巧匠，如何琢磨？这是一颗璀璨之珍珠，无温心柔躯包裹，又如何滋养？

过了一会儿，苍桑扳着易芬的身体稍稍挪动一下，把压在她身下的衣服拿出来，让她更舒服一些。把她的手，放在她身体的两侧。然后，把被子盖在她身上。这期间，易芬一直闭着眼睛昏睡，一副任人摆布的样子。

苍桑俯下头去，在她的额头上轻轻吻了一下，又看了一会儿她的睡姿，很想亲吻一下她那性感迷人的嘴唇，但苍桑没有那样做，而是听了一会儿她那有节奏的呼吸声。

易芬睡着的时候，苍桑就拿出自己写的那些歌词和曲谱慢慢研究。最近他对写词作曲有点入迷，总幻想着有一天，写的一首歌能够传遍大江南北，或是一首钢琴曲能够家喻户晓。

不知道从什么时候起，外面淅淅沥沥地下起了小雨。苍桑坐在灯下，一边听着滴滴答答的雨声，一边看着他的那些曲谱。而此时此刻，他的身边还有一个"睡美人"，躺在自己的床上呼呼大睡。真是个美妙的夜晚啊！

过了大约一个小时，易芬醒了，揉着惺忪的眼睛说："有点喝多了。"

"现在不难受吧？"

"没事了。"她一边说着一边坐起来，"外面下雨了吗？"

"滴滴答答的小雨。"

"呀，我怎么回去呢？"

"嗯……不回去也行吧？"苍桑稍稍想了一下说。

"我睡哪里啊？"

"你睡我床上就行。"

"那你睡哪里？"

"我就睡地下吧，找个东西铺一下就可以。"

"可是，被子也不够啊。"

"那，我就趴在桌子上睡一会儿就行。"

"要么我们就不睡觉了，一起听音乐吧。"

"也可以。"

"或者是,谁困啦,谁就睡一会儿。"

"这样不错。"

他们就一起听音乐。也许是易芬已经睡了一觉,得到充足的休息,也许是今天的婚礼现场让她很兴奋,总之易芬看起来非常开心。

"苍桑哥?"

"嗯?"

"其实,我也不想回去。"

"嗯。"

"一会儿,如果困了……你也在床上睡吧。"

"……"

"不过,你不能做什么出格的事。"

"不会。"

"嗯……不能想那个事,明白吗?"

"为什么?"

"反正不能。"

"绝对不行吗?"

"绝对不行。"

"如果我暴力实行呢?"

"你不会,我知道你。"

"如果我发疯了,变成一个恶魔呢?"

"我就驯服你。"

"这么自信啊?"

"嗯。"

苍桑望着易芬姣好的面容带着甜甜的微笑,感到易芬越来越可爱。她简直代替了玲珑,已经走进自己的心里。虽然苍桑一辈子都不可能忘记玲珑,毕竟她已经永远地离开了自己。岁月会让创伤的疼痛渐渐消失,甚至遗忘。虽然伤口不可以消失，时间的风沙能把它渐渐覆盖，慢慢模糊。

"苍桑哥。"

"嗯。"

"今天你穿上西装，可是和新郎似的哈。"

"你不也打扮得和新娘似的？"

"在你给我献花的那一刻，我可是很感动的。"

"都是主持人撺掇的。"

"毕竟……"

"什么？"

"你向我表示了……"

"那是他们想闹伴娘。"

"难道你不想那样吗？"

"我不想在那样的场合下，这么多人。"

"那样的场合有什么，人多，才能做个见证呢。"

"我不喜欢在那种乱哄哄的地方，做表白那样的事。我认为向一个人表白是很神圣的事，必须在一个庄严、美好的地方才行。"

"你是说，你心里并不想这样做，只是做个样子？"

"也不是……"

"你都这样说了，那就是。"

易芬好像生气了，"扑通"一声躺倒在床上，拉起被子蒙到头上说："睡觉！"

苍桑悄悄地上床，轻轻躺在她的身边，然后，把她身上的被子拉过来一部分，盖在自己的身上。

易芬骨碌一下坐起来说："谁让你躺在床上睡觉的？"

"你刚才告诉我的啊。"

"现在我又改变主意了。"

易芬说着，猛地推了苍桑一下，差点让他滚到地上。

苍桑着急地说道："我说不想在那个地方表白，不是说我不想表白。我是想找一个浪漫的地方，单独向你表白，那样才会留下美好的回忆。现在我就给你重新表白一次。"

苍桑一边说着，一边把易芬拽起来，让她坐在床沿上，苍桑站到地上，又说忘了买花了，就拿把扫帚代替吧。于是，打开音响，放了一曲《挥动翅膀的女孩》，然后面对易芬，一脸严肃地单膝下跪。

易芬忍不住哈哈地笑了起来。

然后，苍桑扔掉扫帚，模仿着婚礼时的主持人说，下面进行最后一项，有情人热情相拥。

易芬大呼，不要啊，不要。

苍桑说，为了表示我的诚心，必须要。

于是，苍桑紧紧地抱着易芬，一刻也没有松手。易芬迟疑了几秒钟，也伸出手紧紧地抱着苍桑。他们听着窗外滴答滴答的雨声，缠绵很久，很久……

2

时光荏苒，岁月悠悠，日子就这样一天天地过去，转眼到了年底。

那天，餐厅的杨经理告诉苍桑他们，元旦前后要放假五天，其中十二月底的两天有商家包场开年度总结会和庆功会，元旦往后这三天，每天都有举行婚礼的。每到节假日，都是餐厅最忙的时候，也是乐手、歌手们最闲的时候。

放假这几天干什么呢？小丽说要回家，正好利用这几天回去一趟，把不穿的衣服和不用的行李带回去，免得春节的时候人多车挤。阿洪和菲菲新婚宴尔，打算在自己的小家里过二人世界，你侬我侬，继续度蜜月。

"元旦不回家吧？"在只有他们两个人的时候，苍桑问易芬。

"不回。"易芬干脆地回答。

易芬很少回家，她对家的依恋好像不是那么强烈，但每当她演唱那首

《想家的时候》，却能感受到她带着忧郁的思念之情。既然想家，为什么不回去看看呢？即使有什么难言之隐，也必须要正确面对啊。虽然苍桑对易芬已经非常熟悉，但是对她的家庭情况还是知之甚少，他总感到，在她的身后，还有一团迷雾没有解开。

"这几天有什么打算？"

"还没有想过。"

"出去玩玩也挺好。"

易芬停住几秒钟，好像想了想，然后有些欣喜地问："去哪里？"

"因为时间充足，可以去个稍远的地方，当然也不要太远，南京和扬州一带就很好。"

"好吧，按你的意思就行。"

"你喜欢去什么地方？"

"去什么地方都无所谓，重要的是，要看和谁一起去。只要和你在一起，去哪里都行。"

"对我这么放心？"

"只要你别把我卖了就行。"

易芬对苍桑的信任和依赖，让苍桑的心里暖暖的。虽然当初认识易芬的时候，完全没有初见玲珑那样的一见钟情，也没有让人眼睛一亮的感觉，甚至对她还或多或少地有一些冷落和排斥。但是随着时间的推移，了解的增多，苍桑才渐渐地理解了"日久生情"这个词。也许是在失去玲珑后变得悲伤和孤寂，而易芬又给了自己温暖和安慰。

苍桑提前买好车票，还带了一点水果。元旦前一天的早晨，他们各自背着一个旅行包，登上了南下的火车。苍桑让易芬坐在挨窗口的座位，自己就挨着她。苍桑和易芬都很兴奋。一路上，他们欣赏着沿途的景色。

火车过了淮河，就能看到许多的水田、池塘和慢悠悠走着的水牛，农舍散落在田地和池塘之间，窄窄斜斜的小路，把农舍串联起来。虽然是在江北，却有江南的画面感了。

"我这还是第一次长途旅行呢。"易芬把视线从窗外转到车内,看着苍桑说。

"从你们家坐车来这里,不也是长途旅行吗?"

"那不一样的。无论是从家里出来工作,还是坐车回家,都会有很多事情,比如要拖着很大的行李箱啊,要拿很多东西啊,担心会不会有小偷啊,别落下什么啊,下了汽车有没有公交车啊,打车会很贵啊,还要想着到月底能不能及时发工资啊,老板会不会因为干得不好扣钱啊,母亲生病了怎么办,会不会想我啊等等。你能明白吗?与这种出来旅行的心情是不一样的。"

易芬一口气说完后,一脸无辜地看着苍桑。苍桑无法想象她那可爱的小脑袋里,怎么装着如此多的自己未曾想过的事情。

苍桑暗暗地决定,这次出去玩,一定要让易芬开心,即使多花一些钱也没什么,反正自己的工资都是自己花,家里从来没有问他要过钱,反倒还时常贴补他一些。

到了浦口,火车就要过长江了。车厢的广播里传来对南京的介绍,并提示火车要过长江大桥了,还赞扬这是中国人修建的第一座长江大桥。

苍桑和易芬趴在窗口,看着滚滚长江,浩浩荡荡,巨大的轮船游弋其中,远处烟波浩渺。

"我终于看到长江了。"易芬感叹道,眼睛望着远处的江面。

"有种不一样的感觉啊。"

"有种敬畏的感觉,就是看着长江一望无际,奔流不息,就感觉其他的事情都是小事。比如烦恼啊,纠结啊,害怕啊。"

"为什么?"

"因为和它比起来,人太渺小了。"

"的确渺小。"

"渺小到如果一个人从这里跳下去,连一朵浪花都看不见,就无影无踪了。而它好像不知道发生了什么一样继续奔流不息。"

"嗯。"苍桑不由自主地抓住了易芬的手臂。

"看到长江会让人勇敢了。"易芬说着,转过头来看了苍桑一眼。

"你长大了。"

易芬回过头来看着他,苍桑也盯着她,二人没有说话。苍桑双手扳着她的肩膀,两人身体不由自主地慢慢靠近,轻轻地碰了一下,然后分开。

到了南京已经是中午了。为了节省时间,他们在车站附近的小店里每人吃了一碗鸭血粉丝,苍桑还要了两个火烧。在老板的推荐下,又要了一盘咸水鸭。吃完之后,他们决定先逛逛南京城。

站在中华门那厚重的古城墙上,看着被称为六朝古都的南京,城内的古迹,城外的遗址,都让人幽思不已,更是让人仰天感叹。如果你站在城墙上向外一望,眼前是一片水雾茫茫,仿佛还能看到东吴水军的大旗,太平天国的天兵天将踏起的漫天尘埃……多少战争就发生在这里。当年的草木皆兵、投鞭断流,让人感慨万千。

今天的这里高楼大厦鳞次栉比,街道上车水马龙,川流不息。俊男靓女,衣冠楚楚。苍桑感到生活的美好,人生的珍贵。

再看看眉清目秀、亭亭玉立的易芬,挽着苍桑的胳膊,把头靠在苍桑的肩膀,小鸟依人般可爱。这让苍桑顿时感到一种由衷的幸福。

"想啥呢?"

"想金陵城的历史。"

"你知道的东西很多啊。"

"我平时基本上都是在宿舍里看书。"

"贾宝玉和林黛玉的故事就是在这里吧?"

"是的。"

"你说,你们男人都想成为贾宝玉吗?"

"你说的是哪个贾宝玉?"

"还有几个贾宝玉?"

"一个是对爱情忠贞不渝的痴情郎贾宝玉,一个是在温柔乡里享尽荣华富贵的花花公子贾宝玉。"

"那,你想做哪个贾宝玉?"

"当然想做花花公子贾宝玉了。"

"你是说想做一个拈花惹草而又不负责任的花花公子?"

"当然。"苍桑看着远处的游人笑着说。

易芬忽然不说话了,苍桑转脸一看,发现她的脸色变得阴沉而难看。苍桑忙问怎么了,她却一声不吭,用力甩开苍桑的手臂,扬长而去。

苍桑有点蒙,赶紧去追。她又甩开苍桑的手,继续走。

苍桑抓住她的双臂说:"我就是跟你开个玩笑。"

"你心里肯定是这样想过!"易芬大声反驳,眼睛里挂着泪珠。

"易芬,你听我说,确实是开玩笑的。"

"我不喜欢这样的玩笑。"

看到周围的人停下脚步看着他们,易芬说完扑到苍桑的怀里,呜呜地哭了起来。苍桑抱着她,感到她的身体随着哭声在颤抖。

过了一会儿,易芬停止了哭泣,一边擦着眼泪,一边对苍桑说:"对不起,刚才我就一下子发作了。"

"没事了,哈。"苍桑一边摸着她的头,一边说,"我就是开个玩笑逗逗你。"

"我也知道你是开玩笑,可我还是不能接受。"

"你是否有点小题大做了?"苍桑小心翼翼地问易芬。

"不是,我对这种事特别敏感。"

"以后我不开这样的玩笑了,好了,笑一笑吧。"

在易芬还带着泪水的脸上,终于露出了一丝笑容。苍桑理解不了易芬对那样一句玩笑为什么那么敏感。

晚上,他们到最热闹的夫子庙游玩。

夫子庙应该是南京最有特色的地方了。到了那里,看到一排排的商店古色古香,挂着红红的灯笼,灯火通明。各种地方特产,特色小吃,琳琅满目,应有尽有。商店里门庭若市,大街上熙熙攘攘,简直是《清明上河图》的现代实景再现。也许因为是新年之夜吧,到处充满着节日的气氛。

苍桑和易芬决定先去找个地方住下,然后再出来吃饭,游玩。

他们沿街一连问了两家宾馆,都说已经客满。直到第三家,吧台里那个四十多岁的女子说:"只剩下一个标准间。"

苍桑看看易芬,易芬也没有什么反应。苍桑便问:"能看看房间吗?"

女子看着他们有点迟疑,就淡淡地说:"不用看了,现在不住的话,一会儿可能就没有了,现在家家都是客满。"

苍桑问了一下易芬:"可以吗?"

易芬说:"住吧。"

苍桑就拿出自己的身份证。那女子说,需要两个人的。易芬就打开旅行包找身份证。女子登记完,苍桑交了押金,拿了房卡,他们就到了房间。

房间在四楼,也是顶楼。白墙,深色门窗,淡雅的窗帘,木质吊灯,古色古香。被褥,卫生间,干干净净,一尘不染。两张虽说是单人床,床宽也有一米二到一米五,并不算窄。最让人喜欢的是窗子临河,站在窗口可以看到市井万象。

苍桑和易芬都很满意。苍桑用电热壶烧好水,休息了一会儿,他们就准备下楼吃饭,尽情地游玩。

到了街上,苍桑问易芬想吃什么。易芬说,我们就不坐在那里吃饭了,这么多的小吃,看见喜欢的,买点尝尝,就吃饱了。他们便一边吃着,一边逛街。什么蟹黄包啊,竹筒肉啊,鸭翅啊等等逐一品尝一遍。

吃得差不多的时候,苍桑对易芬说,咱们先去游秦淮河,八点之后就不卖票了。乘船夜游秦淮河,毕竟是今晚最主要的项目之一。

到了游船码头,苍桑先去买好票,又买了两瓶水,然后登船。入口处,服务人员给每人发一个救生马甲,苍桑和易芬穿上后并排坐在一个靠边的位置。

秦淮河真是名不虚传，鳞光闪闪，水波荡漾。长虹卧波，画舫穿梭。两岸是粉墙黛瓦的建筑，都挂着红红的灯笼，仿佛是前朝的舞榭歌台，勾栏瓦肆，还隐隐约约能听到歌女的歌声。

"这就是朱自清笔下的秦淮河吗？"易芬好像要确认一下似的。

"就是朱自清笔下的那个秦淮河。"

"上初中的时候，我们语文老师可是声情并茂地朗读过呢。"

"《桨声灯影里的秦淮河》，现在好像听不到桨声了。"

"那也很好，终于是亲临其境地游一次了。"

易芬说着，两只手很亲热地抓着苍桑的一只手臂。苍桑看到易芬明亮的眸子，在忽明忽暗的灯光中闪烁。

苍桑是一个比较理智的人，做事很少有后悔的。但有一件事，却让他后悔不已。很多年后，每每想起来，都让他对自己愤恨不止。

就是那天，他们先乘船游览了秦淮河，又去看了江南贡院。一路上，他们谈论着朱自清笔下的秦淮河与今天看到的秦淮河有什么不同。上了岸又品尝着各种小吃。苍桑和易芬都很兴奋。街上游人如织，灯火辉煌，真是一派新年的气象。

接近午夜时，人们仍没有散去。路上、桥上、水边，到处站满了年轻人，他们都是等着跨年的。苍桑和易芬站在桥上，一边欣赏着古都的夜色，一边等待着新年的到来。

这时，一个八九岁的小姑娘，拿着一束玫瑰花，走到他们面前问："要花吗？三十元。"苍桑用目光询问了一下易芬，易芬略一迟疑，说："不要。"小姑娘就拿着花到别处兜售去了。

过了一会儿，苍桑到街边给易芬买了一碗热的银耳莲子汤，边喝边走。这时，身后又传来一个声音："先生，要花吗？"苍桑转身一看，还是刚才那个小姑娘，便对她的纠缠有点不耐烦了，于是摇摇头。那个小姑娘大概已经认出他们了，转身就走了。

一直到接近午夜十二点的时候，人们才慢慢散去，商家也开始陆陆续续打烊了，街上的灯光暗了许多。他们正想回去。这时，那个卖花的小姑娘又走到他们面前问："先生，要花吗？二十元。"

苍桑和易芬没有说话，苍桑看到小姑娘手里举着的是一束玫瑰，共三支。大概过了当晚，第二天就不好卖了吧。虽然这样一束花在花店里只要十元钱，但在这个新年之夜的夫子庙前卖二十元也不算贵，更何况小姑娘已向他们推销了三次。苍桑付了钱，把花递给易芬。

第二天，苍桑和易芬又在南京、扬州玩了玩。第四天他们要坐火车回家。从扬州坐大巴到镇江转火车的路上，苍桑想把易芬的背包塞到行李架上一个狭小的空间里，苍桑刚使劲推了一下，易芬赶忙夺过背包抱在怀里。看到她小心翼翼的样子，苍桑问：包里有什么？易芬慢慢地打开背包，拿出一个精致的纸盒，里面是那三支玫瑰花。花柄已被修剪得很短，每朵都用网套罩着，被精心地摆在里面。苍桑感动得差点掉下眼泪来。本来以为那束花已经扔掉了，没想到这些天易芬一直带着，并且准备继续带回家。他随手买的一束花，会让她如此喜欢，如此小心地呵护！这是苍桑给她买的第一束花，也是唯一的一次。

虽然苍桑与易芬已经交往两三年了，易芬身上有许多孩子气的地方，但他们相处得非常融洽，甚至说是默契，面对什么事他们都直来直去，从不做作，也没有刻意地要求对方做某种外在的表示。

让苍桑纠结的是：为什么我没有想过给她买一束花？为什么没有在那个小姑娘第一次推销的时候就买下来？为什么我不知道她会如此喜欢我给她买的花？

很多年后，每当想起这件事，都让苍桑后悔不已。

那天晚上，在零点到来的时刻，水面上放起了烟花。一团团的烟花，在空中绽放，五颜六色，绚丽夺目，此起彼伏，照亮了天空、房屋、街道。人们欢呼雀跃，呼喊着新年好。

苍桑和易芬站在桥上。易芬拿着鲜花，他们挥动着双臂，一边跳跃，一边大声呐喊：新年好！

苍桑对着易芬大声喊：新年到了！

易芬对着苍桑大声喊：新年快乐！

苍桑对着易芬大声喊：陶易芬，我爱你！

易芬对着苍桑大声喊：梁苍桑，我也爱你！

苍桑和易芬就紧紧地拥抱在一起。他们进行了一个长长的亲吻。这是他们第一次接吻，过去苍桑只是亲吻过易芬的额头。

终于，在新年之夜，在绚烂烟花的照耀下，在绵延千年的秦淮河畔，在站满人的大街上，在那座六百年的石头桥上，他们忘我地亲吻，久久地，亲吻……

3

在南京游玩了两天之后，次日早晨，苍桑和易芬坐车去扬州。他们先从南京坐火车到镇江，再从镇江乘汽车到扬州，一路上欣赏着江南的景色。

苍桑曾经去过几次扬州。每次准备去扬州的时候，或者在去扬州的路上，他总是不由自主地默默吟诵着那句诗：烟花三月下扬州。虽然很多时候，都不是在春天去扬州，但扬州总是给人一种温暖、温情、温柔的感觉。

元旦的时候，在北方已经的的确确进入严寒的冬天。在淮海地区，也是初冬的感觉了。但是在江南，还是一派秋风瑟瑟，秋雨连绵的景象。

坐在行驶得很慢的火车上，苍桑望着窗外的农田、鱼塘、村庄、水牛、树木、远山，让他不由自主地又默念着那首描写扬州的诗：青山隐隐水迢迢，秋尽江南草未凋。二十四桥明月夜，玉人何处教吹箫？

想到今晚的目的地是月光皎洁的扬州，打开住处的一扇小窗，会有隐隐约约的箫声传来，你经不住这诱惑，下得楼来，循着这箫声走去，却找不到这箫声究竟从哪里传来。你只有站在桥上，望着桥下的流水，想象着到底是在谁家，怎样的一个女子，遇到了什么烦恼的事，才吹出这呜呜咽咽咽的箫声。想到这里，每个人的心里都会变得温柔了许多。

苍桑把视线转到易芬身上。易芬在看着窗外，眼睛盯着远方，好像在思考什么。苍桑只能看到她的侧面，看到她白皙的脸部，精致的耳朵，黑黑的发丝，头发都拢在耳朵后面。鬓角处有一缕发丝从耳朵上滑下来，垂到她身上。那一缕黑黑的发丝映在她白皙的脸上，给人无尽的美感和想象。

"易芬。"苍桑轻轻地呼唤她。

"嗯。"至少停了五秒钟，易芬才斩断思绪，回过头来看着苍桑。

苍桑没有再说话，只是脉脉含情地看着她。易芬也没说话，只是温柔地看着苍桑。他们这样静止了有十几秒钟吧。

"春节的时候，我送你回家吧？"

"不要。"

"春节人多，我们一起也好有个照应。就算我出去旅游一趟吧。"

易芬稍稍停顿，似乎想了一下。

"还是不要了。"

"我想和你在一起。"

"我知道。"

"你不想让我去吗？"苍桑看着易芬。

"现在，还是不要去吧。"易芬对回绝对方的好意有点愧疚，眼神里有些安慰苍桑的意思。

苍桑想送易芬回家，除了喜欢与易芬一起旅行外，还希望到易芬家里看看，了解一下她家里的情况。除了这两个理由，还有一个更深层的想法，就是让侯空对易芬死了这条心。苍桑知道易芬是爱自己的，他不相信易芬会喜欢侯空。虽然他们才是公开的男女朋友，甚至早以对象的身份相处了，但易芬从不回家，也没见过易芬与那个侯空有什么联系。苍桑猜想，他们应该是家长订的娃娃亲。在旧时代这种娃娃亲很普遍，在当下的今天，那些较偏远的地区也还个别存在，苍桑也听到别人这样说过。

"和你一起旅行很愉快。"苍桑不想打扰她的好心情。

"我也很愉快。"易芬微微一笑。

苍桑把一只手放到易芬的肩膀上,然后又轻轻地拍拍她的后背。

苍桑和易芬从镇江下了火车,又转乘中巴车开往扬州。过了一会儿,汽车开到长江边上一个渡口码头。一问才知道,从镇江过长江到扬州,需要摆渡。

汽车开到轮船上,汽笛一响,轮船缓缓地离了岸,向着长江对岸驶去。

苍桑和易芬站在甲板上,江风把他们的头发吹得飞扬。看着轮船荡起的巨大波浪,易芬非常兴奋地告诉苍桑:"这是我第一次坐这么大的船。"

长江对岸是瓜洲码头,岸边就是著名的瓜洲古镇。苍桑立刻想起了王安石的那首脍炙人口的诗:"京口瓜洲一水间,钟山只隔数重山。春风又绿江南岸,明月何时照我还。"上初中读这首诗时,怎么也不能理解前两句。现在知道京口、瓜洲、钟山都是地名,京口与瓜洲一南一北只隔着一条长江,再读这两句诗,犹如大白话。苍桑仿佛看到王安石站在江岸,望着江南,吟咏,徘徊。

苍桑又想起陆游的那两句"楼船夜雪瓜洲渡,铁马秋风大散关。"仿佛看到大雪纷飞的夜晚,千军万马,列队江边,火把高悬,陆游在此指挥着将士们登船渡江。

看看远处的天际线,群山起伏,连绵不断。苍桑又想起白居易的"泗水流,汴水流,流到瓜洲古渡头,吴山点点愁;思悠悠,恨悠悠,恨到归时方时休,月明人倚楼。"当年发源于山东的泗水和流经开封的汴水都是流入淮河的,后来黄河经过徐州夺淮入海,将淮河下游淤积堵塞,以致淮河泛滥,部分淮水便沿着运河水道南流至瓜洲入长江。白居易曾站在这里,望着这浩荡的江水,望着这重峦叠嶂,忧思怀古,泛起乡愁。

苍桑想到如此多的文人墨客都曾驻足瓜洲并吟诗作赋,遂向易芬提出在此逗留半天。苍桑向客车司机询问停车地点,并告诉对方想在这个小镇游玩时,遭到客车司机的反对。

"实在没有什么看的,就是个普普通通的镇子,你看一眼就会失望。"

苍桑说,至少在这镇上吃一顿饭,或者徒步在小镇上快速地逛一圈。虽然小镇已经没有什么古迹了,但如果不逗留一会儿,实在不能让人释怀。

客车司机告诉苍桑,一会儿汽车要穿过整个小镇,我可以开得慢一些,让你仔细地看看。

易芬对苍桑说,你可真是个性情中人,容易感情用事。

苍桑想,读万卷书,行万里路。如果不读书,不读唐诗宋词,即使你到了这个地方,又能有什么感触?不读书的游历就像客车司机的万里行,即使行了一万里路,又能看到多少风景呢?

好在这些城市之间的距离都不是很远,不到两个小时,他们就到了扬州。看看表,已经中午了。苍桑和易芬都有点饿了,他们决定先吃饭。

在车站,吃了一顿地道的扬州炒饭。苍桑和易芬都很惊讶,本来以为车站里面的饭店都不会有多好的味道,没想到竟有如此美味。

吃饱喝足就有精神,苍桑问易芬接下来的行程怎么打算?

"先去逛古城,感受一下这座城市的风貌。走到哪里算哪里,走累了就休息。不想走了,就在附近找个宾馆住下。"

苍桑欣然同意。他买了一张地图研究了一番。确定了距离之后,他们叫了一辆黄包车。一来可以让车夫当导游,讲解一下当地的风土人情;二来可以节省体力用来使劲地逛街。苍桑和易芬上了黄包车,苍桑用一只手轻轻揽着她。他们一边欣赏着这座历史文化名城的街景,一边向古城深处进发。

除却古诗词里的印象,当你真正踏上扬州这块土地的时候,也一定不会让你失望。

扬州最大的魅力是在扬州古城,扬州古城与近年各地兴建的仿古城大不相同,它吸引人的地方是真"古"。大量的明清富商园林、古代官衙机构、近代名人宅邸,星罗棋布,散落在古城各处。你不经意地走过某条小巷时，会忽然发现某个名人的宅邸就坐落在这里。长满青苔的方砖与斑驳厚重的木门，告诉你它已经在这儿静静地待了许多年。

与其他古建筑里的肃杀威严不同，这里的老街古巷都充满了人间的烟火气，里面都住着人家。

苍桑和易芬徜徉在扬州古城的大街小巷，偶然发现，在某个名人大宅的隔壁就住着一户普通百姓，大门是敞着的，院里还养了许多花，房前有一棵大树，这家人家有十几口人，看上去至少是四代同堂的样子，一家人正在树下吃饭。苍桑和易芬站在门口，伸着头往院子里观看。

"进来吧，没关系。"小院的人发现了他们，一个四十多岁的女主人对他们说道。

"不影响你们吃饭吧，我们就随便看看哈。"

"随便看，要喝水这边有。"另一个老妇人也招呼着他俩。

他们就走进去看了看，那一家人继续坐在树下吃饭。为不影响人家吃饭，他们随便绕了一圈就出来了，临走他们和主人打个招呼："走了哈，谢谢！"

"好嘞。"

那家人里不知道是谁回应了一声。苍桑和易芬就走了出来。

"真是不错啊。"易芬赞叹道。

扬州古城的大街其实都不宽大，基本上都不能通汽车的。小巷就更窄小，两个行人相对而行的话，有些地方需侧身才能通过。许多大小街巷都起着既古朴又奇怪的名字。

苍桑和易芬去参观一家古琴博物馆，地址是"翰林街状元巷螺丝结顶胡同"。电话约定在街头等着，需等人出来引领，七拐八拐才能到达，如果自己去找，一定是找不到的。

苍桑感觉走了好长一段路，转了至少不下十几个弯，才走到小巷尽头，看到一个小门，门上挂着牌子，写着"桐木堂古琴博物馆"。

原来这是一个小小的四合院，坐北朝南的是三间堂屋，东西各有两间小厢房,南面还有两间配房,其中一间做了过堂,从院门里进来要穿过过堂才能到院子里。院子里种满了花草,还有一棵高高的梧桐树,孤独地耸立在这一片低矮的瓦房旁。堂屋门的两侧挂着一副对联,上书:

南来北往皆知音
缘在缘去恨无常

屋内摆放了许多古旧家具,墙上挂着一排琴,窗下放着一个大书画案,中间放着一个茶台。整个房间古色古香,处处风雅。

从古琴博物馆出来,苍桑向易芬提议道:"我们在这些小巷里转转。"

"我感到也非常好。"易芬也有这个意思。

他们缓缓地走着,就在这古老的巷子里游逛。

在烟雨迷蒙的季节,走在扬州的小巷里,总会让人有着一种期望。期望在小巷的尽头,远远地走来一位戴望舒笔下的女子。她一定有着江南女子的温婉可人,又带着一点孤寂迷离的神色。她远远地望着你,渐渐地走近,走近,然后,低头将目光躲闪到脚下,侧身与你擦肩而过。

苍桑望着易芬的背影,渐渐收回了思绪。

前面到了一个丁字路口,墙上有个木质指路牌,上面写着向右,南柳巷;向左,北柳巷。下面还画着指示的箭头。

"难道扬州还真有烟花柳巷?"苍桑自言自语道。

"就是个地名吧。"易芬说。

"那我们往哪走?"

"都一样。"

"向右吧,从南柳巷转过去。"

"好吧。"

苍桑在前面走着,易芬在后面跟着。尽管这个南柳巷就是一条极其普通的小巷,但还是让苍桑充满遐想。

我敢说，每一个到扬州的男子，都做着一个十年一觉的扬州梦，那就是逛一逛扬州传说中的烟花柳巷，再结识一个烟花女子。这些烟花女子，她们必定是温情脉脉，或倚门回首，顾盼生辉；或怀抱琵琶，口中咿咿呀呀唱着小曲；或坐在河边停泊的画舫里，对镜理红妆。

"苍桑哥？"

"嗯。"

"想啥呢？"

"没想啥。"

"我怎么看你走神了？"

"没有。"

"骗我呢？"

"我在想，当年的扬州是多么富庶繁华，应该和今天的上海差不多。"

易芬快速走了几步，到苍桑身边，把头靠近苍桑的耳朵神秘地说："喂，是不是你们男人都希望能到烟花柳巷里走一趟啊？"

"我现在正走着，又有什么呢？"苍桑故意夸张地说。

"现在不是啊，不是你们所想象的那种啊。"易芬一副无奈的口气。

"毕竟，扬州是一个让人充满想象而又向往的地方。"

他们说着，走出了小巷。

4

晚上，苍桑与易芬去逛著名的东关大街。

在进入东关大街不久，看到一个挂着"皮包水"招牌的店铺，门口还有顾客在排队。他们很纳闷，进去一问才知道，是一家特色小吃店，皮包水就是蒸包。扬州人最惬意的生活是"早上皮包水，晚上水包皮"，就是早上要吃蒸包，晚上能洗澡。苍桑与易芬很想品尝一下，就在那排队，他们等了半个小时，终于吃到了这家的"皮包水"，虽然很特别，但他们感觉也没有传说中的那么好吃。

吃完饭他们接着逛。走到一间丝巾店，老板极力推荐，说什么都是上等真丝。他们就进去转转。易芬挑了一条，围在脖子上试了试。苍桑看到易芬戴上丝巾就明显得像变了一个人，就对易芬说，看好就拿着。易芬选了一条中档价位的，苍桑去交了钱。

又走了半小时，看见一间首饰店，里面都是银质首饰，有师傅现场加工。柜台里摆着很多成品，易芬趴在柜台上看着，老板跟在身旁推荐。易芬看中了一款手镯，放在手上反复试戴。苍桑看着易芬那双美丽的手，感觉她戴上这个手镯真是锦上添花。

苍桑说，看中了吗？易芬有些难为情地说，太贵了。苍桑说，别管价格，相中就拿着。

易芬满怀感激地看看苍桑，苍桑就去交了钱。出门后，易芬对苍桑说，谢谢你哈！这是苍桑第一次给易芬买比较贵重的礼物。

接近九点的时候，他俩都累得不想走了。苍桑说，就在附近找个宾馆住下吧。易芬说，好。

他们出了东关大街，看到一个快捷宾馆。走进宾馆，苍桑说，住宿。吧台后面一个戴着眼镜的中年男子看了他们一眼，说，住308吧。苍桑说看看房间，中年男子说不用看，绝对让你满意，不满意我就退你钱。

交上钱，拿了钥匙和押金条，他们就上楼。打开房门一看，确实很满意。

房间很大，铺着厚厚的地毯，卫生和设施都没得说，并且是在整栋楼的角上，非常安静。房间的中央，放着一张豪华大床，床头柜上摆着纯净水、绿茶、"红牛"饮料、方便面，还有一些"情趣"用品。

易芬把这一切也都看在眼里，苍桑注意了一下她的表情，好像也没有什么明显的排斥。

关上房门，便进入了真正的二人世界。他们放下行李，脱掉外套，换上拖鞋。由于走了一天，实在太累，躺在床上就不想再动了。

过了一会儿，易芬抬头说道："我先去冲个澡，你来放点音乐吧。"

苍桑就打开音乐播放器，选了一首张洪量的《你知道我在等你吗》，一首黑豹乐队的《夜色》，还有一首邓丽君的《甜蜜蜜》，设置了三首歌的循环播放。

听着张洪量那充满质感而又有些苍凉的歌声，苍桑在房间里来回踱着步。洗浴间透出柔和的灯光，易芬的身影在磨砂玻璃上时隐时现，影影绰绰。还有时断时续的冲水的声音。苍桑想起了自己演奏过多次的钢琴曲——《甜蜜变奏曲》。

一会儿，易芬穿着睡衣从浴室出来，一边用毛巾擦着头发，一边对苍桑说："你快去洗吧。"

苍桑就走到浴室，以最快的速度刷牙，洗澡，刮胡子。

当苍桑从浴室出来，易芬已穿着宽大的睡衣，亭亭玉立地站在窗前，仿佛正在欣赏着窗外的夜色，又像在聆听音乐，同时在思考着什么。

苍桑从后面欣赏着这个刚出浴的美人，湿漉漉的头发披在身后，小腿和脚踝都裸露在外面，心中不禁涌起一阵激动。

苍桑走到易芬身后，轻轻把她拥在怀里。他低下头，把脸贴到她的面颊上，她也顺从地把头靠在苍桑的脸上。两人闭着眼睛，一言不发，纹丝不动，好像在相互享受着对方，又好像是在沉思。

窗外是万家灯火，是不眠的都市，窗内却异常安静，房间里回荡着邓丽君的歌声：

  夜色正阑珊
  微微荧光闪闪
  一遍又一遍
  轻轻把你呼唤
  阵阵风声好像对我在叮咛
  真情怎能忘记
  你可记得对你许下的诺言

爱你情深意绵
……

过了一会儿，易芬好像收回了思绪，又回到现实中来。她又拿出那副手镯，在手腕上反复试戴。

苍桑看着易芬那双舒展而又漂亮的手，摆弄着那副手镯，一种爱意油然而生，他伸出胳膊握住易芬的手。

"谢谢你啊。"易芬轻轻地说。

"没事，不要这么客气。"

"五百八十块钱，是不是太贵了？"

"还可以，只要你喜欢就行。"

"很喜欢。"

易芬说着，微微地点了一下头。苍桑又把易芬那只戴着手镯的手臂，拉近一些距离，仔细地欣赏一下。

"其实，我是想让你给我买来着。"

"嗯。"

"毕竟这是一个信物。看到它，我就会想起你来着。"

"但愿你永远带着它。"

"会的。"易芬带着非常满足的表情看着苍桑。

说实在的，苍桑平时生活也不是那种大手大脚的人，有时还很小气，但是给自己喜欢的女孩子买东西，还是不会犹豫的。当他看到易芬那满足的样子时，苍桑认为一切付出都是值得的。

"苍桑哥？"

"嗯。"

"你说，什么是爱情？"

什么是爱情？这个问题苍桑还真没想过，就是想也不会有什么标准答案，一百个人可能有一百种想法。他搜肠刮肚地想着，还是把从书上读到的一个故事讲给易芬听：

有一天，柏拉图问老师苏格拉底说，什么是爱情？老师苏格拉底就让他先到麦田里去，摘一个全麦田里最大、最饱满、最金黄的麦穗来，其间只能摘一次，并且只可向前走，不能走回头路。

柏拉图于是按照老师说的去做了。结果他两手空空地走出了麦田。老师问他为什么没有摘？

柏拉图说：因为只能摘一次，又不能走回头路，即使见到最大、最饱满、最金黄的，因为想到前面可能还有更好的，所以没有摘；走到前面时，又发觉总不及之前见到的好，一直走到尽头，原来最大、最饱满、最金黄的麦穗早已错过了。于是，我什么也没摘。

老师苏格拉底说：这就是爱情。

易芬听完，沉默了一会儿，然后用眼睛盯着苍桑说："是不是你已经错过了那个最好的麦穗？"

苍桑知道易芬是言有所指。自己与玲珑的事，易芬肯定也捕风捉影地听说了一些，应该是知道的。阿洪和菲菲都是心里不存事的人，平时与易芬聊天，肯定会不经意地说出来。但那都是过去的事了，玲珑已经不在了，也没有什么避讳的。

想到这里，苍桑讨好易芬似的说："虽然我错过了一个最好的麦穗，但是又发现了一个更好的麦穗。"

"是否为错过的而自责？"

"曾经非常自责，现在也自责，但更多的是遗憾。"

"你还是对错过的那个念念不忘？"

"即使念念不忘，也要让自己忘记。"

"念念不忘，必有回响的。"

"不会了，永远都不会有什么回响了。"

苍桑有些怅然地说。大概易芬还不知道，玲珑已经到了这个世界的另一端了。

"如果在某一天，你错过的那个人，在你的身后出现，并且你还可以回头。那时，你会回头吗？"

苍桑想了想，说道："这个问题，还真是复杂。必须要回答吗？"

"必须回答。"易芬的两道目光紧紧盯着苍桑的眼睛。

"这种情况在我身上不存在。"苍桑十分肯定地说道。

"我认为还是要回头的。至少你可以注视着她，给她一些温暖和安慰。"

"但是，你会伤害你面前的这一个。"易芬的脸上明显地带着躁动。

"易芬，我和过去的女朋友……或许不能叫女朋友，我们只是相互暗恋对方，我从来没有向她做过任何表白，她也从来没有向我做过任何表白。就连'我喜欢你'这样的话也从来没有说过一句，情侣之间的任何亲昵举动和身体接触一丝一毫都没有，更别说拥抱亲吻了。唯有一次，我过生日的时候，她送我礼物，我就象征性地轻轻拥抱了她一下，吻了一下她的额头，这完全是礼节性的。我敢说，我的嘴唇在她额头上停留绝对没有超过一秒钟，我的手臂与她的手臂接触的时间也仅仅只有三秒钟，仅此而已，并且这是唯一的一次。"

苍桑极力地为自己辩解。易芬脸上的情绪有了明显的缓和。

"我也不是追问你女朋友的事，人家只是假设吗！"

"她已经出国留学，并且在国外定居了，在很遥远很遥远的一个国家。好像是靠近南极洲的一个小岛国，名字有二十几个字，我也记不清。并且，她已经在那里找了对象结婚了。她永远都不可能回来了。"

苍桑不想搅乱他们的好心情，与易芬在一起，他不想谈论玲珑。

"难道，那里的人，都很早就结婚吗？"

"可能是吧，就像赤道附近的人都发育得快一样，寒冷地区的人也成熟得快。"

易芬沉默一会儿，望着窗外，似乎想了想。

"那你给我说说什么是婚姻？"

于是，苍桑又把书上看到的那个故事的下一段讲给易芬听：

又有一天，柏拉图问他的老师苏格拉底，什么是婚姻？他的老师就叫他到树林里，砍下一棵全树林最挺拔、最茂盛、最漂亮的树。其间同样只能砍一次，同样只可以向前走，不能走回头路。

柏拉图于是照着老师的话做。这次，他带了一棵普普通通的，不是很茂盛，亦不算太差的树回来了。老师问他，怎么带这棵普普通通的树回来？

他说：有了上一次的经验，当我走到大半路程还两手空空时，看到这棵树也不太差，便砍下来，免得错过了，最后又什么也带不回来。

老师苏格拉底说：这就是婚姻！

苍桑讲完，易芬沉思着，人生正如穿越麦田和树林，只走一次，不能回头。要找到属于自己最好的麦穗和大树，你必须要有莫大的勇气和付出相当的努力。

想到这里，易芬说："我是你要砍下的那棵普通的小树吗？"

"是我要收获的，但你不是一棵普通的小树，而是一棵能够开花结果的芬芳大树。"

苍桑说完，易芬莞尔一笑。

在苍桑起来倒水的时候，易芬大声地告诉苍桑："别转身啊，我换衣服。"

苍桑就端着水杯，站到窗前，望着外面，欣赏着城市的夜色。他看到近处的街道，川流不息的汽车，远处的大楼，闪烁着万家灯火，仿佛还有歌声从远处飘来。啊，真是一个美好的夜晚。

过了一会儿，苍桑听到易芬说："可以了。"

苍桑便转过身来，看到易芬新换了一身秋衣秋裤，粉红的颜色，一看就是纯棉质地的。

"咱们睡觉吧？"易芬一边说着，一边坐在软软的床上。

"好的。"

苍桑一边说着，一边脱掉拖鞋爬上床，然后与易芬靠在一起，并排坐着。他伸手把易芬揽过来，易芬就紧紧地靠在苍桑怀里。

"这样说会儿话吧？"

"好的。"

"这么暖和啊，真舒服。"易芬看着天花板，愉快地说着。

这是苍桑和易芬第一次这么近距离地靠在一起。虽然在苍桑宿舍里有一次，但那基本上是和衣而睡，两人都穿着厚厚的毛衣，袜子也不脱，腰带都没解，更没有拥抱亲吻，甚至连手都没握在一起。躺在苍桑那张窄小的单人床上，又没有垫子，下面的木板还高低不平地硌人，第二天起来他俩都没休息好，一天都很难受。

在南京虽然是同居一室，但都是分床而睡。那天经过长途跋涉，又游玩了一天，他们回去洗涮之后，就已经是深夜两点多了，两人都非常疲惫，几乎是倒头就睡。

"苍桑哥。"

"嗯？"

"你喜欢我吗？"

"你说呢？"

"跟你说个事。"

"说吧。"

"我有一种情感洁癖。"

"什么？"

"就是……我对那个，特别在意。"

苍桑能感到易芬心中的犹疑。虽然他自认为对易芬已经十分了解，有些事情还是让苍桑一头雾水。所谓的情感洁癖，就是在睡觉之前，穿好秋衣秋裤，防着我吗？

想到之前，易芬曾在老家处过一个男友，并且还在男友家里过春节，就是一个傻子用脚指头想想，也能想像得到一个女孩子在男友家里过春节意味着什么。苍桑也曾做过激烈的思想斗争，但是在亲吻易芬的那一刻，这一切都被包容了。即使易芬与那个所谓男友同居过三年，并且还怀孕了，流产过两次，自己也毫不在乎。因为我爱着站在我面前被我紧紧拥抱在怀里的女孩。

想到这里，苍桑把易芬紧紧地抱在怀里，温柔地抚摸着她，虽然隔着秋衣，仍然能感到她身体的柔软和温暖。苍桑轻轻地亲吻一下她的额头，闻到她秀发里散发的芬芳气息。

"易芬？"

"嗯。"

"什么意思啊？"

"我，现在……不能给你。"

"嗯。"

"你再给我一点时间，让我做好准备。也不会太久。"

"我听你的。"

"嗯……"

苍桑感到易芬向自己靠得更近一些，在自己脖子上轻轻吻了一下。

"我们睡觉吧？"

"行。"

易芬关掉房间的灯，他们就并排躺在那里。夜已经深了，房间安静得难以形容。苍桑眼睁睁地躺在那里，怎么也睡不着。

"苍桑哥？"

"嗯。"

"睡不着是吧？"

"是。"

"那就过来吧。"

"干什么？"

"抱着我睡吧。"

于是，苍桑就转过身子，把易芬抱在怀里。

苍桑感到易芬一只手搭在自己的身上，她的脸在向自己靠近，苍桑能感到她呼出空气的湿热。苍桑就迎上去，与她深深地吻上去……

"能不能把秋衣脱掉？"

"行吧。"易芬好像思考了一会儿才回答。

"你转过身去。"

"不开灯就是，我又看不见。"

苍桑听见易芬在被窝里窸窸窣窣地脱衣服。

"你也脱了吧。"

"好的。"

苍桑以最快的速度脱得一丝不挂。

"能不能把胸罩也脱了？"

"行。"易芬好像又静静地想了想，然后补充说，"内裤是绝对不能脱的，知道吗？"

"行。"

苍桑和易芬紧紧地抱在一起，苍桑摩挲着她柔软的皮肤，那一刻，他才真正体会到什么叫温润如玉。他们的身体紧紧地缠绕在一起，苍桑感觉自己仿佛即将爆裂一样。

"对不起，让你受委屈了。"易芬把一只手放在苍桑胸脯上，柔声说道。

"没事。"

"你是不是很难受？"

"嗯。"

"那……"

易芬的手向下滑去,停在苍桑的小腹上。

二人一夜无话……

第八章　突生变故

1

过了元旦，还有一个月就是农历春节了。腊月初八，按照当地习俗，人们都要回家喝腊八粥，与父母团聚。早在半个月前，母亲就告诉苍桑，腊八那天别忘了回家，还说要及早做准备，熬好粥等着你。苍桑答应着，并记在心里。随着年龄的增大，苍桑越来越体会到父母养育子女的不容易。

腊月初七那天，苍桑对易芬说："易芬，你跟我回家吧，去见见我父母。"

易芬有点措手不及地说："现在不行，我还没有做好准备。"

苍桑说："这要什么准备？"

易芬说："太突然了，再过一段时间吧。"

苍桑说："年前可以吗？"

易芬说："差不多吧。"

苍桑说："去我家之后，我再跟着去你家吧？"

易芬说："你想什么时候？"

苍桑说："春节放假可以吗？"

易芬迟疑了一下，仿佛又思考了一会儿，表情既有些惊奇又有些欣喜地说："春节太紧张了吧？"

苍桑说："我送你到家就回来，在你们那儿待上一两天也可以。"

易芬说:"到时候再说吧。"

苍桑说:"我们就定在春节前后,到双方的家里去一趟。"

易芬没有说行,也没有说不行。苍桑看到易芬脸上的表情,一副如沐春风的样子。上次苍桑曾经提出过春节时要送易芬回家,易芬没有同意,这次易芬算是默许了。苍桑暗自思忖,看来易芬已经接受了我。如果春节我能到她家里去一趟的话,一来加深了我们的感情,二来排除了那个叫侯空的节外生枝,三来或许还能取得她父母的支持。

"你这么急着想去我家吗?"易芬看着苍桑说,脸上既兴奋又有些羞涩,"我家可是很穷啊,破破烂烂的。"

"我们家也不富。"

"但是,肯定要比我们家好多了。"

易芬说这话的时候并不自卑。苍桑想到易芬在台上唱歌时的样子,就像一朵娇艳的荷花,在雨后的清新水面上,徐徐绽放。原来再贫瘠的土地,再浅薄的水塘,依旧可以长出最鲜艳的花朵。

"我想和你在一起。"苍桑对易芬说。

易芬没有说话,只是站在那里深情地看着苍桑。易芬穿着驼色的长呢子大衣,最上面的一颗扣子敞着,露出系在脖子上的鲜艳丝巾,她的双手插在口袋里,在寒冷的冬天,显得楚楚动人。每当和易芬在一起,苍桑总感觉全身充满了力量。

苍桑想尽快把跟易芬的关系确定下来,与双方的父母见个面,对双方的家庭也做更多了解。与易芬相处的这些日子里,苍桑感到双方非常默契。易芬给了苍桑莫大的慰藉,她让苍桑从玲珑离去的悲伤中走了出来,重新唤醒了苍桑对生活的热情,给了苍桑勇气和力量。

腊月初八那天,苍桑回到家里。父亲也从矿上回来了,一家人就围在一起吃饭。也许是很长时间没在一起吃饭了,看得出来,父亲和母亲都非常高兴。俗话说孩子大了也是客。或许是父母看着自己的孩子长大成人,马上又要大学毕业,对苍桑说话也不再像以前对待小孩子一般了。

苍桑给父亲斟上一杯酒，陪着父亲慢慢地喝。虽然父亲酒量不大，但每天都喝一点，这可能与父亲在煤矿上的工作有关。父亲端着酒杯感叹道："我明年就要退休了，这一辈子过去一大半了，等你成家立业，完了这一桩大心事，我的任务就完成喽。"

母亲给苍桑盛上一碗热气腾腾的腊八粥，一边看着苍桑喝粥，一边念叨："交女朋友了吗？"

苍桑说："没有。"

母亲说："不小了，该找了。"

苍桑说："不急。"

母亲说："最好在学校找个同学，知根知底，一毕业就结婚。"

苍桑说："我都不急，你急啥。"

母亲说："现在男多女少，找晚了就没有好的了。"

苍桑说："那些写字楼里有很多女白领，都是高智商，高学历，高收入，都三四十岁了，还没有结婚呢。"

母亲说："那样不好，女的年龄大了，生孩子可就困难了。"

母亲想尽早抱孙子。苍桑想着过几天，把易芬领到家里来，给母亲一个惊喜。但是苍桑又担心，父母能不能接受易芬，能否接受易芬如此复杂的家庭关系。

"如果找个家在农村的，你们没什么意见吧？"苍桑说。

"现在农村和城市都差不多了，有些农村人比城里人还富呢，这没什么。我们又不图人家的钱财，穷和富都没关系，只要人好就行，是个正经人家，懂道理，识大体，别整天都是些歪心思就行了。再说我们也是农村出来的，虽然现在住在城里，我和你妈妈也都有正式工作，但是往上追溯三代，哪个不是农村的。"父亲这样说着，他还是非常开明的。

"外地的呢？"

"外地是哪里，别坐火车走上两天两夜就行呗，只要不是很远，坐车当天就能到达就可以，现在交通又这么方便。"

"如果家庭是重新组合的呢。"

"父母是离婚又再婚的?"

"不是离婚。这个女孩有个继父……但是亲生父亲好像不知道是谁。"苍桑故意装作不经意地说。

"她的亲生父亲还在吗?"

"应该在。但是,好像没有任何来往,她母亲好像是被她的亲生父亲抛弃的。"

"这样的家庭就复杂了。"

父亲这样说着,突然,他像想起了什么似的,把举起的酒杯悬在半空,盯着苍桑问道:"苍桑,是不是你已经有女朋友了?"

"没有,就是随便说说。"

"如果你真找了个这种特殊家庭的女孩子,可要告诉我们。"母亲一脸严肃地说。

"就是有个女孩,她家是这种情况,对我有好感。但是我们没有确定是男女朋友关系。"苍桑一副不经意的样子。

"如果是这种情况,你还是不要跟她来往的好。"父亲把酒杯重重地放在桌子上,"这种家庭里出来的小孩,我们还是敬而远之。再说,你又不是找不上老婆了。"

"你刚才还说,只要人好,其他方面都不要太在意呢。"苍桑反驳道。

"但是,你找对象绝对不能找这种家庭出来的!"父亲斩钉截铁地说,口气里没有丝毫商量的余地。

"行吧,我不是还没找吗。我只是跟你们说说,认识这样一个女孩。"

苍桑不想再谈论这件事,直接告诉父母易芬的这种情况,他们可能一下子还接受不了,这需要一个过程。也许他们亲眼看到易芬时,会一下子喜欢上易芬,到那时,也能接受易芬的这种家庭和出身了。

父亲点了一支烟,深深地抽了一口,又长长地吐出一道烟雾,好像思索了一番,然后才对苍桑说道:"苍桑啊,爸爸没有多少文化,你是上了大学的，但是不能上傻了。其他的事情我也没有过多地干涉你，但是在这件事上，你要听你爸爸一回，天下的父母没有想把自己的孩子领到歪路上的。无论你过去与这个女孩子有没有交往，从现在开始，要立即停止。在找对象这件事上，一定要慎重，否则，伤害了谁，都是一辈子，并且伤害的还不只是一个人，还会伤害到一个家庭，甚至更多的人。人长得高些矮些，胖些瘦些，俊些丑些，家庭富裕些或穷一些，文化多一些或少一些，这些都无所谓。但是，特殊家庭出来的孩子一定要慎重，我认为不能找。"

"为什么？"

"会影响你一辈子。"

"您说得有点严重了吧。"

"如果一个家庭出现了变故，对整个家庭成员的影响都是一辈子。我今天说的这些话，你可能感觉不到什么，等你结了婚有了孩子，再上了点儿年纪，你就能知道我说的这些话的重量了。"

望着父亲花白的头发，往事又浮上苍桑的心头。

父亲没有上过多少学，一生在煤矿上工作，当然不属于知识分子。但是，父母在苍桑小时候，就想把他培养成知识分子。父亲当了一辈子矿工，他常常跟别人说，自己年轻的时候，也曾有过一段时间的辉煌，在某个岗位当过领导，只怨自己的文化水平太低，无法胜任被撤下来了。后来说得多了，就让苍桑在心里感到有些厌烦。

苍桑注意到，父亲虽然不是知识分子，却想让自己的儿子当知识分子，但是，每次谈论起知识分子时，父亲却没有一点崇敬，更多的时候是不以为然，嗤之以鼻，甚至是用粗话诅咒谩骂，什么"搜先生，刮大夫""戴着个眼镜装斯文""一眨眼一个点子，没有一个好东西……"

一次，与一个当教师的亲友聚会，饭桌上谈起教师又要涨工资，大家兴奋地估计着能涨多少？父亲一言不发，沉闷地喝着酒。有个人说了一句：这次涨了，就能超过父亲的工资了。父亲突然发话说：煤矿工人出多大的力？老师出什么力？那个人说，老师毕竟是知识分子啊！父亲说，知识分子就肯定是好东西？说完就起身出门。小侄子去拉他，他说，我吃完了，出去走走。大家都感到愕然。苍桑对大家解释说：父亲这是更年期。

苍桑一直认为父亲是个不切实际的偏执狂，当年的理想抱负都没能实现，失意和落寞才导致了他今天的样子，倔强，固执，刻薄，愤愤不平，顽固不化，好像已经彻底走火入魔了。

"我再给你说一个眼前的例子。"父亲端起酒杯，一仰头把酒杯里的酒一口喝干，然后盯着苍桑，一字一句地说道，"你的姑姑，一辈子没有过上一天好日子。什么原因？就是因为错误的婚姻造成的。"

父亲的话，又勾起了苍桑对往事的回忆：去年冬天，苍桑的姑姑，也就是父亲的亲姐姐去世了。姑姑不识字，裹着小脚，一辈子生活在农村。她曾改嫁过，那早亡的大儿子就是从前夫家带来的，现在的丈夫也先她几年而去了，一生坎坷的姑姑却活了九十九岁。出殡那天，天空满是阴霾，却不是很冷，天上飘着雨夹雪，落在人们身上，湿漉漉的。

按照乡里的习俗，九十多岁就该称为"喜丧"了，子女亲友都不必过分恸哭。可是，那天苍桑几次看到父亲默默地流着眼泪，并且是止不住地涌了出来，有时站在房檐下，有时蹲在泥泞的土堆上。在苍桑的记忆中，极少见父亲流泪，更没见过父亲如此地痛哭过。他忽然想到父亲在家排行最小，几个哥哥都先后离世，这是跟唯一的姐姐举行着最后的告别仪式。他们踏着极度泥泞的麦田，看着姑姑下葬。回去的时候，一路无话。到了家里，父亲也言语不多……

苍桑又给父亲倒上一杯酒，陪着父亲默默地喝着。说到姑姑时，父亲的情绪平缓了许多。苍桑还是禁不住想了解一下姑姑的身世。

"一生没过几天好日子。"父亲这样说着。

苍桑知道姑姑的改嫁对她一生有着很大的影响，对于姑姑为什么要改嫁，他从来没有问过，父亲也从来没有说过。对于长辈的这种事，下一代不好意思问，上一代也不容易说出口。虽然姑姑都已经去世了，苍桑还是迫切地想知道事情的原委。

"是被那个人家给休了。"父亲说。

是什么理由休的？是不能生孩子？还是有什么过错？苍桑想，那个时代也就是这些原因吧。

"当时已经怀着小孩了！你姑姑老实巴交的能有什么错？"父亲有点激动。

"总要找个理由吧？"

"那时候兴新思想，要冲出封建家庭，打碎旧式婚姻，寻找知识女性。你姑姑是个小脚女人，又不识字，那个王八蛋能看上了她吗？"父亲愤愤地说道。

"那个男的是干什么的？"

"教书。穿着长袍，戴着眼镜。"父亲停顿了一下，又补充道："现在你知道我为什么会一直说，有文化的人不是好东西，症结就在你姑姑这里啊！"

苍桑想象着姑姑当年怎样大着肚子回到娘家，怎样地哭哭啼啼。祖父和祖母又怎样行色匆匆地去找媒人，急急忙忙地张罗着，赶紧把这个丢尽颜面的闺女再嫁出去。这一切又在年幼的父亲心里留下了怎样的烙印。

苍桑仿佛看到当年的那个男人，他是以一个怎样的心态，把自己裹着小脚、大着肚子的老婆撵走，也没有任何的惋惜和歉意。

想到这里，苍桑感慨万千，对姑姑的一生唏嘘不已，对父亲的冷漠和偏执似乎又多了一些理解。由姑姑的一生又想到易芬一家，易芬的家庭或许与姑姑有着某些相似的地方，由于家庭的不幸，或许能够影响到易芬的一生。一生与一个心理上有很大阴影的人生活在一起，肯定要受到影响。站在父母的角度为自己的孩子考虑，这是无可指责的，但是，如果站在自己的角度上来看，如何化解易芬心中的阴影，同时又不违背父母的意愿，能够做到两全其美是最好的了。

2

腊月二十那天晚上，餐厅的生意不是很好，只有稀稀拉拉的几桌，点歌的客人就更少，只点了四五首，就再也没有人点了。大概是年关将近，饭店的生意这一段时间都不好。不忙的时候，苍桑他们就坐在台下聊天。

其间，餐厅的杨经理把他们叫到大厅里，找了一个角落的空桌子坐下，又吩咐厨房做了一桌菜，还让服务员搬上来一箱啤酒。杨经理说，这些天大家一直很辛苦，很久以前就想请大家一起吃个饭，就是抽不出时间。最近事也比较多，杂七杂八的，一忙起来又把这事给忘了。今天正好餐厅不忙，请大家吃个饭。

几杯之后，开始进入主题。杨经理先说了放假安排，餐厅的厨师及服务人员腊月二十八放假，年后初五上班。当然，放假期间，会留下少量人员值班，保证客房以及所有工作人员的就餐。因为春节期间，生意冷清，点歌台的演艺人员腊月二十五就可以放假了，正月初十再上班。这样的话，春节期间就有半个月的假期。

苍桑听后心里还挺高兴，有半个月假期，春节期间就可以尽情地走亲访友，放松放松了。

接着，杨经理又讲到餐饮行业的特点，新开的餐厅往往都会火爆半年到一年，第二年还能维持较高的上座率，两年之后往往开始走下坡路，三四年以后就会萧条。要想起死回生，要么换厨师，要么重新装修，给人新口味，新感觉，因为时间一长，人们就会腻的。

然后，杨经理话锋一转说道：我们这个餐厅也过了最好的时候了，现在的生意不是很好，大家也都看到了。为了节省开支，经过咱们酒店集团总经理办公会研究，准备在这个农历年后，就不要乐队了，只保留歌手和音响师，伴奏音乐全部用音响播放。言下之意是，苍桑和阿洪年后就不用再来上班了。

紧接着，杨经理又用非常亲切的口吻说道："提前告诉大家，是想让你们有个准备,别耽误了年后找工作。"

沉默了一会儿,苍桑都没有反应过来,等他明白过来,感觉像是一个晴天霹雳。

"也就是说,年后就不需要我和阿洪……我们两个再来工作了?"苍桑盯着杨经理说。

"是的,这也是我们总经理办公会研究决定的,也是没有办法的事情,生意不好做啊!请你们多谅解,多包涵。"杨经理满脸赔笑地说,"由于我们的原因导致离职的人,我们都会多发一个月的工资,以示补偿。"

想到杨经理说的也是实际情况,又向苍桑他们表示了最大的歉意,并且菲菲、易芬、小丽、小徐四个人,仍然能留在这里继续工作,苍桑和阿洪也就没有说什么。

再说,这种工作在其他地方再找一个,也不是很难,只是工资多点少点罢了。很多酒吧和舞厅里都需要乐手。也有许多乐手跟着歌舞团走穴,那样挣得更多。

那个时候,卡拉OK已经风靡全国,各地都涌现出许多卡拉OK歌厅。这就使得许多乐队退出了演出舞台和娱乐场所,大量的乐手开始失业。曾经他们与歌舞团的几个人在谈论这个问题时,宁老师说:"卡拉OK的出现,成了我们乐队和乐手的掘墓人。"

杨经理宣布完这个决定,大家都开始沉默,菜没吃多少,酒倒是喝了不少。也许是这个消息太突然了,让大家一时不知道说什么好。苍桑和阿洪一直沉默着,菲菲、易芬、小丽、小徐他们因为还要在这里工作,也不便说什么。没有多长时间,晚餐就结束了。

腊月二十三那天,是农历小年。按照习俗,人们都在家里打扫屋子,迎接财神爷来家里过年,这一天还要吃水饺,人们大都会在家里吃饭。晚上,餐厅里生意很不好,只有两桌客人。杨经理说,今天是小年,应该没有客人来了,收拾一下器材下班吧。苍桑他们就把电子琴、话筒、功放机、调音台等等收拾好,关掉电源,准备下班。

易芬对苍桑说:"今晚我们一起去吃饭。"

苍桑说:"好。"

苍桑从易芬眼里,看到了许多对自己的安慰。

他们到了一个小店,找了一个僻静的位置坐下。易芬要来菜单开始点菜,每点一道都要报一下菜名,问一下苍桑是否喜欢。苍桑心不在焉地回答着,行,你看行就行。把菜单交给服务员之后,易芬又跑到厨房的窗口叮嘱厨师,所有的菜都不要放辣椒,也不要太咸,她知道苍桑的口味比较清淡。

点完菜之后,易芬问苍桑:喝点什么?苍桑说:啤酒。易芬就跟服务员招招手,服务员拿来了六罐啤酒。易芬打开啤酒的时候,苍桑坐在那里既不动手,也不说话,眼睛看着桌面,大脑好像游离到其他地方去了。这几天苍桑都闷闷不乐,虽然没经历很大的打击,但是也找不到高兴起来的理由。

"站好最后一班岗,这个事总要面对。塞翁失马,焉知非福。说不定年后有更好的机会等着你呢。"易芬一边把啤酒放到苍桑面前的桌子上,一边说。

苍桑听到易芬的话,好像肚子里喝下一杯热水,感到许多暖意。他抓起桌面上的啤酒,先喝了两口。

上次回家与父母的沟通极不顺利,与易芬的事还没有着落,现在又失去了工作,这让苍桑感到茫然无助,一时间不知如何是好。如果只是因为丢了工作,苍桑也没有那么失落,关键是要与易芬分开了,自己不知道下一步该怎么办。找工作的事情怎么也得等到年后了,年前这几天还要在音乐餐厅干下去。工作上应付几天就算了,与易芬的事,本来打算这个春节就要去见双方的家长,把关系明确下来,现在看来,这事一时半会儿是办不成了。

"前几天回家怎么样?"

易芬问苍桑,脸上一副随意问问的样子。其实,对苍桑这次回家,易芬还是很关心的,一方面是关心苍桑的态度,会不会跟他父母讲明与自己的关系;另一方面是关心苍桑父母的态度,他们能不能接受自己。苍桑回来没有讲他回家的具体情况,现在的他又是这个样子,直接问苍桑感觉不是太好,只能这样笼统地问一下。

苍桑也知道易芬的心情,但是父母的态度让苍桑只好把这件事先暂时搁置一下,等有了更好的办法和机会,再向父母挑明自己已经有了女朋友。

"就是回去吃顿饭,也没说什么。"苍桑貌似漫不经心地答道。

"那……我还去你家吗?"

易芬终于还是忍不住问了出来。虽然她表面上不想给苍桑压力,但在心里还是期待着他能够尽早把这件事情定下来。

"再改个时间吧。现在,我也没有心情。"苍桑少气无力地说。

"行,不急,等你缓过劲儿来再说。"

易芬说完,端起酒杯向苍桑示意一下,苍桑也端起酒杯,两个人轻轻碰杯,然后一饮而尽。吃了有一个多小时,二人期间也没有说多少话,倒是喝了不少啤酒。苍桑还想再让服务员上些啤酒的时候,易芬说不喝了。苍桑就要埋单,易芬却说已经付完了。

出了门,他们都有一些醉意,晃晃荡荡地走在大街上。虽然正值寒冬,二人却也并不感到很冷。此时,天色已晚,天上下起了雨夹雪。天黑路滑,街上看不到多少行人。苍桑不知道哪根神经被触动了,忽然兴奋起来,在空旷的大街上,大声地唱着:

  今日痛饮庆功酒,
  壮志未酬誓不休;
  来日方长显身手,
  甘洒热血写春秋。
  哈哈哈哈

哈哈哈哈哈哈哈

……

苍桑唱得有点歇斯底里，并且是在覆盖着积雪与雨水的街道上，手舞足蹈地边舞边唱，最后模仿京剧唱腔哈哈大笑。笑声传到四周大楼的墙壁上，在寂静的大街上回荡。好在四周看不到行人的影子，如果有人听到，一定会被吓得连滚带爬。

苍桑在雨雪之中表演了有一个小时，终于把身上的能量消耗殆尽。

易芬说："去你宿舍唱歌吧。"

苍桑说："走。"

到了宿舍，苍桑先插上电炉子。因为宿舍没有暖气，他只能用电炉子取暖。过去团里还不让使用，时不时有人去查，现在是放假时间，也没有人管了。电炉子不仅把小屋烤得暖烘烘的，还把小屋照得亮堂堂的。

苍桑和易芬围着炉子，轮流唱歌。易芬唱一首，苍桑唱一首。苍桑抱着玲珑送给他的那把吉他，两人一直唱到深夜。

这时，易芬说："我今天不走了。"

"我也不想让你走。"苍桑看着易芬说。

苍桑看到易芬的眼里充满柔情蜜意。他弹琴的时候，易芬趴在苍桑的后背上，抱着他的头，抚摸着他的脸。苍桑知道，易芬想用一个女性的温柔安慰自己。

苍桑不停地弹琴，不停地唱歌，除了唱自己喜欢的流行歌，还唱自己写的歌，仿佛心中有个多大的冰块，需要慢慢化成雾气，倾吐出来。

"苍桑哥。"

"嗯。"

"我认为你以后会成为一个了不起的人物。"

"从何说起？"

"你这些歌写得就是很好。"

"我认为也很好。"

"你会不会成为罗大佑那样的人啊?"

"我也想成为罗大佑呢。"

"他写的歌太有名了,并且这么多,每一首歌都很好听。"

"我的这些歌,可是只有你一个人听。"

"你需要一个机会。"

"嗯。"

"我觉得你会成功的。"

"你相信我?"

"我相信你!

"无论成功与否,我都会向着那个方向努力。"

"嗯,努力。"

从小就走艺术之路的苍桑,在这个城市里也算是顶尖的乐手了,起码在演奏钢琴这个专业里,至少是排在前几名的水平。虽然现在不能称他为艺术家,至少他的才华是有目共睹的,但就是这样一个人,却被一个餐厅炒了"鱿鱼"。烦恼是有的,但二十多岁的苍桑年轻气盛,他认为条条大路通罗马,总有一天自己会出人头地的。

由于电炉子持续不断的烘烤,小屋的温度渐渐升高。易芬脱掉外套,穿着毛衣,又露出她那美丽的身体曲线。由于喝了酒,她的脸红红的,很是好看。

"哇,好大的雪啊!"

易芬站在窗口,招呼苍桑过来看。苍桑走过去,看到外面白茫茫一片,大雪已经无声地覆盖了房顶、街道、树木……真是个银装素裹的世界。

"现在的雪怎么下这么大啊?刚才还是雨夹雪呢。"

"现在已经完全是雪了。"

"像个童话世界。"

"我们好像在南极洲上。"

"如果在南极洲上盖个小木屋,木屋上要有两个小窗户,小木屋里点着火炉,火炉上煮着咖啡,冒着腾腾的热气。我们围着火炉,弹着吉他,唱着歌。唱完歌就尽情地接吻,也不要关门,那该有多浪漫啊!"

"如果企鹅来打扰呢?"

"不管,让它们在门口看吧。"

"可以啊。"

说完,苍桑和易芬就站在窗前,进行了一个长长的亲吻,他们忘我地吻着对方。

"我觉得你每次来我这里好像都赶上下雨下雪来着。"

"是老天想留我吧。"

"上次下大雨,我们还站在这里看海。"

"我喜欢海。"

"下次我一定带你去看大海。"

"行。"

"如果去旅行结婚的话,你喜欢去哪里?"

"我喜欢去海边,住在一个靠海的大房子里,房子里要有一个大大的窗户,能够看到大海、看到沙滩。房子里还要有一张大大的床,房子周围种满了鲜花,白天可以去游泳,躺在沙滩上晒太阳,晚上就闻着花香,听着海浪的声音入睡。当然,我醒来的时候,还能看到我的白马王子站在我的身边。"

"好浪漫啊!"

"那是。"

苍桑看到易芬快乐而又自信,心情非常激动。他感到自己对易芬是发自肺腑地喜欢,并且已经产生了不能割舍的爱恋。苍桑准备春节回家的时候就告诉自己的父母,他已经有了女朋友,并且要尽快地与她订婚,他再也不想过单身生活了。

"易芬。"

"嗯。"

"我送给你一首歌。"

"怎么送？"

"你从我写的歌曲里面找一首你喜欢的，我把这首歌送给你，歌名改为《青山苍苍，我心芬芳》，把我们两人的名字各加一个字放里面。"

"好啊。"

易芬很愉快地翻看着苍桑的那些乐谱。

"那抽屉里也有，你自己找吧。"

苍桑说完，又开始弹他的吉他。

不知道过了多长时间，苍桑突然感觉室内的气氛不对。转身一看，易芬正坐在桌前一动不动，眼睛直直地盯着桌面，桌面上放着两张玲珑的照片：

一张照片是苍桑和玲珑演出后的合影。玲珑穿着一身洁白的长裙，站在钢琴旁，一手拿着乐谱，一手扶着钢琴，脸上带着笑容。苍桑和她并肩站在一起，身着黑西装、白衬衣、打着领结，同样面带微笑。照片的背面，苍桑用英文写着一句"我爱你"。

另一张照片是玲珑单人的生活照。她身着短裙，赤脚站在水里，双手掬起一捧水，正向前方抛洒，她的脸上笑得非常灿烂，身后是茫茫的大海。在照片的底部，苍桑用签字笔写了一行小字：永远爱你！

"这是我过去那个准女友的。"苍桑赶紧解释。

易芬似乎没有听见，仍然坐在桌前一动不动，眼睛盯着桌面，仿佛没有注意到苍桑的反应。

"这真是我过去那个准女友的。"苍桑再一次谨慎地解释着，"我们俩其实都没到谈恋爱的地步。她已经去了国外留学，并在那里定居了。这些照片是她留给我的。做个纪念。"

苍桑看到易芬脸上现出一种难以言状的表情，愤怒、悲伤、绝望、惊愕、不安、出乎意料……苍桑无法判断,不知道易芬心中究竟想着什么。

很久很久的沉默之后,易芬站起来,穿上衣服,只说了一句话:"我回去了。"

"怎么回去?"苍桑拽住易芬,大声对她说,"现在已经是深夜了!外面还下着大雪!"

易芬似乎不为所动,她一句话都不说,甩开苍桑,出门而去。

苍桑穿上衣服,追出门去。

空旷的大街上悄无一人,只有雪花漫天飞舞,打在人的脸上,异常冰冷。大雪已经没过脚踝,行走在上面稍感吃力。

"你究竟是怎么了?"苍桑对着易芬边走边喊,"这是为什么?"

易芬快步而又吃力地走着,苍桑看到她步履艰难而又态度坚定,路上一句话都不肯说。在白雪的映照下,苍桑依稀看到,她的脸上布满泪水,湿透的发丝贴在脸上。

"你怎么也得听我解释一句吧?"苍桑一边追赶易芬,一边说。他不明白,就是连前女友都算不上的玲珑的两张照片,怎么会让易芬如此激动。

在穿过铁路桥洞的时候,苍桑拉住易芬的胳膊,想让她停住。易芬一边大声喊着"你不要管我",一边努力地从苍桑手中挣脱。就在他们两个拉扯不止的时候,墙边突然有个黑影一闪,好像站起来一个人。苍桑被吓了一跳,定睛一看,是一个拾荒的老人。老人大概被他们两个人的争吵惊醒了。在微弱的灯光下,老人用呆滞的目光,毫无表情地看着面前的两个年轻人。苍桑和易芬这才停止了拉扯,默默地走开。

苍桑看着易芬进了宿舍,又在门外站了半个来小时。他不停地徘徊着,琢磨着到底是什么原因让易芬突然变成这个样子,这让他百思不得其解。大雪覆盖在他的身上,落到他的脸上,钻进他的脖子里,他却丝毫不觉得寒冷。

回去的路上,苍桑竟然几次滑倒,滚得满身是雪。在那个落雪的深夜,苍桑一个人跌跌撞撞地走在无人的大街上,脑海中一直是易芬那张布满泪水的脸。

在穿过铁路桥洞的时候,苍桑特意放轻了脚步,他看到那个拾荒的老人躺在那里呼呼大睡,甚至能听到他打鼾的声音。苍桑从来没有想过,在寒冬腊月大雪纷飞的夜晚,有人能躺在桥洞下面呼呼大睡。

回到宿舍,宿舍里竟然停电了。苍桑在那个冰冷的小屋里枯坐一晚,彻夜未眠。

3

易芬计划腊月二十五坐车回家,苍桑到车站去送她。

腊月二十三的下午,苍桑在街上转悠了半天,想着给易芬买点什么东西,毕竟她要回家了,又是过春节。

原来计划的一起去苍桑家,见见苍桑的父母,然后再一起去易芬家,却由于苍桑的失业和前天晚上的不愉快,全都泡汤了。

街上人头攒动,商家都在促销,到处都打着广告。路边还有卖对联的,红红的对联摆满了一大片,很有过年的味道了。

苍桑准备给她买两盒包装精美的土特产,又考虑了一下,这么远的路程她带着大包小包,中间还要转车,可怎么携带呢?

于是,苍桑准备送给易芬一个小陶笛,那东西虽然小,却是他在北京乐器展览会上花了三百六十块钱买来收藏的,是一个外国名牌,还是专业演出级的,音色非常好。并且易芬姓陶,两人又都是音乐人,送给她这个最有意义。苍桑把陶笛用一个精致的锦盒装起来,再用一个塑料袋罩在外面。

腊月二十四那天,是本年度最后一天上班的时间,第二天就要放假了。对于苍桑和阿洪来说,也是他们在音乐餐厅工作的最后一天。

那天,餐厅的生意极差,也可能是到了年底的原因,整个餐厅里只有两桌客人,孤零零地坐在那里就餐。点歌的客人更是一个也没有。苍桑、阿洪、易芬、菲菲、小丽和小徐他们,都坐在那里沉默着。苍桑想着,明天这里就和我没有关系了,虽然早就知道,那一刻心里还是很难过的。

过了一会儿,菲菲说,没有人点歌,我们就送他们几首吧,免费奉送。

菲菲的话像一针兴奋剂,打破了沉默,让所有的人都来了精神。明天就放假了,并且苍桑和阿洪将会永久离开这里,这种一起演出、一起工作的场面很难再有了,大家都想宣泄一番,释放一下压抑在自己心中的情感。于是,菲菲、小丽和易芬三个人,轮番着一首接一首地唱。那两桌客人有点受宠若惊地看着他们。大概是因为享受免费的服务有些不好意思,过了一会儿,那两桌客人也匆匆地离席了,整个餐厅空空荡荡的,只有他们几个还在台上疯狂。

那天,就好像是一场告别演唱会,他们几个人排着队,轮番演唱,并且还必须要苍桑和阿洪来伴奏,唱的都是一些煽情的和伤感的歌曲。易芬唱了《想家的时候》《千万次的问》和《夜色》。阿洪唱了《好汉歌》和《向天再借五百年》,都是豪放型的。苍桑也禁不住地想发泄一番,他唱了一首《站台》,又唱了一首《恰是你的温柔》。最后分不清是谁唱了,只要有一个人起头,大家就一起震天动地地跟着唱起来。知道歌词的唱歌词,不知道歌词的就干号。歌曲也由情歌转向了摇滚,最后大家合唱那首摇滚《夜色》。

他们在舞台上疯了好一阵。餐厅的杨经理站在下面看着他们,一句话也没说。杨经理大概怕他们惹出什么乱子,就在餐厅的一角,要了一桌菜,然后告诉他们说,快过年了,明天就放假,今天我请大家吃顿饭,既算是提前给大家拜个年,也是给阿洪和苍桑饯行。杨经理还搬了一箱啤酒,他们一人一瓶,自斟自饮。

吃饭的时候大家并没有多少言语,也少了往常的吵闹。他们几个人之间也很少说话,偌大的餐厅就他们几个人默默地吃着、喝着。多多少少有些"最后的晚餐"的味道。

在啤酒喝到五六成的时候,阿洪说还是想唱歌。苍桑也跟着说想唱歌。

杨经理说,设备都已经关了,大家也非常劳累,还是多吃点,然后回去早早休息吧。他大概怕出什么乱子,便委婉地劝阻大家。

阿洪看都不看杨经理一眼,把酒杯往桌子上"砰"地一放说,今天老子就要唱,想唱就唱。

杨经理面带愠色,不再说话。大家七嘴八舌地说,那就在这个桌子上唱吧。于是苍桑跑到舞台后面拿了一把吉他,大家就跟着苍桑的吉他伴奏又唱起来。

易芬一改往日的矜持,中间主动要求唱了几首歌。易芬的每一首歌,好像都是"剑有所指",都是冲着苍桑来的。苍桑也唱了两首来表示回应。

很快,一箱啤酒就喝光了。菲菲说,再拿啤酒。杨经理也不好意思阻拦,又让服务员拿了一箱啤酒。大家一直到了午夜时分才散场。那天,他们都喝得东倒西歪、跟跟跄跄。

从音乐餐厅出来,走出淮海大饭店,苍桑抬头仰望了一下,天空依然被城市的霓虹照得通明。在他们准备分离、各自归去的时候,小丽对苍桑说,你照顾一下易芬吧。小丽知道苍桑有话要跟易芬说。然后他们各自离去。

苍桑和易芬走在大街的人行道上,彼此言语很少。

冬夜的街道虽然灯火通明,但行人很少,依然显得冷清。许多商店都已经打烊。通宵营业的快餐厅和咖啡馆里还有三三两两的客人,里面的热气让落地窗的玻璃变得有些模糊,水汽变成的小水珠,在玻璃上缓缓下滑,让人感到里面的温暖。来来往往的汽车在大街上穿梭着。

"能不能晚一两天再回家?"苍桑问易芬。

"不行。"

"哪怕一天也行?"

易芬迟疑了一下,说:"不了。"

"易芬,我真不想和你分开。"

易芬没有说话,他们继续默默地走着。苍桑想着这两天,真是屋漏又逢连阴雨,几件事情都赶在一块了。

"明天一定要回去吗?"

"是的。回家还有事。"易芬说,"我可是一年都没有回家了。"

想想也是,易芬一年都没有见到她的家人了,现在又到年关,任谁恐怕都会归心似箭。

"那,今天晚上你去我宿舍怎么样?"苍桑试探地说。

易芬像是思考了一下,然后说:"不去了,我回去要收拾一下东西,明天还要早起。"

苍桑看到易芬决心已定,也不好改变她的想法。苍桑把易芬送到宿舍门口,看着她向里面走去。易芬进了门,又转身向苍桑挥挥手,示意苍桑回去。苍桑看着她的身影消失在楼道口,又站了一会儿,然后,走回自己的宿舍。

第二天早上六点,苍桑就打了一辆黄包车,在易芬楼下等着。

易芬下楼,苍桑帮她去提箱子。

"这么重啊。"

"这个箱子大。"易芬这样说着。

"这个箱子可真够大的。"苍桑又仔细地看了看,的确是又大又重。

把箱子放到黄包车上,他们上了车。箱子就在座位前面,占了很大一块空间,紧紧地挤着他们的腿。易芬的怀里还抱着一个装得满满的旅行包。

那天早上有些阴冷,地上的积雪还没有融化,一说话,口里就冒着白气。

"路上别睡觉。"

"嗯。"

第八章 突生变故

"转车的时候先买票。"

"我知道。"

到了车站,苍桑想给易芬买点热的早点。易芬说,不用了,刚才在宿舍已经吃了一点。苍桑就把那个准备好的陶笛送给易芬。看到苍桑送给自己礼物,易芬满脸欣喜。

易芬说:"你留着吧。"

苍桑说:"送给你的。"

易芬于是欣然接受了。她说:"这个怕挤,放在这个大箱子里吧。"

易芬把箱子平放在地上,打开盖子,苍桑看到她的箱子里装得满满当当,没有一丝缝隙。夏天的裙子、凉鞋,秋天的外套,冬天的棉衣,还有唱歌用的演出服,简直把所有的家当都装在了里面。

在这严寒的冬天,居然带着这些夏天的衣服,这让苍桑很诧异。他忽然想起这几年易芬从来不回家,这个箱子里的应该就是她的全部家当。想到这里,苍桑心里一阵难过,眼泪差点掉出来。易芬仿佛看穿了苍桑的心思,她把手放在苍桑的手上,似乎在安慰苍桑。

在等待检票的时间里,苍桑和易芬坐在大厅的木椅上又说了一会儿话。当检票开始,易芬拉着那个大大的箱子,背着那个鼓鼓囊囊的旅行包通过检票口,然后转身朝苍桑微笑着挥挥手。她走到汽车跟前的时候,又回头朝苍桑挥挥手,然后,拎着那只大大的箱子上了车。

苍桑借口给旅客送个东西要求进站,那个检票员把他放进了车站里面。苍桑站在汽车下面寻找着易芬,易芬看到了他。苍桑就站在那里望着易芬,易芬坐在车上望着苍桑。

汽车发动,缓缓地驶出车站,苍桑望着易芬坐的大巴车消失得无影无踪之后,又过了有五六分钟,才回过神来。然后,他慢腾腾地走出车站,回到自己那冷清的小屋。

第九章　闯荡四方

1

自从易芬走后，整个春节期间，苍桑都是闷闷不乐的样子。

大年初二那天，苍桑的二叔来找苍桑的父亲喝酒，他们坐在一起吃饭时，二叔问起苍桑的情况。苍桑说，正在实习，只能领到一点生活费，音乐餐厅的工作也就马马虎虎那么回事吧，没有打算在那长远干下去。苍桑不知道自己当时是怎么想的，没有说出被餐厅"炒鱿鱼"的实情，大概是不想让家人为自己担心吧。

"是要出去闯闯的，年轻人嘛。树挪死，人挪活。出去开开眼界，长长见识，也是必要的。说不定，还能碰到什么机会。现在都是搞经济，先把钱赚到了，生活好了，这才是最重要的。哪里挣钱就去哪里，也不要在一棵树上吊死。"

二叔振振有词地说着。本来苍桑还没有太多的想法，只是想着年后再找份工作，听他这样说，苍桑忽然有了一些想法。

"我想年后出去转转。歌舞团有个拉小提琴的去了深圳，在舞厅里拉提琴，据说收入是这里的五倍。他脚上穿的一双皮鞋都是一千八百块钱买的，那边的收入很高。"

"怎么，你也想去？"

"也想去。行不行先看看再说。实在不行，混不下去了，再回来也无妨，就当是出去旅游一趟好了。"

当时，父亲听了苍桑的想法没有说什么。在父母的眼里，音乐餐厅的工作本就不是什么长远的出路，男孩子嘛，是该出去磨砺一下，毕竟也二十多岁了。

"你自己的事情自己做决定。"父亲这样说着。

"过了春节我就过去看看，反正有朋友在那里，有什么事情也能有个照应。"

"学校那边怎么办？你不是还有一年才能毕业？"

"实习完了再说。实在不行，先办个休学好了。"

"休学是个什么概念？学校能随随便便给你办理？"父亲问道。

"现在学校放得很宽，只要找个理由就能休学，比如我现在想创业，就可以离开学校，到外面去创业。干上一两年，我不想创业了，或者是我又有时间了，可以回到学校继续修没有学完的课程，只要把规定的学分修够并考试合格，就可以毕业了。"苍桑向父亲解释着。

"你自己把握，还是要稳妥一些。"父亲说。

"知道，我会处理好的。毕业证肯定是要拿到的，只不过是早一点或者晚一点罢了。如果能找到一个比尔·盖茨那样的商机，退学又何妨？"苍桑信心满满地说道。

这样，苍桑就把被餐厅辞退的事给瞒了过去，让家人都以为是他自己不想干了。

易芬的事苍桑没有跟家里人说，怕说多了再露了馅，又被父母骂自己不上进，还会惹他们生气。等自己闯出一片天地来，事业有成，衣锦还乡，那时再说，就水到渠成了。

正月初六，苍桑坐上了南下的火车。之所以选在初六，是因为当地人的习俗是："三六九，向外走"。

苍桑制定了一个详细的规划，从南京、无锡、苏州到上海，经杭州、温州、厦门、汕头，最后到广州和深圳，沿着中国经济最发达的东南沿海城市转一圈。

没想到在路上常常会因为买不上火车票而耽搁一两天。在杭州，实在是买不上火车票，苍桑一狠心，花了七百八十块钱买了一张飞机票，经过长途跋涉，带着满身的疲惫与风尘，他来到这个举目无亲的南国城市——广州。

说到广州，人们最先想到的是那鳞次栉比的高楼大厦，珠江穿城而过，江边有高大婆娑的榕树，夜晚的游轮上灯火辉煌，还有给人印象深刻的广州美食，这是一个充盈着南国风情的大都市。然而，广州给苍桑的第一印象则是拥挤。

当苍桑坐着大巴车从机场到了火车站的时候，身上只剩下一百多块钱了，肚子开始咕咕地叫。在火车站旁边一个窄窄的小胡同里，他找到一家很小的拉面馆。店里黑乎乎的，桌椅板凳油黑发亮。他买了一碗最便宜的拉面，把汤都喝得一滴不剩，走出门时却感觉还没有吃饱。他又在一个小店里买了一包方便面，打开干啃，边吃边走。

天黑了的时候，在一个小胡同的尽头，他终于找到一个二十元钱一宿的小旅店。住下之后，苍桑不敢停留，立即跑到街头，寻找那些贴着小广告的电线杆子，抄下那些招聘广告上的地址和电话，又买了一张广州城市地图，回去研究了一番。

第二天一早，苍桑就奔向离他最近的那个职业介绍所。在一栋大楼的二楼上，苍桑终于找到了占地只有一间十来平方米办公室的"求职广场"，求职者很多，几个女工作人员正忙着解答。

在得到一定能给安排工作的承诺后，苍桑交了九十元钱的劳务介绍费。交完劳务介绍费之后，苍桑身上只剩下二十四元钱了。

职业介绍所的人员立即给苍桑联系了一家公司。当苍桑找到这家公司时，接待他的那位年轻男子很客气地说，我们很需要你这种人，按我们公司的规定，你要先交二百元钱押金，然后就可以工作啦。

苍桑说，我现在连二十元钱也拿不出来了，但我可以把行李、手表、身份证都押给你们。

那位男子却说：实在对不起，我们只能按规定办。

苍桑只得好言相求，说自己已经身无分文，处于绝境，必须立即找到一份工作，只要能够管吃管住，工资多少没有任何要求。否则，今天将会露宿街头。

那位年轻的男子看着苍桑，冷寞而又礼貌地说："对不起，虽然我很同情你的处境。但是，在广州这个地方，是不可以感情用事的。"

苍桑只好垂头丧气地回到职业介绍所。他们又给联系了一家，苍桑又重复了一遍这样的遭遇。

当苍桑再次回去的时候，一种难以名状的失落充斥着内心，从未有过的悲凉、孤独向他袭来。苍桑站在过街天桥上，看着这座城市，看着斑马线上如潮水般的人流，看着逃命似的飞奔的汽车，那车在红绿灯前由于急刹车致使轮胎在地面上滑行而发出刺耳的噪声。

已经是下午了，苍桑却还未吃早饭，一整天水米未进。他"命令"自己买了包最便宜的方便面，在一个自来水管旁边，就着自来水吃下了肚。

当苍桑怀着绝望的心情再次回到职业介绍所时，那位漂亮的小姐居然把苍桑留在了他们职业介绍所里工作，并且告诉他当天就可以上班。后来苍桑才知道，她叫易俊，湖南岳阳人，是老板的未婚妻。

苍桑的工作是跑信息，也就是每天骑自行车到各单位问要不要招工，要什么样的人，然后填个表，留下电话和联系人的姓名拿回来，这边有找工作的就推荐过去。

跑业务是个磨砺人的工作，也是锻炼人意志的最好方式。保安不置可否的一口拒绝、前台人员不可理喻的刁难、负责人置之不理的冷漠脸色，都是家常便饭。真正是踏遍千山万水，想尽千方百计，说尽千言万语，吃尽千辛万苦。

这样早出晚归，每天骑着自行车在广州的大街小巷跑一二百公里。希望、失望、新奇、劳累，时时刻刻在苍桑心里交织着。广州，苍桑既爱它，又恨它。

有时苍桑也会忙里偷闲，跑到郊区村落感受当地的风土人情，或跑到大学校园里，体验一下在经济高速发展的城市里那种少有的宁静。

当然，广州也给苍桑留下了许多美好的记忆。每当走进一家小店或街边的大排档，要上一碗米粉时，苍桑的心情立刻变得愉悦起来。广州的米粉，有宽粉、有细粉；有带汤的，也有干炒的；即使天天吃，也不会让你厌烦。米粉、肠粉、凉茶，是广州美食最常见的三种了，它们的价格都很便宜，都是老百姓日常生活中离不开的美食。

广州是包容的，无论贫富贵贱，在广州都可以生活得有滋有味。直到今天，广州仍然保留着相当多的城中村。如果去那老街上转转，那里有窄窄的小巷，青瓦白墙的老屋。拥挤的街道上开着许多小店，摆着各类诱人的吃食。男性店主常常摇着扇子，女性店主则脚上趿拉着拖鞋，都是一副轻松、随意的样子。如果你走进一家黑咕隆咚的小店，花上几块钱，要一份肠粉做早点，吃完后你可能感到从未吃过如此的美味。你不能相信，只是用一张米皮包上一点肉馅，再浇上一点酱油，怎么会这么好吃呢？

苍桑的老板其实很年轻，二十出头的年纪，江西人，高考落榜之后来到广州。开始他也和苍桑一样跑信息，只干了不到一年就自立门户了。跟他干的几个人里有湖南的、湖北的、河南的、安徽的、江苏的、陕西的、山东的。下班之后，大家经常一块说说笑笑，有时老板还会出钱请大家一起看电影或逛公园。

广州地处亚热带，天气比较炎热。广州人大多天天洗澡，他们叫冲凉。苍桑也养成了天天洗澡的习惯。洗澡过于频繁容易脱水，脱水又容易引起上火。苍桑本来就是个火气比较大的人，每当上火，苍桑总是在傍晚时分，到路边、榕树下，或老屋的窗口下，找个凉茶摊坐下。摊主总是用手拨开苍桑的眼睛，或让苍桑张开嘴伸出舌头，给他看一看。然后，从桌上的几个大铁皮壶里兑上一碗凉茶。苍桑就端着大碗坐在小凳上慢慢喝下，第二天火气就没了。

苍桑曾经在北京、上海都待过一段时间。北京有山无水，上海有水无山，广州则有山有水。北京人有些自大，上海人精明，广州人则更为包容、不排外。在广州这里，中原文化、岭南文化、南洋文化、西洋文化，你都能找到。

苍桑在这里的薪酬是一个月一千五百块钱，管吃管住，其实还没有在家里挣得多。后来他才知道，他们只招初来广州的人，或者来到广州后，没有找到工作而又陷入困境的人。这样的人对工资没有要求，反正这种工作也不需要什么技术含量。所以，这里人员流动较快，一般人干上几个月就会另寻门路。

苍桑干了两个月，向老板提出辞职。他打算去深圳，找那个拉小提琴的朋友王辉。

在苍桑离开广州的前一天，老板就告诉苍桑可以不用上班了，去街上随意转转买点东西，这一天的工资老板一分也没少。晚上，一块打工的工友吵着给苍桑这个"山东人"饯行。吃饭时，看到"江苏人"与饭店老板一番流利的粤语对话，让人着实叹服了，苍桑由此更相信他平时说的来这儿打工不仅为挣钱，还为了学习和锻炼，提高自己适应各种环境的能力。

列车离广州越来越远，苍桑心中生出了一丝留恋：广州，我怎么评价你呢？说你人情淡薄，不对；说你人情浓厚，也不对。有一点是清楚的，这次来广州打工使自己更成熟了。

广州，广州……

2

在深圳站下了火车，由于急着要见到王辉，苍桑就没有停留，按照地址找到了"人间瑶池"夜总会。

夜总会豪华气派，金碧辉煌，是苍桑见过的最高端的娱乐场所了，就连里面的一个吊灯都价值不菲。

走进大厅，到了前台，有个貌若天仙的女服务员接待了苍桑。

苍桑说："我找王辉，在乐队里面拉小提琴的王辉。"

前台女服务员就拨通了演艺部总监的电话，电话那端说，王辉不在这里工作了，已经辞职了。

苍桑说，我是他的老乡，能不能联系到他，或者知道他去了哪里。

总监在电话那端说，没有他的联系方式，也不知道他去了哪里。

奔着王辉来的，王辉却不在这里了，这多少让苍桑有些茫然。广州那边已经辞职了，这边的工作还没有着落。

苍桑这样想着，忽然灵机一动，他问那位前台女服务员道："咱们这边还招乐手吗？"

前台女服务员看了看苍桑，说："我给你问问人事部经理。"

然后，前台女服务员就打电话。她在电话中全部说粤语，苍桑一句也听不懂。过了一会儿，她放下电话，用普通话告诉苍桑："到二楼人事部去找姚经理吧，他跟你面谈。"

苍桑听完还挺高兴，致谢之后，到了二楼。在一个挂着"人事部经理"牌子的房间，找到了姚经理。姚经理是个三十多岁的男子，留着平头，穿着西装，打着领带，显得干练、威严。

"你想找什么工作？"姚经理面带微笑地问道。

"我会弹钢琴，弹吉他也可以。"

"我们现在基本上不需要演艺人员，要的话，也只是需要少量的歌手，乐手基本上不要。"

"那还有其他我能干的工作吗？"

"服务生倒是招人，如果你愿意的话，在我这里就可以定下来。"

姚经理说完看着苍桑，苍桑总感到他的神情有点诡异。

"待遇呢？"

"保底工资是三千，各种奖励和提成在八千到一万五之间，包吃包住，每年发放四套西装，每套在两千元左右，每个季度发放一次。总的收入每个月应该有一万五千元左右。不过，每个月需要扣除一千五的生活费和六百元的服装费，扣除之后，每个月的净收入能在一万二三。如果你个人很敬业的话，超过一万五也是不成问题的。"

　　姚经理的话苍桑听得有些蒙圈，这简直是天上掉馅饼，居然能挣到这么多钱。他当即一口答应下来。

　　"太谢谢你了，现在能定下来吗？"

　　"你想好了？"姚经理面带微笑地看着苍桑，苍桑总感到他的神情有点诡异。但自己一个大老爷们怕什么，再说，今天不定下来，自己还得去找旅馆。

　　"想好了。"

　　姚经理从文件柜里拿出一份类似合同性质的东西，让苍桑看一下，然后在上面签字。一看要签合同，苍桑的心里就有些警惕，觉得还是要慎重一些。

　　"我的工作具体是干什么？"

　　"主要是接待一些港城和东南亚过来的旅行团。"

　　"我们端盘子倒水、陪着他们唱歌？"

　　"这些倒不是很重要。"姚经理停顿了一下，"这些客人有点特殊。"

　　"怎么特殊？"

　　"都是一些女性，年龄有点大。"

　　"多大？"

　　"在四五十岁、五六十岁的样子。"

　　"我们要侍候她们唱歌跳舞？"

　　"不光这些。"

　　"给她们表演？陪她们喝酒？"

　　"这只是其中的一小部分。"

　　"难道还要给她们按摩？"

　　"这也是其中的一部分。"

　　"需要吃喝玩乐一条龙服务？"

　　"要满足客人所有的需要，包括客人提出的特殊需要。"姚经理稍稍停顿，接着说道，"原则上是，客人提出的所有要求，我们都应该尽一切可能去满足。"

这不就成了"三陪"了吗？苍桑心里暗暗地想着。

"我想想，还是明天再签吧。"苍桑嘴里低声道。

"随你。"姚经理不动声色地说。

"我回去再想想。"苍桑看着姚经理说。

"这个都是个人自愿，就看你想不想挣钱。有些人干得好的，有眼色、嘴甜、会伺候人，光小费一天也能挣个好几千，一个月收入几万块钱那都太轻松了。"姚经理仍然不动声色地说着。

"我有点不大适合这个工作。"苍桑说。

"我是看你这小伙子不错，才点化你的。我们也是要挑选的，不好的我们根本就不跟他说这些了，知道吗？"

"我还是回去考虑考虑再说吧。"苍桑坚持自己的态度。

"随便你吧。"姚经理面露不快地说道。

苍桑走出人事部经理办公室的时候，姚经理坐在他那张豪华的老板椅上一动未动。

从"人间瑶池"夜总会出来，看到路边刚刚停下一辆公交车，苍桑什么也没看，就立即跳了上去。没看它从哪里来，也没问它到哪里去，他只是想着赶紧离开这个地方，任它拉着自己去哪里。

坐在夜晚的公交车上，颠簸几十里路，望着路边灯火通明的工厂，想象着灯光下机器轰鸣、人们忙忙碌碌的样子。再看到高耸入云的摩天大楼上霓虹闪烁，想象着这都市里的灯红酒绿、纸醉金迷、仿佛打了鸡血一般披头散发摇摆得彻夜不眠的亢奋。苍桑就在这灯火辉煌的城市里享受着一种孤独，他的思绪犹如那一只离群的雁，又飞回童年。

童年的苍桑，常常从祖母那火焰如豆粒大小的煤油灯下逃离，飞奔出漆黑一片而又异常安静的村庄，站在村头的高岗上，对着远处的城市张望，他不明白那城市里的电灯怎么如此明亮？电灯下的人们是不是都长得白白胖胖,很有福相?远处的高楼上传来缥缈的歌声,时隐时现,若有若无。他想象着那城市里一定有一种幸福的生活,于是便对那城市有了向往。而自己,却在这漆黑的村庄里忍受着孤独。

长大后,到了城市里读书。后来,游走在各个城市之间。而现在,在这片最有经济活力的热土上,他追逐着自己所认为的一种美好生活。苍桑忽然有种曾经沧海、历经繁华的感觉。想象中每个人都成了一头在磨道里戴着眼罩转圈的驴,只能按着固定的轨道行走。孤独地行走是乏味的,然而,这种孤独却可以让灵魂得到绝对的自由。苍桑便常常享受着这种孤独。

在深圳的那段时间里,苍桑分别干过几种工作。

曾经在一个电子厂里干过两个月。在一个火锅店里干过一个月。中间被中介骗到渔船上当水手一个月,那是让人记忆深刻的、痛苦而绝望的一个月,漂在茫茫的大海上,与世隔绝。常常半夜三更被老板踹起来拉网装鱼不说,一个北方人天天躺在甲板上晕船,晕到呕吐、天旋地转、眼冒金星。

直到那天下午,他在街上闲逛,看到路边有家琴行。苍桑不由自主地走了进去。走到一架钢琴旁,伸手试了一下,感觉音色不错,就随意弹了一曲。弹完之后,感觉还不尽兴,接着又弹了一曲。

从里面走出一个四十岁左右的中年男子,后来知道是琴行的孔老板。孔老板问苍桑:"你是音乐老师?"

"不是。"

"钢琴弹得不错啊!"老板赞赏道。

苍桑告诉老板说,自己是内地一所音乐学院的学生,马上就毕业了,正在一个歌舞团里做实习钢琴师,因为内地的演出市场都不景气,工资也不高,所以就想来深圳闯闯,现在在这里打工。

老板听了苍桑的自我介绍,非常感兴趣,又跟苍桑交流了一会儿,问了一下他的工作情况、薪酬多少等等,还粗略地问了一下苍桑的家庭情况。

最后,老板对苍桑讲:"愿不愿意留在琴行工作?"

"待遇呢?"

"你说吧,你的期望值是多少?"老板微笑着望着苍桑。

"还是你给吧,我看着合适就干,不合适就不干。"

"管吃管住,每月八千怎么样?"

"……"

苍桑一时无语。

"这是初期工资,以后还会涨。"看苍桑迟疑,老板又解释道。

苍桑心里暗喜,一时不知道如何回答。

"或者是底薪五千,学费与你四六分成,我六你四。分成虽然有些压力,但你可能得到的总数更高一些。"

"就按你说的来吧。"

"咱们先小人后君子,什么事情都要提前说好。你的工作呢就是两大块,一块是销售,琴行嘛,不卖东西没有利润是不行的,房租啊、人员工资啊、水费、电费、电话费等等各种费用,都要靠销售取得的利润来支付,所以销售是最重要的;第二块呢是教学,这一块是你的优势,本身你就是钢琴专业的,招生不愁,学生会很多。我们销售出去的钢琴客户的学生可以留在我们这里学钢琴,在我们这里学钢琴的学生可以推荐他们购买我们的钢琴,教学与销售二者可以相互促进。这两块就是你的工作。"

孔经理说完看着苍桑,苍桑听后满心欢喜,满口答应。

"要是还有其他的工作都交给我就是,我有的是力气,经理。"

"其他的也没有什么工作要做,二楼上有一间办公室,可以给你做宿舍,你就不要出去花钱租房子了,就算我给你提供住宿。你同时帮我看店,这样两不误扯平了。"

"太好了,你能给我提供个住的地方,我就非常感激了。"

就这样,苍桑到了琴行工作,不仅干回自己所学的专业,而且还有比较丰厚的报酬。这样一来苍桑除了卖琴、教课，还有很多时间可以练琴。琴行里还售卖各种音乐书籍和音乐教材。晚上，苍桑就住在琴行里，既给老板看店，又有机会练习自己的专业。苍桑在那里度过了一段惬意的时光，也是苍桑在广州、深圳工作期间，干的时间最长的一份工作。

苍桑的勤奋和忠诚，赢得了老板的信任。琴行的业绩也在稳步上升，特别是在招生方面，由于苍桑的专业实力强，口口相传，在学生和家长中间获得了较好的口碑，学生的人数在急剧增长。亲其师，信其道。跟苍桑学琴的学生，买钢琴基本上都会向他咨询，苍桑稍微一推荐，基本上都在琴行里买了。由于学生的增加，琴行里钢琴的销量也在增加。孔老板对苍桑非常满意，也有意无意地开始培养苍桑。

一天，孔老板对苍桑说：你可以出去学习学习，到那些大琴行里看看。

苍桑说：去哪里？

老板说：广州和深圳的琴行就不要去了，你到港城去看看，那里有亚洲最大的琴行。

苍桑说：哇！真的是太好了，我还没去过港城呢。

老板说：你就当考察和旅游同时进行好了，这也算是对你这段时间工作的一个奖励。

苍桑说：真是太谢谢老板了。

孔老板帮苍桑办好了港城通行证，还是个人游的那种。那天，在罗湖口岸，苍桑坐上了开往港城的火车。

从红磡车站下了火车，只跨过一道过街天桥，一不小心，苍桑便走进了港城理工大学的校园里。

虽然是一个人背包漫游，也没有那种陌生感和孤单感，这得益于苍桑的粤语讲得还可以。在到港城的前一天，苍桑在深圳与一个多年未见的朋友小聚。朋友给他介绍了如何使用八达通卡乘坐公共交通，如何找旅店，告诉他吃麦当劳或肯德基是最便宜和实惠的，地图可以在关内买，矿泉水也可以买几瓶背过去，因为那边要比广州这边贵几倍等等。

苍桑在港城转了几天下来,也没有感到有什么不便,当地的饮食习惯与广州差不多,就是价格要贵不少。特别是住宿,比广州要贵上几倍。他先看了一个稍大一些的房间,店主要一千五百元,苍桑说怎么这么贵?店主说是豪华间,这类型的在广州也就值二三百元。最后住了一个最便宜的三百元的,虽然空调、电视、电风扇、卫生间、淋浴一应俱全,但房间里除了安下一张单人床之外,就只剩一个侧着身子能走的过道了。

在港城博物馆里吃了一碗米线,付款时收银员告诉苍桑,顾客自己端过去三十九元,让服务员给端过去要另加五元小费。苍桑想,只是把碗端过去就要五元钱,港城的钱也真是好挣。

除了考察港城的一些琴行和演艺机构,由于职业的习惯,苍桑还参观了港城的许多大学。给他印象最深的是,港城的许多学校都是开放式的,校园没有围墙,没有大门,没有保安,人们可随便出入、参观。有时你置身其中都不知道是走在校园里面,还是走在校园外面。楼里没有防盗门,窗子上也没有广州常见的铁栅栏似的防盗网。参观世界著名的港城大学,他们的校门居然是用两个垛子架着一道横梁,上面写着"港城大学"四个字。没有广州常见的电动推拉门,没有挂着醒目牌子的警卫室,更看不到穿着制服拿着警卫器械的保安。苍桑当时在想,堂堂的港城大学的校门,居然比不过我们镇上小学的校门气派。

港城给苍桑的另一个印象是,除了高楼大厦鳞次栉比,高耸入云,气派非凡,其他的都很一般。什么著名的皇后大道、弥敦大道……繁华是一定的,但并不宽广,在广州任何一个县城里,都能找出几条比港城最宽阔的大道还要宽阔的道路。而传说中的女人街也不过是用塑料布搭起的棚子。

然而,在大街小巷游荡了几天,你会发现港城到处井井有条、秩序井然。电车与行人擦肩而过。街边上公开售卖限制级书籍。当然,在港城待的这一段时间,苍桑也并没有看到影视剧里那些夸张的黑社会小弟当街打架的情况出现。

即将离开港城时,苍桑在想,怪不得那些富人与明星喜欢定居到港城,就连我这个过客也特别喜欢它了。

3

苍桑在广州和深圳闯荡的日子里,一直与易芬保持着联系。虽然那时候的手机漫游费挺贵,但他们还是每周都通电话。虽然相隔千里,但他们完全还是以男女朋友的关系相处。

那是春节后的一天。苍桑正在店里无所事事,邮递员送来一封信。苍桑一看,居然是易芬写给自己的。苍桑既欣喜又有点诧异,平时他们是不写信的,都是打电话或者发短信。这次易芬没有告诉苍桑,就写了一封信,这让苍桑多少有点惊奇。

苍桑跑到琴房里,关上门,打开那封信。信是这样写的:

苍桑哥:

你好!

收到这封信,你可能感到很纳闷。现在电话这么方便,是什么事情非要写信告诉你。这件事我也想了好长时间,我感到在电话里说不清楚,还是静静地写信,能够说明我的心意。

首先感谢你这几年对我的好。回想一下,我们交往也有好几年了。与你在一起的日子里,我感到特别开心,也特别自信。你让我的生活充满了快乐。即使你在深圳的这些日子,我也感到很美好。总之,只要有你,无论你在哪里,我的生活都充满了阳光。

但是,我也不得不告诉你的是,我的家庭非常复杂,麻烦不断。你可能也了解一些。最近一段时间,又发生了很多事情,有些事需要我处理,恐怕很长一段时间我都不能脱身。当然不是我父亲又逼我结婚的事。

最近我们家发生的这件事,对我影响极大,它会占用我全部的精力，使我无暇他顾，就连我自己的终身大事，恐怕一时半会儿也无法提及。并且这件事也不是短期就能过去的，未来会怎样，我也感到很迷茫。可是，摊上了，怎么办？只能面对。可能这就是命吧，我命中注定就要经历这些，没有办法。

今年春节，你回家了，我也回家了，我们俩没能见上一面。在春节前我早早就回家了，本来我是想等你回来与你见个面的，我知道你的假期只有一周，春节后你又会匆匆回深圳的。可是我家里发生的事情让我提前请了假，就没能等到年底与你见上一面。

春节期间，我在家里待了一个多月，也思考了一个多月，很多事情都不是你想象得那样简单，千头万绪，许多是无法预料到的，都需要我去面对。我认为，我们在一起，真的很难。这不是你我之间的事情，是两个家庭之间的事情。特别是我的家庭的原因，即使我们勉强在一起，以后也难保不会出现裂隙。到那时再相互抱怨，就为时已晚了。我想，我们还是分手的好，分开是一个理智的决定。不然，我会连累你的。既然最终也不会在一起，长痛倒不如短痛。

具体什么原因，我也不想详细跟你说。若干年后，对我今天做出的这个决定，我想你会理解的。反正我们在一起不合适，还是及早地分开好。

谢谢你过去对我的爱护！祝你及早找到你的幸福！

易芬写于三月八日

易芬的来信犹如晴天霹雳，让苍桑坐卧不安，百思不得其解。究竟是什么原因让易芬写了这封信。易芬说是家里发生了难以处理的事情，那些事情不是早已经发生了吗？这些年也一直是那个样，还能有什么变化。易芬的父母应该不会有什么变化，侯空也不可能再出来兴风作浪，再说他也不可能控制易芬。易芬出来工作这些年，也学了不少社会知识，有了一些社会经验，对一些事情的处理上，应该比较成熟。她的家里究竟发生了什么事情呢？

苍桑这样想着。越是想不通，越是胡思乱想。难道会是易芬变了心，另外有了意中人，又移情别恋了？毕竟自己与易芬分开了这么长时间，恋人之间总不在一起，感情就会变淡。在这期间，易芬又碰到一个心仪的人，也不是没有可能。如果是这种情况，信中所说的什么家里出现了变故，发生了难以处理的事情，就是找个借口罢了。

究竟是易芬个人的原因，还是她家里又发生了什么事情？这些苍桑都不得而知。他立即给易芬打电话，易芬都不接，发短信也不回。一连三次都是这样。

那天晚上，苍桑下班后，一个人跑到酒吧里喝得酩酊大醉。第二天他冷静下来，用了一个晚上给易芬写了一封回信。信是这样写的：

亲爱的易芬：

你的来信简直毁掉了我。无论什么原因我都不能接受！

我相信，直到我给你写信的这一刻，我是喜欢你的，你也是喜欢我的。难道不是吗？你突然提出说分手，让我实在想不出是什么原因。两个相互喜欢的人，有什么理由说分手呢？至于你出身卑微，家庭贫困，家庭情况复杂，这一切，我都是知道的。不就是你的继父为了借五万块钱，给你找了一个男朋友，还逼着你结婚，这些，我也是知道的。但这又有什么呢？我们都是年轻人，过去那种门当户对的观念，我真的没有。我相信我的家人也不会有。我们在一起这几年，你应该是了解我的。现在没有，以后也不会有。你有什么理由说分手呢？

这两天，我坐卧不安，茶饭不思，辗转难眠。想来想去，还是你的自尊心在作怪。其实，在我们刚认识的时候，我就看出你有点不自信，甚至有些自卑。我想用我全部的力量改变你，让你变得自信、自尊、快乐。我也感到，我的努力在起作用。你慢慢变得开朗了，也喜欢与人沟通了，脸上也洋溢着那种女孩子的快乐和满足。易芬，在你的世界里我的爱不能缺席!

人们总是赞美雄鹰可以在蓝天翱翔,也羡慕巨鲸可以遨游海洋,老说是金子总会发光。但是,如果生来就是一块石头,就是一粒沙子,就是一抔泥土,难道只有躲在角落里自卑地哭泣吗?哭泣可以让不好的情绪稍稍缓和一下,但不能对处境有根本性的改变。如果你看到猎枪折断了雄鹰的翅膀,巨鲸也有逃不脱捕鲸船撒下的天罗地网的时候,你应该相信世界是平等的,没有谁是强大的,也没有谁是弱小的。

如果能成为高大伟岸的梧桐固然不错,如果生来就是一棵长在贫瘠土地上的蒲公英,也同样感到庆幸。两千多年前,有个叫庄子的先贤给我们讲了一个故事:工匠赴林中伐木,只选那些中规中矩的可用之材砍伐,无用之才即使就在身旁路边,工匠也熟视无睹,弃之不理。那些有用之材因挺拔高大有用,而被剥夺了生命。无用之才因弯曲弱小无用,也因此得以保全生命。

这个故事并非是完全教化人们无为而为,它还告诉我们,没有谁更高贵,或更卑微,世间万物,各得其所。即使是一颗蒲公英的种子也有梦想,也有一双隐形的翅膀,让自己的梦想飞翔,飞过高山,飞过大地,飞过海洋,即使被风雨打落,随波逐流,也不会放弃自己的梦想。总有一片沙滩让我们搁浅,总有一片陆地让我们靠岸,总有一天乌云会过去,阳光灿烂,你那双隐形的翅膀会载着你的梦想,继续飞翔,飞翔。

易芬,还记得我送给你的那只陶笛吗?那只精致的陶笛,能够演奏出优美的音色。我不知道你是否带在身边,是否常常拿出来欣赏一番,或者一个人的时候会安静地吹一吹。那不仅仅是一只陶笛,更像是一个有灵魂的女子。我认为,它更像你。

如果有人问:一抔泥土值多少钱?

或许我们会说:没有人买,也没有人卖,因为它不值钱。

如果把一抔泥土做成杯子，它可能值几块钱，或几十块钱。

如果把一抔泥土做成一支陶笛，它可能值几十到几百块钱，甚至上千块钱。

一抔泥土本就没有用处，做成杯子，它便有了用途；做成陶笛，它便有了灵魂。

一个农夫，一辈子在山里种田，他一辈子只是一个农夫。

一个牧羊人，一辈子在山里放羊，他一辈子只是个牧羊人。

日本有个叫宗次郎的人，跑到北海道的山里，过着住茅棚穿草鞋、粗茶淡饭的日子。每天除了种田打鱼，还用稻草烧制陶笛；除了制作研究陶笛外，他还吹奏陶笛，并且写了一首陶笛曲子，风靡世界，在许多国家的大街小巷，都能听到这首乐曲，曲名叫《故乡的原风景》。

夜深了，窗外又传来宗次郎的那首《故乡的原风景》，我听着音乐，想象着宗次郎在北海道的荒山野外，用一捧捧泥土，烧制出一只只陶笛，让它们浴火再造，涅槃重生，焕发出新的生机。这首乐曲因为一抔泥土的梦想，传遍世界各地。

相信你有一双隐形的翅膀，带你飞翔，飞过绝望，给你希望，给你坚强。所有的梦想都会开花，会恒久比天长，你的歌声一定会更加嘹亮。请带上你隐形的翅膀，给你想象。

我们无法选择命运，但是我们可以选择思想。我们无法改变先天的弱小和卑微，但是有了思想，可以让我们的内心变得强大。

易芬，说了以上这些，都是为了不让你离开我。当然，我更需要你，我已经离不开你。你是我的解药，你能治愈我。

请你跟我联系，我会很快出现在你的身边。其他事，我们见面再详谈。

易芬，我爱你！拥抱你！

苍桑写于三月十六日

年后的四月份，是琴行生意比较淡的季节。那是中旬的一个星期三，一上班，孔老板对苍桑说，今天你跟我出去一趟。孔老板与苍桑一起将店里的活计交代了一下，留下几个店员看店，苍桑跟着孔老板上了他的"帕萨特"。

那时候，由于业务量的扩大，孔老板把隔壁一家经营不善的文具店也盘了下来，把二楼改造为琴房，把三楼改造成一个小的演艺厅，又重新装修，扩大了店面，从外面看起来显得颇有规模和实力。

随着经营规模的扩大，店里的工作人员也多了起来，并且还进行了专业分工，经营人员主要负责销售，教学人员主要负责授课。随着教学人员的增加，琴行又成立了一个教育培训部，并让苍桑当教育培训部主任，完全负责培训那一块。孔老板虽然负责全盘工作，由于对培训那一块不是太懂，基本上是由苍桑来负责。孔老板本人重点是抓经营销售那一块。

孔老板自己开车拉着苍桑，一边聊天，一边出了边防检查站。

"今天我们去龙岗新区看看，我想考察一下，准备在那边开一家分店。"

"是否论证过？"苍桑兴趣盎然地问道。

"我这不是今天找你一起来论证吗？"孔经理说，言语里透着对苍桑的信任。

"哦，我还真没想过这种事情。"苍桑感到有些突然地说道。

"我已经留意了很长时间了，那边一家琴行也没有，位置离市中心又比较远，我看很好。"孔老板一边开车一边说，"如果真的开起来，我打算让你来当店长。"

"谢谢您的信任！我会努力工作的。"苍桑有点受宠若惊。

"如果这家分店经营成功，再积累一些经验，我们可以把这种经营模式在其他地方复制，说不定几年之后，我们就能发展成具有几十家或上百家门店的连锁集团呢。"

孔老板侃侃而谈，很显然，他对这件事已经做了深入的考察，绝不是拍拍脑袋一时做的决定。

"我也信心十足，到时候我起码是个艺术总监或者运营经理之类的吧。"

"你至少是个副总裁啦。并且还会持有公司的股份啦。"孔老板用他那带有粤语的腔调朗声地说着，"到时候，我们要用现代企业制度管理运营，这个公司就不是我一个人的了。"

"您很有眼光啊！"苍桑赞叹道。

"只有大家共同努力，面包才能做大，只靠个体户的思维是不行的。"

"您完全具备一个大企业领导人的资格。"

"很多大企业也是从小生意做起来的。起步的时候，老板很重要。"孔老板按了一下喇叭，又补充道，"我觉得吧，钱是挣出来的，不是省出来的。老板不能光想着如何在员工身上省钱，这样会不长久，很多有前途的小公司就是这样死掉的。"

"我碰到您这样的老板，还是非常幸运的。"

"我不是那种苛刻的小老板吧？"孔老板看了苍桑一眼，笑着说。

"不是不是，我感到我们前途一片光明。"

他们这样一路畅想着，不知不觉中就到了龙岗区的龙岗新城。

孔老板和苍桑开车转了一上午，跑遍了每一条街道。凡是有开店意向的地段，他们都下车转转，看看有没有出租的房子，租金是多少，客流量怎么样，一一详细了解。

那个时候，由于受海外经济不景气的影响，珠江三角洲地区的房价一落千丈。许多建好的楼盘，都挂着大幅的广告：首付五万元，月供一千八百八十八元，您在深圳安个家。

"如果咱们这个店开起来，你在这里买套房子安个家，也是个不错的选择哈。"孔老板指着一个很漂亮的楼盘对苍桑说。

"的确很好，这里的房子确实漂亮，都是花园洋房，建筑密度也不大。"

苍桑有些心动。毕竟自己手里已经有了几万块钱，现在每个月的收入也在一万元左右，况且自己的学生还在增加，未来的预期收入肯定还要涨，在这里安个家是件很轻松的事。如果在家乡的话，月收入三千块钱都是高工资了。

"留在这里吧，毕竟是经济特区，机会多。"

"行，就听你的，留在这里发展了。"

"赚钱嘛，还是要到钱多的地方。到那些穷山沟沟里，你就是拿着刀子挨家挨户地去抢，也抢不了多少钱。"

"哈哈，你说得对。"苍桑感到会做生意的人，真的是有一套。

"那就这么定了，明天让我太太给你介绍个女朋友哈。"孔老板半开玩笑半认真地说着。

"女朋友先不要介绍吧，我想最近回家一趟，回来再说。"

听苍桑这样说，孔经理转头看了苍桑一眼。

"你是不是在家里已经有了女朋友？"

"嗯，是的。我想回家动员一下，让她跟我一起来这里，在这附近的电子厂啊什么的找个工作，我们就在这里安家，死心塌地地工作了。"

"她也懂音乐吗？"

"她也懂，不过不懂乐器，是学唱歌的。"

"在我们店做销售怎么样？"

"你是说，我们俩在一起工作？"

"对啊，这样不是更好吗？"

"我原先也有过这种想法，怕你不愿意，所以就没好意思说出口。"

"这有什么不好意思的，两个人在一块，才更能安心工作吗！"

"哇，太好了！谢谢你啊老板！真是太谢谢你了。"

苍桑想着，如果易芬能与我一起在这里工作，我们就买一套新房，在这里安家。一起上班，一起下班，就住在附近的花园洋房里。回到家里我们就过起二人世界，天天相伴，真是太美满了。

"那你什么时候能把这个事定下来？"孔老板问苍桑。

"我正想过段时间跟你说呢。"

"越快越好。"孔老板认真地说，"最好这个月定下来，我们五月份就装修店面，六月上旬，赶在暑假旺季之前，就把店开起来。你知道，我们六月份就开始进入旺季了。"

"那我下周就回去？"

"可以，尽早定下来。"孔老板开着车，稍稍思考一下，又补充道，"为了给你一点压力，回来的时候可以给你报销两个人的机票哈，如果是你一个人回来，那就只能给你报销硬座火车票了。"

"谢谢老板，我一定把易芬带过来。"

"易芬是谁？"

"我女朋友啊！"

"哦，好！"

回去之后，苍桑就准备回家，准备回去给易芬做工作，让她跟自己来深圳，两人在这里安家、工作，过自己想要的生活。

4

飞机从广州白云机场起飞，只一会儿的工夫便飞到了云层之上。

漂亮的空姐穿着制服，从过道上款款走来。到苍桑身边时，苍桑很绅士地对她说，来杯温开水。空姐微微一笑：好的先生，请稍等。

苍桑接过空姐递过来的杯子，放在面前的折叠桌上。杯子里的水非常平稳，与放在他家茶几上没什么两样。

苍桑转过头去，舷窗外面是蔚蓝的天空，无边无际，一尘不染。下面是朵朵祥云，静静地浮在脚下。真是让人赞叹的景色啊。

苍桑的心像飞机一样，在一尘不染的思绪里翱翔，脑海里又浮现出易芬的形象。他在心里描绘着属于两个人的幸福蓝图，把易芬接到深圳，买房安家过日子。此时此刻，苍桑对未来充满了无限期待。

飞机在淮海机场降落。当苍桑左手扶着悬梯，右手拿着手机，肩上斜背着行李包，站在电梯上缓缓降落到大厅的时候，他的心里有着一种从未有过的成就感。他在心里默默地呼喊：易芬，我来了！

从机场回到家里，已经是子夜时分了。休息一晚，第二天上午，苍桑便去找易芬。出门时，他听到母亲在后面念叨：这一年不回家，回来一趟还没坐热板凳呢，又走了。

到淮海大饭店的时候，小丽和小徐刚刚上班。见到苍桑，小丽有些欢呼雀跃，说了许多想念的话，回忆了当年他们一起工作的情景，还说到现在餐厅的日趋萧条。

"现在生意很不好，与你们在这里的时候相比，简直天上地下。"

"能够维持着就很好。"

"现在只剩我们两个不死不活地撑着，涨工资就别想了。"

小丽这样诉说着。苍桑看到旁边还坐着一个女孩，大概就是小丽说的另一个歌手了。

"她们呢？"苍桑问道。

"你说的她们是指谁？"小丽有些疑惑地说。

"菲菲和易芬啊。"

"菲菲在你走后没多久就不干了，这边老是不给涨工资，菲菲就和阿洪出去'走穴'了，赚钱肯定比这边要多。"

"那易芬呢？"苍桑有点急不可耐地问小丽。

"易芬也早就不在这里了啊？"小丽有点疑惑，"难道你不知道？"

"这两年我就春节回来了一次，来找你们呢，你们都放假回家了。"

"我以为你们……"小丽有些欲言又止，"我还以为你什么都很清楚呢。"

"易芬现在在哪里？"

"我也不知道。自从她搬走之后，就没跟我联系过。"

"哦，难道……"苍桑想不到现在的情况会有天翻地覆的变化。

"易芬挣大钱去了。这里，她已经看不上眼了。"音响师小徐对苍桑说。说完，似乎另有所指地笑笑。

"你说什么？"苍桑感觉有点不对劲，"你刚才什么意思？"

"没什么意思，就是嫌这里给的钱太少呗。"

"你告诉我，她去哪里了？"

"我告诉你还有啥用啊！"小徐似乎停顿一下，"她已经……已经……沦落风尘了。"

"你说什么？"

"好像是被一个老男人给包养了。"

苍桑一把抓住小徐胸口的衣服，急吼道："你敢胡说八道……看我不把你的头打扁！"

小丽看到势头不对，赶紧跑上前来，抓住苍桑的胳膊："苍桑大哥，你听我说，易芬的事我都知道，我告诉你好了。"

苍桑松开小徐，平复了一下心情。小丽搬了一个凳子让苍桑先坐下，然后，她大体上给苍桑讲述了易芬的事：

"那还是去年，有一个客人经常来吃饭。每次来都要点易芬唱歌，并且一点就是连着唱几首。一来二去两个人就熟悉了。那个人有四五十岁，好像是个大老板，看样子比较有钱，每次来都是开着很好的车。我也认识那个人，起码见过几次。他给我的印象也是很端正的一个人，斯斯文文的，很有礼貌，并不张扬，不像是很社会的那种。

"后来，有人看见，那个人在包间里一次就给了易芬很多小费，易芬也没有拒绝。再后来，那个人来接易芬出去过几次。究竟是去哪里，干了什么，易芬也没有告诉我们。

"后来突然有一天，易芬说，她不在这里干了。我问她去哪里？她说，回家。从此她就再没有来过这里，我们也断了联系。不过，好像易芬并没有回家，她还留在本地，这个应该是可以肯定的。听别人说，曾经在'地中海'酒吧见过她，看到她在包厢里陪人喝酒。我也纳闷，难道她去干陪酒了吗？干那个虽然挣钱多，但是，那些客人也不是省油的灯。他们花钱买醉，总是认为花的钱要值得才行。也有人说，易芬在那里唱歌，当驻唱歌手。还有传言说得比较难听，说易芬被什么大款给包养了，还说得有鼻子有眼的。当然，这些都是听说的。我不相信易芬是那样的人，我认为易芬不会干陪酒那样的事。"

"你见过她吗？"苍桑问小丽。

"自从她走后，我只见过她一次。那是在街上偶然碰到的，她跟我简单打了个招呼，就匆匆忙忙地走了。好像她遇到什么棘手的事了，我问她出什么事了，她却闭口不谈。"

"她与那个人在一起吗？"

"嗯……是的，我看到他们在一起。"小丽迟疑了一下，"但也不能确定就是那个人，因为在人群中，看不清。"

听小丽说完，苍桑沉默了一会儿。然后，他猛地站起来，问小丽道："是在'地中海'酒吧吗？"

"是的。"小丽有点不知所措，"怎么？你要去找她吗？"

"是的，我要去找她。"苍桑语气很坚定。

苍桑起身离开。小丽有些不知道如何是好地看着苍桑向外走。

"苍桑大哥，易芬也不一定是在那里干陪酒，也可能就是和朋友一起喝酒呢。"

苍桑没有回答小丽。他想，无论是什么，都要先找到易芬。

苍桑听到小徐在后面大声喊："苍桑大哥，我劝你一句，天要下雨，娘要嫁人，就随她去吧，别找了。"

苍桑没有回头，径直走出那道玻璃门。

"地中海"酒吧在被称为酒吧一条街的中间地带。酒吧街一面沿河，一面沿街，其间分布着一二十家酒吧。"地中海"酒吧算是规模较大的一家，有上下两层，有舞台的那一端，上下相通，类似于音乐厅的布局，看样子像是个老剧院改造的。

一进门，苍桑就听到有个歌手在演唱《怒放的生命》。只见他怀抱一把吉他，自弹自唱。唱得不错，音响效果也挺好。

看看下面，所有的位置都坐满了人，苍桑就悄悄地上了二楼。二楼人不多，客人坐得稀稀拉拉。苍桑就拣了一个人少的地方坐下。

苍桑坐在那里一边喝酒，一边听歌，一边不时地向脚下的舞台看去。他希望能看到易芬出现，听到那久违的声音。然而，歌手换了几个，却都没有看到易芬的身影。

易芬到底在不在这里工作？她究竟是在这里唱歌，还是在这里陪酒？苍桑的大脑一片混乱。他按捺不住想见易芬的冲动，就跑到吧台去打听。他试着向吧台里一个年龄稍长，好像是负责人的女士问道："我想跟你打听个人。"

"什么人？"

"在你们这里工作的，是位驻唱女歌手。"

"她叫什么名字啊？"

"陶易芬。"

女士想了一会儿说："没有这个人。"

"你敢确定？"

"我敢确定，反正现在没有这个人。"

"以前有这个人吗？"

那位女士又努力地想想，摇着头说："好像也没有这个人。"

看来易芬没有在这里当过驻唱歌手。她是在这里做什么呢，难道是传说中的陪酒？

"咱们这里有没有陪酒的？"苍桑试着问了那位女士。

"没有。"那位女士很干脆地答道。

陪酒应该不是酒吧里的一种职业，陪酒的都是年轻女孩，她们都生活在一种边缘地带。在这种场所，陪酒往往是灰色交易的另一种称谓。苍桑在纠结着，或许这里真的没有陪酒女，即使是这样，易芬也一定是有了男人，她是陪着那个男人来喝酒的。想到这里，苍桑心里更烦。

苍桑重新回到桌边坐下。在台上歌手演唱的空当，他一边喝酒，一边感到无聊。看到对过的桌上，有一个女孩，也是一个人在无聊地喝酒。他忽然觉察到，一个晚上，她都是一个人坐在那里。

苍桑看看她，她也看看苍桑。苍桑向她报以微笑，她也向苍桑回以微笑。苍桑向她挥挥手，她竟然端着酒杯向苍桑这边走来。

"这里没人吧？"她指着苍桑对面的座位说。

"没人，请坐吧。"苍桑礼貌地伸手做了一个示意。

"一个人来的？"她坐下后，看着苍桑说。

"是的。"

"我也是一个人来的。"她的脸上露出一丝微笑。

女孩穿着白色短裙，没施粉黛，皮肤白皙，一头乌发如瀑布般披散在身后。也许是她没有浓妆艳抹，才让苍桑看着比较舒服。

"你好像有什么烦心的事？"

"你怎么能看出来？"苍桑不以为然地说。

"因为到这里来喝酒的无非是两种人，一种是来解闷的，一种是来消磨时间的。"

"我是来等人的。"

"我在这里会不会耽误你啊？"女孩端着酒杯摆出一副要走的架势。

"不会。我等的人不知道我在这里等她。"

"哦……你是一个人跑到这里来消磨时间解闷的。"她好像发现了秘密似的，指着苍桑说。

"你呢？"

"失恋了。"

"所以，就跑到这里喝酒来了。"

"与你一样，彼此彼此。"

苍桑与女孩随意地聊着，很有那种"同是天涯沦落人，相逢何必曾相识"的感觉。在昏暗的灯光下,女孩显得温柔可爱。她不时地会两眼注视着苍桑,她的眼睛竟是那么的清澈,那么的单纯。

苍桑向服务生又要来一瓶红酒,并告诉服务生,今天晚上这位小姐的消费都由我来埋单。

"你被男朋友甩了?"

"没有。"

"那是怎么了?"

"他脚踏两只船,被我撞见了。"

"你要离开他?"

"我是这么想的。"

"这么好的女孩,他都不珍惜,以后让他后悔。"

"可我很纠结。"

"那就原谅他。"

"以后他再犯怎么办?"

苍桑不知如何安慰她了。人们常说:严以律己,宽以待人。意思是对人要宽容。无论东西方的先哲圣贤,还是宗教流派,都在教化人们尽可能多地原谅别人,并把宽容看作一种美德。但苍桑认为,宽容应该有针对性,并且有原则,否则会变成纵容。苍桑这样思忖着,就想到了那个小故事:

传说有个小和尚经常犯错误。第一次做错事时,师父原谅了他,并告诉他下不为例;第二次又做错了事,师父又原谅了他,并告诉他不许再犯;第三次他又做错了事,师父又原谅了他,并且告诉他事不过三。直到一天,小和尚因弄火不小心点燃了整个寺庙,他师父因此葬身火海。

小和尚之所以一而再、再而三地犯错误,就是因为每次师父都会原谅他。如果他第一次犯错就得到应有的惩罚,第二次犯错加倍惩罚，绝不姑息，甚至面壁思过，或撵出寺庙，老和尚也不会有火光之灾了。

纵容别人的错误，就是对自己犯罪。

"不要原谅别人的错误。"
"对，不能让别人的错误来折磨自己。"
女孩说着，端起酒杯。苍桑看到她的脸上有了一丝欣慰。他们碰了一下，一饮而尽。
"你呢，大哥？"
"我是被女朋友甩了。"
"她又找了一个比你好的？"
"她又找了一个比我老的，大她二三十岁，比我有钱。"
"哦，这种太普遍。"女孩说，"你要离开她。"
"为什么？"
"这么好的男人，她都不珍惜，以后让她后悔。"
"对，不能让别人的错误来折磨我。"
"干杯！"
"来，干杯！"
他们很快就把那瓶红酒喝完了。苍桑感到喝红酒不尽兴，就让服务生拿来一打啤酒。
"啤酒要打开吗？"
"开吧。"
她就打开两瓶啤酒，她拿一瓶，递给苍桑一瓶，二人各自对着瓶子喝起来。
她怔怔地看看苍桑。
"有什么奇怪的吗？"苍桑说。
"没有。"她稍稍沉默，好像思考了一下，"还是有点不一样。"

"哪里不一样？"

"原来陌生人之间也可以这么敞开心扉。"

"相逢何必曾相识。"

"是啊，我们算同病相怜吧。"

"萍水相逢，谁悲失路之人？"

"他对我总是遮遮掩掩，让我认为世上的男人都是虚情假意呢。"

苍桑对她的坦诚还是感到由衷的喜欢。

此时，苍桑的心中生出无限温柔，这一刻自己对身旁的女孩产生了无限的爱意。或许在这灯红酒绿的娱乐场所不要谈感情，不要说爱，那样会显得很虚伪，然而，此时此刻自己确实对女孩有一种爱意的冲动。自己也不知道这种冲动究竟是动物性的还是人性的。爱的冲动，应该是真实而短暂的，或许明天在街上再碰到这个女孩时，会变成陌生人擦肩而过呢。

苍桑想象着易芬是否与她一样，坐在这种包厢里陪人喝酒。说不定她就在这个包厢的这个位置坐过呢。今天自己坐在这里花钱买醉，或许就是对易芬的一种报复。

音乐响起，又有一位歌手开始演唱。

苍桑收回了思绪。看看身边的白裙女孩，他拿起酒瓶。

"喝酒。"

"好，喝酒。"

"再开啤酒。"

"还能喝吗？大哥，我看你不能再喝了。"

"今天一醉方休。"

"大哥，你喝醉了。"

"我没醉，今天我的女朋友去陪别人喝酒了，你就陪我。一会儿，我们到对面去唱歌，你继续陪我。"

苍桑站起来，跟跟跄跄地向外走，突然他感到头重脚轻，便把一只胳膊搭在女孩的肩膀上。女孩一边支撑着苍桑，一边说："大哥，还能去唱歌吗？要不我扶你到外面坐一下。"

苍桑说："也行，休息一会儿再去。"

苍桑想从走廊尽头的侧门出去，让自己冷静一下。四瓶啤酒是能把他放倒的，可今天他感觉还算清醒，只是头有些微微地疼。

苍桑趴在女孩的肩上，摇摇晃晃地向外走，在走廊拐角处，突然迎面走来一个人。苍桑抬头一看，怎么这么眼熟。瞪大眼睛再看，竟是易芬。易芬也愣在那里，惊讶地看着苍桑。两人站在那里对视了几秒钟。易芬突然转身就走。苍桑大喝一声："站住！"

易芬就停住脚步，站在那里，一动不动。苍桑走到她面前，上下打量着她，意味深长地说了一句："易芬啊！"

易芬一言不发，眼睛盯着地上，垂落的长发遮住了她的半张脸。她沉默了几秒钟，突然夺路而走，与苍桑擦肩而过。

苍桑紧走几步，追上易芬，一把抓住易芬的胳膊，连扯带拽，牵着易芬跟跟跄跄地走到门外。

易芬垂着眼帘一言不发。苍桑站在对面，盯着易芬打量了好长时间。然后用嘲讽的口吻说："真想不到，我们两个会在这个地方碰面！"

易芬仍然一言不发，像个被罚站的小学生。

"刚才，是不是你在某个包厢里，靠在某个男人的怀里，小鸟依人般地在陪酒啊？今天，我也来消费一把。刚才你也看到了。不就是钱吗？"苍桑开始冷嘲热讽，同时伸手从口袋里掏出一把钞票，像玩扑克牌一样捻开，对着易芬在空中晃了晃，"我今天可是来消费的哈，有钱了嘛！"

易芬缓缓地抬起脸，两只眼睛直直地盯着苍桑，仍旧一言不发。

苍桑开始愤怒了，他感到易芬的两只眼睛里射出了两团火，把他的脸烧灼得疼痛难忍。那两道目光又像是两把刀子，划开他的皮肤，穿过骨头缝隙，直插他的心脏。然后，从心脏开始向外滴血。他感到易芬在向自己挑战，在蔑视自己。苍桑感到忍无可忍，对着易芬大叫："为什么？为什么会走到这一步？你告诉我？"

易芬沉默了片刻，平静地说道："不为什么，这就是我的生活。"

"无耻！你甘愿堕落吗？"

"苍桑……"

"你喊我啥，认错人了吧！"

"你喝多了。"

"是啊，我就是来花钱买醉的。现在我有钱了，钱就是爹，钱就是他妈的王八蛋！你是来挣钱的，我是来消费的。钱能把我们组合在一起，一个买，一个卖，钱真是他娘的好东西！"

"你能听我讲完好吗？无论如何你得让我说话吧。"易芬带着恳求的语气，"我知道你现在的心情，你真的是误会我了，你这样对我来说就是一种侮辱。我希望你能尊重我！"

"胡言乱语！你要我尊重你什么？尊重你现在的生活？尊重你现在的所作所为？"

"我知道，你肯定是听了什么风言风语。但是，我告诉你，我是有自尊的。"

"简直不知廉耻！"

"你喝多了，我们今天没法谈了，明天上午我去宿舍找你。"

易芬说完，就要夺路而走。苍桑一把抓住她，大喊大叫："今天，我要花钱让你陪我喝酒！"

"啪"的一声，易芬的手重重地打在了苍桑的脸上。苍桑感到耳朵轰鸣，眼冒金星。

易芬转身而去，头也没回。

"你简直不可救药了！"苍桑怒不可遏，转身一拳打在身后的墙上，手上顿时血肉模糊。

5

自从与易芬在"地中海"酒吧大闹一次之后，苍桑一直住在自己的那间宿舍小屋里。由于手受伤，他不敢回家，害怕被家人发现，怕他们为自己担心。苍桑打电话告诉母亲自己之所以急着从深圳回来，就是因为接到学校的通知，要回学校参加考试，考试不及格，就拿不到毕业证。因为关系到他的前途，现在哪里都不敢去，只能天天趴在宿舍里复习。所以，可能这一两周都不能回家了。

第二天，苍桑在宿舍养伤的时候，心里就盼着易芬能够出现。虽然易芬做得有些过分，并且实际上两人也相互伤害了对方，但是，苍桑对易芬还是割舍不下，毕竟有过很长时间的感情基础，他还是盼望着两人能够破镜重圆。可是，苍桑一连等了几天，都没有看到易芬的影子。

那时候，他们都倔强。你不找我，我也不找你，反正是你有错在先。苍桑就是这样想的。关于易芬的那些传言，苍桑也开始半信半疑，这件事对他是一个极大的打击。苍桑天天躺在床上，思来想去，反复思虑：即使易芬真的与一个老男人苟合了，只要是易芬能够坦诚地向自己认个错，自己是能够原谅易芬的。现在让人气愤的是，这些传言不仅有板有眼，而且易芬还极力地在遮掩这件事情，根本不跟自己沟通。这就说明自己与易芬两个人之间，已经有了巨大的隔阂，自己却还不知道真相如何，真是悲哀。

苍桑在宿舍里住了一周，伤好拆掉手上缠着的纱布之后，他就回家了。回到家里，看到母亲愁眉苦脸，唉声叹气，苍桑以为她知道了自己的事。一问才知道，是母亲工作没了，她所在的那个食品公司破产了。唉，真是祸不单行。也就是说母亲从此就不用上班了，当然也没有工资了。

没工作这样的事情，对于一个家庭来说，简直就相当于地震。一开始母亲不能接受，毕竟工作了大半辈子，临退休了，却失去了工作和收入。无论对家庭的经济状况还是父母心理，都是很大的打击。那几天，苍桑天天陪着母亲，尽量给她一些安慰。他认为自己已经有了挣钱的能力了，这件事也不必太揪心。

由于与易芬闹别扭，二人居然打起了冷战。同时，苍桑也想干脆趁此机会陪伴母亲一段时间。苍桑便给深圳的孔老板打电话说，由于家中出现了一点意外，暂时不能返回深圳，由此给公司造成了损失，自己深表歉意！同时，对于您之前给我的诸多关照，甚是感谢！他日若能返回公司效劳，定当不遗余力。

苍桑措辞委婉，富有感情，除了感到确实对不住孔老板的一片热情和信任外，他也想给自己留一条后路。

苍桑闲在家里，没事就看看书，弹弹吉他。母亲每天也在家里，擦拭一下这里，拾掇一下那里。她不能闲下来，闲下来就会胡思乱想。

家里有一台老式的脚踏缝纫机，母亲把它找出来，擦拭得铮亮。她年轻的时候曾经做过衣服。那时候，生活好的人家都会拥有自行车、手表、缝纫机，算是当时家庭的"三大件"。没事的时候，母亲就用这台缝纫机，缝缝补补，做个手提袋之类的。

有一天，母亲拿着一件坏了的雨衣说，这雨衣用又不能用，扔了又可惜。苍桑走过去看了看，发现就是上面划开了一道口子，其他地方都没损坏。他就跟母亲说，要不你把它给我改成一个吉他包吧，我那个包的布料不防水，这个雨衣布料防水。

玲珑送苍桑的那把吉他，带有一个很好的盒子。为了携带方便，苍桑又买了一个棉布的吉他包，但是棉布不防水，雨衣布是防水的。还有，苍桑也想给母亲找点事情做，让她转移一下突然没工作在家的心理不适。

母亲高兴地拿出她存放了很多年的一把裁缝剪子、软尺、扁的划粉，又拿着那个棉布的吉他包，前后调转地把看、比量。然后又找来一个大的纸板箱，拆开，做成样板。之后才小心翼翼地剪裁，缝合。

忙了整整一天，终于做成了。装上试试，感到有些歪歪扭扭，并不那么好看。于是，她拆掉重新返工。第二次做好，装上试试，感到还是有些倾斜。于是又一次拆开再做。一连返工了三次，直到第二天，才算成功。

"简直和琴行里卖的一模一样。"

苍桑望着已经套在吉他上母亲的杰作，发出由衷的赞叹。母亲脸上露出这些天少有的笑容。

苍桑突然想到,在琴行工作的时候,这样的吉他包都要花费几十几百元来进货。如果大批地制作,销售给这些商家,或许是一个很好的生意。

想到就做,在之后的几天里,苍桑开始了紧锣密鼓的调研。他先是跑遍本市所有的琴行,通过打探和攀谈,了解这个边缘市场的大小。其次又跑到批发市场里,寻找布料和包边、提手、拉链等辅料。

通过几天的调研,苍桑得出结论:这个生意确实可做。虽然算是个小众市场,整体容量不大,但是利润丰厚,竞争不强,全国知道的只有两三家在做,一般人都不会注意到还有这么个边缘市场。市场是有的,前途是很好的,难题是在本地的市场上,除了拉链随处可见,其他的布料和辅料一概买不到。

一刻也不停留,苍桑坐车到了临沂批发大市场,这里是全国有名的商品集散地。他跑了整整一天,除了能买到部分辅料,制造箱包最主要的布料却买不到。

第二天,苍桑又辗转到江苏常熟,这里有著名的服装批发市场。商家的布料堆积如山,但都是做衣服的,做箱包的布料,却找不到。

接着苍桑又到了浙江义乌,他一路上寻思着,在这个全国最大的小商品市场上应该能够找到。苍桑在义乌小商品市场上转了两天,仍然没有找到。不过一个卖箱包的老板告诉苍桑,你可以到河北白沟去看看,那里应该什么都有。

苍桑又马不停蹄地坐车北上,在长途卧铺汽车上颠簸了一天一夜,黎明时分到达河北省白沟镇。果然,白沟不愧是全国最大的箱包生产和批发基地,各种材料和配件堆积如山,应有尽有。苍桑在这个全国最大的箱包批发市场上转了两天,按比例买了部分布料和辅料,乘坐长途汽车又经过一夜的颠簸,第二天早上回到了家。

回到家里,苍桑就和母亲一起开始试着生产制作。打样子、剪裁、缝合,忙得不亦乐乎。经过两周的忙碌,终于生产出五个品种的十个样品。

苍桑背着这十个样品，走遍了本地和周边的二十多个城市，历时一个月。每到一处，就租一辆黄包车，去拜访这个城市所有的琴行的经理，一家一家地去推销这些产品。

由于苍桑的产品价格低，又能送货上门，且货到付款，这让商家没有任何风险，打消了商家的顾虑。首次推销之后，居然接到了三千多份订单。这让苍桑喜出望外。

拿到订单之后，回到家里，苍桑拿出在深圳积累的十万元钱做本钱，在郊区租了一栋民房，购置了十台机器，其中包括八台电动缝纫机，一台电动裁剪机，一台电动锁边机。苍桑又到本市已经破产的服装厂，招了八个下岗的机工。只用了十来天，苍桑的小工厂开始初见端倪。

第二个月，苍桑又招了一个业务员和一个剪裁工。业务员负责跑单、送货、回款，有时也去采购原材料。剪裁工负责下料、剪裁、质量检验、产品打包等。苍桑负责全盘的运营监管。那时候，他母亲就不再参与生产上的事情，只负责每天给这些工人做两顿饭。

第三个月，由于有业务员专职跑业务，订单开始增多。苍桑从破产的市服装厂里，又招了八个下岗的工人。苍桑把工人分成两班，从早上六点到晚上十点，两班人马倒班干，机器不停，歇人不歇"马"。这样既增加了产量，又节省了投资。

短短半年时间，苍桑的小厂已经达到拥有二十个工人的规模。苍桑为厂子起了一个响亮的名字，就叫大梁乐器厂。用上自己的姓氏，更显个性，有点国外那种百年老店的意思。苍桑还跑到工商部门把厂子注册成私营企业，并注册了"行吟诗人"和"流浪艺人"两个商标。苍桑已经是个彻头彻尾的小老板了。

由于苍桑思维活跃，凡是一次性购买二百个乐器包以上者，或者是累计购买乐器包三百个以上的客户，均可以根据客户的要求，为客户制作一个丝网印刷版，在包上印上客户的名称和电话。这些乐器包基本上是客户在销售乐器的时候随着乐器赠送出去的，在使用的时候，无疑是给客户打了广告。这一项附加的内容极大地吸引了客户，导致苍桑的客户大增。对于苍桑来说，虽然成本上增加了一点点，但是销量却有了更大的增长。

苍桑对未来充满着无限憧憬。

6

很快又到秋天了。

那是中秋节的第二天，苍桑接到一个客户的电话，对方自称是某省某市百货站文体乐器公司的经理，要采购一批乐器箱包，先下一部分订单，看看产品质量如何。并发来了传真，写着采购的数量，上面盖着公章：蒲江市百货站文体乐器公司。

苍桑看了一下，总额是四千多块钱的产品，就按地址发货过去。没过几天，对方一个叫江山的经理打来电话说，货已收到，质量很满意，并要了工厂的对公银行账户。没过几天，就把货款如数打了过来。

又过了几天，对方又打来电话，说再下一批订单，并且用传真发了过来。苍桑一看对方订了六万多块钱的货，既惊喜，又感到隐隐的一种压力。为了稳妥起见，苍桑准备生产出来，专人押着车去送货。并且跟对方讲好了，一手交钱一手交货。

过了七八天，对方打来电话，询问货准备得怎么样了？苍桑说已经做好三分之二了。对方说先把做好的发来，客户要得急。

苍桑说："钱怎么办？"

对方说："你下次来送剩下那批货的时候，我就一起给你结了。如果你不放心呢，这批货到了之后，我先给你汇过去一部分也可以。"

苍桑考虑再三，决定用火车给他发过去。因为火车托运在提货的时候，需要提供单位介绍信和提货人的身份证复印件，这样更保险一些。

第一批货发走之后，苍桑就紧锣密鼓地赶制剩下的那一部分，等把尾单也做出来，苍桑亲自带着货到了蒲江。

苍桑风尘仆仆地赶到对方的公司，对方业务人员先是收了货，连上次的一并给打了欠条。苍桑说,这笔款什么时候付?对方说,明天让经理告诉你。

第二天,苍桑到了对方公司,那个叫江山的经理热情接待了苍桑,并领着苍桑参观了一下公司,还专门去了仓库,看了一下堆积如山的货物。江山还介绍说,他们是做出口贸易的,每月需要从苍桑这里采购几万块钱的产品。为了保证产品质量,结算方式采用押一结一的方式,即始终押着一批货款,下个月再把上个月的货款结清。这种方式也是当时很多公司在使用的方式。为了每个月都能获得固定订单,虽然有一定风险,但苍桑还是跟他们签了供货合同。

这样仅仅运作了几个月,厄运就降临了。

那天苍桑打电话过去催款,对方说,因为一点小情况,暂时付不了这笔款,何时付款,再等电话通知。

几天后,苍桑又打电话催款,对方说,你就再等两天吧。

苍桑感到事有蹊跷,于是就连夜坐车到了蒲江。发现对方公司里已经全部换了新面孔。一个负责人模样的人对苍桑说,原先承包公司业务的那帮人已经全部撤走了,并解除了承包合同。我们是昨天新来的公司,负责现在公司的业务运营,与前一个承包人没有任何联系和业务继承关系,当然,也不会承担他们的任何债务。前公司所有的债务由集团公司成立的清算小组在法院的指导下处理。

苍桑掏出电话,打给那个叫江山的经理,听到电话里传来对方已停机的声音。又找到清算小组,他们告诉苍桑,欠苍桑的近十万元货款,需要完成债务确认、资产清理、公开拍卖等环节后,才能进行债务偿还。从目前清理的状况看,能拿回的欠款不会超过百分之二十。苍桑明白,可能要栽在这里了。

一连几天,苍桑待在长江边上的一个小旅馆里。他常常面无表情,像雕塑一样枯坐到深夜。时而也站起来,在房间里徘徊,久久地徘徊。旅馆简陋的桌子上放着三个酒瓶,两个是空的,另一个还有半瓶酒。窗外是漆黑的夜，沉闷得深不见底。

小城就在长江边上，这里是当年赤壁大战的旧址。苍桑仿佛听到了江水的咆哮，看到了刀光火影。他甚至出现了一种幻觉，江面上燃起了熊熊大火，浓烟滚滚，火光冲天，把长江的水煮得沸腾不已。而自己则驾驶着一艘帆船，以最快的速度冲向火海，然后灰飞烟灭。想到这里，苍桑便有一种恣肆汪洋的快感。

从山东跑到这里，已经煎熬了七八天了。到这里是为了追货款。现在钱是要不回来了，发过去的货也不知所踪。最让人绝望的是对方的人也找不见。这个最大的客户曾经带给苍桑最大的希望，这个最大的希望现在变成了最大的灾难。将近十万块钱，那时的这一笔钱，在任何一个小城市里，都足够买一套房子了，现在全都化为乌有了。

苍桑从来没有如此绝望过，这是他有生以来栽的最大的跟斗，这笔钱毕竟不是一个小数目，让他有种倾家荡产的感觉。并且此事已不可逆转，也没有任何希望可以弥补。苍桑连死的心都有，他准备写好遗书就奔向江边，纵身跳下，一了百了。

就在苍桑孤立无助的时候，他的手机响了。苍桑无意接听，看也不想看一眼，就任其响着。他已经不在意任何事情了。人生还有什么是重要的，什么友谊、信誉、名利，别人对你的评价，全部他娘的见鬼去吧。电话响了一会儿，对方便挂掉了。

过了一会儿，电话又响起来。苍桑仍旧置之不理。在这深更半夜，除了恶鬼上门，还会有谁？"子夜荧荧，昏灯欲蕊。"自己已成了秋后的蚂蚱，经霜的寒雀，枯木上的知了。魑魅还来争光，魍魉仍来蹭暖。我在这奈何桥上徘徊，该如何了断？人生至此，亦足悲矣！

苍桑拿着酒瓶，在室内踱来踱去，亦醉亦醒，如梦如幻，好似穿越在阴阳两界。

又过了一会儿，电话铃声第三次响起来。苍桑大脑已经一片空白，他毫无意识地拿起电话，按下接听键。他听到一个熟悉的声音，一个久违了的声音。

打电话的是易芬,她跟苍桑说了什么,苍桑一句都不记得。他只记得她让他听一首歌。于是,话筒里传来几个摇滚歌手们演唱的那首《夜色》:

> 夜色正阑珊
> 微微荧光闪闪
> 一遍又一遍
> 轻轻把你呼唤
> 阵阵风声好像对我在叮咛
> 真情怎能忘记
> 你可记得对你许下的诺言
> 爱你情深意绵
> ……

易芬在电话那头一遍一遍地播放,苍桑在电话这头一遍一遍地倾听。易芬大概是用录音机播放的,他们就这样通着电话听歌。听了多少遍,也不知道。反正他们就这样听了整整一夜,一直到天明,苍桑已经筋疲力尽,昏昏沉沉地睡去。

第二天,苍桑没有死!他觉得世界上还有这么多美好的东西值得留恋;还有这么多善良的人,怎么忍心让他们也跟着伤心?还有关心自己的人,自己朝思暮想的人,他们还在人间,自己怎能独自离去,撒手人寰?还有更重要的是自己可以东山再起,需要更加努力地奋斗。那万丈的雄心,怎么可以消失?有易芬在身边,自己怎么可以走远?

那天晚上,易芬为什么要给苍桑打电话,并且让苍桑听这首歌?她是否知道苍桑在哪里?在干什么?是否知道苍桑正在生死的阴阳两界之间挣扎着?徘徊着?这些苍桑都不知道。易芬居然用电话陪着苍桑听了一夜的歌,究竟是偶然,还是有意而为之?踏破铁鞋,挖地三尺都没有找到的易芬，在苍桑最最绝望的时候却突然出现。难道易芬一直站在不远处，在注视着自己？自己的一举一动，都在易芬的视线之内？过后很多年，苍桑都没有问过她一次，但苍桑想过很多次，苍桑认为那是上天安排的，是让易芬来拯救自己的。

《夜色》最早是由邓丽君演唱的，他们听的是由"唐朝"和"黑豹"等几个摇滚乐队为了纪念邓丽君而翻唱的。苍桑过去并不喜欢听摇滚歌曲，而这首告别的摇滚，却成了他一生最最喜欢的歌曲。

每当人生失意时，苍桑总是听它，一遍一遍，不厌其烦。它给人信心、给人力量、给人温暖。无论苍凉、无论绝望，总能让你刚毅，让你坚强，让你藐视这些人生的沟沟坎坎。每当听到这首歌，他总能想起易芬。

人生总有一样东西会触动你的灵魂，一件事、一首歌、一本书……这首歌就是在苍桑灵魂里永远挥之不去的。

第十章　疯狂寻找

1

自从上次栽了跟头之后，苍桑在家里躺了半个月，虽然他不是个轻易能被打倒的人，但毕竟这件事对他的打击太大了。所幸半个月后，他的身体和精神都渐渐复原，便很想出去散散心，当然还有那克制不住想去见易芬的冲动。

卧床休养期间，他想了很多很多，有些东西应该放下，有些事情却需要珍惜。人一旦死去，这个世界纵使再美好、再繁华，都与自己无关了。自己煞费苦心追求的那些名利或许真的不是那么重要，最应珍惜的应该是与易芬的这份感情了。

那天，苍桑又去"地中海"酒吧去找易芬。当他到了总台去问，仍被告知没有这个人。

苍桑对总台那个服务员说："她确实在这里工作过，不久之前，我还在这里见过她。"

"现在确实没有这个人，也许就是临时工作几天，来实习的那些人里面，也没有这个名字。"那个服务员面无表情地说着。

易芬在这儿工作，会不会使用假名字呢？许多在娱乐场所工作的女孩子对外使用假名字也是家常便饭。想到这里，苍桑便向服务员大体描述了一下易芬的相貌和体态。这次她似乎用心想了一下，但还是告诉苍桑，没有这么个人。

从"地中海"出来，苍桑站在酒吧街上，望着这条霓虹闪烁的街道，琢磨着易芬也可能是在其他酒吧工作吧，便决定一家一家去找。他沿着这条街进入每一个酒吧，除了到总台去询问，还会在现场观看演出。他用了一周的时间，跑遍了所有的酒吧，仍然没有找到易芬。

在酒吧街寻找无果之后，苍桑又去找小丽和小徐。小丽告诉苍桑，她也有很长时间没有见过易芬了。小徐说，他倒是在街上偶然看到过易芬一次，只是离得很远，也没有打招呼，当时易芬并没有看到他，远远看去她好像有了很大的变化。具体怎么样的变化，他也没有说，只是像自言自语一样地说："找个大款嫁出去，也是个不错的选择嘛！"

从淮海大饭店出来，苍桑就给阿洪打电话。他觉得阿洪和菲菲认识的演艺圈的人较多，他们应该有些易芬的信息吧，至少知道她现在在哪里，该不会真找个大款结婚了吧？

遗憾的是，阿洪和菲菲那里也没有易芬的任何消息，他们也不知道易芬去了哪里。最后，阿洪意味深长地劝苍桑道："苍桑啊，不是你的，就别再苦苦寻找了，顺其自然吧。"

易芬仿佛人间蒸发了一样。

回到家里，苍桑告诉母亲，他要出去几天。然后到厂里把最近的工作都安排妥当，又特别交代业务员发货要谨慎，要做到现款现货，大额订单要与他沟通，有事随时给他打电话。

把一切都安排好，苍桑就找出易芬家的地址——河西省河东县七里沟乡八里洼村，又查看地图，设定好路线。之后他就到了长途汽车站，坐上了开往河西省的长途汽车。

汽车奔驰在黄河故道一望无际的黄土地上。这里也是著名的黄泛区，由于黄河泛滥，河水将周围地区变成一片汪洋，带来的泥沙将原地表掩埋、抬高。黄水退去，这里就成了一马平川的黄土平原。原来的村庄、道路，全都淹没在了这厚厚的黄土之下，我们今天已经找不到当年的那片土地了。

举目四望，偶尔也会看到一两个低山丘陵，耸立在地面上。这只是一些海拔不到两百米的小山，既不巍峨，也不陡峭，满山都是乱石与荒草，还有一些低矮的小树点缀其间。有些因开山采石又挖掉了一大块，周围还有几个孤立的小山头也不相连。再往远处看去，都是一望无际的黄土地，阡陌纵横，满目苍凉。

　　苍桑乘汽车走了四个小时到了关州，然后转车又走了两个小时，到达县城。在县城转中巴车又走了一个小时，到达乡政府驻地。从乡政府驻地他打了一辆面包车，直奔易芬家。

　　进了村子，苍桑便开始找人打听易芬家，一个推着独轮车的老乡说，老槐树后面那家就是，但可能已经搬走了。

　　到了门前一看，果然一把大锁锁着门，看样子很长时间没有人住了。从门缝往院里一看，三间瓦房门窗紧闭，满院荒草已经枯黄，在秋风中瑟瑟发抖，满眼的萧条败落。

　　看来易芬家真的已经搬走了，那该到哪里去找她呢，自己总不能现在就回去吧。苍桑忽然想到侯空，就是那个见过一面的，所谓的易芬的男朋友。虽然找他有点不合适，但现在苍桑已经顾不得那么多了。

　　苍桑在门口盘桓一阵，看到一个五十岁左右手提箩筐的妇女走来。他上前打招呼，向她询问有没有个叫侯空的人。那妇女摆摆手说道："我们村没有姓侯的。"然后慢慢走远了。

　　苍桑出了村，搭了一辆拖拉机到了乡驻地，坐上了最后一班去县城的车。

　　一路上，苍桑久久地沉默。想到易芬曾经在这条路上走过无数次，想象着易芬如何出了家门，告别父母时如何依依不舍，如何站在路边拦车，如何提着大大的行李箱在拥挤的人群中穿梭，如何独自度过漫长的旅途。苍桑的心中忽然生出许多歉意。

　　到了县城，天已经完全黑了下来。车站空荡荡的，偶尔从到站的班车上下来几个旅客，都是背着行李，脚步匆忙地急速离去。

车站很小，只有一个矮矮的候车厅，是一幢多年的老楼，到处灰蒙蒙的，显得破败不堪。苍桑想到易芬曾经无数次地在这里上车、下车、转车。或许就在这附近某个小店里吃过饭，或许就在门口这个售货亭里买过饮料，或许就拉着行李箱站在自己现在站着的地方等车。想到这些，苍桑忽然一阵激动，对这个地方充满了感情。

苍桑在车站附近的一个小饭店里吃了一碗烩面，感觉又香又甜。之后，他在车站对面的一个小旅馆里住下，房间在二楼，窗子正好对着车站。

放下行李，他在这个小县城里转悠了很长时间。想象着易芬曾经在这里上学、逛街，这里有她的很多同学。当年的那个易芬，一定非常青涩，因为家境不好，一定土里土气的。会不会在城里受欺负呢，会不会有男同学老是用眼睛打量她？

由于太想念易芬，竟然让苍桑一夜辗转难眠。第二天一早，他在想着，难道我就这样回去吗？脑子里突然又想到侯空，便想再去找侯空，不管他与易芬是什么关系，订婚也好，结婚也好，找到他，就能知道易芬的下落，或许就能找到易芬。

苍桑给小丽打电话，问她是否知道侯空家的详细地址。

"只听易芬说过他们住在同一个乡镇，反正不是很远的样子。"小丽告诉苍桑。

有了大致的方向，就有可能找到他。苍桑立即又坐车到了七里沟乡。在乡政府驻地，苍桑准备雇辆车换个村去找侯空。他和一辆停在街边的出租面包车司机谈价钱，司机说一小时五十块钱，苍桑说太贵了，司机说就这个价。苍桑感到面包车有点贵，就打了一辆不带篷子的机动三轮车。机动三轮车的噪音很大，跑起路来发动机发出"砰砰"的声音，在田野里回荡。

司机拉着苍桑，一个村一个村地转，把八里洼村周围的所有村庄都转了一遍，仍然没有找到侯空。后来司机在村子里找了一个熟人，打听这周围还有哪个村子有姓侯的。那个人说，离这儿十来里路有个山前村，那里倒是有几家姓侯的。于是在那个下午，苍桑总算是找到了侯空。

苍桑见到侯空时，他正在修剪果树。看到是苍桑来了，侯空从果树上下来，一边放下手中的工具一边擦着脸，憨厚地冲苍桑笑着，毕竟他们见过面。

苍桑直截了当地告诉他，自己是来找易芬的。侯空听了他的话感到很惊讶的样子，他不解地看着苍桑问："易芬不是和你在一起吗？"

苍桑听侯空这样说也感到很惊奇，不解地望着侯空说："我很长时间没有见到她了。"

苍桑原以为侯空一定知道易芬的情况，而侯空这边则认为易芬已经与苍桑结婚了，原来侯空也不知道易芬的下落。此刻的他们便有了一种同命相怜的感觉，忽然变得亲近起来。在那个下午，二人坐在果树下，侯空给苍桑讲起了易芬的身世：

易芬是个苦命的人。当年，她的母亲挺着大肚子来到这里，肚子里就怀着易芬。她的养父因为家里穷，人又老实，属于老实得有点窝囊的那种，到了很大岁数都没讨到老婆。在别人的撺掇下，易芬的母亲和她的养父就成了一家人。没过多久，易芬就出生了。易芬的母亲长得很标致，易芬也聪明漂亮。她的养父虽然是半路上"捡来"的这对母女，但是心里却非常满足。养父对易芬非常疼爱，对她母亲那个呵护劲儿，也是没得说的。

后来，易芬的母亲身体不好，有段时间常年卧床不起。易芬上初中的时候，经常请假在家照顾她母亲。为母亲看病花光了家中的积蓄，以致后来她养父走到哪里，别人家都躲着他走，生怕他向人家借钱。后来走投无路了，他又开始喝酒，还一喝就醉得不成样子。

一天，她养父来到我家里，看看我，就到屋里和我父亲商量，说如果我们家借给他家五万块钱，他就打算把易芬嫁给我，并且可以很快把亲事定下来，还说以后这五万块钱就当彩礼了。

我父亲见过易芬，我也见过她。我父亲问我是否愿意这门亲事。我说愿意。就这样把这件亲事定了下来。

后来，易芬长成大人了，也出落得更加漂亮，并且在你们那里工作。我知道易芬心里没有我，她几年才回来一次，回来也不找我。她的养父感觉过意不去，就撺着易芬到我们家里来过年。易芬拗不过只好来了，但每次都是和我妹妹住在一起，她从来没有到我那屋里去过，我们的手都没有碰到过一次。

我的年龄渐渐地大了，农村都结婚早。我父亲怕人财两空，就跑到易芬养父那里跟他商量结婚的事。易芬的养父就到你们那里去找她，回来之后，又鼓动着我去找她。我们去的时候你都见了。

后来易芬告诉我，她已经有了心上人，并且跟我说那个心上人就是你。我知道我配不上易芬，易芬要嫁给我也真是委屈她了。她应该嫁给你们这些长相白净又有文化的人，留在城里，过那种和我们不一样的日子。

有一天，易芬的父亲来我家，把那五万块钱还给了我父亲，并且还买了酒买了肉，说了很多感谢的话。临走还念叨，儿大不由娘，爹娘的话也不听了，现在的小孩都是自作主张。

过后我听他们村里人说，易芬家好像有钱了，说她在城里找了个有钱的对象。我一听就知道说的是你。从那时起我就对易芬彻底死了心。又过了没多久，我听说易芬的父母都搬走了，搬到城里去住了，具体是什么情况，我就不知道了。

从那时起，我们和易芬家就没有了联系。我一直以为她已经结婚了，肯定是嫁给你了。

听完侯空的讲述，苍桑感到一阵迷茫。易芬真的像一个谜一样，让苍桑找不到真相。但有一点是确定的，她已经有了男人，并且不是一般关系的男人，再联想到听说的那些传言，不由得让苍桑开始怀疑人生了。

2

自从苍桑找遍全城都未能见到易芬的影子，又辗转到了她的家里，也没有得到易芬的任何信息之后，苍桑便失去了与易芬的联系。从那之后，苍桑再也没有见上易芬的面。

易芬究竟去了哪里？她在做什么？过着怎样的生活？这些苍桑都不知道。或许她已经嫁人，嫁了个大款，过着物质富足的生活；或许就嫁给一个侯空那样的人，在某地或者就在她家乡的小镇上做点小生意，过着二亩地一头牛那种热汤热水的生活。

福无双至，祸不单行。那段时间，苍桑真是觉得喝凉水都塞牙。先是他创办的那个小厂仅仅过了一年的好日子，便开始走下坡路。主要原因有两个，第一个让人很惊奇，在短短一年内，周边居然冒出来几个相同的小厂，生产着同样的产品，质量也都差不多，但价格却比他们低了不少。苍桑的小厂利润大幅缩水，几乎挣不到什么钱，只能维持着运转。也许是技术含量不高的原因，小厂与小厂之间形成了恶性低价竞争。

第二个则完全是人为的原因。因为价格下降，便想方设法降低成本，开始采购一些价格低廉、质量不高的原材料和配件。比如拉链的拉头，一开始是五毛钱一个，后来变成了两毛五，再后来变成两毛、一毛五、八分，最后变成五分钱一个，那种拉头放在脚下一踩就可以踩扁。很多客户购买之后，用不了几天，就会把拉头拽掉。很多销售商开始收到货不付款，也有部分销售商开始退货。产品已经做出来了，返工的成本比新做一个还要高，只能以更低的价格甩卖，因此就陷入了恶性循环。苍桑的小厂只维持了一年半，便关门了。

自从苍桑寻找易芬未果，加上他苦心经营的那个小厂也被迫关闭，苍桑闲了下来，无事可干。那段时间，是苍桑最为苦闷、彷徨的日子。苍桑忽然感到，没事干闲着是极其难受的，比奔波劳累还要痛苦许多。

那天，苍桑又去了"地中海"酒吧。在最无聊郁闷的时候，苍桑就自然而然地想去酒吧，心想一来说不定在那里能碰到易芬，二来苍桑也有点想放松一下的念头。在那灯红酒绿、声色迷离的地方，花钱买醉，总能找到那种醉生梦死的感觉。那一刻，烦恼和痛苦都抛到九霄云外去了。

苍桑到了二楼，想找一个清静的地方坐下，可是今天好像人比较多，二楼也很少有空的位置。苍桑便找了一个角落坐下，一边喝酒，一边听着楼下的演唱，一边期望着能听到易芬的声音，或者看到易芬的身影。

苍桑坐在那里有一个多小时了，他感到有些无聊，准备离开。当苍桑站起来准备向外走的时候，忽然看到上次碰到的那个白裙女孩。白裙女孩在隔着几张桌子的位置正独自饮酒，苍桑迟疑了一下，径直向那个白裙女孩走过去。

"嗨！"

苍桑走到那个白裙女孩旁边，先打了招呼。白裙女孩看到是苍桑，脸上忽然露出了一些欣喜。

"哇，是你啊！"

"你怎么又一个人在这里喝酒呢？"苍桑说。

"你不是也一个人吗？"女孩反问道。

"我约的人还没来呢。"

"我约的人也没来呢。"女孩有些调皮地说，"反正你我都是一个人，现在你就坐下陪我好了。"

"我正准备要走呢。"

女孩听到苍桑这么说，忽然停住，眼睛盯住苍桑看了几秒钟，然后有些生气地说："如果你现在就走，那真不够意思，不是个男人！"

苍桑这时才发现，女孩喝了不少酒，已经有几分醉态。

"怎么不够意思了？"苍桑想逗她一下。

"上次你喝醉了，我都舍身陪你。"

"什么叫舍身陪我啊？"

"我背着你出去,你趴在我身上,你的口水把我的衣服都弄脏了。"

"下次给你买一身新的衣服,总可以了吧?"

"这还不算,关键是还碰到了你的女友。多亏你的女友抛弃了你,如果是她在追你,我会不会要挨打啊?"

说到这里,似乎是触碰了苍桑的伤口。

"你不是也被男友抛弃了吗?我们彼此彼此。"

"不对,我们之间是我提出的分手。"

"他跟那个女孩……就是你的情敌,还好着吗?"

"就是因为他们还好着,我才提出的分手。"

"你是被迫提出的分手。"

"是我主动提出的。"女孩在说这句话的时候,眼里闪烁着泪花。

"那个男的也太无耻了,既不跟你说分手,还与另一个公开地好上了,他是逼迫着让你主动说分手,这样他就认为自己不会受到道德的谴责。"

"所以,我要尽快与他一刀两断。"

"其实,你还是很在意他。"

"现在不在意了,就是难受。"

"不说那个王八蛋了,今天我陪着你。"

"所以啊,今天你要是走了,你也不是个东西。"

女孩伸出一个指头,一边指着苍桑,一边愤愤地说。显然,女孩真的已经醉了。

"喂,还没问你,你叫什么名字啊?"

"我姓叶,你叫我叶子好了。"

"噢。叶子,不错的名字啊。"苍桑又告诉女孩,"我姓梁,叫梁苍桑,你叫我苍桑好了。"

"好啊!"叶子说完端起酒杯,要与苍桑碰一杯。

"叶子,不能再喝了!"

"那你陪我去唱歌,上次就没唱成啊,今天去,今天全部我埋单。"

"不行,今天哪里也不能去了。你现在要回家,我送你回家。"

叶子听到苍桑要送自己回家,眼睛望着酒杯,沉默了一会儿,内心好像斗争了一番,然后好像拿定主意似的说:"你送我回家也行,我们现在就走。"

苍桑告诉叶子自己要去一下洗手间,从洗手间出来,他又到吧台去结账,然后,搀扶着叶子走出来。苍桑在街边打了一辆出租车,两个人上了车,叶子向出租车司机说了她家的地址,车子就开始向叶子家驶去。

一路上,叶子把头靠在苍桑身上,双眼紧闭,一句话也不说,似乎晕晕乎乎地睡着了。苍桑一手揽住叶子,一手抓住叶子的一只手臂,望着叶子那不省人事的样子,心中升起一种怜香惜玉的感情。

到了叶子家楼下,出租车停下。苍桑推了推叶子,把她叫醒:"到家了下车吧。"

叶子懒洋洋地坐起来,睁着惺忪的眼睛说:"这么快就到家了。"

苍桑搀扶着叶子下了车,出租车扬长而去。叶子对着苍桑说了一句:"走啊,上楼。"然后半闭着眼睛,甩开苍桑一个人跌跌撞撞地向前走。走到了路边的花圃里面,被什么东西绊了一跤,然后摔倒在草坪上。叶子"啊"地叫了一声,然后滚了一下,翻了一个身,便仰面朝天地躺在了草坪上。

苍桑赶紧跑过去想拉起叶子,叶子却说:"别动。"苍桑停了一会儿,再看叶子,她已经躺在草坪上睡着了。

苍桑看到叶子真的是喝醉了,怕她躺在地上着凉,便把叶子扶起来,让她靠在自己身上。苍桑一只手扯掉自己的外套,给叶子盖上,二人在楼下的长椅上坐下来。

过了大概有半个小时,叶子醒过来。她睁开眼睛看着苍桑。大概是夜晚的清凉让她醒了酒。

"为什么我们不上楼?"

"你刚才喝醉了。"

叶子望了一下周围说:"现在走吧?"

"去哪?"苍桑不解地问。

"上楼啊,去我家。"

"不了,我要回去了。"

"你不想去吗?"叶子望着苍桑,又补充道,"这里就我一个人住。"

"你不怕我做出点儿什么出格的事吗?"苍桑半开玩笑地说。

"大哥,你真是好人。"

"如果我上去,就不是好人了。"

"那我们相互留个电话吧,谢谢你送我回家。"

苍桑和叶子相互留了电话。叶子指着楼上告诉苍桑,第十七层右边数第五个窗户就是她家。苍桑让叶子到家之后,把灯连续开关三次,他看到那个窗口的灯亮了,他再回去。

叶子走了几步,忽然又转身回来,给了苍桑一个轻轻的拥抱。然后转身,消失在楼道里。

苍桑站在夜色中,看着十七层那个窗口。过了一会儿,那个窗口的灯一明一灭,闪了三次,然后亮起来了,并且窗口还出现了一个身影,挥动着手臂,向楼下示意。

苍桑知道叶子已经安全到家,这才转身消失在夜色中。

3

苍桑感到自己像一头不能停止奔走的牛,忙着、累着、快乐着。他的日常举止也出现一些怪异行为,比如他常常在烈日下暴走,常常在大雨中不打伞散步,喜欢汗流浃背地工作。他吃橘子从不剥皮,吃萝卜从不削根,食草也食肉,有人说他这是自虐,他说你们知道什么,酸甜苦辣都是营养,春夏秋冬都锻炼人,只有杂食才更健康,只有不停地奔走,才能身强体健。

　　同样是赶路，人们往往喜欢走捷径、走平坦大道。现代人更讲究效率，乘坐普通的火车、汽车、轮船都不行，还要乘飞机、高铁，走高速公路才行。人生也是这样，小学、初中、高中、大学，都是"三好"学生、都是排名前十、都是班干部，这样的才算是一帆风顺。毕业就找个安逸体面的工作，熬过几年再提拔当个小头目，才可谓平步青云。

　　苍桑却说，其实弯路上或许有更好的风景。回首往事，自己走过的道路是崎岖的。我们常常感叹——人生如果能够重来，我们会如何如何，人生当然不能重来。说这个话的往往是过来人，想把四十岁的脑袋装在二十岁的身体上，用他四十年的人生经验指导他二十岁的思维。如果人生真的能够重来，二十岁的身体上也一定长不出四十岁的脑袋，一定还是回到那个懵懂，又有些偏颇、无知又无畏的青春期的作派。照此说，青春总是美好而又被挥霍掉了。那么，人生究竟要怎样走才能不辜负自己的青春呢？

　　从传统理念来讲，为自己的理想和事业而奋斗的人，才算不辜负自己的青春。然而，理想和事业有时也不是自己的。常常是你想着往东，命运却安排你往西。你对某一行有着浓厚的兴趣，却终生从事着另一种并不喜欢的工作。或者，你的思想根本就是迷茫的，你并不知道自己喜欢什么。人生到了暮年，总是感叹枉对青春。

　　看到书店里摆着许多"人生规划"之类题材的书，苍桑也常常在想：假如人生真的能够重来，我将如何重新规划自己的人生？我想到发奋苦读，考上一流的名校；买一支有潜力的股票，静等将来坐拥财富；投资某个新兴的行业，将来成为领军人物；对自己心仪的女孩大胆表白，不再错过收获爱情的机会；成为明星，可以成为万众瞩目的焦点；拥有权力，能够摆平一切事情等等。但是，这是我拥有了人生经验之后，做出的人生规划。我在年少时干吗呢？逃学，去河里游泳，看到英语老师头就大了，还想什么发奋苦读；那时候随意买一支股票都会成百上千倍地增长，可彼时你却不知道股票为何物；知道某个行业前途光明，你却没有能力去做；你知道自己心仪的女孩对你也有好感,却因为自身条件让你自卑到不敢去表白。这样说来,每个人的人生之路都是偶然和必然条件下的不二选择,也可以说人生之路是无法规划的。

苍桑也常常感叹,自己是不是挥霍了太多的青春。其实,挥霍的青春也是青春。所谓挥霍,只不过是偏离了世俗眼中的人生路线。其实,每个人的人生都有一条独特的路线,我们大可不必羡慕有什么辉煌的金光大道可走。有人喜欢在大路上狂奔,有人喜欢在小路上欣赏风景,还有人喜欢在没有路的地方攀爬行走,只要自己喜欢就好。就像我们今天读诗,当年王公贵族慷慨诵读的"后稷之孙,实维大王",今天读来,味同嚼蜡。而"关关雎鸠,在河之洲。窈窕淑女,君子好逑"之类的乡野小调,却能够流传千古,让我们今天读来,依旧怡然自得。

由于休学,苍桑已经推迟了两年没有毕业。在经过一番折腾之后,他又回到学校,继续完成了学业。毕业典礼那天,苍桑围着学校转了几圈。排练厅、琴房、教室、操场、人工湖,所有留下自己与玲珑足迹的地方,都让他流连忘返,不忍离去。望着空荡荡的排练厅,那架落寞的钢琴,人去情在,物是人非,他的内心伤感不已。

苍桑毕业之后,本打算去深圳,继续跟着孔老板发展,却遭到父母的极力反对。他们年龄大了,又只有他这一个独子,加上母亲又居家不上班,想把苍桑留在身边。想想他们说得也有道理,苍桑也不想惹他们生气,便决定留在本地发展。

于是,苍桑就开了一家乐器店,取名华彩琴行,经营中西乐器,还兼做音乐培训。苍桑把在深圳学到的那一套,原封不动地照搬过来。几届的大学同学、歌舞团的一些朋友,都为苍桑做宣传和推荐。由于他的经营理念新、人脉交际广,只用了两年生意便做得风生水起。很快他又兼并了旁边的两家小店,扩大了店面规模,并取得了两家国内著名乐器品牌的地区代理权。

第三年,苍桑就用自己挣的钱交首付,买了一套三室两厅一百二十平方米的房子，还用无息贷款、分期付款的方式，买了一辆SUV。虽然背着一百多万的贷款，但是，苍桑对前景充满了希望，对未来的预期收入信心满满。

在华彩琴行开业三周年之际，苍桑又将店乔迁新址，在老店的对面，租了一栋三层的大楼。经过装修改造，重新划分了功能区，一楼是经营区，用来展示乐器；二楼是教学区，有教室和琴房；三楼是活动办公区，有一个小的演艺厅、一个录音棚，还有苍桑的办公室。

新店开业那天，苍桑搞了一场盛大的开业庆典，全市音乐界的名人全部请到，他那些大学的同学和演艺界的朋友也悉数到场，还邀请了报社和电视台的记者。经过三年的努力，苍桑的华彩琴行已经成为全市知名的音乐培训机构。

那天活动结束，酒足饭饱之后，来宾逐渐离去，只剩下阿洪、小徐、菲菲和小丽四个人。他们非要到苍桑家去看看他的新宅。几个人便步行着向苍桑家走去。

苍桑是在本市最有名的高档小区里买了一套顶层。虽然住的是顶层，但因为是在高档小区，还是会引来人们羡慕的赞叹。他们这个小区总被别人称为富人区。苍桑自己也常说，虽然我是住在富人区里的穷人，但还是有些许自豪感。

一进小区，迎面驶来一辆"宝马"车，司机是一个二十岁左右的年轻女孩，长发披肩，青春靓丽，坐在高档车里，更给人惊艳的感觉。

苍桑颇为自豪地说：看，我们小区住的都是有钱人。

小徐说："这个肯定是大款包养的。"

苍桑说："你怎么能肯定？"

小徐说："一是她长得这么漂亮，二是还开这么好的车。"

苍桑说："开好车的女孩都是被包养的吗？"

小徐说："不都是，但差不多。"

苍桑无言以对。

又走了一段路，迎面又驶来一辆"宝马"车。司机是一个三十来岁的少妇，从外表看，美丽、大方、温柔，穿着质地考究的休闲服，给人一种很高贵的感觉。副驾驶座上还坐着一个大概有五岁的小男孩。

苍桑底气十足地说："这又是一辆'宝马'，我们这里就是富人多。"

小徐说："这个肯定也是大款包养的。"

苍桑说："你怎么能肯定？"

小徐说："你还看不出来？不仅被包养，而且还跟大款把小孩都生出来了。大款一高兴，就在这小区里买了一套房子，长期地养着这娘儿俩。"

苍桑还是无言以对。

显然，小徐说的只是一种可能，但这种可能，苍桑无法反驳。

又走了没有几步，迎面又驶来一辆"宝马"车。司机是一个年过五十岁又胖又丑的女人，虽然穿戴得珠光宝气，但从那一脸的油腻上就能看出来，一定是个既没有文化又没有品位的粗俗的人。

苍桑立刻以此人为例反驳道：难道这个也是大款包养的？

小徐说："这个一定是大款的爹包养的。大款的爹年龄比较大了，虽然没有文化也没有品位，但包养这么一个俗气的老年女人也心满意足了。"

苍桑还想说什么，但终于无语了。显然，小徐是在逗他玩儿。

小徐一时就有些得意。

苍桑说："为什么你会用这种眼光看待这些人？"

小徐说："难道这些人不就是这样吗？"

苍桑说："你这是什么价值观啊？"

小徐说："易芬不是也被包养了吗？"

说到易芬，苍桑一时蒙在那里，等反应过来，"啪"地一巴掌打到小徐脸上。

小徐跳起来与苍桑理论："你凭什么打人？易芬是你老婆吗？"

苍桑说："易芬不是我老婆，你也不能这样说！"

小徐说："我又不是造谣，是你没有抓住这个女人，却还在为她遮羞。"

苍桑想再与他理论。阿洪、小丽他们看到势头不好，跑过来把他们俩拉开了。

苍桑说："别看了，你们回去吧。"

几个人闻言不禁面面相觑。苍桑扭头独自走开，走出很远，仍然看到他们几个怔怔地待在那里。

4

每天早晨，苍桑都会开着他那辆越野车去华彩琴行上班。那天早上，就在苍桑吃完早点收拾盘子的时候，他的手机响了起来。打来电话的是阿洪。

"苍桑，今天晚上有个聚会，你过来吧。"

"今天晚上？我还有点……"

"其他事都推了，今天晚上必须到。"还没等苍桑说完，阿洪就态度强硬地打断了苍桑。

"什么事啊还要专门聚一聚？"

"也没什么事，就是我们当年在淮海大饭店的几个人，一起聚聚。"

"那不是就我们几个人吗？"

"对啊，我们也不叫别人啊。关键是这次人都能到齐了，包括易芬。"说到易芬名字的时候，阿洪还放慢了语速，着重地强调了一下。

"哦，那好吧。"

"定下地址之后，我再通知你。"

"好的，我等你电话。"

放下电话，苍桑感到一种难以诉说的兴奋。阿洪、菲菲倒是和苍桑经常见面，小丽和小徐虽然不是经常见面，但是都有联系，唯独易芬，这个最让自己挂念的人，却失去了联系。她过得怎么样，和谁在一起，现在在干什么，与谁结婚了，是否很幸福，这一切都是苍桑想了解的。

时光荏苒，岁月悠悠。天地者，万物之逆旅也；光阴者，百代之过客也。想想在一起的那些日子，恍如昨天。仔细一算，转眼已经五年了。那时候，他们也就是二十出头，现在已经接近而立之年了。回首往事，苍桑仍是心有不甘，竟有半生潦倒，一事无成之感。自己究竟还在寻找什么？苍桑思绪翻滚。

　　苍桑现在的生活，在周围人的眼中，已算是幸福生活。在自己眼中，也同样认为就是自己所追求的幸福生活。的确，无忧无虑，安逸舒适。但是，每当夜深人静，躺在床上辗转难眠的时候，或是雨夜，在书房里听着窗外滴答滴答的雨声，灯下枯坐时，常常有一种空虚笼罩着苍桑。这种空虚让他的生命不圆满，留下巨大的遗憾。苍桑总想抓住一种东西来填补这种遗憾。他感到这种遗憾来自自己生命的十八岁到二十五岁之间，也就是考上大学到毕业之后这段时间。这一段生命历程对自己来说是精彩的，但不是圆满的。苍桑常常在想，如果玲珑不离开我，我的人生将是什么样的？如果易芬没有从我的视线消失，那我今天的生活将会怎样？但是人生没有如果，一切都是实实在在的，不可逆转的。即使是这样，苍桑仍然期盼着、等待着、追求着，在某一天，或某一段时间，得到一种东西，用来填补人生中的空虚。

　　苍桑本来以为自己会提前一会儿到的，然而当他到了酒店，上了二楼推开房间门的时候，看见他们几个已经全部坐在那里了。阿洪指了指给他留的位置，苍桑和大家稍稍寒暄之后，就挨着易芬坐下来。

　　分开几年了，大家都感慨良多，这几年虽然是天南海北地各奔前程，但是有很多时间还是在一个城市里，然而即使在一个城市里，也很难聚齐过，今天是大家第一次一个不落地重聚。

　　大家回忆着过去的时光，诉说着曾经的点点滴滴，开心的、不开心的，都给人一种美好的记忆。其间，各自还说了一些自己的奋斗史，介绍了自己当前的生活。看得出，大家都非常兴奋。

　　"年轻真好，说是一无所有，却拥有整个世界。"阿洪感叹地说。

"这个世界是公平的,在某一方面贫穷,就会让你在另一方面富有;在某一方面过度地消费,在另一方面会让你难以得到。所以,即使年轻,也不要过度地消耗自己的身体,不要追求那种非常刺激的生活,否则,上天会跟你'秋后算账'。我现在真的是相信有因果报应的。"菲菲似乎深有感触地说。

阿洪和菲菲现在是演艺公司的"顶梁柱"。原来的歌舞团已经改制,变成了现在的演艺公司,完全按市场化运作。虽然少了财政供养,但是演出业务和经济效益比过去还要好。阿洪现在当了演艺公司的艺术总监,就相当于歌舞团时期的宁老师的位置。宁老师现在已经退休,在家颐养天年。阿洪接替了他的那个位置。

菲菲更是演艺公司的台柱子,是每场演出压轴的演员。菲菲的地位与阿洪当艺术总监无关,主要还是她的实力让大家服气。

阿洪和菲菲的感情一直很好,简直让人羡慕。他们的儿子已经在读幼儿园了。当年,为了生这个儿子,把菲菲和阿洪累得够呛。

菲菲婚后头两三年都没有怀孕,别人还以为他们不想要孩子,实际是菲菲怀不上。因为在跟阿洪之前,菲菲与前男友相处时有过几次流产,对子宫壁造成损伤,使得受精卵在子宫内不易着床。后来,阿洪带着菲菲跑了五六个城市,去了十几家医院,两个人都做了各种检查,调理的中药吃了有两麻袋,就是怀不上。

"下面我敬大家三杯酒。"阿洪端着酒杯,看着大家说,"第一杯,献给我们过去的青春岁月,时光一去永不复返,好在给我们留下了美好的记忆;第二杯,献给我们的友谊,我们曾经朝夕相处,彼此关怀,愿我们的友谊长存;第三杯,祝福未来,祝福每个人开心快乐,身体健康。祝福穷人能够致富,祝福病人得到康复,祝福好人能有好报,祝福犯错的人能够忏悔,祝福醒悟的人能够安宁,祝福暗恋者能够得到一个温柔的眼神,祝福狂妄者能够看到自己的短处,祝福角落里再多一些阳光,祝福小草不再被践踏,祝福孩子那清澈的眼神,祝福爱人那甜蜜的笑脸,祝福你,祝福我，祝福大家！一起干杯！青春万岁！爱情万岁！"

听完阿洪的祝福，他们全部站起来，一起喝干杯中的酒。菲菲看看阿洪，阿洪也看看菲菲，两人似乎在脉脉含情地交流着什么信息。

"下面我敬大家一杯。"小徐站起来说，"这杯主要是向阿洪和菲菲表示敬意。"

"不用吧？"阿洪摆手说。

"你听我说完。"小徐继续挥着手，"一来你们是老大哥和老大姐，年龄比我们大几岁；二来佩服你们的做人做事，赢得了我们的尊重；三来祝福你们的爱情，真的让我们很感动。谢谢阿洪哥和菲菲姐，我先喝为敬了。"

小徐说完，端起酒杯要喝。

"那也不等等我吗，你这个人就是自私，个子不高，身材瘦小，还大男子主义，从来就不顾及我。看看阿洪哥，看看苍桑哥，你还要跟人家多学学，早着呢！"小丽端着酒杯，"来，菲菲姐，阿洪哥，我们先干杯。"

小丽一仰头，把酒干掉。大家一阵起哄。小徐一仰头，也把酒干掉。

小丽和小徐是那种普普通通、平平稳稳过日子的人。据说当年订婚时，小丽家向小徐家要了两万元的彩礼，结婚后小丽家又偷偷地把两万元彩礼都给了小丽。他们结婚时，苍桑在外地，没能参加他们的婚礼，苍桑让阿洪替自己垫上了礼金。当年离开音乐餐厅之后，小丽和小徐就跟着吹鼓手跑场子，他们跑遍城市乡村，无论是开业庆典，还是婚丧嫁娶的活，没有他们不干的。离开音乐餐厅时，因为餐厅欠了两个月的工资没发。杨经理说，现在没钱给你们，就把那套音响设备抵你们俩的工资吧，反正餐厅一时半会儿的也不用，多少的就这么着了。小徐就把那套音响设备搬回了家，后来，他拉着那套音响出租，居然给他挣了不少钱。

后来，小丽和小徐两口子成立了一个礼仪公司。说是礼仪公司，其实成员就他们两口子，有业务就临时现找人。很急的时候，也拉阿洪和菲菲去救场子，两口子忙得不亦乐乎，一年倒是也能挣不少钱，日子过得稳稳当当。

轮到苍桑和易芬敬酒的时候，多少有点尴尬。虽然他们对彼此知根知底，但毕竟阿洪和菲菲、小丽和小徐都已经成双成对，且姻缘美满。只剩苍桑和易芬像落单的鸟儿。

苍桑的情况大家也都是知道的，用不着多介绍。

"易芬，你也给大家说几句吧。"阿洪提醒易芬。

易芬有些羞涩地站起来。

"我也没啥说的，就是见到大家很高兴。这些年由于我个人的一些特殊情况，跟大家联系少了一些。其实，我很想念你们，只是身不由己罢了。好在很多事都过去了，正在慢慢地好转。我相信一定会好起来的。"

易芬说完，端着酒杯站了起来。大家也一起站起来，共同干了一杯。

易芬那天穿着一条非常精致的裙子，上身罩着一件质地很好的外套，给人的感觉很高档，苍桑想一定是价格不菲，穿在她身上，非常得体，恰到好处。虽然几年过去了，易芬不仅没有衰老，反而比以前更加丰满、妩媚、迷人。苍桑进门看到她的第一眼，就有一种怦然心动的感觉，以前的易芬是青涩的嫩芽，现在已经是灿烂绽放的鲜花。苍桑仿佛又回到了初恋时期，似乎他们要从头开始。尽管时间过去多久，无论这个世界如何飞速发展，苍桑对易芬的那份感情仍然没有改变。他感到自己依然在爱着易芬。

关于易芬的具体情况，她现在和谁在一起，是否已经结婚，包括她住在哪里，这一切，大家都谨慎地回避，都没有向易芬提起。易芬也没有想说的意思。

易芬说话很少，苍桑说话也不多。苍桑害怕在易芬面前说错什么，他也不想在易芬面前展示自己的成功和幸福。好在他们当场都留了对方的电话，还把对方加为了QQ好友。

"苍桑，该你敬酒了。"阿洪提醒苍桑。

"下面我敬大家一杯酒。"苍桑端着酒杯站起来，"人生在世，朋友一场，相逢就是缘分。也许有人说，即使不碰到你，还会碰到她，即使碰不到她，还会碰到另外的人，既然我们碰到了一起，那就好好珍惜。

"每当我驾车驶上高速公路，望着远处的天空和山岗，都会情不自禁地问自己一句：为什么总是在路上？

"人生就像一辆行驶的汽车，不可以中途熄火。无论你快行，慢行，还是原地怠速，都消耗着你的生命总量。大街上车水马龙，公路上川流不息。每个人都行色匆匆，每个人都忙忙碌碌，每个人都奔波不止。究竟是为了什么？究竟要过一种什么样的生活？

"对于大部分人来说，奔波是为了生活，或者是为了更好的生活。如果今生能够安逸，谁又会选择颠沛流离？

"回首一望，人生已近而立之年。少年时期快乐且顽皮，青年时期为了梦想而奋斗，而立之年开始打拼，变得现实。现在好像又到了人生的十字路口，有些彷徨，有些犹豫。人活着究竟是为了什么？这是自己常常思考的问题。胡适说：人生本没有意义，你认为它有什么意义，它就有什么意义。

"我们常说，人生是一场旅行，一段一段，行走在驿站之间。每段都有每段的目的，每段都有每段的意义。从理论上讲，世界上没有完全相同的两种事物，当然也没有完全一样的人生。有人想走捷径，有人想走平坦大道，有人想平步青云，在当今这个激烈竞争而又有些浮躁的社会，这也无可厚非。但是走了弯路的人是否就愚钝呢？无限风光在险峰，冒着危险流血流汗，在无路可走的悬崖绝壁上硬生生地开出一条生路。少数人到达的顶峰，一定有不为大部分人所见的人间仙境。虽然走了弯路，但是也看到了更多的风景。

"人生就是一场抵达，一路上会遇到不同的风景，不同的事情，不同的人。有些事是来温暖你的，有些事是来磨砺你的。年轻的时候看人生，看到的是一个遥不可知的漫长未来。待到经历一定的岁月风霜，蓦然回首，才发现人生是如此的短促。庄子说，人生如白驹过隙，忽然而已。我们总以为来日方长，可来日并不方长。人生如行路，一路艰辛，一路风景。好在还有诗和远方，好在还有爱情。只要我们保持内心的期许，就能到达你想到的地方，那里一定有我们想要的幸福！"

说完，苍桑举起酒杯，一口把酒喝干。

那天晚上，他们一直聊到了将近十点，才散场离去。阿洪在大厅结账的时候，苍桑和易芬提前走出酒店。

苍桑对易芬说："这两天我想请你吃顿饭，时间、地点，由你来选。"

易芬想了想说："过了这两天我给你打电话吧。"

"那我等着你的电话，希望不要让我失望。"

"不会的。"易芬温柔地一笑。苍桑似乎又看到了当年的那个易芬。

苍桑欲言又止，心里有许多话要说。易芬也欲言又止，好像也有许多话要对苍桑说。但最终他们俩什么也没说。苍桑看着易芬上了一辆出租车翩然而去，消失在这城市的霓虹里。

第十一章　惊天秘密

1

聚会之后的那些天里，苍桑一直没有等到易芬的电话，这让他焦躁不安。等平静下来，他开始强烈地想念易芬。对易芬的想念，又有了不同的内容，似乎充满着希望和期待。本来可以给她打电话的，但是苍桑害怕像之前一样找不到她，他还是期待着她能主动跟自己联系。

那天的上午，苍桑终于接到易芬的电话，她说今晚如果有时间的话，可以聚一聚。苍桑问在哪儿碰面？易芬告诉了时间和地址。

傍晚六点，苍桑提前到了樱花园小区门口，他把车停在车位上，就坐在车里一边听音乐，一边等着易芬。樱花园大部分都是别墅，有几栋高一点的楼也就五六层，并且还是那种带电梯的洋房，里面住的都是富人。苍桑心想易芬居然能住在这里，这究竟是她自己的房子，还是住在别人家呢？

过了一会儿，易芬出来了，苍桑下车跟她打招呼。易芬上了车，他们一起到了苍桑提前预订好的餐厅。

"你想喝点什么？"坐下之后，苍桑问易芬。

"我倒无所谓，什么都可以。主要是你要开车，含酒精的不能喝。那就拿一瓶起泡酒吧。"

苍桑就把菜单和要的酒水都告诉服务员，然后和易芬面对面坐下。

苍桑望着易芬，好像欣赏一件精致的艺术品，毕竟许多年没见了。易芬似乎还特地打扮了一番，比上次更加美丽动人，更加妩媚。

"每次见你，都比以前更加漂亮几分。"

"哪里啊，现在都已经老了，岁月不饶人呐。"易芬感叹着。

"我们分开快五年了。"苍桑把玩着手里的杯子感叹，"这五年，发生了多少事啊。"

"这五年，无论成功与否，你都是一个努力奋斗的人。"易芬看着苍桑，好像看出了他这五年来的经历，对他的人生轨迹一目了然似的。

虽然下广州、闯深圳、自主创业，但这五年还留有许多人生的遗憾，苍桑总想抓住什么来弥补这种遗憾。或许，易芬是让苍桑人生圆满的最大因素，又给了他实现人生理想的机会。苍桑这样想着。

苍桑把自己的奋斗历程，特别是寻找易芬的过程都向易芬讲了一遍。包括如何想带她去深圳发展；如何跑遍全城，问遍所有的人去找她；如何到了她的老家，看到那荒废的房子；如何见到侯空，听他讲了易芬的身世；如何坐着长途汽车颠簸一天地回来；如何让自己希望，又如何让自己失望。苍桑把这一切都告诉易芬，他不想让自己重蹈失去玲珑的覆辙，必须把自己的真实想法告诉易芬，把自己的感情表达出来，毕竟这些感情在自己的心中埋藏了这些年，它们已经慢慢地冷却，凝固成一块石头，压在了火山口，今天终于有机会，让压在心中的岩浆喷发出来。

"苍桑哥，嗯……"易芬似乎不知道该说什么，"你心里想的什么，我还是知道的。"

"那你为什么很多次都是躲着我？"苍桑有些诧异。

"有时候，我是身不由己，真的没办法。"易芬淡定地说。

苍桑似乎不知道接下来该说什么，他暗暗地思忖：身不由己、没办法，难道易芬……不过，话说回来，既然你知道我一直在追着你，你也是喜欢我的，那你碰到什么难以逾越的障碍时，为什么不告诉我？我们共同来面对，总会好一些吧。

苍桑又想到那些传言，想到侯空说的话，难道易芬真的是被别人控制着？再联想到易芬住的豪华房子，难道真的是被别人包养了？还有易芬总是躲躲闪闪的样子，好像在隐瞒着什么。

想到这里，苍桑有些不知所措地说："难道……"

"我也很想见你。只是有些事一言难尽，我找机会再告诉你。"易芬还是有些难为情的样子。

易芬说完，两个人似乎找不到话题了，一时陷入了沉默。看来，易芬再也不是从前那个单纯、朴素，甚至有些土里土气的易芬了，两个人的关系再也回不到以前那种状态了。这些年，易芬究竟经历了什么呢？

"要不我给你点一瓶红酒吧？"苍桑对易芬说。

"行。"易芬答应得很快。

苍桑出去告诉服务员，过了一会儿，服务员端来一瓶葡萄酒。苍桑接过来，给易芬倒上。

"有时，我自己也会喝一点的。"易芬接过酒杯说着。

"哦，少喝一点葡萄酒，对身体还是有好处的。"

"主要是改善睡眠，有段时间我睡不着觉。"

"居然睡不着觉？"

"是的。"

"什么情况下才会这样？"

"压力大的时候，就会这样。"

"压力？难道会大到睡不着觉？"苍桑有些不能理解。

"是的。"易芬说完又想了想，然后补充道，"也不能完全说是压力，就是许多事情缠绕在一块，让你不知道如何解开，如何处理，让你无从下手，无可奈何，但是你还必须要面对，逃不开，就是不知道怎么办那种。"

又一阵沉默。苍桑不知道如何安慰易芬，或者说是不知道易芬纠结的是什么事情，他没法说出自己的观点。

"易芬？"

"嗯？"

"你相信爱情吗?"

"我相信爱情。"易芬放下手中的酒杯,似乎想了想,"但是,有时候不能选择爱情,只能舍弃。"

"为什么?"

"因为我们生活在现实中,会有各种各样的无奈。或许,这就是我们所说的命运。"

"爱情不是能让人产生更大的力量吗?这种力量不是更能改变命运吗?"

"爱情的确能让人产生很大的力量,但有些是不能改变的,这就是宿命。如果你要执意改变,那就可能得到一个悲惨的结局。"

苍桑看着易芬,想象着易芬这些年的人生经历,其间那些惊心动魄的时刻,那些让人不知所措的事情,他想象不出易芬是怎么过来的。他曾经自以为是地认为,自己的人生就够坎坷的了,现在看来,与易芬一比,简直是小巫见大巫,不值一提。

苍桑忽然不想再谈论这个话题,这个有点太沉重,他想轻松一点。

"易芬,到春暖花开时,我们是不是找个时间出去转转啊?"

"可以啊。"

"你想去哪里?"

"我们去看海吧。你都说了好多次了,我总得答应你一次。"

"什么时候去?"

"看你的安排吧。"他没想到易芬答应得如此爽快。

"还记得我们一起看海的那个小屋吗?"

"你那半间宿舍?"

"对,现在快要拆迁了,歌舞团都已经搬走了。"

"那可是应该去看看,至少要看一眼吧。"

"行,一会儿我就带你去吧。"

到了九点多,苍桑和易芬从餐厅出来。苍桑带着易芬先到了淮海大饭店，看看当年他们一起工作的餐厅。

"这里怎么改成超市了？"

"大概开餐厅还不如租给别人开超市挣得多吧。"

他们坐在车上看了几分钟，苍桑就拉着易芬到了歌舞团。他把车直接开进院内，院子里空荡荡的，大门已经被拆去，宿舍楼已经被一道围墙围住，人无法进到里面。

苍桑和易芬就站在院子里，看着当年的那个小屋。他们都没有怎么说话，大概都在想着当年在这里度过的那段时光，发生在小屋里的那些事，还有那些温暖的记忆。

"这个都已经开始拆了吗？"

"是的，围墙都已经拉起来了，很快就会被夷为平地的。"

"哦。"易芬没再说什么，表情看起来有些伤感。

"世事变幻，人间沧桑，真是太快了。"苍桑感叹道。

"那个小屋给我们留下了太多的回忆。"易芬也很动情。

"易芬。"

"嗯？"

"我今天可以不回去，你要是有时间就……"

"今天不行，我要回去。"

"易芬，我依然爱你！"

"……"

"我们可以重新开始。"

"你等等，让我思考一下。"

"我都等你五六年了！还让我等到什么时候？"

"再给我一点时间，很快。"

"希望你不要让我怀疑人生，怀疑爱情。"

那天晚上，苍桑把易芬送到门口。她下车的时候，短暂地停顿了几秒钟，似乎在思考什么，又像是等待什么。

"易芬,我仍然孤身一人。"

"我知道。"

难道,易芬一直在不远处注视着自己?

"苍桑,我也一直是孤身一人。"易芬望着前方,一脸凝重地说。

苍桑听了易芬这句话,先是不知所措,接着是热血沸腾。苍桑思索着易芬这句话的意思:一是表明易芬现在的状态,二是表明两个人会很快重归于好。这让苍桑感到兴奋。

易芬对苍桑说:"你别下车了,我下了车直接走回去。"

于是,易芬下了车,径直向小区大门走去,到门口时又转身向苍桑挥挥手,然后消失在小区的大门里。

苍桑没有下车,而是把车窗摇下,向她挥挥手。看着易芬进了大门,苍桑一脚油门,汽车"嗡"的一声,绝尘而去。

2

那是个秋雨连绵的日子。一连几天,空中飘着细细的雨丝。雨雾弥漫了街道、天空、大地,落光叶子的树木,挺着光秃秃的枝丫耸立着。偶尔有一两片没有落尽的枯叶,在瑟瑟秋风中摇曳。已经到深秋了,天气日渐凉了。

那天,突然传来玲珑去世的消息。

苍桑听到后不敢相信,跑到宁老师那里去问他。

"玲珑去世了?"

宁老师看看跑得上气不接下气的苍桑,停顿了一下,叹了一口气。

"唉,玲珑走了。"

"真的没有了吗?"苍桑望着宁老师,还是不能相信。

"真的没有了。"宁老师看着苍桑,神情悲伤,"我也是才听说的,玲珑已经去世快两年了。"

苍桑的眼泪顿时哗哗地流了下来。

"究竟是怎么回事啊?"

"其实她得的根本不是脑结核,就是脑癌,后来突然恶化了。"

"她不是已经治愈,出国留学了吗?"

"只是这么听说,也不知道具体是怎么回事。"宁老师停顿了一下说,"当初她爸爸来请假,我就感到有些不对。后来,他又来办理退学手续,我就感到事情不太好了。"

"才二十多岁啊,就这么……走了……"苍桑悲伤地呜咽起来。

"唉,世事难料啊!"宁老师拍着苍桑的肩膀安慰道。

从宁老师那里出来,苍桑就直奔玲珑的姨妈家。一路上有几次,泪水还是禁不住地涌出来。他低着头强忍着擦干,不想让别人看到自己哭泣的样子。

远远地,又看到那栋小楼,那个玲珑曾经住过两年的地方。在深秋的雨雾中,小楼显得萧瑟,冷清,墙壁上爬满的青藤已经枯萎败落,院墙里伸出的竹子也蜷缩着叶子在寒风中瑟瑟发抖,大门上的油漆已经斑驳脱落,只有那棵苦楝树,还直直地挺立在风中。

苍桑敲敲门。

里面没有任何的回音。

又敲敲门。

还是没有回音。

过了好长一会儿,伴着吱吱嘎嘎的声音,大门缓慢地打开。

还是那个满头白发的老者,他似乎知道苍桑要来,用悲悯的眼光看着苍桑。

"玲珑她……"苍桑的眼泪流了下来,哽咽着说不下去。

老者用手拍拍苍桑的肩膀说:"孩子,玲珑已经走了,去了另外一个世界。"

"我再也看不到她了吗?"

"她再也不回来了。"

苍桑的眼泪像溃了堤坝的潮水，无法控制地奔涌而出。

"难道她真的永远离开这个世界了吗？"

"是的，永远离开这个世界了。"

"我不相信。不久前她还住在这里，我来接她，来送她。每次我都是站在这棵苦楝树下等她。我们一起上学、一起聊天、一起吃饭、一起弹琴。她怎么会没有了？会永远地消失了？她一定还在这个世界上，一定是去了很远很远的地方，到了一个极其美丽的国度，嫁给了一个高贵的王子，过着幸福的生活。她只是把我忘了，她没有从这个世界上消失！"

苍桑无法控制自己的感情和眼泪，无法接受那个鲜活的、温暖的、美丽的、在自己的记忆中永远无法磨灭的生命，从这个世界上彻底地消失了。

老者没有说话。过了很长时间，老者轻轻地抚摸着苍桑的肩膀说："孩子，玲珑生前留下一些东西要转交给你。你去找易芬吧。"

"找谁？"苍桑不敢相信自己的耳朵，又问了一声。

"就是你认识的那个陶易芬。"

"和她有什么关系？"苍桑感到纳闷。

"玲珑和易芬是姊妹俩。"老者看看苍桑，又补充道，"她们是同父异母的姐妹。"

这个消息让苍桑感到天旋地转。

一连三天，苍桑不能干任何事情，也不与任何人联系。他把曾经与玲珑一起去过的地方，独自又走了一遍。让那些回忆涌现在自己的心头，重温与玲珑在一起的点点滴滴。

三天后，苍桑打电话给易芬，约她出来。当他俩在那个安静的小酒吧里坐下的时候，易芬似乎知道苍桑在想什么。

"玲珑是我同父异母的妹妹！"

当易芬亲口告诉苍桑这个消息的时候，苍桑仍然感到愕然，甚至有点震惊。那天，易芬给苍桑讲述了她埋在心中多年的秘密：

"我和玲珑是同父异母的姐妹。我的亲生父亲是阮石仁，也是玲珑的父亲。阮石仁当年为了利益，抛弃了我的母亲，娶了一个富贵人家的千金小姐，就是玲珑的母亲。当时我母亲肚子里已经怀着我，在走投无路的时候，匆匆决定谁能当这个孩子的父亲，就嫁给谁。经人牵线，母亲决定远嫁他乡，从此隐姓埋名。很快她就嫁给了我现在的父亲，就是我的继父。

"后来，阮石仁飞黄腾达了。在我上初中之后，他曾经几次找到我，想与我相认父女关系，其中两次还带着玲珑，他大概想让我们能够认识，并且亲近一些。一天，母亲在家里当着继父对我说，就是饿死冻死，也不能再认阮石仁这个父亲。这种特殊的关系，我和玲珑也都相互知道，但彼此没有什么往来。

"玲珑得病之后，阮石仁千方百计地与我接近。我不理他，他就到音乐餐厅以客人的名义去点歌，指名道姓让我唱，并且一次就点十首二十首。每次我到了他的包间，他不让我唱歌，而是让我坐下与他一起吃饭。我知道餐厅规定工作人员不许陪客人吃饭喝酒，但毕竟他是我的生父，我不能不坐下来。

"一次，他拿了一沓钱给我，说我的生活不用这么拮据，缺什么都可以向他要。我拒绝了。他又让司机给我送来钱，说是给我的小费。我感到再拒绝就有点过分，便收下了。一来二去，我和他就熟络了。他接我出去吃过几次饭，带我去了他的公司，还去了他的家里。我看到他那宽敞豪华的房子里空空荡荡、冷冷清清。他告诉我，玲珑长期住院，她妈妈跟着陪护，家中基本无人居住。那时，我才知道玲珑得了癌症。

"我第一次去医院看望玲珑，看到她的头发已经掉光，瘦得皮包骨头，精神萎靡不振，而且每隔一段时间就要放疗、化疗，她已经被病魔折磨得有气无力。还记得那次在你们学校排练厅墙上看到玲珑演出的照片吗？在你的宿舍里也看到玲珑的生活照。医院里的玲珑，绝对让你认不出就是照片上的那个人。"

易芬有些哽咽地说完，沉默了一会儿。苍桑拿了一张面巾纸递给她，易芬接过去，在眼角擦拭着。

"毕竟我们是血缘相通的姊妹。过了几天，我决定辞掉餐厅的工作，去医院陪伴玲珑，照顾她的生活起居。毕竟我们都是女孩子，在生活上更方便些。在玲珑生命的最后一段时间里，我陪伴了她，给了她极大的安慰，让她在痛苦之中得到一些安慰。"

苍桑的心情极其沉痛。看着坐在对面的易芬，他感到自己的无知、自己的渺小、自己的不可饶恕。苍桑甚至觉得自己就是一个王八蛋。

"玲珑得病，为什么要刻意隐瞒呢？为什么不告诉我们这些同学、朋友？大家可以去看看她，给她一些温暖和关怀。"苍桑问易芬。

"玲珑的病初期是有一定传染性的，癌变之后才失去了传染性。前期，并没有确诊是癌症。女孩子得了这种病，她的家人会为她的名声和以后的生活着想，有必要告诉所有人吗？"

"那为什么你的行踪也要隐瞒？"

"我与阮石仁相认，是瞒着我的母亲和继父的。如果他们知道了，即使能够理解，心理上肯定会受到很大的伤害。我不想让他们知道。再说，那段时间的事情实在让人焦头烂额。当你知道一件事情不管你如何努力，最后还是要放弃，注定是一场空的时候，它会摧毁你的意志。很郁闷的时候我就到酒吧里去喝酒、听歌、麻醉自己，逃避现实。"

"你可以不告诉别人，但是为什么不告诉我呢？"

易芬没有立刻回答。她端起酒杯，喝了一口，看着窗外沉思了一会儿，然后盯着苍桑说："如果告诉你，会是什么样？"

"我肯定会去找玲珑。告诉她，我爱她；我会陪伴她，照顾她；为她弹吉他，陪着她出来晒太阳。在她离开人世之前，我们举办一场声势浩大的婚礼，既锣鼓喧天、热闹非凡，又隆重无比、庄严神圣。我们的婚纱照一定要精美、高贵。这一切，都是为了玲珑喜欢，为了表达我的爱情。为了给玲珑不留人生的遗憾。玲珑去世了，我不会像罗密欧和祝英台一样殉情，我会活着，好好地活着。但是，在玲珑生前，我没有为她做这些，让我遗憾终生。"

此时传来一阵歌声。苍桑和易芬都陷入沉默。

窗外夜色阑珊。

"每个人的人生都不会按照设想的来，更何况是别人的人生？"易芬看着苍桑说。

"后来呢？"苍桑说。

"玲珑的死，对我的生父是个致命的打击，他万念俱灰、郁郁寡欢，终于没能从这个巨大的阴影中走出来，不久他就查出得了脑梗。由于治疗及时，他恢复得很好，其间都是我在照顾他。现在，他已经把企业卖掉了，正在家里颐养天年。或许，他感到自己将不久于人世吧，开始良心发现，立了遗嘱，给我和我母亲留下一大笔钱。他至今都没有请求我们原谅他，他这样做只是为了让自己能够解脱，能够安然地离开人世。"

苍桑想到玲珑的父亲，那个能量极大的男人，自己曾经见过他至少五六次。没想到他竟然是易芬的生父，并且也行将就木。易芬和玲珑居然是同父异母的姐妹。同属一个父亲所生，因为命运不同，却过着天差地别的生活。那个无忧无虑过着公主般生活的玲珑早就去了天堂，饱经磨难的易芬却依然楚楚动人地坐在自己的对面。他爱玲珑，也爱易芬，爱得真真切切。玲珑爱他，易芬也爱他，但都爱得支离破碎。得到也意味着失去，失去也意味着得到。得到也埋下了失去的隐患，失去也孕育着得到的种子。人生在世，总是在计较得失。至死才能明白这些道理，等到明白之后，才感叹悔恨已晚。

"你母亲现在怎样了？"苍桑关切地问。

"她现在很好，身体也康复了。我的继父也不再酗酒了。两人现在的感情很好。我在我们县城给他们买了一套小房子，他们就在那里颐养天年了。"

"那你就放心了。"苍桑看着易芬说。

"该去的去了，该来的来了，一切都会变好的。"易芬突然停下来，想了想，继续说道，"我记得在你那个小屋里，你给我说过一句话，牛奶会有的，面包会有的，一切都会有的。"

"我们可以重新开始的，易芬。"苍桑说完看着易芬。

易芬没有回答。她端起酒杯说："来，干杯！"

苍桑端起酒杯："干杯！"

"玲珑给你留下一封遗书，她让我转交给你。"易芬告诉苍桑，"在玲珑住过的房间里放着，一会儿我去拿给你。"

从酒吧里出来，苍桑和易芬都有些晕晕乎乎，不知道是酒的作用，还是心情使然。他们俩默默地走着，彼此一句话都不说，都在各想各的心事。

灰暗的天空也没有出太阳，秋风把落叶吹得摇曳生姿，没有飘落的叶子挂在树枝上，显得孤零零的。

苍桑和易芬又来到玲珑的姨妈家——那栋灰暗的小楼，玲珑曾经住过两年的地方。走到门前，苍桑站在那棵苦楝树下，止步不前。

"进去吧。"易芬对苍桑说。

"嗯……不去了。"苍桑犹豫再三，告诉易芬，"我就在这儿等着吧。"

"没事的，没有外人。"易芬再次告诉苍桑。

"不去了吧，我就在这里等着。"苍桑坚定地告诉易芬。

"好吧。"

易芬上前去敲敲门，里面很安静。过了一会儿，在沉闷的吱嘎声中，门缓慢地打开了。还是那位满头白发的老者，他用慈祥的目光看着苍桑和易芬，伸出一只手邀请他们进去。

"我就在这儿等着吧。"苍桑谦逊地说了一句。

易芬也对老者解释道，他不进来了，就在门口等一下吧。

易芬跟着老者进了小院。苍桑在那棵苦楝树下来来回回地徘徊。看着这栋小楼，苍桑再度回想起玲珑住在这里时的情景——在她的房间里，他们一起度过的美好时光。他们愉快地交谈，眉目传情。玲珑赤脚在屋里走来走去。她那亭亭玉立的样子，乌黑顺直的头发，白净的皮肤，舒展的手臂，温柔的话语……又涌上苍桑的心头。

过了一会儿，易芬一个人走了出来。易芬从怀里掏出一个信封，有些颤抖地递给苍桑。

"这是玲珑留给你的，她让我转交给你，并且特别交代，在你来第三次的时候，再转交给你。"

苍桑打开信封，里面是两张照片和一封信。

一张照片是玲珑穿着一身洁白的长裙站在钢琴旁，一手拿着乐谱，一手扶着钢琴，脸上带着笑容。在照片的右下角，写着一行隽永秀美的小字：永远爱你的人——阮玲珑。

另一张照片是玲珑穿着短裙，赤脚趴在沙滩上，小腿高高翘起，双手托住下巴，倾斜着脑袋在微笑，身后是茫茫的大海。在照片的右下角，同样写着一行隽永漂亮的小字：你曾经的爱人——阮玲珑。

苍桑把照片装进信封，打开那封两张纸的信。信纸是那种普通的，带红色横格虚线的。字迹有些歪歪扭扭，但还是能看出一笔一画都写得很费力。信上写道：

亲爱的苍桑哥：

当你看到这封信的时候，我可能已经不在这个世界上了。此时此刻，就在我给你写这封信的时候，我的心情非常难过，我很悲伤。我留恋这个世界，真的不想离去。

昨天，我听医生说，要把我转到重症加强护理病房去。今天又忽然好转，我的大脑非常清醒。护士姐姐告诉我，重症加强护理病房是隔离的，如果有什么愿望，有什么想说的话，要尽快跟自己的亲人说。

我感到我可能活不了多久了，虽然我的爸爸妈妈瞒着我，但我知道，我的这个病是无法治愈的。这一段时间，我感到很无助，极其孤单,甚至绝望。经过这一段时间病痛的折磨,我整个人都已经麻木了。现在,我甚至都不再害怕死了,有时我都希望死亡尽快一点来临,尽快让这一切过去,我就解脱了。

如果我对这个世界还有什么话要说,除了我的爸爸、妈妈和易芬姐姐,已经说了很多之外,最想说的就是你了。

现在,我已经二十二岁了,是一个不折不扣的成年人了,我可以说出一直压在我心底的那句话了——我喜欢你!

在我还不满十八岁那年,那时候,你也就十九岁吧。我第一次见到你的时候,就对你一见倾心。那个时候,我们都不知道什么是爱情,认为那只是相互有好感罢了。

我们同学的两年间,我度过了一段幸福的时光,你给了我最美好的回忆。还记得你过生日那天我们一起许愿吗?我许的愿是待我到了十八岁的某一天,你能西装革履,手持鲜花,走到我的面前,然后单膝下跪,向我表白,说"我爱你"这三个字。可是,这个愿望已经不能实现了。

也许你会问,为什么不在生病之初就把真相告诉你。我知道,那样的话你会来陪我,陪我聊天,陪我听音乐,陪我静静地待着,那样我会很快乐。我知道你在看到这封信的时候,会非常悔恨、自责,你会责备自己为什么当初没来陪伴我。我也想让你来陪我呢,这样的念头还不止几十次、几百次,而是成千上万次。请原谅我没有告诉你,因为我的病会传染,我不想把病传给你。除了这个原因,还有一个原因,那就是,我已经被病魔折磨得不成样子了,头发快掉光了,憔悴得皮包骨头,精神也反复无常、时好时坏,有时会暴躁不安、歇斯底里,有时会悲观绝望、会抑郁。我已经不再是你心中那个漂亮可爱、温柔善良、钢琴弹得超棒的小公主了。我不想把我不好的样子留给你,所以我没有告诉你。

最后,我选了两张我最喜欢的照片留给你,希望你记住我的样子，记住曾经有个女孩一直在爱着你。

如果还有来生，我们再做恋人。

再见了，爱我的人！

再见了，我爱的人！

阮玲珑于弥留之际

读完玲珑的信，苍桑一头撞在那棵苦楝树上，号啕大哭。

若干年后，关于玲珑的去世，有人又问到苍桑的时候，苍桑说了如下一段话：我本不信鬼神，也不信有阴间阳间。可是，如果没有另一个世界，让在阳间活着的人，如何排解这无边的痛苦？每当这痛苦无法排解时，我便捧着佛经，真的相信会有轮回，会有转世，还有一个极乐世界。让那些美丽的、善良的灵魂，在另一个世界里得到安抚。我不知道我是为了活着才信它，还是因为信了它才活着。逃避也好，自欺欺人也罢，总之，让我先活着吧！

3

在得知玲珑去世的那些天里，苍桑的心情极其低落，干什么都提不起精神，在工作中也常常会出一些差错。这种状态下，他不能继续在琴行里待着，这样会影响客户对他们的信任。他安排好几个店员看店，然后独自跑回他们的学校。

至此一别，再见何时？那些天，苍桑都被一种难以名状的离愁别绪笼罩着。毕竟两年的时光，玲珑在这里留下了青春的笑脸、汗水和身影，留下了一段人生的足迹，留下了成长的记忆。

难过的时候，苍桑总是不想说话，一个人躲在一个封闭的空间里，独自疗伤。

走在空荡荡的走廊上，苍桑不由自主地又向那排练厅里张望，曾经离得很远，就总能听到弹钢琴的声音，看到熟悉的身影。曾经，他们在这里追逐、说笑,恰同学少年,书生意气。现在,却已经人去楼空了……

人生就是一个个的驿站,我们行走在驿站之间,一程又一程。总是相遇、分别。相遇是缘分,离别时执手相看泪眼。

曾经,我们同行,我们相望,人生的路上并不孤单。今天分别,明天又相见。可是,现在呢,玲珑再也不回来了。

从学校出来,苍桑沿着河边的小路慢慢游荡。以往送玲珑回家时,他们就沿着这条小路步行。

苍桑想起那年春天,他和玲珑在木栈道上欣赏着鸟语花香。现在已经是秋天了,树叶已经开始飘零了。玲珑呢,玲珑不会出现了。

苍桑想到那年,他和玲珑一起去看银杏。也是在春天,他们到了广福寺,游览了银杏园。他们约定秋天再去的,可秋天已经过去几个了,终究没有去成。现在又是秋天了,苍桑决定独自去一趟。

就在苍桑准备回家的时候,易芬打来电话。她简单地跟苍桑寒暄了一下,问苍桑在干什么。苍桑无意间告诉易芬说,明天要出去转转。易芬知道苍桑的心情不好,就问苍桑准备去哪里。

苍桑说,要到广福寺去一趟。

易芬问苍桑,和谁一起去。

苍桑说,自己一个人去。

易芬就说,那里不是古银杏园吗,我也跟你去吧。

苍桑说,你要愿意去,就去吧。

这些天苍桑的精神有些恍惚,不能开车,他和易芬约定次日在汽车站见面。第二天早上,他们就坐上了开往郊区的大巴车。

广福寺在郊县的一个镇上,离市区还有一百多公里,大巴车要走两个多小时才能达到。开往郊区的班车不走高速公路,只在省道和县道上行驶。坐在奔驰的汽车上放眼望去,道路两侧都是无边无际的银杏树林,高大挺拔。时值深秋,银杏树上一片金黄,耀眼夺目。大地上覆盖着一层厚厚的银杏树叶,在蓝天白云的映衬下,仿佛进入了一个童话世界。

"苍桑哥。"

"嗯?"

"你来过这里?"

"来过。"

"我只是听说这里很好,没想到这么漂亮。"易芬很高兴。

"秋天这里最漂亮,春天也可以。"

"等到明年春天我们再来吧?"

"嗯,到时候再说吧。"

苍桑一边说着,一边想着上次来这里。那是春天的时候与玲珑一起来的,也是唯一的一次与玲珑出来郊游。那时候,银杏树刚刚发芽,到处生机勃勃。他们游了广福寺和银杏园,玲珑非常开心,并约定秋天再来。只可惜秋天到了,玲珑却永远地走了。

苍桑看看身边的易芬,再看看周围的银杏园,有点物是人非的感觉。

广福寺有一棵古老的银杏树,相传村龄已有三千年之久,据说是目前发现的最古老的银杏树,而银杏又是世界上最古老的树种之一,因此,它被称为"老神树"。

老神树耸立在沂河岸边,周围几里范围内都能看到它高大的身影。在它的周围分布着古老的银杏园,沿沂河两岸绵延数百公里,这里是著名的银杏之乡。

望着老神树,苍桑的大脑出现了一种幻觉,仿佛自己既是人,转瞬之间又变成这棵老神树,人和树已经变成了物我一体;仿佛自己又看到玲珑,同时又看到易芬,玲珑和易芬又变幻成一个河神,从那渺渺的河面上飘然而来,来到这树下,与自己相会。苍桑望着烟波浩渺的河水,思绪翻滚,喃喃自语:

那个春天,我来到沂河岸边,张望,张望。在这古老的银杏树下,徘徊,徘徊。在这清幽的广福寺内,遐思,遐想。

今天，我望着这棵老神树。它站在这大河岸边，历经千年。看千帆过尽，潮起潮落；看人生浮沉，亦生亦灭；春来秋去，花开花落；冰霜雪雨，阴晴圆缺；缘来缘去，似有似无；岁月更替，改朝换代；饱经战火，看惯黑白；来来往往，生生灭灭；世间变幻，人间沧桑。这一切都让它心如止水。

我感到自己变成了这棵老神树，虽没有经历千年，却是半生潦倒，历尽坎坷；尝过世间百味，深感人间冷暖；看过社会万象，经过世俗洗礼；曾经万丈雄心，有过凌云之志；而今一事无成，半世亦梦亦幻；终归落寂安稳，重回诗酒田园。想到此，不禁悲从中来，茫然若失。

然而，就在那个春天，就在那棵树下，我看到一个身影，一个婀娜的青春倩影，那就是你。由远而近，渐渐地走到银杏树下，走到我的身旁。我们用眼神交流了一下，便有一种似曾相识的感觉。你围绕着老神树转了两圈，伸手抚摸着苍老的树干，犹如抚摸着我心里的沧桑。在这幽静的寺院里，在这古老的银杏树下，我与你有了一次邂逅。我枯木逢春，心花怒放，满树芬芳。你的出现，让我天性中的孤傲，变得谦卑。

你说，秋天是最美的季节了。等到银杏叶黄了，满树都是金灿灿的颜色，都是硕果累累，满地都是黄金叶，那是一个诗意的季节，一个童话的世界。那时，我们再来一起看银杏。

为了这个约定，从春天到夏天，从夏天到秋天，我一天天地等，一天天地盼，终于盼到这银杏叶子都黄了。

我又来到这沂河岸边，又来到这老神树下。我站在沂河岸边，遥想，遥想。我登上高高的岸堤，张望，张望。我在古老的银杏树下，徘徊，徘徊。然而，你终于没有来。我的期盼终于无果，我满树的梦想一夜枯黄。难道，你只是我生命中的一个过客？

秋风骤起，每一片叶子都要离去，在风中飞舞着飘向大地。

寒风中的那棵孤树啊！一直在想，想着春风的沐浴，想象着你爱我时的模样。你的离去，让我万古凄凉。吾终身与汝交一臂而失之，可不哀欤？

"苍桑哥？"

易芬的呼唤打断了苍桑的思绪，把苍桑又唤回到现实中来。苍桑看到易芬正用不解的目光看着自己。

"上次，你来这里……"

"怎么了？"

"是什么时候来的？"

"春天。"

"那时，与谁……一起来的？"易芬有些吞吞吐吐。

"嗯……"苍桑也吞吞吐吐。

"是不是和她一起来的？"易芬很谨慎地问。

苍桑看看易芬，什么都没有说。

易芬也看看苍桑，似乎在告诉他，什么都不要说。

苍桑忽然感到与易芬之间有了一种默契。

这次来这里是旧地重游，就是为了纪念玲珑，同时也疏解自己心中的悲伤。他本来就是想一个人来的，没想到易芬也要跟来。这里的一草一木都让苍桑想起玲珑，根本没有顾及易芬。易芬似乎也能觉察到苍桑的心情，对他有着一种善解人意的理解。

"易芬？"

"嗯？"

苍桑对她微微一笑，她也对苍桑微微一笑。

从广福寺出来，他们又游览了古老的银杏园。看着那些参天大树，硕果累累。秋风乍起，满地金黄。苍桑真切感到，秋天既是一个万物萧瑟的季节，也是一个收获的季节。

第十二章　春暖花开

1

春末夏初是一年之中最为舒适的日子，阳光明媚，温度适宜，万物竞长，生机勃勃。在这不冷不热的季节里，人们换上了单衣。那些年轻的女孩子更是穿上了夏装，显得活力四射。苍桑穿过步行街，拐到林荫小道上的时候，易芬打来电话。

"最近你找个时间，我们去海边吧，不过，至少要两三天。"

"这个周末可以吗？"

"可以，反正我这些天都没事。别忘了带上你的吉他哈。"

从电话里听得出，易芬心情很愉快。接到易芬主动打来的电话，苍桑的心情也很愉快。几年前他们曾畅想着一起去看海，而今终于要实现了。虽然来得晚一些，终究还是能够弥补一些人生遗憾。

周五晚上，苍桑悄悄地收拾好东西并放到车上。他特意把与易芬相关的歌谱、光盘等物品都装到了一个包里。第二天一早，苍桑早早吃完早餐，开车出了门。

苍桑到樱花园门口接了易芬，易芬还带着个行李包，苍桑把它放在行李箱里。他们上了高速公路，沿着公路一路向东，朝珠城驶去。

出了市区几十公里，两边都是一望无际的银杏树，枝叶茂盛，生机勃勃。

"啊，春天了，真好！"苍桑一边驾车，一边望着窗外，欣喜地感叹道。

"与秋天的一片金黄景象简直是强烈的对比。"易芬兴奋地说着。

想起上次与易芬一起来看银杏,那是去广福寺,至今让苍桑记忆犹新。那是秋天,一片金光灿烂。现在又是春天了,老树发新芽,又焕发了生机。

"树可以枯木逢春,人呢,还能重返少年吗?"

"这就是人生易老吧。"

"假如我们能够重返十九岁,我们重新再相遇,再认识交往,会不会与今天有不一样的结果?"

"这个……不好说。"易芬看着窗外说。

"人生如果真的能够重来,我们就不会再留有这么多的遗憾吧?"

"没有谁想让自己的人生留有遗憾,只是无法实现圆满罢了。"

"只是这春天过得太快了,太短暂了,匆匆而逝。"

"好在春天过后就是夏天,更加热烈,更加生机勃勃。"

"我们现在正是春末夏初吗?"苍桑转头看了易芬一眼,模棱两可地问道。

"我认为是。"易芬说完沉默了一会儿,又补充道,"我们已经走过了青春绽放的娇盛,又经过风吹雨打的历练,也体验了落花流水的失意,剩下的,是这一望无际又充满了绿意。"

"你是说留下的更坚韧。"

"或者说坚韧的都留下了。"

对于易芬,苍桑仍然不能完全了解,他暗自思忖:究竟是什么让我们走到今天?我是爱她的,她也是爱我的,这一点毫无疑问。人生竟然是阴差阳错,让我们成了陌路人。不过,易芬好像是一直都没有走远,就像站在不远处,一直在注视着我。而我却看不到她。在我人生最失落的时候,甚至要结束自己生命的时候,易芬却突然出现在我的面前,她拯救了我。然而,为什么她会突然出现,然后又突然消失,不留一点踪迹,这让我感到扑朔迷离,百思不得其解。今天我一定要问个究竟。苍桑这样想着。

旅途中间,他们在服务站休息了一次。苍桑停下车,下来舒展一下筋骨。易芬拿着旅行壶去接水。一路上都是易芬给苍桑倒水、拿水果。在服务站大概休息了半小时,又继续上路。上午十一点,他们到了珠城。

易芬让苍桑把车开到购物广场,告诉他:"你去肯德基买些汉堡薯条、两份炸鸡翅、两杯饮料。要打包带走。我去超市买些东西。"

苍桑点完餐,将吃的提到车上,就坐在车上边听音乐边等着易芬。过了一会儿,看到易芬提着一大包东西出了超市,苍桑下车接过来放到后备厢里。

"走吧。"易芬看起来心情很好。

"我们去哪儿?"

"你往东走,我给你指路。"

苍桑扣上安全带,把车重新启动起来。转头一看,易芬没有系上安全带,苍桑没有说话,探过身体伸手拽过易芬那边的安全带,帮她扣上。他们便开车一路向东。

过了一会儿,出了市区。两边都是一马平川的盐碱地,这都是海水退去留下的淤泥,里面生长着杂草和少量的灌木,给人一种荒凉的感觉。

"我们去哪里?"苍桑禁不住地问易芬。

"往港口方向,到前面我再告诉你。"

显然,易芬对这里很熟悉。虽然珠城与淮海市同属一个省,相距仅二百多公里,苍桑也来过几次,但还不是太熟悉。

在一个丁字路口,看到一个路牌,写着:直行是港口,向左是海岛。

易芬告诉苍桑:"往海岛方向走。"

"海岛难道能开车过去吗?"

"现在已经修了拦海大堤和跨海大桥。"易芬说。

走了大约二十分钟,转过一座小山,他们驶上了拦海大堤,看到左边是一片汪洋的大海,右边是一片避风港,对岸就是港口,岸边立着许多起重机,水中停着大船。

在拦海大堤上走了几公里，便驶上了跨海大桥。跨海大桥像一条长龙，浮在海面上。海面波涛汹涌，浪花飞溅，令人激情澎湃、心胸宽广。

又行驶了大约半个小时，眼前呈现一座海岛。海岛中间有一座小山，汽车在整洁而又蜿蜒的山路上拐了不下二十个弯，终于来到一片别墅前。

苍桑停下车，仔细看了看，这是一个高档别墅区，多为二层小楼，都建在半山腰上，依山望海，位置极佳。易芬与保安打了招呼，苍桑把车拐进去，又转了两个弯，来到一栋别墅前。苍桑把车停在门前的空地上，易芬下了车，从包里找出钥匙，开门进去。

一楼是客厅、餐厅和车库，二楼是卧室和小客厅，里面装修非常高档，各种设施一应俱全。苍桑跟着易芬把楼上楼下都看了一遍。易芬大概看出苍桑想要问她什么，还没有等他开口，便被易芬挡了回去。

"什么都不要问，我们在这里轻松地待两天。"

他们把带来的食品打开，开始吃午饭。易芬拿来一瓶红酒，打开后倒了两杯，放在两人面前。

"苍桑哥，干一杯。"易芬微笑着说。

"干杯。"苍桑端起酒杯，"当我听到你叫我苍桑哥的时候，我就感到你还是六年前的那个易芬。"

"六年前我可是个单纯的小姑娘啊，现在不单纯了。"

"在我眼里，你永远是那个单纯可爱的易芬。"

"谢谢你！"易芬看着手中的杯子，"谢谢你这些年对我的一往情深。"

"不要感谢，你知道就好。"

"其实，我一直知道你对我的好，所以，我今天想对你说声谢谢。"

"你一客气，反倒让我不自在。"

"感谢人生有爱情。"

苍桑看着易芬，心中升起无限柔情，这么可爱还善解人意的女子，为什么当年就躲着自己呢？

"易芬。"

"嗯?"

"我想知道,你对我究竟是一种什么样的感情?"

易芬喝了一口酒,似乎思考了一下,然后看着苍桑。

"一开始我是有点自卑,真的很自卑。作为一个偏远地区贫困家庭出来的女孩子,又没有多少才能,来到这灯红酒绿的大城市里,就是很自卑。包括对爱情也没有多少底气。并且那时候,你也没有太多地注意到我。"

"那时候我心里有玲珑。"

"自从我知道你心中的恋人是玲珑,我就对你产生了排斥,我就想远离你。虽然你确实吸引了我。"

"不过,后来玲珑离我而去,你是知道的。"苍桑有些不解地说。

"我当然知道。之前去南京、去扬州,都是想安慰你来着。包括后来陪着你去广福寺,看银杏,也是想安慰你。"

"嗯,你确实给了我极大的安慰。没有你,我很长时间都走不出玲珑离去带给我的悲伤。"

"那时候,我就强烈地爱上了你。"

"哦?"苍桑心里有点慌乱,"可是,为什么很长时间你都与我保持着一定的距离?"

"因为我知道你心里爱的是玲珑。"

"那是之前,后来我爱的是你。这个你是知道的。"

"我何尝不知道,正是因为知道,所以才拒绝你。"

"我只是曾经爱过玲珑,一个已经离开了这个世界的人,还让你这么耿耿于怀吗?"

"毕竟我们是同父异母的姐妹。"易芬说,"这需要时间,让我慢慢接受你。"

"嗯,好吧。"苍桑说着,把一只手搭在易芬的肩上。

吃过午饭,苍桑参观了一下别墅里的房间。易芬打开窗子,站在窗前,向外一看:远处是烟波浩渺的大海,无边无际,水天相连;岸边是金色的沙滩，曲折蜿蜒；山脚下还有一个渔村，红瓦绿树，点缀其间。

"我喜欢看海。坐在金色的沙滩上，任浪花向我奔来，听着呜呜的汽笛声，望着远处的海天分界线，遐思冥想。"易芬望着远处，看着茫茫大海说。

"虽然我们生活在沿海省份，但我们居住的城市离海边还有二百公里，并不能经常看大海。而在海边，又有许多同学和朋友，他们又常常邀我去看海。看海，便成了我心中的一道风景。"苍桑看着那片沙滩说。

这些度假别墅是在一个著名的风景区里，旁边还有渔村，放眼望去，依山傍海，美若仙境。这里的人们除了打鱼，还在山上种茶，当地出产的茶也是赫赫有名，价格不菲。

"我们就住在这里，白天可以在沙滩上散步、看海、游泳，晚上就在院子里吃清水煮蛤蜊，饭后再来上一杯山泉水泡制的清茶。"

"好不惬意。"苍桑对易芬说，"简直是过着神仙一样的生活。"

易芬却说："我并不觉得。"

"我们在这里住上半个月。"苍桑说，"这么好的风景，这么好的海，怎么舍得走掉？"

苍桑想起自己曾经多次到海滨去，目的当然是为了心中的那片风景，心中的那片海。一次，苍桑到一个海滨小城去出差，就住在海边的一个旅馆里，一连几天，都待在旅馆里等待着甲方的回函，直到最后一天办完公务，才意识到没去海边看看，辜负了身边的风景。时值五月，窗外樱花盛开，鸟语花香。他买了最晚一班的返程车票，腾出车开前的几个小时，到海边去看了看。

人生忙忙碌碌，看风景就变成了一种有氧运动。慢慢的，变成了可看可不看，虽然不看，仍知道远处有一片海、一片风景，珍藏在自己心中。

苍桑抚摸着客厅里那架从德国定制的斯坦威钢琴，再把目光投向窗外，沙滩近在眼前，大海就在窗外。

苍桑说："你真正拥有了一片自己的海。"

易芬却波澜不惊地说:"我没有拥有,这套房子三年了,我只来过两次,这是第一次在这里住。这台钢琴放在这里几年了,我没有弹过一次。我只是占有了它们,却没有拥有它们。当年我就深深地爱上这片海,我希望在海边拥有一套大房子,站在窗边天天看海。当我拥有了这一切之后,我居然几年都没能站在这里轻松地眺望这大海,真正拥有这片海。我不知道自己还缺少什么,还在追求什么。"

易芬看看苍桑,接着说:"我们只不过是这片风景的过客,每当旅游旺季到来,就像候鸟一样飞来,夏天一过,就像候鸟一样又飞去。而真正拥有它的是这些原住民,不仅在旺季享受着它带来的各种惠利,还要忍受冬天的阴冷和潮湿,他们更爱这片海。"

听了易芬的话,苍桑唏嘘不已,感慨万千。每个人看到的最好的风景,都好像在别人那里,而别人又羡慕你这里的风景。每个人都不辞劳苦地追逐着自己心中的那片海,当有一天你拥有它的时候,却发现已经部分地失去了它。人需要珍惜身边的风景,珍惜心中的那片海。

那天,他们打开窗子,面向大海,弹琴、唱歌、品茗,诉说着他们年轻的人生。

2

由于开车行驶了三个小时,到了下午三点钟,苍桑和易芬都有些许倦意。易芬说:"我们去休息一会儿吧。"

苍桑跟着易芬来到二楼那个宽大的卧室,卧室里铺着很厚的地毯,赤脚走在上面,柔软而舒适。

"把衣服脱掉吧。"易芬告诉苍桑。

"那,我脱了?"

苍桑还是问了易芬一句,易芬点点头。每次当着易芬脱衣服的时候,苍桑总是要问她一句,要征得她的允许。

易芬站在旁边,看着苍桑一件一件把衣服脱下,她接过去,一一挂在衣服架上。待他脱得只剩下一条内裤时,易芬拿着一件睡衣,站在旁边等着递给苍桑。这是苍桑第一次当着易芬的面脱得赤身裸体,易芬上上下下地看着他,像欣赏一尊雕塑,她没有流露出一丝羞涩,反而把苍桑看得有点不好意思了。

"我去冲个澡。"苍桑对易芬说。

"我也想去冲澡。"易芬看着苍桑说。

"那你先去?"

"不,我们一起去。"

"嗯,好吧。"

苍桑先到了洗浴间,把莲蓬头打开,让房间里充满水汽,以预热一下温度。苍桑把温度调好之后,易芬站在门口问,可以了吗?苍桑说可以了。易芬就赤身裸体地跑了进来。

苍桑抱着易芬,轻轻抚摸着她柔软的肌肤。易芬也抱着苍桑,双手上上下下地在苍桑身上抚摸着。过了一会儿,他们面对面地抱在一起,紧闭双眼,任水流冲刷着身体。他们禁不住地接吻,尽情地接吻。苍桑一手搂着易芬的后背,一手托着她那可爱的小脑袋。

苍桑的身体仿佛又回到了那间宿舍小屋。易芬的手慢慢下滑,她满脸绯红,柔声对苍桑说:"别急,今天我都是你的。"

"嗯。"

从浴室出来,两人都围着浴巾,赤脚跑到床上,然后赤身裸体地钻进被窝。易芬还像多年前那个小姑娘一样,快乐之情溢于言表。

"哇,你没有把头吹干,这么湿啊。"

"我不喜欢用吹风机吹头。"

"那你用毛巾再擦擦吧。"

易芬说着,拿了浴巾在苍桑头上擦起来。然后,他们并排躺着。

经过一番折腾,睡意早已经抛到九霄云外去了。

"苍桑哥?"

"嗯?"

"我们以前有好几次都这样躺在一起来着。"

"嗯,是有几次。"

"那时候,你难受吗?"

"怎么不难受,可以说非常难受。"

"有多难受啊?"易芬把嘴靠近苍桑的脸。

"这个……很难形容。"

易芬把头枕在苍桑的肩膀上,似乎在想什么。过了一会儿,她把头靠近苍桑的脸庞。

"喂,那次,我就很想把自己给你来着。"

"为什么又不愿意了呢?"

"主要是心里还没准备好。一开始我只知道你有个恋人,后来才知道是玲珑。虽然玲珑已经离开你了,但我还是不能一下子接受你,必须有个过程,让我慢慢地打开心扉。虽然我是爱你的,但是我的心里不能接受,你能明白吗?毕竟我和玲珑是同父异母的姐妹,一想到你和她那么亲昵,我就会从心里排斥。如果是别人,我还可以接受。一想到你和我的妹妹亲热完了,再来和我亲热,我就非常排斥。"

"易芬,我和玲珑可是从来没有亲热过,我从来没有吻过她,我们也没有拥抱过,更别说像咱们这样赤身裸体地躺在一个床上了。"

"可是你心里已经吻过她了,也可能吻过几百遍、几千遍,拥抱过上万次,甚至你都想着拥抱着她的身体躺在一个床上已经很多次了。"

"易芬,即使是那样想了,但也不能算。就像犯罪分子只是想犯罪,但是没有实施,就不能说是犯罪了。"

"但是我还是不能很快接受。又过了一段时间,我才能慢慢地接受你。"

易芬说着,把一只手放在苍桑的胸脯上,像画圈一样,慢慢地抚摸着苍桑。苍桑也把她揽在怀里,双手在她柔软的肌肤上摩挲着。

"苍桑哥？"

"嗯？"

"你还记得那一次吗？"

"哪一次？"

"就是下雪那天，在你的小屋里。"

"怎么不记得，你本来自己说的要留在我那儿不走的，可是半夜又冒着大雪非要跑回去，那次是好几年都罕见的一场大雪，我都搞不明白你当时在想什么。"

易芬坐起来，睁大眼睛看看苍桑，又趴在苍桑身上，把嘴凑近苍桑的耳朵说："那次，我已经决定把我女孩子最珍贵的东西给你。因为马上要过春节回家了，可能我继父又要逼我与侯空结婚。可是我喜欢你，于是我决定把自己给你，以后无论怎么样都不后悔。可是，当我看到玲珑的那些照片，还有照片上写的那些话，我就完全不能控制我的情绪了，就连和你在一起哪怕是拉拉手、拥抱一下，我都不能接受。"

"所以，你就冒着大雪，在半夜里哭着跑回去？"苍桑接过易芬的话茬说。

"我也没觉得跑回去是多困难的事。"

"可是，你知道我在你们楼下的雪地里站了多长时间吗？你知道我回去一夜都没有睡觉吗？"

"那时候可真是难为你了。"易芬说着，趴在苍桑脸上，给他一个长长的亲吻。

此时，一抹下午的阳光从窗帘的缝隙里透了进来，大海的涛声依稀可以听见，窗口飘进来带着海水潮湿气味的空气。

真是一个美好的下午。

"易芬。"

"嗯？"

"让我看看你。"

"怎么看?"

苍桑让易芬躺在床上,把她身上的被子揭开,一个鲜活美艳的易芬展现在苍桑面前。苍桑看到易芬静静地平躺着,微微闭着眼睛,脸上带有兴奋、期盼而又迷离的神色。

在柔和的光线下,苍桑望着易芬的胴体,感到强烈的震撼。在易芬的脚下,他双膝跪在床上,犹如虔诚地顶礼膜拜。他俯下身子,亲吻易芬,从额头、眼睛、面颊、耳朵、嘴唇,再到脖颈、肩膀、手臂……

"苍桑哥。"

"嗯?"

"我也要看看你。"

"嗯。"

易芬让苍桑躺下,像照顾婴儿一样抱起苍桑的头,先把枕头放在苍桑的头下,再把苍桑的手放在他身体的两侧。然后,她用两只眼睛像扫描仪一样的看着苍桑的身体,从上到下,从左到右,反反复复。之后,她用两只柔软的手在苍桑身上开始抚摸,从上到下,从左到右,反反复复……

当两人相拥着躺在床上时,易芬变得小鸟依人,温柔无比。

"苍桑哥。"

"嗯?"

"你刚才是不是在进行一个仪式性的内容啊?你一开始我就知道。"

易芬把嘴对着苍桑的耳朵说着,从她嘴里出来的温热气体灌进苍桑的耳朵里,暖融融的。

"你不也进行了一项仪式性的内容吗?"

"从认识到现在,总共有六年了。我们相恋了六年,今天才给你,我觉得有点对不住你。"

"易芬,我们可以从头再来,我们可以重新开始,从现在开始……"

易芬趴在苍桑身上,没有说话。她侧头枕在苍桑的胸脯上,眼睛看着别处,好像思考什么。

"易芬。"

"嗯?"

"想什么呢?"

"你觉得我们还可以重新开始吗?"易芬抬起头看着苍桑说。

"易芬,我们有什么理由不能重新开始?我爱你,你也爱我,我们苦苦相恋了六年,今天终于走在一起。没有你,我总感到生活还不圆满,还缺少一些什么。现在才知道,我缺少的就是你。你能给我一种特殊的感觉,是其他人所不能给的。你身上有一种特殊的东西在吸引着我,那就是我所要寻找的。易芬,我最爱的人还是你。我们重新开始吧。我们可以去各地旅行,去周游世界,我们可以远走高飞,到我们喜欢的地方生活。我们可以远离这人间俗事,到一个没人认识我们的地方,过纯粹的二人世界。我们只要爱情!"

易芬没有说话,她趴在苍桑身上,双手抱着苍桑的脖子,开始热烈地吻他。苍桑迎合着易芬……他们忘我地、深情地、肆意地、不顾一切地吻着。

窗外,阳光明亮,鲜花盛开。海浪拍打海岸的潮汐声依稀听得见,偶尔,还有一两声汽笛从遥远的地方传来,隐隐约约,若有若无。

3

那天下午,在苍桑和易芬苦苦相恋六年之后,他们终于有了第一次的亲密接触。

傍晚,苍桑和易芬到海边去散步。他们赤脚走在沙滩上,看着海浪卷过来,一波一波,消失在自己的脚下。

海滩上游人极少,大概是还不到旅游旺季的缘故吧,整个海边空荡荡的,在余晖中,有些寂寥苍茫。

他们坐在沙滩上,用随身听听歌,两个耳机,一人一个,同听那首张雨生的《大海》。苍桑和易芬靠在一起,他们彼此都不说话,完全沉浸在音乐之中。

苍桑想着这些年自己的人生历程，自己的生活轨迹，自己的恋爱情史。他忽然又想到玲珑，想到她甜甜的模样、高雅的神态，穿着白色连衣裙的照片。她的形象只存在于自己的记忆中了，并且慢慢地变淡，虽然不会消失，却渐渐地远了，渐渐模糊了。

再看看身边的易芬，像一个失而复得的宝贝，她是如此光艳照人，如此温存可爱。虽然让自己等了六年，但在一起仅仅待上一天，就足以抵消那六年受过的所有磨难。苍桑这样想着。

"苍桑哥。"

"嗯？"

"一个人，如果用一生来等待，最后能够换回所有的爱吗？"

"易芬，有些事过去就过去了，有些人消失就消失了。有时候，明明知道等待是徒劳无功的，却仍然坐在那里望着远方，只是为了安慰自己罢了。"

"我们也回不到过去了。"

易芬说完，轻轻哀叹一声。苍桑看到她姣好的面容在夕阳余晖的照射下，带着一丝丝伤感。

晚餐是在渔家小店吃的全鱼宴。所谓全鱼宴就是一桌子菜的食材全是以鱼为主，没有其他的菜。小店就在渔村的一户渔民家里，一间屋里摆了三个长条桌，做菜就在他们自己家的厨房，门口挂了一个招牌，写着"渔家小店"。

小店也没有专职厨师，做菜的就是五十岁左右的女主人。现在是旅游淡季，这个晚上就苍桑和易芬两个客人在这里用餐。

女主人问他们吃什么，易芬说你看着做吧，反正都是鱼，给我们做几个就行，你哪些菜品做得拿手，就做哪个好了。

苍桑和易芬就坐在那里聊天，过了一会儿，女主人把做好的菜同时端了上来。苍桑和易芬也有点饿了，就急切地想吃。女主人拿来餐具，就坐在旁边与他们聊天。

"哇!这个鱼你怎么做得这么鲜呐,真是有特色啊。"苍桑和易芬几乎是异口同声地赞扬道。

"我们这里做鱼都是一个方法,也不算什么特色。"女主人有一点不好意思地说。

"你都是用的什么材料啊?一定有家传秘方吧?"

"哪有什么秘方,我们什么调料都没放。"

"你肯定不会是用清水煮吧?"

"就是用清水煮,什么都不放。"

"你敢确定一丁点儿调料都没放?"

"我敢确定,不要说调料,连一粒盐都没放。"

"这……"苍桑感到有些纳闷,"为什么那些大饭店里的厨师做鱼,要放上油、盐、酱、醋、葱、姜、蒜、花椒、大料等等一二十种调料,虽然他们做出的鱼也很好吃,但他们改变了食材本来的鲜味。既然这么简单的方法就能把鱼做得如此美味,又何必费尽周折地把它复杂化,反而还没有用简单方法做出来的更加鲜美可口。"

"如果他们也像我们这样做鱼,怎么能当上高级厨师呢?"

"哦……"

原来,这个世界是可以简单而美好的,却被一些看似聪明的做法带偏了。

吃饭的时候,女主人用山泉水泡了一壶清茶。吃完饭之后,苍桑和易芬就坐在那里边喝茶边聊天。他们探讨住在这个农家小院里与住在上面别墅里会有什么区别,虽然是住在同一个岛上,同一个山坡,同一块土地,看着同样的大海,呼吸着同样的空气,享受着一样的阳光。可如果想从这个农家小院奋斗到上面的别墅,那还需要付出很多的努力,并且也不是所有人都能达到的。

他们起身离开的时候,女主人用牛皮纸包了一小包茶叶送给他们,说：“这是自家产的，送给你们尝尝。”临出门她又交代：“必须用八十度的水泡，太烫了会把茶叶烫熟，就没有那种清香了。”

他们表示了谢意，然后离开。

回到住处，易芬泡了一壶茶，他们一边品茗，一边弹琴唱歌。苍桑把所有喜欢的乐曲都演奏了一遍，易芬把所有想唱的歌都唱了一遍。易芬唱歌时，苍桑就交替使用钢琴和吉他为她伴奏。

"啊，从来没有像今天这样唱得痛快舒畅。"易芬脸上洋溢着喜悦。

"过去唱歌是为了别人而唱，要在乎别人的感受，今天完全是为自己而歌唱。"

"也不是完全为自己，很多歌还是想唱给你听。"易芬看着苍桑说。易芬唱的都是爱情歌曲，他们也都习惯用音乐来表达感情。

"说得不错，我弹琴也是想弹给你听的。"苍桑说。

"不过，我更喜欢听你弹吉他。"

"为什么？"

"你在弹钢琴时，我总是感到你在为玲珑演奏，好像玲珑就站在你旁边看着你似的。"

在苍桑弹完《少女的祈祷》时，易芬这样告诉他。这是苍桑最喜欢的一首钢琴曲，每次演奏都是饱含深情。手指在钢琴上起伏跳跃的时候，他就会想起玲珑穿着白色连衣裙的形象。弹这一首曲子，他的脑海里都是玲珑的样子。就是在开始演奏时，苍桑总是要静默十几秒钟，让自己进入那种情绪。结束之后，还要沉浸一会儿，才能从乐曲的氛围中抽离过来。这首曲子已经完全和玲珑联系在一起，他只能献给玲珑。

这把吉他也是玲珑送给我的——苍桑想这样告诉易芬，犹豫再三，还是没有说出口。

"易芬，玲珑已经远去了。我弹这首曲子，只是纪念她。"

"我也很难过，完全能理解你。就是我心里还是有一种……说不上来的情绪。"

苍桑抱着易芬，吻了一下她的额头。

"如果玲珑在天有灵，一定会祝福我们的。"

"我想，她一定会的。"

"易芬，同一首乐曲在不同的人心里会留下不同的烙印，会唤起不同的回忆。就像那首《夜色》，每当我听到这首歌的时候就会想起你，每当我想你的时候就会听这首歌，反复地听。这首歌对于我来说，只和你有关联。也就是那天晚上，在我生意失败的那天晚上，在我最最绝望的时候，绝望到要放弃生命的时候，在长江边上那个小旅馆里枯坐到半夜的我，接到了你的电话。如果不是你在电话里陪我听了一夜的歌，没有这首《夜色》，可能就真的见不到我了。从那之后，我就疯狂地找你，义无反顾地爱你，如果之前我因为一些传言疏远了你，那么，在那一刻，我知道，我已经离不开你了。无论你之前如何，无论你过去怎样，即使你有不堪的过往，我也会永远不离不弃，永远地爱你。"

苍桑说完这些郁积很久的心里话，易芬久久地沉默着，过了很长时间才慢慢地抬起头来，看着苍桑。

"苍桑哥，有时候，我是身不由己。其实我一直在关注着你，你可能想不到，在多少个夜晚，我都是以泪洗面。你不知道，我有多想你，多么想见你，可是我又不能跟你联系。我躲在角落里看着你，你知道我有多痛苦吗？"

易芬说着，眼泪哗哗地流了下来。苍桑抽出几张纸巾递到她面前，她接过去，慢慢地擦着不断涌出的眼泪。

沉默良久，两人都没有说话。苍桑低头漫不经心地抚弄着那把玲珑送的吉他。等到易芬的情绪恢复过来，苍桑放下吉他，轻轻地拥抱着她吻了一下，然后说："易芬，那些都过去了哈。"

易芬看着苍桑点点头。她站起来，走到窗前，打开窗子。清凉的海风吹进来，带着房屋周围的花香，还夹杂着一丝潮湿的鱼腥味。夜晚的大海茫茫一片，失去了所有的轮廓。听不到海潮的声音，也没有汽笛声传来，连海风的声音也没有，安静得不能再安静了。

"苍桑哥。"

"嗯？"

"还记得我们去南京的时候过长江吗？那是我第一次看到长江，也是我从小到大见到的最大的水域。当时的我极其震撼，它裹挟着泥沙、水草、各种漂浮物，浩浩荡荡地注入大海。大海呢却不动声色，毫无波澜地把它容纳、分解、沉淀，最后变成碧蓝碧蓝的海水。真的让人很感慨，感慨我们太渺小了，渺小到像沙滩上的一粒沙子，根本就没有人注意你。"

"我们都是这天地间的过客。"苍桑望着窗外感叹。

"所以，我们更要珍惜自己，珍惜身边的一切。"

"人生苦短，为欢几何？"

"我们相互等待了六年，总算有了今天。"易芬喃喃道。

"所以，我不想再失去你。易芬，我爱你！"

"苍桑哥，谢谢你！感谢你这些年不离不弃！"

"易芬，我也感谢你！感谢人生有爱情！如果没有爱情，生活将是多么黑暗，就像这大海没有阳光，就像这沙滩没有海浪，人生将变成一片漆黑的海洋、干涸的沙漠。"

易芬双手抱住苍桑的脖子，深情地吻他。海风轻轻吹拂着她的发丝，在苍桑的脸上摩挲着。苍桑闻到她秀发的清香，还有女孩子身上散发的那种沁人心扉的芬芳。

那天晚上，他们吹着海风，看着星星，闻着花香，说着情话，如梦似幻，彻夜缠绵。他们不顾一切地爱着对方，同时也被对方爱着。

4

第二天上午，直到十点多，苍桑才懒洋洋地醒来，他拉开窗帘，看到外面阳光明媚，晴空万里，大海一片蔚蓝。

走回床边，看到易芬仍然在酣睡，苍桑静静地看着，看了很长时间。如此好的女人，让发自内心地爱恋。

苍桑俯下身子又躺到易芬旁边，轻轻地吻了一下易芬的玉臂。易芬转了一个身，睁开眼看了看苍桑，又扑在苍桑的怀里，闭上眼睛，一只手搭在苍桑的身上，二人继续睡去……

直到苍桑的手机铃声响个不停的时候，才把他俩又重新吵醒。苍桑拿起手机，看到是自己的店员打来的，就任其响了一阵没有接，对方就挂断了。过了一会儿，手机铃声再一次响起来。

易芬说："你赶紧接吧。"

苍桑便按了接听键，电话里传来店员的声音。

"经理，你是不是出发了？什么时候回来啊？"店员知道苍桑可能在外地。

"嗯……现在还不好确定，有些事还没处理完。"

"你明天能回来吗？"

"不一定，你说吧，什么事？"

"后天那个活动，对方今天又打电话要求您去。材料都准备好了，我想，还是请你看看比较好。"

"你们把方案打印出来，再给他们大体上讲一下，应该也可以吧。"

"不行啊，经理。人家那边比较重视，他们那个大领导也去，所以，负责这个项目的人要求你必须到场。人家还说，没准儿他们领导一高兴，后期结账什么的都好说。如果领导不满意，后边要钱的时候就会很难办。"

"好吧，我看看，尽快赶回去参加。"

挂了电话，苍桑把手机往被子上轻轻一放，对易芬说："起床吧。"

易芬"嗯"了一声，然后就找衣服。苍桑打电话的时候，易芬在旁边应该听得清清楚楚。

"我接了一个房产开盘的演出，后天是整个活动的筹备会，我们要把整体方案报给他们，请他们领导拍板。对方是这个项目的负责人，担心我们的员工讲不好，非要我亲自去给他们领导讲解。"苍桑跟易芬解释道。

"那我们今天回去吧。"易芬在穿好衣服之后对苍桑说。

"易芬，我不想与你这么快就分开，最起码我不想今天就分开。我想和你尽可能多地待在一起。"

"我们最迟明天回去。"

易芬没有再坚持，看来她也不想和苍桑很快分开。

易芬站在镜子前面梳头的时候，苍桑静静地站在背后看着她。她的秀发披在肩上，细长的手指缠着一绺头发绕来绕去，时而露出颈部下面的一块白皙的皮肤。易芬默不作声，只是看着镜子中的自己。

苍桑想到明天就要和易芬分开了，心里一阵不舍。这样的时刻是多么美好而宝贵，真想永远这样站在她的背后看着她。

苍桑轻轻地从后面环抱住易芬，看着镜子中的易芬。易芬停下手中的动作，看着镜子中的苍桑。沉默了片刻，苍桑说："易芬，我不想和你分离。"

易芬嫣然一笑，推开苍桑的手说道："我们今天去港口那边逛逛街吧？"

苍桑说："去哪里都可以，只要和你在一起。"

两个人洗漱完毕，吃完早餐，穿好外套准备出门。出门的时候，易芬提议坐船过去。坐船只要半小时，开车要四十多分钟，还要围着港湾绕一大圈。他们就从山上下来，走了一会儿，到了那个冷冷清清的码头。

等船的时候，他们从码头的工作人员那里了解到，因为岛上的居民很少，坐船的人也很少，轮渡的班次很少。之所以保留着轮渡，是因为这个岛上有一个船舶修理厂，轮渡主要是为他们的通勤服务。因此，一早一晚两个时段会有人坐这艘轮船，其他时间船上的人就很少了。

他们等了有十分钟，对岸开过来一艘船。船在码头停靠后，下来两三个人。他们在登船的栈桥入口买了两张票。在船开动的时候，四处一看发现整个船上就他们两个人。

他们趴在船舷上，看着船驶向对岸。对岸是整个港口的码头，停靠着很多大船。岸边有许多龙门吊和塔吊，在繁忙地装货卸货。

　　到了岸上，他们先去逛了商业街。易芬很有耐性，一家一家、不紧不慢地逛着。苍桑跟在她的身后，易芬在服装店挑选衣服的时候，苍桑就坐在商家的方形软凳上小憩。等易芬穿着新衣从试衣间出来的时候，店员往往会对着她说："这件衣服穿在您身上简直太漂亮了，让您的先生看看，他一定认为您太有眼光了。"然后店员又会对着苍桑说："您看看这件衣服穿在您太太身上，简直就是为她量身定做的，如果现在不买，说不定一会儿就卖出去了，回家您太太会抱怨您很多天的。"每当这时候，苍桑和易芬没有一点儿不自然，他们看上去就像一对和睦的夫妻。

　　逛到十二点多的时候，他们都有些饿了，就拐到美食街上，找了一家中式快餐厅。他们不想让吃饭耽误太多时间，吃饭的时候就权当休息了。

　　苍桑点了两荤两素四个小菜，一份紫菜蛋花汤，一份海鲜疙瘩汤，两份米饭。好在分量都不大。他们埋头吃着，吃到中间的时候，易芬伸过来勺子，从苍桑碗里舀了一勺汤放在嘴里："哇，你的汤比我的好喝呐。"

　　苍桑说："那换一下？"

　　易芬点点头。苍桑就把自己喝了一半的汤端给易芬，易芬就把自己喝了一半的汤端给苍桑，他们就继续埋头吃着。

　　吃过饭，易芬说："你去买两瓶纯净水。"苍桑就到柜台上买了两瓶，他们一人一瓶拿着，先用它漱漱口，剩下的留着逛街的时候喝。

　　易芬说："我们去逛逛水晶城。"

　　水晶城是一个批发零售各种水晶饰品的地方。当地是著名的水晶之乡，盛产水晶；同时又是海滨城市，也出产珍珠。所以，这里经营的饰品以水晶和珍珠为主，各种首饰琳琅满目。

　　在一个小店里，易芬选了一条水晶项链和一条珍珠项链，在他们分辨真假的时候，有个四十多岁的女店主拿着项链教他们鉴别技巧。女店主用水晶项链的棱角划玻璃，在玻璃上划出一道道痕迹。

"能够切割玻璃的就是真水晶,因为水晶比玻璃硬度大。"

女店主又用两颗珍珠相互摩擦,把表面磨出划痕,然后用手轻轻摩挲,一会儿划痕就消失了,竟然不留一点痕迹。

"这样的就是真珍珠,假的一定会留下划痕。"

苍桑惊奇地看着女店主的现场表演,一问价格也不贵。易芬说,买了吧。苍桑就交钱。女店主用锦盒包装好,苍桑伸手接过递给易芬。

苍桑说:"我是买给你的。"

易芬说:"我看到喜欢的会让你给我买。"

他们就一边聊着,一边继续逛。在一个小摊上,易芬发现一颗水晶球,她用手托着反复地观看。水晶球里面有一些像棉絮一样的东西,好似一幅山水画。如果从不同的角度观看,还会出现不同的画面:正面看好似大海,有波浪、沙滩、海岸线;反面看好似行云流水,漂浮在连绵不断的群山之上。

"里面竟会有这么奇妙的景观?"苍桑和易芬由衷地感叹道,"这是怎么造出来的?"

"哪里是造出来的,这就是水晶原石自然形成的。"坐在小摊前面的男子这样说着,"如果要的话还可以在底座上刻字。"

苍桑看到易芬很喜欢,就问她刻什么字好。易芬说一时还想不起来。

苍桑说:"刻上'一片冰心在易芬'好了。"

易芬听到很高兴,又问:"背面呢?"

苍桑说:"背面刻上'苍桑如歌',怎么样?"

易芬说:"好,把我们两人的名字都刻在上面了。"

从水晶城出来,他们有些累了,看到街对面有一家咖啡馆,苍桑说:"到里面休息一会儿喝杯咖啡吧。"

易芬点点头,跟着苍桑进去。易芬有点累了,坐在那里不想动,苍桑就跑去排队点咖啡。过了一会儿,苍桑把两杯咖啡端过来放到桌上,告诉易芬:"我点了两杯不一样的,这杯放了糖,这杯没放,你喜欢哪个?"

易芬就把两杯都插上吸管,各品尝了一下说:"我要这个。"苍桑就把另一杯端到自己面前。

他们慢慢喝着咖啡,看着窗外的大街上熙熙攘攘,男男女女,车水马龙,川流不息。苍桑想,站在海岛的别墅里,望着碧海蓝天,感觉那真是人间仙境。在那人间仙境里体验到了生命的高峰,让人刻骨铭心、终生难忘。而在这港口的闹市中,遍访市井小巷,察看人间烟火,也让人流连忘返、怡然自得。这一切,都是因为有易芬。只要和自己心爱的人在一起,无论是在人间仙境里生活,还是在市井小巷中优游,都是幸福的。

那天的晚餐,他们在小摊上吃的烤鱿鱼和清水煮蛤蜊。吃完晚餐,苍桑和易芬又去逛超市。苍桑推着购物车,易芬在前面挑选商品。他们需要的东西并不多,早餐奶两盒、面包两个、果汁两瓶、矿泉水四瓶。与其说是购物,倒不如说是享受这种购物的乐趣。

晚上八点半,他们开始往码头走,赶上了九点的轮渡。返程的船上仍旧只有他们两个人。苍桑看着渡船在黑暗中向着茫茫大海开去,不由自主地拥抱着易芬。

苍桑想到今天晚上又将是一个无限美好的夜晚,心中充满无限期待;但想到明天早上把手中的这些早餐吃完之后,就会与易芬打道回府,然后要与她分开,心中又生出一份不舍。

"易芬,如果我们不在一条船上,是否可以同行,可以相望?让人生的路上不再孤单。"

"或许,那也是一个无奈的选项吧。"

"我希望只摆渡我们两个人的这条船,向着茫茫大海驶去,永不靠岸,任其行驶。然后在一片碧海蓝天的沙滩上搁浅,我们登上岛,发现一个新的人间仙境。我们在那里拓荒、种田、打鱼、繁衍。没有人间俗事,没有纠结难堪,只有爱情!只有爱情!永远,永远。"

易芬望着远方没有说话,苍桑不知道她究竟在想什么。就在苍桑想问她时,渡船已经靠岸了。

尾声　情深意绵

从海边回来的第二周的星期六，苍桑很晚才起床，他懒洋洋地躺在床上，看到窗外阳光明亮，树木郁郁葱葱。初夏的季节总是让人感到生机勃勃。

苍桑想想易芬，又想到逝去的玲珑，不禁扪心自问，自己追求的究竟是什么呢？

苍桑给易芬打电话约她出来，易芬似乎也有这个意思，很愉快地答应了。午饭后，苍桑开车接上了易芬，二人就往连青山方向驶去。

一路上，他们也没有太多的话，只是简单问了一下对方最近的情况。

"易芬，就是想见你。"

"我也是一样。"易芬这样说着。

他们像两个老朋友，又像是家人，自自然然，大大方方，不需要刻意地向对方做什么。

"我喜欢与你同行，与你同行的感觉很好。"苍桑一边开车一边说。

"我也是，跟在你身后的感觉也很好。"易芬说着，把一只手放在苍桑的脖子上抚摸着。

到了连青山，他们停下车，开始登山。他们避开了游人较多的主线路，在山的侧面，选择一条游人很少的小道攀登。

小道旁边生长着许多金银花，重重叠叠，密密麻麻，悬崖上、峭壁上到处都是，很多是在石头缝隙中扎根，有些根系就裸露在岩石外面，就这样它们仍然在疯狂地生长。那些白色的、黄色的小花，鲜艳美丽，蓬勃绽放。

苍桑和易芬都被眼前这些顽强的生命惊呆了。

"金银花也叫爱情藤,因为它是二花并蒂,初开为白色,绽放为黄色。"

苍桑一边听易芬这样说着,一边仔细观察:"还真是啊,它们相互缠绕,相互支撑。"

易芬说:"每一种生命都有爱情!"

苍桑说:"是啊,真正的爱情是相互包容的,而不是彼此挑剔。当你爱着对方的时候,即使不能完全拥有对方,仍然在不远处长久地守候,默默注视,不离不弃。"

易芬说:"爱情是心有牵挂,惺惺相惜。哪怕她屈服于命运,不得不逃离;哪怕她受到了不可逆转的伤害,仍然想着有一天回到你身边,用她有缺憾的身体取悦于你。"

苍桑不想再说沉重的话题,就对易芬说:"我们爬山吧。"他们就继续攀登,一直爬到最高峰。

站在山顶的最高处,又看到了茫茫的"离恨海"。在这青山之上,"离恨海"边,他们曾经心心相印,深深相爱。苍天作证,大地为怀,望着远处,群山连绵不断,大地一片苍茫,苍桑感慨万千。

初夏的天,说变就变,突然之间,天上下起大雨。雨幕笼罩了四周,天地之间白茫茫的一片。苍桑和易芬站在雨中,谁都没说要去躲雨,任大雨打湿全身,雨水顺着脸颊流下。苍桑和易芬对视着,他们都感到特别兴奋,脸上带着一种愉悦的微笑。他们拥抱在一起,尽情地亲吻。在这高高的群山之巅,在这茫茫的"离恨海"边,在这寥廓的天地之间,在这滂沱的大雨之中,他们紧紧地拥抱,忘我地亲吻,亲吻……

不知道过了多长时间,他们终于松开对方。

"还记得那棵苦楝树吗?"苍桑对着易芬大声喊着。

"记得,永远不会忘记!"由于雨声太大,易芬也大声地喊着。

"我们现在去找那棵苦楝树?"

"好,现在去。"

苍桑和易芬就冒着大雨,相互搀扶着去找那棵苦楝树,那棵见证他们爱情的苦楝树。

回到山下的时候,苍桑和易芬都变成了"落汤鸡"。他们的衣服贴在身上,雨水顺着裤腿直往下流,但他们非常兴奋并且坦然地走着。

苍桑对易芬说:"有你相伴,我就充满了力量。"

易芬对苍桑说:"有你相伴,我就温柔且坚强。"

回到车上,苍桑启动发动机,打开暖风。他们都把衣服脱掉,拧掉雨水,然后就坐在车上烘烤。两人都赤身裸体,易芬拿了一条毛巾盖在身上,苍桑找不到东西就把草帽遮挡在腰间。好在夏天的衣服单薄,在强暖风的吹拂下,很快就干爽起来。一直到暮色四起,他们才驾车返回。

"刚才我们俩就像在伊甸园里。"苍桑看着前方的路,微笑着说。

"我想守住这个伊甸园。"

"可是,我们已经吃了禁果了啊?"

"吃了禁果才懂得爱情。"

"感谢有你!"苍桑说着,一只手拍拍易芬的肩膀。

"感谢爱情!"易芬说完,深情地看了苍桑一眼。

两个人一路说笑,一路听着音乐。苍桑一边驾车,一边还时不时地跟着音乐吹两声口哨。后面是暮色掩映下的原野,前面是万家灯火的城市。一进市区,苍桑就把车开到外环路的高架桥上。

"我们去哪里?"苍桑问。

"随你去哪里。"易芬回答道。

夜晚的城市华灯初上,霓虹闪烁。车载音乐播放器里又传来那首熟悉的歌声:

夜色正阑珊

微微荧光闪闪

一遍又一遍

轻轻把你呼唤

阵阵风声好像对我在叮咛

真情怎能忘记

你可记得对你许下的诺言

爱你情深意绵

……